À PROPOS DE L'AUTEUR

Originaire de Nouvelle-Zélande, Robyn Donald est une auteure prolifique de romances. En effet, elle compte aujourd'hui à son actif plus de 500 romans, avec autant d'héroïnes touchantes et attachantes.

La princesse d'Illyria

*

Soumise à la passion

*

Amoureuse du prince

ROBYN DONALD

La princesse d'Illyria

INTÉGRALE
LES HÉRITIERS D'ILLYRIA

Traduction française de
SOPHIE DUBAIL

SAGAS

HARLEQUIN

Collection : SAGAS

Titre original :
BY ROYAL DEMAND

Ce roman a déjà été publié en 2015

HARPERCOLLINS FRANCE
83-85, boulevard Vincent-Auriol, 75646 PARIS CEDEX 13
Service Lectrices — Tél. : 01 45 82 47 47

www.harlequin.fr

ISBN 978-2-2804-3347-1 — ISSN 2426-993X

1

Marco Considine secoua la tête.

— Tu y vas quand même un peu fort !

Son frère aîné le toisa de son regard bleu acier.

— Dis tout de suite que je suis dingue ! grinça-t-il entre ses dents.

Le ton de Marco se fit railleur.

— Tu *es* dingue !

Il regarda Gabe se détourner vers la fenêtre et s'absorber dans la contemplation des solides murailles qui ceignaient le château.

Depuis près de mille ans, leurs ancêtres habitaient cette forteresse, le Repaire du Loup, qui défendait la route commerciale reliant, à travers les montagnes, la petite principauté d'Illyria au reste de l'Europe. Quarante ans plus tôt, une guerre civile avait conduit leurs grands-parents, le grand-duc et la grande-duchesse, à se battre dans les montagnes aux côtés de leurs partisans jusqu'à ce qu'ils trouvent la mort dans un guet-apens.

Comme leur sœur Mélissa, Gabe et lui étaient nés en exil, mais son aîné était revenu récemment vivre au Repaire du Loup à l'appel de leur cousin Alex, l'actuel prince régnant d'Illyria. Il savait que Gabe se sentait profondément obligé à l'égard de ceux qui avaient si longtemps souffert et espéré en secret le retour de leurs seigneurs.

Gabe ne montra aucun signe d'émotion lorsqu'il suggéra :

— Propose-moi une meilleure idée, si tu en as une.

— Que penses-tu des bonnes vieilles menaces ?

La voix profonde de Gabe se mua en un ricanement digne d'un scélérat de music-hall :

— « Dis-moi où tu as planqué le butin, ou tu le regretteras ta vie entière » ? Crois-moi, les menaces seront plus efficaces si elle séjourne ici.

— Si elle est retenue prisonnière, tu veux dire, rectifia Marco froidement.

Son frère haussa les épaules.

— Et si elle refuse d'avouer qu'elle a dérobé le collier ? demanda encore Marco.

Gabe eut un froncement de sourcils qui témoignait de sa détermination.

— Alors, je ferai le nécessaire pour récupérer le Sang de la Reine.

Marco tressaillit. Entendre prononcer le nom barbare du bijou, qui arborait certains des rubis les plus précieux au monde, lui donnait toujours la chair de poule.

— Je ne comprendrai jamais qu'une femme puisse avoir envie de porter un bijou avec un nom pareil !

Son frère lui adressa un sourire amer.

— Les femmes aiment les jolies choses, même celles qui ont un caractère sanglant. Et le Sang de la Reine est plus que joli. Il est somptueux, unique, irremplaçable ! On ne trouve plus aujourd'hui de rubis de cette taille ni de cette pureté. Et que dire du mystère qui entoure son créateur, l'orfèvre de génie qui les a sertis dans cette chaîne d'or ? A moins qu'il ne s'agisse d'un des derniers vestiges d'une civilisation disparue…

Marco laissa fuser un éclat de rire.

— Allons ! Tu ne vas pas me dire que tu accordes du crédit à cette vieille légende. Un bijou rescapé de l'Atlantide ? Tu n'y penses pas ?

La bouche de son frère se contracta.

— Bien sûr que non. Cela étant, peu de femmes seraient ravies de savoir que sa dernière propriétaire, comme la première, est morte poignardée en plein cœur par le chef d'une bande de brigands dans la montagne, à quelques kilomètres d'ici. Surtout que, depuis peu, j'éprouve des envies de meurtre, moi aussi…

La froide autodérision de Gabe n'échappa pas à Marco. Le fait que la femme dont il était amoureux dérobe ce bijou inestimable de la famille Considine n'était sûrement pas pour plaire à son aîné. Celui-ci était réputé pour sa logique imparable et son intelligence supérieure, cynique et objective. Bien sûr, il avait eu des conquêtes, mais elles avaient toujours été gérées avec discrétion, et la seule pensée qu'il pût tomber vraiment amoureux était difficilement envisageable.

Pourtant, il avait suffi d'un regard pour qu'il s'éprenne éperdument de Sara Milton, cette jeune décoratrice d'intérieur au teint pâle venue de nulle part. Transgressant toutes les règles qu'il s'était fixées, Gabe s'était alors lancé dans une entreprise de séduction menée tambour battant, la plupart du temps sous les flashes des médias du monde entier. Deux semaines après l'annonce de leurs fiançailles à un entourage médusé, il avait insisté pour que Sara porte le Sang de la Reine à l'occasion du mariage d'un cousin.

Cette nuit-là resterait à jamais gravée dans sa mémoire, songea Marco sombrement. Et pas seulement, hélas, à cause de la spectaculaire beauté des pierres précieuses, étincelant comme un brasier ardent sur la chaîne d'or délicatement ciselée, qui mettaient si bien en valeur la chevelure noire de Sara et sublimaient ses yeux gris-vert. Cette nuit-là, le collier avait disparu, volé dans le coffre-fort du château où séjournait Sara. Un coffre-fort dont elle avait elle-même choisi la combinaison…

Dire qu'elle avait eu l'audace d'accuser sa femme de chambre ! Ils n'en avaient pas cru leurs oreilles. Mais personne n'avait été dupe.

Le vol avait été tenu secret, mais trois jours plus tard un bref communiqué annonçait la rupture des fiançailles de Gabe Considine et Sara Milton, mettant les médias en émoi. Certains tabloïds parmi les plus virulents avaient qualifié la nouvelle de scandale du siècle.

Il croisa le regard dur et intelligent de son frère.

— Es-tu toujours convaincu que c'est elle qui l'a pris ? Après tout, aucune preuve formelle ne la relie au vol, et si elle avait essayé de le vendre depuis, tu l'aurais forcément su.

— Elle l'a volé ! affirma Gabe d'un ton sans réplique.

Et d'un coup d'œil incisif, il coupa court à toute autre observation.

— Si elle ne l'a pas encore vendu, c'est qu'elle n'ose pas. Je compte bien la convaincre qu'elle a plutôt intérêt à me le rendre.

Assurément, songea Marco, mal à l'aise en captant l'intonation glaciale dans la voix de son frère, Gab avait les moyens de parvenir à ses fins. Si quelqu'un pouvait faire dire à Sara où se trouvait le collier, c'était bien lui. Son charisme puissant tenait certes au mélange de lignées princières et aristocratiques dont il avait hérité son visage impérieux et son corps mince et musclé, mais davantage encore à son autorité naturelle.

Pourtant, il se sentit obligé d'observer :

— C'est idiot, Gabe. Elle allait t'épouser. Elle aurait pu jouir du Sang de la Reine définitivement.

— Elle avait déjà changé d'avis à ce sujet, répliqua Gabe avec cynisme.

Marco hocha la tête.

A part Gabe et lui, seuls le responsable de la sécurité de Gabe et un paparazzi savaient à quoi il faisait allusion : ce maudit cliché pris au téléobjectif par la fenêtre de la chambre de Sara, la nuit où le collier avait été volé. Celui-ci montrait la fiancée de Gabe blottie dans les bras de Hawke Kennedy, le propriétaire du château où elle séjournait. Et tous deux étaient nus. Le lendemain du vol, la photo avait été envoyée à Gabe par e-mail. L'expéditeur menaçait de vendre le négatif au plus offrant s'il ne payait pas une rançon.

— Ton expert en sécurité a-t-il fini par découvrir qui était le photographe ? demanda Marco.

— Oui.

— Je suppose alors que la photo ne sera jamais publiée ?

Le sourire de Gabe se mua en une fine ligne aussi tranchante que la lame d'un couteau.

— Non.

— Pourquoi ? J'aurais pourtant cru que tu serais la dernière personne à céder au piège d'un chantage et à payer une rançon.

— La fierté, Marco. La fierté. Une fois l'authenticité du cliché prouvée, je me suis vraiment senti idiot de m'être laissé berner par cette belle voleuse au point de me fiancer avec elle. Je m'en veux de m'être laissé abuser aussi facilement par mes sentiments.

Marco ne répondit pas. Après quelques secondes de silence, son frère reprit du même ton calme :

— Juste avant le vol, Alex m'avait proposé de revenir vivre en Illyria pour y être sacré grand-duc.

— Et alors ? Qu'est-ce que la proposition d'Alex a à voir avec ça ou le photographe ?

Gabe haussa les épaules.

— Cela compliquait la situation. Les Illyriens, surtout ici dans les montagnes, croient encore qu'ils ont besoin d'hommes forts pour les gouverner. Tu le sais, ils ont des idées plutôt arrêtées en ce qui concerne le rôle des hommes et des femmes. Rompre mes fiançailles était déjà bien assez grave. S'ils avaient su que j'avais succombé aux charmes d'une femme qui couchait avec un autre homme tout en complotant pour dérober le Sang de la Reine, les paysans auraient perdu toute considération pour moi.

Il laissa échapper un bref éclat de rire dénué de joie.

— Je n'aurais pas pu leur en vouloir. Mais si je dois régner, j'ai besoin de leur considération.

— Alors, tu envisages sérieusement d'accepter la proposition d'Alex ?

Alex, leur cousin à un degré éloigné, avait été couronné prince héréditaire d'Illyria quelques années auparavant à la demande réitérée et massive du peuple. Il mettait désormais à profit sa fortune et son prestige immenses pour remettre le petit territoire, exsangue après des années d'oppression, sur la route de la prospérité.

— En effet, acquiesça Gabe. La nouvelle sera annoncée dans quelques semaines.

Marco siffla entre ses dents.

— Alors Sara a failli devenir grande-duchesse, observa-t-il pensivement.

Un sourire singulièrement déplaisant incurva la bouche de Gabe.

— Dommage, n'est-ce pas ?

— Pourquoi as-tu décidé d'assumer cette charge ? s'enquit Marco avec curiosité. Tu ne cours pas après le pouvoir, et je sais que le titre ne signifie rien pour toi au-delà d'un certain attachement sentimental à nos ancêtres. Quant à l'argent, tu n'as certainement pas besoin d'en avoir davantage, d'autant que le duché ne risque pas de générer des bénéfices avant des années. Tu vas y laisser ta fortune.

Son aîné possédait une fortune conséquente. Comme lui, il s'était taillé un empire dans la jungle impitoyable des technologies nouvelles, y consacrant l'énergie et l'intuition dont leurs ancêtres avaient fait preuve pour maintenir l'ordre sur leurs terres. Mais la contrée qu'il avait survolée le matin même en arrivant ressemblait à une gravure médiévale, avec ses villages minuscules nichés çà et là et leur absence flagrante de toute modernité.

Gabe haussa les épaules et contempla la vallée dont la beauté sereine dissimulait la pauvreté qui la rongeait.

— Chaque paysan de cette vallée a été puni encore et encore par le dictateur pour sa loyauté envers nos grands-parents. Je leur dois bien cela.

Marco hocha la tête. La responsabilité était la motivation première de Gabe.

— Tu pourrais aussi les aider sans être sacré grand-duc ni revenir à la féodalité.

— Tu connais le pouvoir de persuasion d'Alex, remarqua Gabe avec ironie. Ne t'a-t-il pas convaincu de reprendre la direction de son entreprise de micro-informatique afin qu'il puisse entièrement se consacrer à l'Illyria ?

— En effet, opina Marco en souriant. Et j'ai sauté sur l'occasion. Je ne me plains pas. Quelle est ton excuse ?

— J'ai enquêté ici depuis l'année dernière pour savoir

comment je pourrais aider ces gens au mieux, et ils ont clairement manifesté leur désir d'avoir un grand-duc, tout autant qu'ils avaient attendu le retour d'Alex. Cela semble remonter le moral de la génération qui se rappelle le bon vieux temps, mais même les plus jeunes sont impatients.

Alors que Marco méditait cette explication, Gabe ajouta d'un ton sarcastique :

— C'est pourquoi j'ai pensé qu'une photo de ma fiancée, nue dans les bras de son amant, risquait de ternir autant le titre que le dur travail déjà accompli par Alex.

Marco fit la moue. S'il avait du mal à admettre que Sara Milton ait vraiment dérobé le collier, il ne croyait pas davantage qu'elle ait pris Hawke Kennedy pour amant. Certes, Sara avait une beauté qui ne laissait pas les hommes indifférents, mais elle était aussi de plaisante compagnie, et il l'avait beaucoup appréciée.

Mais une agréable personnalité n'était-elle pas un atout des plus utiles pour une intrigante ?

Abandonnant tout espoir de faire changer d'avis à son frère, il se sentit obligé de souligner :

— Si tu persévères dans ce projet insensé, tu risques de t'exposer à des problèmes plus graves. Le kidnapping est un délit, Gabe. Alex lui-même ne sera pas en mesure de t'aider si Sara porte plainte contre toi.

Les traits ciselés de son frère se durcirent.

Cette même expression inflexible émanait des portraits de leurs ancêtres. Des hommes et des femmes impitoyables. Connus pour leur indéfectible loyauté envers leur prince et leur incroyable habileté dans l'art de la guerre, ils avaient gardé leurs frontières avec un mélange d'autorité et d'intelligence. Gabe ferait un grand-duc excellent. Et il participerait activement aux projets d'Alex de restaurer la prospérité de l'Illyria.

Pourtant, Marco restait sur ses gardes. Son frère semblait immunisé contre les doutes, quels qu'ils soient. Dieu sait jusqu'où il irait dans cette histoire.

Lorsque Gabe reprit la parole, sa voix, froide et profonde, était parfaitement neutre.

— Elle vient ici de son plein gré.

— Parce qu'elle ignore qu'il s'agit de ton château et que tu comptes l'y retenir jusqu'à ce qu'elle te donne ce que tu veux.

Gabe eut un sourire inquiétant.

— Jusqu'à ce qu'elle me rende ce qui m'appartient, corrigea-t-il. Détends-toi. Je ne compte pas la mettre au supplice ni l'enfermer dans le donjon. A l'instant où elle me dira où se trouve le collier, elle pourra partir. Et elle n'ira voir ni la police ni les médias.

Le froid mépris dans le ton de sa voix fit dresser les cheveux sur la nuque de Marco. Il scruta le visage de son frère.

— J'imagine que sa dernière joute avec la presse l'a suffisamment mise à mal pour qu'elle fuie les journalistes comme la peste, reprit tranquillement Gabe.

Puis, abandonnant le sujet comme si l'affaire était réglée, il lui sourit avec affection.

— Es-tu prêt à partir ?

— Oui, je suis prêt. Je ne partage pas ton point de vue, Gabe, mais je suppose que je ne parviendrai pas à te faire changer d'avis, alors… Ne fais rien que tu regretterais ensuite, d'accord ?

Gabe haussa les épaules.

— Sara Milton est sur mon terrain maintenant, et j'ai toutes les cartes en main.

Il accompagna Marco jusqu'à l'hélicoptère et suivit l'appareil des yeux alors qu'il disparaissait au loin. Regagnant le château à pas lents, il regarda tout autour de lui, notant mentalement l'ampleur du travail à accomplir.

Son frère avait été bien trop facilement séduit par le joli minois de Sara, capable de rester affable et composée alors même qu'elle mentait effrontément. Mais comment blâmer Marco pour cette faiblesse ? Elle l'avait trompé lui aussi. Et pourtant, durant son ascension dans la liste des hommes riches, il avait appris à repérer les femmes déterminées à mettre le grappin sur un multimillionnaire.

Ses lèvres se serrèrent. Il s'était comporté comme un imbécile avec Sara. En dépit de toute son expérience, il s'était laissé leurrer par son ravissant visage, ses yeux sereins et sa bouche passionnée. Tant et si bien qu'il avait baissé sa garde, suffisamment pour décider de l'épouser, lui offrant en bague de fiançailles un rubis qui se mariait magnifiquement au Sang de la Reine.

Quel idiot !

Un éclat lumineux apparut dans l'obscurité croissante au-dessus des montagnes tandis que le vrombissement lointain d'un rotor se faisait plus sonore. Un hélicoptère approchait.

Prudemment, Gabe tempéra ses émotions.

Avec satisfaction, il s'assura qu'il ne ressentait rien au-delà d'une féroce détermination à faire avouer à Sara où se trouvait le collier. Une fois que cela serait fait, il aurait l'immense plaisir de la chasser du château et de l'Illyria.

Et alors, il la rayerait à jamais de sa vie.

2

Pendant une seconde, le cœur de Sara cessa de battre : illuminés d'une lumière rouge écarlate par les derniers feux du couchant, les vieux murs de pierre de la forteresse paraissaient baignés de sang.

Un examen plus attentif révéla un rideau de feuilles et de longues lianes noueuses. C'était une vigne ancestrale, parée de ses couleurs automnales, qui accusait cette teinte violente.

— Ressaisis-toi, murmura-t-elle, essayant de réprimer une soudaine appréhension.

C'était ridicule. Depuis que le prince Alex était monté sur le trône d'Illyria, quelques années plus tôt, le pays était devenu un état de droit, ouvert sur le monde. En outre, elle ne resterait pas longtemps. Il lui fallait simplement examiner trois chambres et leur salle de bain, et élaborer un projet de décoration qui préserve l'atmosphère médiévale tout en intégrant le confort moderne.

Si seulement cela pouvait être aussi simple, pensa-t-elle, une crainte inexpliquée la rongeant intérieurement. Elle avait tellement besoin de décrocher ce contrat. Satisfaire aux exigences de l'élégante héritière américaine propriétaire de ce château pourrait remettre sa carrière sur les rails après le désastre de l'année précédente.

Surtout, ne plus y penser, s'ordonna-t-elle aussitôt. Si les mois passés lui avaient appris quelque chose, c'était bien cela : quoi qu'il arrive, la vie devait continuer. Mais la douleur l'envahit comme un nuage gris, engloutissant tout dans cette terrible détresse qui lui était devenue familière.

L'appareil se posa avec une légère secousse.

Elle frémit et cligna des yeux afin de chasser ses tristes souvenirs.

Les sourcils froncés, elle scruta la pénombre grandissante. La propriétaire était absente, elle le savait, cependant elle ne s'attendait pas à ce que le château soit désert.

Elle eut l'impression d'être observée et leva la tête vers les fenêtres. Aucune lumière n'éclairait encore les fenêtres surmontées d'une figure héraldique.

Un loup ?

Effectivement, cela ressemblait à un loup : oreilles pointues, crocs acérés et langue écarlate pendant en dehors de la gueule. Quel emblème ! Un frisson lui courut le long de l'échine, mettant tous ses sens en éveil.

« Cesse de te laisser impressionner. Immédiatement ! » s'ordonna-t-elle une fois encore énergiquement.

La porte de l'hélicoptère coulissa et le vacarme des pales l'assourdit.

— Mademoiselle Milton ?

Un homme petit et râblé, véritable stéréotype du majordome, l'attendait.

Soulagée, elle lui sourit, détacha sa ceinture de sécurité et sauta dans l'herbe, courbant la tête tandis qu'il l'entraînait loin de l'hélicoptère.

Une fois à bonne distance des rotors, l'homme lui indiqua dans l'épais mur de pierre une porte cintrée.

— Par ici, mademoiselle.

Comme elle marquait une hésitation, il ajouta :

— Vos bagages vont suivre.

La porte conduisait à une cour où des compositions florales s'épanouissaient dans des vasques.

Loin de l'atmosphère saturée des gaz d'échappement de l'hélicoptère, Sara respira une pleine bouffée d'air parfumé encore chargé de la chaleur de cette belle journée d'automne. Sa nervosité s'apaisa un peu. Faisant taire ses peurs irraisonnées, déterminée à donner le meilleur d'elle-même dans cette mission, elle prit une profonde inspiration, redressa les épaules et suivit le majordome.

Celui-ci lui indiqua une autre porte, large et massive, de toute évidence destinée à repousser tout assaillant.

A moins que ce ne soit pour empêcher les prisonniers de s'évader ? songea-t-elle avec appréhension, fâchée contre elle-même de se laisser ainsi emporter par son imagination. La propriétaire du château était une jeune femme moderne, aucunement menaçante, qui souhaitait simplement transformer trois chambres en paradis élégant et accueillant pour ses invités.

La lourde porte de bois, munie d'un impressionnant verrou médiéval, s'ouvrit sur un vaste hall pavé.

Le majordome lui adressa un sourire poli.

— Entrez, je vous prie. J'espère que vous avez fait un agréable voyage.

— Très agréable, merci, répondit-elle presque automatiquement en entrant à l'intérieur.

Il n'y faisait ni froid ni sombre. Frais, certes, mais finalement il n'y avait ni toiles d'araignées pendues aux poutres ni suppliciés dans les coins…

Le majordome la précéda.

Des armures aussi sinistres que magnifiquement ouvragées s'alignaient le long des murs, leur caractère impitoyable à peine tempéré par les nombreuses compositions florales. A l'autre extrémité du hall, une bannière était suspendue au plafond. Bien que rongée par le temps, la silhouette d'un loup était encore parfaitement identifiable.

Sara sentit sa peau se hérisser.

Que diable faisait-elle ici ? Ses compétences concernaient les résidences traditionnelles, pas ce genre d'architecture, symbole flagrant de pouvoir et de cruauté. Elle avait décoré des appartements en Angleterre et en France, mais jamais dans un endroit aussi particulier qu'une forteresse.

Mais quel défi à relever ! Et quel atout sur son CV !

— Ce château a-t-il un nom ? demanda-t-elle d'un ton enjoué afin de rompre le silence oppressant.

— Bien sûr, mademoiselle. Les gens ici l'appellent le Repaire du Loup.

Rien que ça !

— Alors la bannière dans le grand hall représente les armoiries des premiers propriétaires ?

— En effet, confirma-t-il en ouvrant une petite porte qui conduisait à un ascenseur.

Sara réprima un sourire. Un ascenseur ! La propriétaire américaine l'avait sûrement fait installer. Pourvu que ce ne soit pas la seule concession faite au XXIe siècle !

Plusieurs étages plus haut, elle fut introduite dans une chambre où trônait un lit à baldaquin. La tête et le pied du lit étaient ciselés d'un délicat entrelacs de fleurs et de treilles. Après une restauration — indispensable —, il serait sublime.

On ne pouvait pas en dire autant du reste du mobilier, tout de dorures, de rouge écarlate et de blanc laqué. L'ameublement se composait de reproductions de médiocre qualité. Pas étonnant que Mme Abbot Armitage souhaitât redécorer les chambres ! Quiconque avait conçu une parodie d'aussi mauvais goût ne devrait pas être autorisé à exercer le métier de décorateur !

Au moins n'y avait-il aucune représentation de loup.

Le majordome indiqua une porte.

— Votre salle de bain se trouve par ici. Je viendrai vous chercher dans une heure pour vous conduire au petit salon. Un cocktail sera servi avant le dîner.

— Oh !

Comme l'homme la considérait avec étonnement, elle se força à expliquer :

— Je croyais qu'il n'y avait personne…

Elle s'interrompit.

— Mais si, mademoiselle, s'entendit-elle répondre brièvement.

Et sur ces mots, l'homme s'en alla.

Les sourcils froncés, Sara regarda fixement la porte qui venait de se refermer.

Un frisson glacial lui courut à fleur de peau. Un pressentiment ?

Regardant tout autour d'elle, elle remarqua une fenêtre entrouverte qui laissait entrer l'air du soir. Il faisait encore un peu jour.

— Cesse de tout dramatiser ! se morigéna-t-elle avant de se pencher par la fenêtre.

Aujourd'hui encore, dix ans après avoir quitté Fala'isi, elle trouvait un charme enchanteur aux lents crépuscules d'Europe. Les nuits tropicales dans le Pacifique tombaient si brusquement, comme un couperet, occultant en quelques minutes les couleurs chaudes et éclatantes de la petite île !

L'air était pur, parfumé de la maturité des moissons et des greniers remplis de foin. Comme la chambre était située au-dessus des remparts, le regard portait jusque dans la vallée. De petits groupes de lumières signalaient les villages. Quant aux points minuscules au sommet des montagnes environnantes, il devait s'agir de fermes d'alpage isolées.

En se penchant un peu, elle aperçut plusieurs fenêtres éclairées dans l'une des tours du château. C'est alors qu'une silhouette s'en approcha et tira les rideaux.

Instinctivement, elle recula. Les yeux écarquillés malgré la fatigue, elle observa la silhouette, sans doute le majordome peu prolixe, occulter un à un les carrés de vive lumière.

Alors elle leva les yeux vers la voûte céleste constellée d'étoiles.

Petite, sur son île natale, elle avait appris le nom de chacune d'elles.

Le mal du pays et quelque chose de plus douloureux encore la submergèrent. Malgré tout l'amour qu'elle éprouvait pour Fala'isi, il n'y avait plus rien pour elle là-bas. Cette mission professionnelle était désormais sa seule chance de relancer sa carrière que Gabe Considine avait anéantie.

Elle eut une grimace. Non qu'elle puisse imputer directement à son ex-fiancé la chute brutale des commandes. Il était bien trop subtil pour cela. Mais si ses fiançailles avec un homme aussi puissant pouvaient attirer toutes les grosses fortunes vers elle, la moindre insinuation qu'elle était une voleuse pouvait les faire fuir tout aussi rapidement.

Et des insinuations, il avait dû y en avoir ! Le vol du collier, le célèbre Sang de la Reine, n'était jamais parvenu aux oreilles des médias, pourtant son dernier employeur l'avait remerciée à peine Gabe avait-il rompu leurs fiançailles.

Ce collier disparu, le plus précieux héritage de la famille de Gabe depuis plus de mille ans, avait anéanti tout ce pour quoi elle avait durement travaillé, tout ce qu'elle avait aimé. Il avait été pour elle une malédiction.

L'unique fois où elle l'avait porté, à l'occasion du mariage somptueux d'un cousin de Gabe, un frisson avait glacé sa colonne vertébrale.

Gabe l'avait lui-même glissé autour de son cou, et même la caresse de ses mains sur ses épaules n'avait pas suffi à les réchauffer.

— Qui l'a fait ? avait-elle demandé précipitamment.

— Personne ne le sait, lui avait répondu Gabe, les yeux plissés, le regard intense, tandis qu'il disposait la lourde chaîne sur ses épaules. Certains experts affirment qu'il provient d'un trésor des Scythes. Il s'agissait d'un peuple de nomades des steppes eurasiennes, réputés pour leur cruauté et leurs magnifiques pièces d'orfèvrerie. Quant aux rubis, ils proviennent indiscutablement de Birmanie.

Elle avait regardé son reflet dans le miroir, mi-extasiée par la beauté de l'objet, mi-rebutée par son histoire entachée de sang. Le collier avait une présence, une aura, qui allait au-delà de sa valeur inestimable.

Puis ce bijou que sa rareté rendait impossible à assurer avait disparu. Et malgré ses protestations aussi sincères que désespérées, Gabe avait été persuadé qu'elle l'avait dérobé. Il avait rompu leurs fiançailles de la façon la plus cruelle qui soit : elle avait appris la nouvelle par un communiqué de presse.

Encore maintenant, elle était écœurée par le souvenir de la levée de boucliers des médias, des flashes aveuglants, des sous-entendus malveillants, des mensonges, des rumeurs et des plaisanteries de mauvais goût. Trois mois durant, elle avait cherché en vain un nouveau travail, tandis que ses finances fondaient inexorablement.

Rien pourtant n'avait été plus cauchemardesque que de comprendre que l'homme qui lui avait fait la cour avec cette folle tendresse, l'homme pour lequel elle avait éprouvé un véritable coup de foudre, avait usé de son pouvoir immense et de son influence pour ruiner sa vie.

Elle avait tant aimé Gabe ! Naïve, elle s'était laissé convaincre que cet homme magnifique l'aimait, lui aussi. Mais à la première mise à l'épreuve de son amour, elle avait compris que ce n'était qu'une illusion. Seule sa fierté l'avait empêchée de sombrer.

Ainsi que ses compétences de décoratrice d'intérieur, se rappela-t-elle. Elle était douée pour cela, bon sang !

Heureusement, après de longs mois de démarches infructueuses, un décorateur de renom avait accepté de lui redonner une chance. Elle lui devait de mener cette mission à bien. Il lui avait tout de même signifié très clairement qu'au moindre faux pas, elle serait renvoyée. Jusqu'à ce jour, il l'avait étroitement surveillée, mais lui laisser l'exécution de ce contrat signifiait sans doute qu'il lui faisait enfin confiance.

Un coup frappé à la porte la tira de ses tristes pensées.

— Entrez, invita-t-elle.

Le majordome apportait ses bagages.

— Merci, lui dit-elle avec un sourire.

Il s'inclina brièvement.

— Si vous avez besoin de quoi que ce soit, mademoiselle, tirez le cordon de la sonnette.

Et il s'en alla, refermant doucement la porte derrière lui.

Sara saisit son reflet dans le miroir, et son aspect fatigué et triste la fit réagir. Se lamenter sur le désordre qu'était devenue sa vie ne menait à rien. Mieux valait rassembler toute son énergie et donner le meilleur d'elle-même.

La salle de bain, véritable abomination de style pseudo victorien, avec robinetterie clinquante et baignoire en marbre, rivalisait de mauvais goût avec la chambre. Quant à la plomberie, elle avait sérieusement besoin d'être réparée.

Non. Pas réparée, totalement changée ! constata-t-elle en se douchant sous un filet d'eau à peine tiède.

De retour dans sa chambre, elle regarda autour d'elle, les sourcils froncés. Sa valise avait disparu.

Le cœur battant, elle se dirigea vers une armoire imposante, l'ouvrit et découvrit ses effets soigneusement rangés sur les étagères et sur des cintres. Quelqu'un — pourvu qu'il ne s'agisse pas du majordome ! — s'était affairé tandis qu'elle se douchait.

Une fois habillée, un rapide coup d'œil dans le miroir la rassura : elle était idéalement élégante. Elle se maquilla avec sobriété, soulignant ses yeux d'un peu de rimmel et ses lèvres d'une brillante couleur prune. Mieux valait ne pas paraître trop sophistiquée.

Avec soin, elle brossa ses cheveux et les ramena en arrière pour les rassembler en un chignon classique.

Un coup discret frappé à la porte fit bondir son cœur dans sa poitrine.

Du calme. Elle était là pour un travail et son avenir en dépendait, alors elle allait foncer et faire de son mieux.

Essayant de tempérer les battements de son cœur, elle suivit le majordome dans les couloirs, jetant des coups d'œil furtifs autour d'elle. Elle croisa le regard fixe du portrait d'une femme à la beauté hautaine. De qui s'agissait-il ? Et pourquoi lui semblait-elle étrangement familière ?

L'homme s'arrêta devant une porte, l'ouvrit et annonça :

— Mademoiselle Milton.

Et elle sombra dans le cauchemar qui avait hanté ses nuits tout au long de l'année passée.

Gabe Considine ! L'homme debout devant la cheminée, au fond de la pièce, était Gabe Considine, l'homme qu'elle avait aimé et avait été sur le point d'épouser.

Sa grande taille, sa carrure puissante, son smoking noir, ses traits durement ciselés donnaient une impression de pouvoir. Et bien qu'aucun muscle de son visage glabre et séduisant ne tressaillît lorsqu'il l'aperçut, elle devina la satisfaction intense qu'il ressentait.

Pendant une seconde terrifiante, chaque muscle de son corps se pétrifia, la laissant figée sur place.

— Merci, Webster, dit Gabe de sa voix autoritaire.

Il attendit que la porte se soit refermée, puis il sourit et déclara d'une voix lente :

— Bienvenue dans le château de mes ancêtres, Sara.

La fierté la força à se redresser, alors que la certitude qu'un piège venait de se refermer sur elle l'accablait.

La gorge sèche, elle répondit d'une toute petite voix :

— Je ne te répondrai pas qu'il m'est agréable d'être ici.

— Je ne m'attendais pas à ce que cela le soit.

Ses yeux, froids et durs comme de l'acier, sondèrent son regard, allumant un brasier qui la dévora tandis qu'il la détaillait de la tête aux pieds.

Gabe observa que Sara était parfaitement habillée pour l'occasion.

Malgré la réserve manifeste de ses vêtements, son chemisier en dentelle révélait discrètement les lignes délicates de sa gorge. Sa longue jupe droite lui parut un peu austère… du moins jusqu'à ce qu'elle fît un pas en avant. La fente s'ouvrit alors sur le côté, révélant une jambe galbée.

A en croire le détective privé qui l'avait suivie, elle n'avait fréquenté personne au cours de l'année passée, et son salaire n'était pas suffisant pour qu'elle pût s'acheter de telles tenues. Peut-être s'agissait-il de vêtements d'occasion ?

Sa coiffure classique mettait en valeur ses traits parfaits, sa bouche appétissante dissimulée sous une légère couche de fard. Elle ne portait aucun bijou, et pourtant il émanait d'elle l'image d'une femme confiante dans son corps et sa sensualité.

Des souvenirs obsédants se bousculèrent dans son esprit.

Sara dans ses bras, douce, ardente, soyeuse… Ses cris étouffés alors qu'elle succombait à la jouissance, le parfum de sa peau, la caresse satinée de sa chevelure, sa voix qui passait d'une intonation timide à une confiance enchanteresse quand il lui faisait l'amour, son rire…

Brutalement, il reprit le contrôle de ses sens.

— Tu es splendide, complimenta-t-il d'une voix douce.

Décontractée, sophistiquée, professionnelle… Cela favorise sans aucun doute ton fonds de commerce.

Il regarda la couleur s'évanouir de sa délicieuse peau magnolia. Elle ne rougissait même pas.

— Veux-tu boire quelque chose ?

A sa surprise elle accepta, mais écarquilla les yeux en le voyant verser le champagne.

Un grand cru. N'avaient-ils pas quelque chose à fêter ?

— A nos retrouvailles ! lança-t-il, caustique.

Lorsque Sara prit la flûte qu'il lui tendit, ses doigts se contractèrent brièvement autour du fragile pied de cristal. Elle baissa les paupières sur ses yeux gris-vert, et il sentit son pouls s'accélérer.

C'était la seule femme capable de bouleverser son sens commun d'un seul regard, pensa-t-il avec un mépris sauvage envers lui-même,.

Elle but une rapide gorgée puis tourna la tête vers les flammes qui crépitaient dans la cheminée. Sa chevelure acajou brilla sur sa peau satinée.

— Pourquoi m'as-tu fait venir ici ? s'enquit-elle.

Il ne répondit pas tout de suite, attendant qu'elle porte les yeux vers lui.

— J'ai pensé qu'il était temps que nous discutions de certaines choses.

Le cœur de Sara fit un bond dans sa poitrine. Gabe n'aurait-il pas complètement renoncé à elle ?

Un coup d'œil rapide à son visage implacable la dessilla. Non, bien sûr, il ne l'aimait plus… à supposer qu'il l'eût jamais aimée.

Nul doute que leur aventure avait été une aberration momentanée. Gabe Considine ne pouvait avoir ressenti de sentiments durables à son égard. Qu'est-ce que le descendant d'une maison princière pouvait avoir en commun avec une femme comme elle ? Elle n'avait ni argent, ni statut, ni famille… Elle ne connaissait même pas le nom de son père !

Elle but une autre gorgée de champagne pour dissimuler sa peine.

— J'ignore pourquoi tu as manigancé cette mise en scène,

reprit-elle. Je n'ai rien à te dire, hormis le fait que j'ignore où se trouve le collier. Si j'avais su que tu serais là, jamais je ne serais venue.

Il leva un sourcil railleur.

— J'ai du mal à te croire. Tu m'as dit un jour que tu te renseignais toujours sur tes clients avant d'entreprendre un travail. Et tu savais que j'étais lié à l'Illyria.

— Je savais que tu étais un cousin du prince, mais je n'avais pas la moindre idée que tu y possédais une forteresse aussi imposante. Quoi qu'il en soit…

Une phrase glaciale interrompit sa déclaration.

— Tu mens, Sara.

Elle avait toujours aimé la façon dont il prononçait son nom, les deux syllabes s'échappant paresseusement, sensuellement de ses lèvres, comme des caresses. Mais cette fois, il l'avait prononcé de façon dure et insultante.

La colère transforma ses paroles en flèches acérées.

— C'est vrai, je me suis renseignée pour être certaine que tu ne serais pas en Illyria. Pourquoi n'es-tu pas en Amérique du Sud, à cette conférence des Nations Unies ?

Silencieux, gracieux, tel le loup choisi pour emblème par ses ancêtres, Gabe s'approcha d'elle.

— Parce que je me suis arrangé pour être là en même temps que toi, murmura-t-il.

3

Seul un amour-propre farouche empêcha Sara de reculer. Avec tout l'aplomb dont elle se sentait capable, elle releva le menton et affronta le regard de son hôte.

Elle n'avait rien fait de mal. Elle ne se laisserait pas intimider.

— Je ne resterai pas longtemps, répliqua-t-elle vivement.

— Tu resteras jusqu'à ce que je te laisse partir.

— Tu ne peux pas m'obliger !

— Je peux faire tout ce que je veux de toi.

Gabe se tut, laissant le silence s'éterniser, avant de finir doucement :

— Personne ne sait que tu es ici.

— Mon patron…

Le sourire qu'il lui renvoya lui glaça les sangs.

— Il ne te sera d'aucun secours, Sara.

Il attendit encore, imperturbable et attentif, tandis qu'elle luttait contre les implications de sa paisible affirmation.

Un vide immense l'emplit intérieurement. Ses doigts se contractèrent sur son verre. Froidement, elle demanda :

— Aurais-tu arrangé ce travail pour me faire venir ici ?

— En effet.

Gabe avait répondu avec désinvolture, comme s'il s'agissait d'une démarche des plus banales pour lui. Ce qui, naturellement, était le cas.

Sara resta pétrifiée.

Cette offre de travail inattendue lui avait redonné un tel espoir ! Apprendre que Gabe avait tout manigancé, que son travail ne signifiait rien, la blessait si profondément qu'elle ne pouvait plus parler.

Elle aurait dû s'en douter, songea-t-elle, dévorée par l'humiliation. Il voulait se venger. Et il avait le pouvoir et les moyens de parvenir à ses fins, mettant en place avec une efficacité redoutable un stratagème contre lequel elle ne pouvait se protéger.

Bataillant pour garder l'esprit clair, elle repoussa le sentiment d'impuissance qui l'anéantissait. Gabe tirait les ficelles de sa vie comme si elle n'était qu'une marionnette, c'était blessant et terrifiant à la fois. Pourtant, elle ne céderait pas. Elle ne lui donnerait pas ce plaisir de l'humilier.

Il la considérait de ses yeux froids et spéculateurs.

— Je veux rentrer en possession du Sang de la Reine, Sara. Dis-moi où il est, et tu pourras reprendre le cours normal de ta vie.

Le cours normal de sa vie ?

Elle en aurait presque éclaté de rire, si le ton dénué de passion de Gabe ne lui faisait pas si mal. S'il avait réussi à la rayer de sa vie, elle n'avait pas aussi facilement pansé ses propres blessures. Il suffisait que Gabe pose les yeux sur elle pour que son cœur se mette à palpiter, à se languir de cette communion qui n'avait jamais existé que dans ses rêves.

S'il l'avait vraiment aimée, il l'aurait écoutée et il l'aurait crue. Mais non, il avait préféré accepter les allégations de la femme de chambre de sa grand-mère plutôt que la parole de la femme qu'il comptait épouser !

D'une voix crispée, elle affirma :

— Si je savais où se trouvent les rubis, crois-moi, je te l'aurais dit depuis longtemps.

— Ecoute-moi bien, reprit Gabe avec vigueur.

Ses yeux se firent dangereux.

Elle répondit à son regard hostile avec une égale détermination.

Un haussement de menton souligna l'héritage génétique de Gabe, celui de ces guerriers belliqueux qui avaient mêlé leur sang à celui de princesses de l'Europe entière pour lui transmettre des traits séduisants et arrogants, des cheveux noirs comme l'ébène, des yeux bleus comme le reflet d'une dague et une peau d'un bronze chaleureux.

— Cesse de te dérober, Sara, cela ne te mènera à rien. Dis-moi où se trouve le Sang de la Reine et je te laisserai partir avec la promesse de ne pas te poursuivre en justice.

Jetant un regard à son visage, elle décela sous le mépris affiché une détermination implacable. Sa dernière étincelle d'espoir s'évanouit. Comment Gabe pouvait-il être si intelligent dans tant de domaines et si obstinément convaincu qu'elle avait volé le collier ?

Une panique insensée s'empara d'elle.

— C'est pourtant ce que tu as insinué en disant que tu pourrais faire ce que tu voulais de moi, rétorqua-t-elle pour la dissimuler.

Les sourcils noirs se froncèrent de façon impressionnante, précipitant les battements de son cœur.

— En effet, je pourrais.

Sa voix se fit sarcastique.

— Mais refrène ton imagination fertile. Je n'ai nullement l'intention de te faire du mal.

— Pourquoi devrais-je te croire ? demanda-t-elle en comprenant trop tard qu'attaquer sa crédibilité ne serait en aucun cas la meilleure façon de le faire revenir sur son projet insensé et la laisser partir.

— T'ai-je jamais fait du mal ?

— Je… non, admit-elle avec réticence.

Pas physiquement, du moins. Il avait au contraire toujours été délicieusement tendre avec elle.

Son cœur s'emballa une fois encore alors qu'elle se rappelait à quel point il avait été aimant et comment elle s'épanouissait dans ses étreintes enivrantes.

— Alors cesse de prétendre que tu as peur de moi, dit-il d'un ton acerbe. Et n'essaye pas d'éluder le sujet. Si tu crains pour ta sécurité, sois certaine que rien ni personne ne pourra t'atteindre ici… Aucune armée n'a jamais réussi à prendre cette forteresse d'assaut.

Sara se mura dans le silence. Quoi qu'elle dise, cela ne ferait qu'empirer les choses.

Gabe attendait. Comme elle ne disait toujours rien, il reprit impitoyablement :

— Donne-moi les détails du vol. Qui d'autre était impliqué ? Je te promets que tu n'as rien à craindre.

Comme il lui avait promis de l'aimer autrefois ?

— J'ignore ce qui est arrivé à ce maudit collier, martela-t-elle, chaque parole s'élevant avec une précision mécanique. Je l'ai donné à la femme de chambre, Marya, pour qu'elle le mette dans le coffre-fort. Et pour autant que je le sache, c'est exactement ce qu'elle a fait.

La réaction de Gabe la surprit. Au lieu de son incrédulité à donner le frisson qu'elle avait dû endurer un an plus tôt en essayant de le convaincre, il se contenta de hocher la tête.

— Elle aussi jure l'avoir fait. Sauf que, une heure plus tard, quand elle s'est aperçue qu'elle avait oublié de ranger ta bague de fiançailles, elle t'a fait rouvrir le coffre et a découvert qu'il était vide. Seul quelqu'un connaissant la combinaison pouvait l'ouvrir. Or, *tu* avais toi-même choisi cette combinaison. La voleuse ne peut être que toi !

Sara sursauta. L'intonation brutale de la voix de Gabe mit ses sens en alerte. Elle releva vivement les yeux, et la crainte figea son esprit lorsqu'elle vit l'éclat dangereux qui luisait dans son regard. Avec opiniâtreté, elle insista :

— Moi ou Marya.

Soutenant son regard, Gabe affirma d'un ton assassin :

— J'ai une confiance totale en Marya.

— Es-tu si sûr d'elle ? demanda-t-elle avec fougue, consciente à l'instant où les paroles quittaient ses lèvres qu'elle n'avait pas la moindre chance.

Elle n'avait pas volé le collier. La voleuse ne pouvait être que Marya. Pourquoi ? Elle l'ignorait, mais qui d'autre sinon ?

— Je suis catégorique, affirma-t-il alors que son beau visage aristocratique se durcissait. Et comme le Sang de la Reine n'a pas encore apparu sur le marché…

— Qu'en sais-tu ?

Les larges épaules se haussèrent brièvement, tandis que Gabe rivait ses yeux bleu d'acier sur son visage. C'était comme si deux lasers transperçaient sa peau et son crâne, jusqu'à atteindre son cerveau.

— Le monde de la joaillerie est petit, expliqua-t-il, et il a été placé sous étroite surveillance depuis la disparition du Sang de la Reine. Outre la valeur de l'or et des gemmes, le collier est inestimable en tant que pièce d'orfèvrerie. Cette chaîne antique en or pur, ornée de cabochons en rubis parfaitement identiques, ne peut être vendue qu'à un collectionneur. Pourvu qu'il soit aussi riche que dénué de scrupules et qu'il ait plus d'argent que de bon sens.

— Pourquoi, plus d'argent que de bon sens ?

— Parce que le collier ne pourra jamais être arboré ni montré des générations durant, si ce n'est éternellement. Il est si connu qu'il serait immédiatement réclamé par moi-même ou mes héritiers. Et si ma lignée venait à s'éteindre, alors il reviendrait au royaume d'Illyria parce que c'est ici qu'il a été trouvé à l'origine.

Gabe se tut quelques secondes mesurées avant d'ajouter délibérément :

— Mais aucun collectionneur ne l'a acheté, Sara.

Des pupilles glaciales scrutèrent son visage. Ses lèvres esquissèrent un sourire dur. Convaincu qu'elle savait déjà tout cela, Gabe se moquait de ce qu'il considérait comme sa déloyauté sournoise.

La douleur figea Sara. Une année n'avait pas suffi à le chasser de son cœur. Elle l'avait tant aimé…

Sans la moindre trace d'émotion, Gabe reprit :

— Il aurait pu être démonté et vendu en toute discrétion, pierre par pierre, au marché noir. Lorsque le tyran a envahi l'Illyria, mon grand-père a confié le collier à une personne parfaitement fiable pour qu'elle le cache. Après l'assassinat de l'usurpateur, cette personne me l'a rapporté. J'ai fait identifier et répertorier chaque pierre. Cela fait des siècles qu'aucun rubis de la taille, de la pureté et de la couleur de ceux du Sang de la Reine n'a plus été extrait. Si un seul rubis de cette exception apparaissait sur le marché, je le saurais en moins d'une heure. Or, cela ne s'est pas encore produit.

— Parce que Marya ne veut pas le vendre.

Pas un seul muscle du visage de Gabe ne tressaillit.

— Pourrais-tu me donner une seule bonne raison pour laquelle Marya, qui était la femme de chambre de ma grand-mère, aurait voulu voler le Sang de la Reine ?

Sara secoua la tête. Au cours de l'année écoulée, elle s'était creusé l'esprit pour tenter de trouver une telle raison et n'était parvenue qu'à une seule conclusion : la vieille femme avait estimé qu'une simple décoratrice d'intérieur comme elle ne ferait pas une épouse convenable pour son seigneur. Elle avait sans doute raison.

— Je regrette qu'il ait disparu, mais je n'ai rien à voir avec le vol, répondit-elle catégoriquement.

Oppressée par le poids des siècles d'histoire, des morts, des guerres et des désillusions que renfermaient les murs de cette citadelle, elle se tourna vers la fenêtre et inspira longuement.

Un effluve léger et familier parfumait l'air : celui des arbres fruitiers en fleurs dans le verger qu'elle avait survolé en hélicoptère, pensa-t-elle, se rattachant à cette agréable douceur dans cette pièce pleine de peurs et de tensions.

Gabe reposa son verre dans un mouvement brusque. Quelques gouttes du liquide doré jaillirent de la flûte et se répandirent sur la table.

— Je ne crois pas que Marya l'ait volé pour la bonne et simple raison que c'était elle qui avait caché le collier lorsque mes grands-parents ont dû abandonner le château.

Stupéfaite, Sara considéra longuement Gabe.

— Est-ce pour cela que tu voulais qu'elle soit attachée à mon service ? demanda-t-elle d'une voix à peine audible.

— En partie, admit Gabe. C'est elle-même qui a demandé à occuper cette place lorsqu'elle a appris nos fiançailles. Je suppose que cela satisfaisait quelque chose en moi de savoir qu'elle veillerait sur toi. Eh oui ! reprit-il, sardonique. Tu as choisi la mauvaise victime pour ton coup monté, Sara. Marya n'aurait jamais volé le collier parce qu'elle a passé quarante années de sa vie à le protéger, au prix de sa sécurité et de celle de sa famille. Elle a enduré le pire par loyauté, parce qu'elle connaissait l'immense valeur symbolique du collier.

Sara se mordit la lèvre. Même si cela ne la menait nulle part, au moins comprenait-elle à présent pourquoi Gabe était à ce point convaincu de l'innocence de Marya.

— Quant à toi, reprit-il, tu m'as menti et trahi. Donne-moi une seule raison pour laquelle je devrais te croire.

L'humiliation la fit blêmir. Elle bredouilla et reprit son souffle.

— Je ne t'ai jamais ni menti ni trahi, se força-t-elle à répéter obstinément.

— Tout ce que je veux, c'est le Sang de la Reine, répondit Gabe avec indifférence. Ce bijou appartient à ma famille et je veux le récupérer. Tu seras libre de partir ensuite.

Il ne la croyait pas, c'était évident. Rien n'avait changé.

Ce bijou aussi magnifique que fabuleux, chargé d'histoire, de tragédie et de séduction, avait brisé sa vie. Gabe lui accordait plus de valeur qu'il ne lui en avait jamais concédée à elle, et son prétendu amour n'avait pas surmonté la suspicion qui l'avait accablée après sa disparition.

Sara reprit une inspiration lente et saccadée.

— Je ne souhaite rien de plus que tu le retrouves, dit-elle, la douleur faisant vibrer sa voix, mais j'ignore ce qui lui est arrivé et je ne peux pas te dire où il se trouve. Je regrette.

— Tu *refuses* de me le dire.

La voix de Gabe était maîtrisée et impersonnelle, comme s'il traitait une affaire.

— Je suis prêt à te donner la valeur du Sang de la Reine en échange de toute information me permettant de le retrouver.

La somme qu'il lui proposa était exorbitante.

Sara ferma les yeux. Jusqu'à quelles extrémités irait-il ?

— Je te dis que j'ignore où il est, répéta-t-elle, découragée.

— Réfléchis. Cette somme est bien supérieure à celle que

tu obtiendrais si tu vendais les pierres au marché noir. Et bien supérieure aussi à ce que pourrait t'offrir un collectionneur.

Il reprit sa flûte et but une gorgée de champagne. Ses longs doigts tannés semblaient plus puissants encore au contact de la transparence délicate du pied de cristal.

Ces doigts qui avaient toujours déposé de si délicieuses caresses sur son corps…

Sara se détourna alors que les souvenirs jaillissaient avec une précision intime et douloureuse. Elle essaya de les refouler, mais sa peau était parcourue de frissons au souvenir de la chaleur de cette peau couleur de bronze sur la sienne, du pouvoir et de l'envoûtement des heures passionnées où elle était restée blottie dans ses bras, abandonnée dans l'extase de sa possession.

Cet attendrissement indéfinissable, surgi soudain du plus profond de son être, lui fit prendre conscience du danger auquel elle s'exposait. Avec amertume, elle chassa les images séduisantes dans les tréfonds de son esprit. Certes, Gabe avait été un amant magnifique, mais il était toujours convaincu qu'elle avait volé le collier.

A présent, elle comprenait mieux pourquoi, mais les arguments de Gabe soulignaient la fragilité de leur relation. Car malgré toute sa spontanéité, son ardeur et son extase, le caractère éphémère de leur amour avait éveillé en elle une angoisse qui marquerait sa vie à jamais.

— Je ne peux pas t'aider. Je vais te laisser à présent, dit-elle, affichant un sang-froid si fragile qu'elle redoutait qu'il ne vole en éclats sous la prochaine insulte.

— Tu n'iras nulle part.

Le ton aimable de la voix de Gabe était contredit par la détermination qui se lisait sur son visage.

La tension noua les entrailles de Sara. Sa langue lui parut pâteuse quand elle affirma :

— Tu ne peux pas me retenir ici et tu le sais.

— Tu resteras pourtant jusqu'à ce que je sache ce que tu as fait du collier, répondit-il d'un ton sans compromis.

Son regard implacable s'embrasa, et elle comprit avec un serrement de cœur qu'il pensait ce qu'il disait.

— C'est du kidnapping, protesta-t-elle, la bouche sèche.

— Tu pourras partir dès que j'aurai récupéré le collier.

Elle lui décocha un regard de stupeur et de dégoût mêlés.

— Je ne crois pas que ton cousin serait heureux de savoir que tu me retiens prisonnière.

Son expression s'assombrit, mais ce fut très calmement qu'il affirma :

— Je me préoccuperai de ce que pense Alex quand j'en aurai envie.

— Tu as perdu la raison !

Elle s'efforça d'instiller dans sa voix tout son mépris.

— Et je refuse de me plier à tes exigences. Tes ancêtres jetaient peut-être qui ils voulaient dans les oubliettes, mais cette époque est révolue.

Le dos raide au point qu'elle avait l'impression que sa colonne vertébrale allait se briser, elle pivota sur ses talons et se dirigea vers la porte.

Elle n'avait pas fait deux pas que Gabe l'avait arrêtée, une main posée sur son bras. D'un mouvement souple et décisif, il la fit se retourner vers lui.

Sara gémit. Chacun de ses sens, perfides, se mirent à frémir en sentant le parfum intensément masculin, promesse de sensualité, qui avait toujours fait battre son cœur à tout rompre. Son estomac se contracta sous la décharge électrique qui la traversa, détruisant toutes ses défenses.

— Gabe, réfléchis ! murmura-t-elle d'une voix brisée. Tu ne peux pas faire ça.

— Qui m'arrêtera ? Toi ?

Son sourire était un chef-d'œuvre de cynisme.

Avant qu'elle ait pu répliquer, il avait penché la tête et l'embrassait, sa bouche exigeant une réaction qu'elle refusait de lui donner. Mais si elle parvint à garder les lèvres serrées, elle fut incapable de contrôler la trahison spontanée et involontaire de son corps.

Bien sûr, Gabe percevait chaque signe sensuel. Il la connaissait trop bien pour ne pas deviner l'accélération de son pouls, remarquer l'ardeur qui enflamma ses lèvres et la langueur de ses paupières, alors qu'elle luttait contre la reddition.

Et son corps viril réagit avec une féroce certitude, une tension incroyable qui secoua Sara de nouvelles décharges électriques. Quoi qu'il pensât d'elle, il n'était pas immunisé contre la dangereuse alchimie primaire qui se déchaînait entre eux.

Le baiser s'intensifia jusqu'à devenir un besoin urgent, et toute la volonté de Sara se brisa. Dans une plainte étouffée, elle leva les bras pour les nouer autour du cou de Gabe, impatiente de jouir quelques secondes de ce sentiment d'intense sécurité qu'elle avait toujours ressenti lorsqu'il la serrait contre lui, comme si rien ni personne ne pourrait jamais plus lui faire de mal.

Gabe l'attira contre les courbes et les angles de son grand corps svelte, la marquant de ses attentes tandis que, de sa bouche, il la plongeait dans un abîme de plaisir sensuel.

Durant quelques précieux instants, Sara s'autorisa à savourer la sensation enivrante de ses seins pressés contre le torse de Gabe, la puissance de son bras qui la maintenait plaquée contre ses hanches.

Puis Gabe releva la tête. Murmurant quelque chose d'une voix cassante et hachée, il laissa retomber son bras et recula, la rougeur qui avait enflammé ses pommettes contrastant avec le bleu glacial de ses yeux plissés. Il avait parlé en illyrian, mais ses paroles et le ton de sa voix n'avaient besoin d'aucune traduction.

Eclaircissant sa gorge sèche, Sara lança d'un ton rauque :

— Je suis bien d'accord avec toi. Ce n'est pas la meilleure idée que tu aies jamais eue.

Malgré le tremblement de ses lèvres et le désir inassouvi de son corps, elle affronta Gabe d'un regard plein de défiance.

Des décharges d'adrénaline la transperçaient et ses muscles se contractaient, tandis qu'elle soupesait ses chances de lui échapper si elle lui donnait un coup de genou bien placé ou lui griffait le visage.

L'éclat d'acier qui s'anima dans les yeux de Gabe l'avertit qu'il devinait ses pensées : malgré une bonne condition physique, elle n'avait aucune chance de dominer sa force.

— Essaie, invita-t-il doucement. Provoque-moi, Sara.

Ses paroles rebondirent dans son esprit, la laissant muette quelques instants. Stupéfaite, elle le considéra tandis que les secondes s'égrenaient. Elle percevait son avidité, sa confiance en lui, immense. La tension crépitait entre eux, lourde d'une attente inexprimée.

Il fallait qu'elle s'en aille ! Elle chercha ses mots, mais quand elle les prononça enfin, ils semblaient dénués de sens.

— Tu m'as jugée et condamnée sans même m'écouter.

— Je n'ai entendu que des mensonges, contredit-il avec indifférence. Essaie donc de me dire la vérité.

Elle ferma les yeux puis se força à les rouvrir pour le fusiller du regard.

— Tu n'accepterais pas de voir la vérité quand bien même tu l'aurais sous le nez ! De toute façon, il faudra bien que tu me laisses partir.

— Pourquoi ?

Alors qu'elle le considérait fixement, il leva un sourcil noir et sourit.

— A qui manquerais-tu ? s'enquit-il d'une voix qui envoya une vague de frissons le long de sa colonne vertébrale.

Elle leva le menton et croisa son regard implacable.

— Ne sois pas si stupide ! J'ai des amis... De toute façon, tu ne veux pas de moi ici.

— Je crois que je viens de te montrer sans équivoque pourquoi je pourrais te vouloir ici. Tu es toujours prête, tu m'attends...

La stupéfaction la laissa sans voix. Il jouait avec elle, il la manipulait cruellement avec ses menaces implicites.

— Alors il faudrait que tu me tues, car la première chose que je ferai en partant d'ici sera d'aller voir la police. Et je contacterai aussi la presse.

— Et qui te croira ? Personne ne sait pourquoi nos fiançailles ont été rompues. Si quiconque apprenait ta présence ici, on croirait que nous faisons une nouvelle tentative. Les gens aiment les contes de fées, et notre histoire a tous les ingrédients qu'il faut.

La voix rauque, elle lança :

— Nous sommes au XXIe siècle et tu es un homme moderne, pas un despote du Moyen Age qui peut tuer et s'en tirer impunément.

— Je n'ai pas l'intention de te tuer, dit-il avec une patience insultante. J'ai l'intention de te convaincre que ta liberté dépend de ta décision de me dire où se trouve le collier. Ensuite, tu pourras t'en aller.

Sa bouche se contracta en une fine ligne.

— Et alors, tu seras suffisamment riche pour faire tout ce que tu voudras, pourvu que tu restes en dehors de ma vie.

Il avait encore ce pouvoir de la blesser si impitoyablement qu'elle pouvait à peine respirer.

Stimulée par une imprudence rebelle, elle jeta :

— Rien ne me ferait davantage plaisir, mais je ne sais absolument pas où se trouve ce *satané* collier !

Et elle dut affronter un autre des silences assassins de Gabe, lourd de pensées non exprimées et d'émotions dissimulées.

Lorsqu'il reprit enfin la parole, ce fut d'un ton sardonique.

— Naturellement, si l'argent ne suffit pas, il existe d'autres moyens de parvenir à mes fins.

D'autres moyens ? Un seul coup d'œil dans les profondeurs ensorcelantes de son regard lui dit à quoi il pensait. A présent, il savait qu'il pouvait utiliser leur puissante attirance mutuelle pour la séduire.

Et il en userait, comprit-elle, malade de honte et horrifiée. Il la haïssait, mais il était prêt à lui faire l'amour dans le seul but de retrouver le collier.

La panique s'empara d'elle. Sans réfléchir, elle lui jeta au visage le contenu de son verre.

Le champagne glissa le long des traits de granit.

Ahurie par son propre geste, elle regarda Gabe s'essuyer très calmement avec son mouchoir. Puis il sourit, et le cœur de Sara vacilla encore.

— C'est amusant, ce contraste entre ton visage élégant et composé et cette bouche passionnée et sensuelle, dit-il, d'un ton courtois. Tu as tout d'une aristocrate sereine, bien élevée, parfaitement maîtresse d'elle. J'aime savoir que dans mes bras, dans mon lit, tu deviens comme un chat sauvage : impatiente, séduisante, élémentaire.

Pétrifiée par ses paroles, elle le fusilla du regard. Leurs yeux s'affrontèrent dans un combat primitif. Gabe s'avança vers elle. La respiration de Sarah se bloqua dans sa gorge alors qu'elle essayait de se libérer de l'emprise qu'il avait toujours exercée sur elle.

Mais il était trop tard. A la seconde où elle essaya de lui échapper, Gabe la saisit par les épaules et l'attira contre lui.

Une vague de chaleur la submergea. De chaleur, mais aussi d'ardeur, et d'une envie érotique non maîtrisée qui la terrifia.

— Maudite sois-tu ! jura-t-il entre ses dents avant de baisser la tête et de l'embrasser une fois encore.

Une fois encore, elle lutta contre lui, furieuse que son corps trahisse son esprit et son cœur. Jusqu'à ce que la domination implacable des lèvres de Gabe fasse resurgir en elle un besoin impudent qui consuma toute autre chose.

D'une main glissée sous sa nuque, de ses doigts puissants, Gabe caressa doucement sa peau et apaisa son baiser.

Tremblante de plaisir, elle soupira contre sa bouche. Trop tard, elle comprit qu'il retirait les épingles de son chignon. Ses cheveux se répandirent en une masse lourde et chaude sur son cou et ses épaules, ajoutant une friction sensuelle aux explosions qui couraient sur ses nerfs déjà excités par la bouche ensorcelante et les mains habiles.

Il bougea légèrement pour mieux caler son corps avide dans le creux de ses hanches. L'appétit qu'il avait éveillé en elle s'accrut de façon exponentielle quand elle découvrit la preuve de son excitation. Elle dut serrer les dents et rejeter la tête en arrière pour s'empêcher de s'appuyer contre lui et cesser de lutter.

Chaque baiser, chaque caresse de Gabe était une affirmation

de son pouvoir. Il lui montrait avec quelle facilité il pouvait la posséder.

En proie au désespoir, elle suffoqua :

— Non !

4

Sara plongea dans les prunelles bleues brillantes de convoitise. Le corps tout entier de Gabe se pétrifia. Elle le vit reprendre le contrôle de lui-même avec une aisance déconcertante.

Ce fut comme un coup de poignard en plein cœur : il la testait sans le moindre scrupule !

Lorsqu'elle réussit à parler, elle tressaillit en entendant le son de sa voix, voilée et âpre d'une langueur qu'elle ne pouvait dissimuler.

— Inutile de prétendre que tu as envie de moi, Gabe Considine. Je n'ai aucun renseignement à te fournir, alors ton petit numéro de séduction n'aboutira à rien.

— Si ce n'est à utiliser un surcroît d'énergie ? ironisa-t-il brutalement.

Il la relâcha néanmoins et s'écarta, comme écœuré par sa virulente réaction de répulsion.

Elle baissa les yeux vers ses mains tremblantes.

— J'en ai assez, déclara-t-elle d'une voix blanche. Je m'en vais. Maintenant.

— Tu n'iras nulle part.

Dans son esprit, elle rassembla les arguments susceptibles de convaincre Gabe qu'il agissait en pure perte. La façon dont elle avait succombé à ses avances était humiliante, mais ce qui l'effrayait vraiment, c'était cette certitude qu'il avait eu envie d'elle presque autant qu'elle avait eu envie de lui. Sa conviction qu'elle avait dérobé le collier n'aurait-elle pas dû anéantir complètement ce désir réciproque ?

Comme elle détestait être si vulnérable ! Même lorsqu'elle avait cru qu'il l'aimait, l'intensité de leur passion l'inquiétait. Elle avait l'impression de se soumettre entièrement à lui.

Non, jamais elle ne retomberait amoureuse de lui. songea-t-elle amèrement. Une fois avait amplement suffi. Mais se languir de lui... C'était toute autre chose.

Hébétée, elle balbutia :

— Si j'étais une voleuse, j'aurais accepté l'argent que tu viens de m'offrir.

— Pas si tu escomptais m'en soutirer davantage, assena Gabe froidement. Si j'avais cru à la culpabilité de Marya, tu aurais eu non seulement l'argent de la vente du collier mais aussi un accès à mon compte en banque une fois que nous aurions été mariés. Reconnais-le, tu as échoué lamentablement.

— C'est une accusation des plus viles ! riposta-t-elle, reprenant son sang-froid sous le coup de la colère.

Puis elle se ressaisit. S'emporter ne servirait à rien.

Elle reprit son souffle et essaya encore de raisonner Gabe.

— Me retenir prisonnière ne te mènera nulle part parce que je ne sais rien au sujet de ce vol. Et pour la même raison, essayer de me séduire ne te servira à rien. Agir comme tes ancêtres satisfera peut-être ton besoin de vengeance, mais ce n'est pas ainsi que tu obtiendras ce que tu veux.

Gabe haussa les épaules.

— Je ne cherche pas à me venger, répondit-il brièvement.

L'espoir se ranima en Sara. Le fait qu'elle ait refusé son offre insultante commençait peut-être non pas à le convaincre, pas encore, mais à le conduire au moins à se demander s'il ne se trompait pas à son sujet. Cette situation ressemblait si peu à Gabe ! En dépit d'une réputation d'implacabilité, sa carrière devait beaucoup à sa vive intelligence qui calculait chaque risque avec soin.

Jusqu'à ce qu'ils fassent connaissance.

— Laisse-moi partir, dit-elle plus calmement, consciente que s'il accédait à sa demande, leur rupture serait cette fois définitive.

Elle ne le reverrait plus jamais, sauf dans la presse ou à la télévision.

— Je ne dirai à personne ce qui s'est passé, ajouta-t-elle.

Le visage de Gabe se durcit à en devenir cynique.

— Il ne s'est rien passé, Sara. Et cesse de me regarder avec ces grands yeux effrayés. Je ne compte pas t'extorquer la vérité sous la torture ni t'enfermer dans un donjon pour le restant de tes jours.

— Alors, que comptes-tu faire ?

Reprenant son verre, il annonça brutalement :

— Je te propose un marché. En admettant que tu n'aies rien à voir avec le vol, tu peux néanmoins savoir quelque chose, un détail qui pourrait nous conduire aux voleurs. Tu vas me dire tout ce dont tu te souviens. Si d'ici la fin de la semaine, cela n'a abouti à rien, alors tu pourras t'en aller.

Sara contint la colère qui l'envahissait. Gabe jouait avec sa vie avec arrogance, lui ordonnant de se conformer à ses exigences parce qu'elle n'avait aucun moyen de le contrecarrer. Cette dernière proposition apparaissait pourtant comme un début de compromis.

Elle scruta le visage séduisant et énigmatique de son interlocuteur. Lui ferait-elle confiance ?

Jamais.

Pourtant, si elle parvenait à le persuader de son innocence, cela apaiserait un peu de ses illusions perdues. Avec lassitude, elle commença :

— Je n'ai…

N'admettant aucune tergiversation, il l'interrompit.

— Contente-toi de me répondre, Sara.

— Je n'ai pas le choix, n'est-ce pas ?

— Non.

— Alors, je préfère encore le statut de prisonnière à celui de prétendue invitée contribuant à mener ton enquête.

Son intonation était pleine de sarcasme.

— Ce serait plus proche de la vérité. Cependant, si cela peut enfin te convaincre que je ne sais vraiment rien, alors j'accepte.

Mais que se passera-t-il à la fin de la semaine lorsque je ne t'aurai rien apporté de plus ?

— Tu retourneras à ta vie et je ne te dérangerai plus jamais.

S'armant de courage, elle acquiesça :

— Entendu, nous sommes d'accord.

Après lui avoir resservi du champagne, Gabe leva sa flûte avec un petit sourire plein d'assurance qui mit ses nerfs à vif.

— A tes souvenirs ! lança-t-il.

— A la vérité ! répliqua-t-elle.

Le breuvage frais et délicieux glissa comme un nectar sur ses papilles.

Gabe haussa ses larges épaules avec un sourire narquois.

Quel sordide manipulateur ! comprit Sara, soudain dégoûtée par sa mise en scène.

Elle reposa son verre un peu trop vivement, faisant tinter le cristal sur la table.

— Si tu veux bien, je vais me retirer. La journée a été longue et je suis fatiguée.

Il souleva un sourcil.

— Le dîner est prêt, pourquoi ne pas te joindre à moi ? Nous ne nous éterniserons pas.

A ces dernières paroles, les joues de Sara s'empourprèrent violemment pour blêmir tout aussi vite. Gabe lui avait si souvent susurré cette promesse, signe annonciateur de son impatience à lui faire l'amour.

Elle s'en souvenait et il le savait. Cette cruauté délibérée la pétrifia. Mais en son château, il tenait les rênes.

La fierté lui donna suffisamment d'énergie pour redresser les épaules et accepter d'un signe de tête.

A quoi bon espérer que Gabe comprenne qu'elle ne pourrait jamais lui voler quoi que ce soit ! Elle avait été bien sotte de croire, ne serait-ce que quelques instants, qu'il changerait d'avis. Dès qu'elle serait de retour dans sa chambre, elle organiserait sa fuite. D'ici là, elle tâcherait de faire passer le temps.

Comme le petit salon, la vaste salle à manger s'ornait de boiseries de bois fruitier d'un ocre patiné. Avec les rideaux tirés pour la nuit, la pièce resplendissait. Un tableau magnifique, un paysage, saisit le regard de Sara. Sans être une experte en peinture, elle reconnut le style d'un maître de la Renaissance. Sur le mur opposé était accroché le portrait d'un ancêtre de Gabe. Même bouche, même regard, même aura de pouvoir sans concession... Dans une vitrine, une splendide rareté du XVIIIe siècle, remarqua-t-elle d'un œil professionnel, était exposée une collection de pièces d'argenterie qui, en d'autres circonstances, l'aurait laissée bouche bée d'émerveillement.

Gabe l'aida à s'asseoir, et Webster leur servit une tourte au fromage et petits légumes au fumet divin, accompagnée d'une salade de tomates savoureuses.

Déterminée à rester à la fois distante et posée, elle observa avec aplomb :

— Quelle pièce ravissante. Malgré sa démesure, elle est néanmoins confortable.

Alors que le majordome quittait la pièce, Gabe expliqua :

— Le petit salon et cette salle à manger ont été remis dans l'état où ils se trouvaient à l'époque de mes grands-parents. Il y a une autre salle à manger plus seigneuriale, avec une table gigantesque qui semble être là depuis des temps immémoriaux, mais j'étais certain que tu préférerais manger ici. C'est plus intime.

L'estomac noué, elle s'obligea à hocher la tête.

— Je suis heureuse que le château n'ait pas subi trop de dommages pendant son occupation.

Le visage de Gabe se durcit.

— A condition d'omettre les goûts du tyran en matière de décoration intérieure.

Quelque chose dans le ton de sa voix attira son attention.

— Tu ne prononces jamais son nom, constata-t-elle.

Il répondit d'un sourire contraint et triste.

— Son nom était le même que le mien — Considine. Il s'agissait d'un cousin très éloigné.

Elle fronça les sourcils.

— Mais... je croyais qu'il avait tué tes grands-parents !

— Il n'y a pas plus impitoyable que les querelles de famille, assena Gabe sombrement. Le surnom sous lequel il était connu signifie « loup » en illyrian. Il a traqué mes grands-parents comme l'animal qu'il était, torturant et tuant des innocents jusqu'à ce que finalement quelqu'un fléchisse et les dénonce. Il voulait les capturer vivants, mais tous deux ont trouvé la mort, Dieu merci, sous un feu de balles. Alors, il a accroché leurs corps à un gibet devant les murs du château.

Sara déglutit avec difficulté. Les mets raffinés prenaient un goût de cendre dans sa bouche.

— Je suis vraiment navrée.

Horrifiée, elle dut s'empêcher de poser une main réconfortante sur celle de Gabe.

Tout le temps qu'ils s'étaient fréquentés, puis durant leurs brèves fiançailles, ils avaient rarement discuté de la période où son pays avait souffert sous la botte de fer du dictateur. Et même en ces quelques occasions, Gabe était resté très évasif. Alors pourquoi lui en parlait-il à présent ?

— Je me rappelle avoir vu à la télévision le retour en Illyria de ton cousin Alex, se souvint-elle. C'était l'événement le plus passionnel qui soit. Cette façon de l'arracher presque de l'avion à l'aéroport et de le conduire directement à la cathédrale pour qu'il y soit couronné ! Toutes ces personnes massées dans les rues, attendant la fin de la cérémonie, c'était si incroyablement émouvant… Et puis les cloches se sont mises à sonner, les vivats ont éclaté, et tout le monde s'est mis à pleurer et à scander son nom comme s'il venait de les ramener à la vie.

— C'est exactement ce qu'il a fait, acquiesça Gabe. Alex est à la fois pragmatique et déterminé. Dès qu'il a accepté le rôle indispensable qu'il se devait de tenir, il a convaincu mon frère Marco de prendre sa place à la tête de son entreprise afin de pouvoir se consacrer corps et âme à sa tâche. Il compte conduire l'Illyria dans le XXIe siècle sans détruire ce qui en fait l'identité même.

— A ce que l'on raconte, il fait des merveilles. Est-ce lui qui t'a persuadé de revenir ?

Gabe décocha à Sara un coup d'œil bref. Savait-elle qu'il avait accepté la proposition d'Alex d'être sacré grand-duc ?

Ses yeux s'attardèrent sur les contours de sa bouche pulpeuse.

Satisfait par les étincelles vertes que son regard lui renvoya et le rosissement de ses pommettes élégantes, il jugea qu'elle ne montrait guère qu'un intérêt conventionnel à ce sujet. Il ferait mieux cependant d'orienter la conversation sur autre chose, loin de la sombre réalité du sang et de la mort.

L'aisance sociale de la jeune femme, qu'il avait admirée naguère, le mettait à présent mal à l'aise. Il n'était pas habitué à ce qu'elle converse avec lui comme avec une simple connaissance. Dès l'instant où il l'avait revue, ses réactions l'avaient surpris et irrité. Son agacement s'était mué en fureur contre lui-même lorsqu'il avait entièrement perdu son sang-froid et l'avait embrassée, réveillant l'appétit carnassier et vorace qu'il avait d'elle et qu'il croyait mort.

— Je pense qu'il était temps que les Illyriens aient la chance de choisir leur propre destinée. Alex m'a convaincu qu'ils avaient besoin de mon aide, dit-il, maudissant en silence le timbre rauque de sa voix.

Sara lui jeta un coup d'œil et hocha la tête avant de porter son attention sur l'argenterie dans la vitrine. Son esprit calculateur avait-il remarqué le blason du premier grand-duc, estimé sa valeur et compris que chaque pièce devrait être vendue séparément, comme les joyaux du Sang de la Reine ?

— Naturellement, remarqua-t-il d'un ton égal, l'une des premières choses que j'ai faites en m'installant ici a été de mettre en place un excellent système de sécurité.

La veine de la gorge de Sara se mit à palpiter plus vite, et ses doigts se contractèrent autour de son verre de vin. Mais lorsqu'il croisa son regard par-dessus le bord de son verre, son délicieux visage affichait une sérénité absolue.

Quelle satisfaction féroce et dangereuse de découvrir que le masque civilisé de Sara s'était envolé à l'instant où il l'avait touchée ! Il s'était demandé si le désir de la jeune femme avait été aussi feint que son amour. A présent, il savait que ce n'était pas le cas. Bien sûr, elle pouvait facilement simuler le consentement de son corps et l'accélération de son souffle, mais la couleur qui enflammait ses joues était une réaction sincère. De même que le gonflement sensuel de ses lèvres et l'éclat affamé de son regard.

A l'évidence, elle le désirait encore. C'était son point faible. Ce serait stupide de ne pas en profiter, décida-t-il avec une froide détermination.

Le majordome revint les servir et remplir leurs verres.

— Tu sembles épuisée, constata-t-il dès qu'ils furent de nouveau seuls.

— Cela a peut-être à voir avec le fait de m'être levée aux aurores, d'avoir traversé la moitié de l'Europe et d'être confrontée à toi, répliqua Sara de façon aussi venimeuse qu'elle put.

Les yeux de Gabe s'animèrent d'une lueur amusée.

— C'est vrai, tu n'as jamais aimé te réveiller au petit jour, répondit-il avec un franc sourire.

Elle en eut le souffle coupé. Il l'avait humiliée, avait refusé de lui faire confiance et manipulé sa vie, et pourtant il fallait encore et toujours qu'elle lutte contre l'excitation qu'elle ressentait quand cet homme lui souriait. C'était tellement injuste !

Le charisme irrésistible de Gabe Considine faisait vaciller l'une après l'autre chacune de ses défenses pour réveiller au fond d'elle cette envie de lui passionnée qui ne l'avait jamais complètement quittée. Bien sûr, leur histoire avait d'abord été charnelle, mais ensuite elle avait découvert qu'ils partageaient bien des points communs, et cette découverte l'avait peu à peu amenée à penser qu'ils étaient faits l'un pour l'autre.

Et alors, à son ravissement incrédule, il lui avait demandé de l'épouser ! Elle n'aurait pu être plus comblée…

La désolation qui avait été sa compagne permanente depuis qu'il l'avait jetée hors de sa vie la submergea de nouveau.

— Quelque chose ne va pas ? demanda Gabe d'un ton cassant, ses noirs sourcils froncés.

Seule la fierté donna à Sara la force de répondre avec désinvolture.

— Je regrette d'être de mauvaise compagnie. Je t'avais prévenu que j'étais fatiguée.

S'il répondit par un sourire, elle décela la froide détermination qui se cachait au-dessous. Sans lui répondre directement, Gabe fit un commentaire sur l'état des routes, puis enchaîna sur les projets de son cousin en ce qui concernait l'avenir de l'Illyria, pour exposer ses propres idées… jusqu'à ce qu'enfin, exaspérée, elle réalise qu'elle participait activement à la conversation !

Un mélange d'excitation et de dégoût l'envahit.

— Un café ?

— Non, merci.

— Je vais te ramener à ta chambre, annonça-t-il après l'avoir examinée quelques secondes de trop.

Lorsqu'elle ouvrit la bouche pour protester, il expliqua d'un ton prosaïque :

— Le château est un véritable labyrinthe pour qui ne le connaît pas. Je ne voudrais pas que tu te perdes.

Les joues enflammées, elle s'efforça de ne laisser paraître aucune émotion. Implicitement, il suggérait qu'il savait qu'elle saisirait la première occasion d'explorer les couloirs du château à la recherche d'un moyen de s'échapper.

Dans un silence pesant, elle se leva, et il la prit par le bras d'un geste machinal.

Elle concentra toutes ses forces à mettre un pied devant l'autre alors qu'ils gagnaient l'ascenseur. Les doigts de Gabe sur sa peau, sa chaleur et sa proximité déclenchèrent en elle un éclair de certitude, l'éblouissant si bien qu'elle dut se forcer pour écouter ce qu'il disait.

— Presque deux cents ans ont été nécessaires pour achever la construction du Repaire du Loup, ce qui explique le mélange des styles. Mes ancêtres se moquaient de la pureté architecturale et du confort. Tout ce qu'ils voulaient, c'était une forteresse puissante pour protéger la route commerciale à travers les montagnes. Aussi ont-ils innové à chaque progrès architectural.

A la Renaissance, des aménagements ont rendu l'endroit plus vivable. Peu d'amélioration ont été apportées depuis.

— A part certaines commodités modernes, observa-t-elle sèchement alors que les portes de l'ascenseur s'ouvraient. Quand je suis arrivée, je les ai mises sur le compte de la fausse Mme Abbot Armitage.

— Elle n'est pas fausse, répondit Gabe d'un ton égal. C'est l'épouse d'un vieil ami.

Un vieil ami très complaisant si cela ne le gênait pas que son épouse mente pour Gabe, décida-t-elle, sentant une pointe de jalousie la transpercer.

— La plomberie a été la seule concession faite au XIXe siècle par mon arrière-arrière-grand-père. Mon assassin de prédécesseur a fait installer les ascenseurs.

Sara frissonna en percevant l'intonation glaciale de la voix de Gabe, comme chaque fois qu'il mentionnait le dictateur. Il avait eu ce même ton lorsqu'il l'avait chassée de sa vie.

Lorsque l'ascenseur s'arrêta, elle demanda encore :

— Tu dis que le prince Alex t'a convaincu que les Illyriens avaient besoin de toi. Comment a-t-il fait ?

Elle avait du mal à imaginer que quelqu'un puisse amener Gabe à faire quoi que ce soit contre sa volonté.

Celui-ci resta silencieux quelques secondes. Lorsqu'il répondit enfin, son ton était évasif :

— Alex peut être très persuasif.

Ses larges épaules esquissèrent un léger mouvement.

— Depuis la disparition de mes grands-parents, l'Illyria est restée figée dans une autre époque, privée de presque tout ce dont un état moderne a besoin pour survivre, si ce n'est pour progresser. Toute infrastructure est quasi inexistante. Dans le tumulte qui a suivi la mort du dictateur, le pays a frôlé la banqueroute et failli être absorbé par les Etats voisins. Après qu'Alex m'a contacté, je suis venu et j'ai enquêté sur ce dont les gens de la vallée avaient le plus besoin.

Elle scruta le visage de son interlocuteur.

Il sourit avec ironie.

— Ils ont déclaré vouloir un Considine de retour dans le Repaire du Loup. Malgré la tyrannie de mon maudit cousin, ils voulaient être gouvernés par un membre de ma famille !

Il ouvrit la porte de sa chambre et lui dédia un sourire qui ne contenait rien d'autre que de l'ironie.

— Bonne nuit, Sara. Si tu as besoin de quoi que ce soit, sonne et quelqu'un viendra.

Y avait-il un sous-entendu dans ses paroles ?

— Bonne nuit, répondit-elle avec raideur.

La porte se referma sur elle avec un bruit sourd.

Tremblante, elle s'appuya contre le battant et laissa échapper un long soupir. Revoir Gabe l'avait éprouvée. Elle avait l'impression d'avoir été aspirée dans un tourbillon et secouée en tout sens.

Elle se redressa et s'éloigna de la porte. S'apitoyer sur son sort était trop facile. Il fallait qu'elle ignore les baisers humiliants de Gabe et l'effet dominateur qu'il exerçait sur elle et trouve un moyen de sortir de ce château.

Il prétendait qu'elle se souviendrait peut-être de quelque chose qui pourrait conduire à celui ou celle qui avait volé le bijou. Peut-être avait-il l'intention de la harceler jusqu'à ce qu'elle fasse un faux pas ou trahisse un complice ?

Elle avait accepté de rester parce que c'était une chance, aussi infime fût-elle, de prouver son innocence. Mais elle aurait dû refuser avec indignation à la seconde où il l'avait embrassée. Dire qu'il lui avait fallu une année entière pour retrouver un semblant d'équilibre dans sa vie ! Par respect envers elle-même, il fallait qu'elle s'en aille.

L'esprit à vif, elle traversa la chambre à grands pas, ouvrit l'armoire et sortit son sac. Elle fallait qu'elle téléphone.

Mais à qui ?

Ses mains s'immobilisèrent alors que cette pensée la saisissait. Qui pouvait-elle appeler ?

La plupart de ses prétendues amies avaient pris leurs distances après la débâcle de ses fiançailles et l'ouragan médiatique qui avait suivi, et elle ne pouvait demander de l'aide à celles qui lui étaient restées fidèles. Gabe était si puissant ! Il avait détruit sa carrière et était suffisamment impitoyable pour agir de même avec quiconque l'aiderait. Comment demander à ses amies de s'opposer à lui ?

En outre, qui croirait que Gabe la retenait prisonnière ?

Personne, lui souffla une petite voix intérieure pragmatique.

Il devait pourtant bien y avoir quelqu'un…

Priant avec ferveur pour que l'Illyria soit couvert par un réseau de téléphonie mobile, elle chercha son portable à tâtons. Comme souvent, elle ne le trouva pas du premier coup. Alors elle renversa sur le lit le contenu de son sac.

Cinq longues minutes plus tard, elle contemplait toujours le résultat avec effarement.

Son téléphone n'était plus là. Son agenda avec son inestimable liste d'adresses et de numéros de téléphone non plus. Sa carte de crédit et les quelques devises qu'elle avait retirées à l'aéroport avaient disparu, elles aussi.

Ainsi que son ordinateur.

Et son passeport.

5

Une peur panique s'empara de Sara, paralysant ses pensées.

D'un pas mal assuré, elle s'avança vers la porte, puis se ravisa et se précipita vers le ravissant petit bureau installé devant l'une des fenêtres. Une domestique trop zélée aurait-elle rangé dans les tiroirs son ordinateur et ses autres affaires ?

Une fouille précipitée ne lui permit pas de découvrir quoi que ce soit, hormis quelques feuilles de papier et enveloppes ornées des armoiries exubérantes du Loup. Ignorant le vide qui se creusait en elle, elle explora la chambre dans ses moindres recoins, allant jusqu'à retourner une seconde fois le contenu de son sac.

La respiration haletante, elle s'obligea à arrêter sa quête éperdue et s'assit au bord du lit. Ses mains tremblaient. Elle les noua sur ses genoux.

C'est alors que les derniers mots de Gabe résonnèrent à ses oreilles avec une netteté cinglante.

« Si tu as besoin de quoi que ce soit, sonne »…

Il restait une chance — non, moins qu'une chance, une infime possibilité — que la domestique qui avait défait ses bagages ait malencontreusement emporté son téléphone portable.

Ainsi que sa carte de crédit, son argent et son passeport ? interrogea son subconscient. Et son ordinateur ? Pour les mettre dans un coffre, peut-être ?

Son cœur se contracta et elle se sentit soudain nauséeuse. Cela ressemblait tant à ce qui s'était passé un an plus tôt.

Les dents serrées, elle tira le cordon de la sonnette.

Quelques minutes plus tard, un coup sonore fit trembler sa porte.

Sara releva la tête, vit le battant s'ouvrir et ses yeux s'écarquillèrent quand elle rencontra le regard ironique de Gabe. Elle tressaillit mais se leva pour lui faire face, ignorant les battements affolés de son cœur.

Son hôte s'était changé. Il portait à présent un pantalon et une chemise noirs. Le col ouvert révélait sa gorge bronzée. Intimidant et puissant, il occupait l'encadrement de la porte. Pourquoi fallait-il qu'il soit aussi impressionnant ?

— J'ai appelé une femme de chambre, déclara-t-elle d'un ton glacial.

La bouche sensuelle s'incurva avec insolence.

— Les femmes de chambre dorment toutes à cette heure, et de toute façon aucune ne parle anglais.

Il avait tout prévu.

— Où est mon passeport ? s'emporta-t-elle, blême de rage.

— En sécurité. Avec ton argent et ton téléphone portable.

Il scruta son visage figé avant d'ajouter avec une maîtrise parfaitement calculée :

— Ainsi que ton ordinateur. Tu n'en as pas besoin. Tu n'as qu'à considérer les prochains jours comme des vacances.

— Espèce de dictateur condescendant ! siffla-t-elle entre ses dents.

— Espèce de manipulatrice sournoise.

La brutalité de l'insulte la laissa bouche bée.

— La vérité est-elle si difficile à entendre ? s'amusa Gabe. Il vaudrait mieux que tu le saches tout de suite : à part Webster, mon majordome, personne ici ne parle anglais, et quand bien même quelqu'un le pourrait, personne ne t'aiderait à fuir. Quant à Webster, il me doit la vie. Et *sa* loyauté à lui est indéfectible.

Sara se mordit la lèvre. Cette dernière pique lui était destinée. Aussi injuste soit-elle, elle la blessa néanmoins.

Railleur, Gabe attendit qu'elle réplique quelque chose. Comme elle restait obstinément muette, il acheva de façon laconique, la voix lente :

— Tu es seule, Sara.

Le silence qui suivit propulsa son sang dans ses veines. Elle se sentait à la fois transie et submergée de bouffées de chaleur, si bouleversée qu'elle garda résolument le silence pour ne pas dire quelque chose qu'elle regretterait par la suite.

Les traits séduisants de Gabe se durcirent.

— Ta porte sera désormais verrouillée, ajouta-t-il avec un manque flagrant de compassion. Inutile d'espérer nouer tes draps et t'enfuir par la fenêtre, ta chambre est bien trop haute pour que tu puisses te sauver par là. Et te l'ai-je dit ? La première chose que j'ai fait installer au château est un système de sécurité hypersophistiqué.

Il le lui avait déjà dit. Il le savait parfaitement. Et dire qu'elle avait été suffisamment stupide pour croire que la décision de Gabe d'envisager sa possible innocence signifiait un changement d'attitude ! Pourquoi s'exposait-elle à davantage de peine ?

Elle releva le menton et le considéra, s'évertuant de toutes ses forces à garder une voix sereine.

— C'est bien la peine de prétendre vouloir découvrir la vérité !

Il sembla amusé.

— Je n'ai jamais dit que je te faisais confiance, Sara. Je m'étonne que tu aies pu le croire.

Quelque chose se transforma sur le visage arrogant de Gabe, et son sourire se fit spéculateur.

— Mais peut-être espérais-tu que je t'aiderais à trouver le sommeil ?

Il s'avança, chacun de ses mouvements silencieux clamant ses intentions. Tout en lui — son regard menaçant sous ses paupières baissées, sa possessivité affichée, son autorité masculine dénuée de compromis — l'avertissait qu'il la désirait toujours.

Sara lutta avec fierté pour contrôler en elle un étonnant mélange d'émotions : fureur et langueur, peur et impatience intenses et impudentes. Elle le désirait elle aussi !

Assimilant avec horreur chaque sensation primitive, elle se demanda quel genre d'attirance pouvait être puissante au point de survivre à une trahison amère et à une absence totale de confiance. Quoi qu'il en soit, cela n'avait rien à voir avec l'amour.

Si elle cédait à cette envie incontrôlable, elle perdrait à jamais toute crédibilité aux yeux de Gabe et aux siens.

Il allait la toucher lorsqu'elle eut la force d'articuler, la voix rauque :

— Non !

Il s'arrêta, un sourire incurvant sa bouche, ses yeux plissés à la fois moqueurs et imperturbables.

Malgré tout, elle ne put réprimer un soudain sursaut d'excitation sauvage.

— Tu es certaine ?

C'était une allusion sans détour qui lui rappelait les moments d'extase passés dans ses bras.

— Absolument certaine, réussit-elle néanmoins à murmurer, la gorge sèche. Ni maintenant ni jamais.

— Menteuse.

D'un doigt expert, il suivit la courbe de sa bouche, si délicatement que ce fut comme la caresse d'une plume sur sa peau. Ce contact alluma un brasier en elle. Chaque cellule de son corps le réclamait. Incapable de respirer, elle resta figée comme une statue, les paupières baissées, sa volonté dirigée vers un seul objectif : résister.

Mais, presque immédiatement, Gabe arrêta cette délicieuse torture et s'écarta comme si elle le dégoûtait.

— Je te verrai demain matin, dit-il d'un ton brusque.

Il referma la porte derrière lui, et cette fois elle entendit la clé tourner dans la serrure.

La montée d'adrénaline quitta son corps, la laissant désemparée, les membres douloureux comme si elle avait été rouée de coups. Elle jeta un coup d'œil à sa montre. Elle était debout depuis presque vingt heures. Tremblant de tous ses membres, elle s'effondra sur le lit.

Pourquoi fléchissait-elle chaque fois que Gabe l'effleurait ? Ses baisers étaient une insulte. Chacun d'entre eux était une évocation cruelle de son pouvoir et ses envies, à laquelle elle répondait pourtant avec une passion désespérée. Au diable, ce désir ardent qu'elle avait de lui ! Elle en avait si honte…

Réfléchir ! s'ordonna-t-elle. Il fallait réfléchir.

Gabe l'avait-il fait venir afin de la punir ? Comptait-il lui faire l'amour jusqu'à satiété et la jeter ensuite ? Non. Il voulait le Sang de la Reine et était convaincu qu'elle l'avait. Aussi usait-il de tous les moyens dont il disposait pour le retrouver. Et l'attirance sexuelle qu'il exerçait sur elle n'était qu'un de ces moyens.

Demain elle déciderait quoi faire, se promit-elle, l'esprit brouillé par l'épuisement. Pour l'instant, il fallait qu'elle dorme.

Dans la salle de bain, elle se baigna le visage d'eau fraîche. Elle appliqua en quelques mouvements rapides une crème de nuit sur son visage puis plissa les yeux en fixant son reflet dans le miroir.

— Il te prend pour une menteuse, une traînée et une voleuse sans moralité, murmura-t-elle solennellement. Ne l'oublie pas, la prochaine fois qu'il tentera de t'embrasser !

Elle ne se soumettrait à aucun prix.

Une petite voix intérieure provocatrice lui demanda pourquoi elle se montrait si intransigeante à présent, alors qu'à peine un an plus tôt elle avait cédé sans beaucoup de résistance au charisme masculin impétueux de Gabe Considine.

Mais l'amour faisait toute la différence, songea-t-elle en tâchant de contenir ses larmes. Et elle l'avait tellement aimé…

Un coup frappé à sa porte la réveilla après une nuit peuplée de cauchemars. Hébétée, elle enfouit son visage dans l'oreiller jusqu'à ce que la voix de Gabe la fasse sursauter.

— Bonjour, Sara, lança-t-il depuis le pas de la porte.

Aussitôt elle se dressa et sentit sa gorge s'assécher.

Vêtu d'une culotte de cheval qui soulignait ses cuisses musclées et ses hanches étroites et d'une chemise qui révélait ses épaules puissantes, son hôte ressemblait à un dieu antique tout droit sorti d'une fable mythologique. Il était magnifique, imposant, mystérieux.

— Qu'est-ce que tu veux ? protesta-t-elle.

Elle repoussa de son visage ses cheveux en bataille, agacée.

— Fiche le camp d'ici !

Le regard ravi de Gabe s'attarda sur sa nuisette qui ne dissimulait nullement ses épaules et sa poitrine. Elle ramena le drap contre elle pour s'en couvrir, mais intérieurement elle se consumait, piégée par ce brasier qui ne s'était jamais complètement éteint.

— N'aie crainte, dit-il avec mépris. Je ne fais jamais deux fois la même erreur. Je venais simplement t'inviter à une promenade à cheval.

Le cœur de Sara s'emballa, puis elle s'apaisa.

— Non, refusa-t-elle d'un ton calme. Je suis venue ici pour réaliser un travail et je le ferai. C'est pour cela que mon employeur me paye, et Dieu sait si cette pièce a besoin d'être redécorée.

— Mais… il ne te paye pas, Sara.

La voix de Gabe était presque amusée.

Elle le considéra avec indignation. S'imaginait-il qu'elle vivait de la vente du Sang de la Reine ?

— *Je* paie ton salaire, reprit-il calmement.

Elle n'y avait pas songé. Quelle stupidité ! Mais pourquoi en serait-elle surprise ?

— Je te rembourserai. Jusqu'au dernier centime…

— Pourquoi ?

Elle chercha ses mots avec découragement.

— Parce que je ne veux pas être redevable envers un homme qui m'imagine capable de voler un bijou de famille inestimable, deux semaines après nos fiançailles ! réussit-elle enfin à formuler.

— Si tu y tiens, dit-il avec une assurance nonchalante et un haussement d'épaules méprisant. Mais il existe d'autres façons beaucoup plus agréables de rembourser une dette…

Il fallut une seconde ou deux à Sara avant que l'insinuation ne perce son esprit sidéré. Elle avait laissé retomber le drap qui la protégeait, et Gabe profitait de la vue. Sa bouche se plissa avec ironie alors qu'elle suivait mécaniquement son regard posé sur les pointes dressées de ses seins, preuve de l'intensité de ses émotions.

Sauf qu'il s'agissait de fureur et non d'excitation !

— Sors d'ici ! rugit-elle, rouge de honte, serrant de nouveau le drap contre elle.

Le sourire de Gabe n'adoucit pas la cruauté de sa bouche.

— Tu veux que je m'en aille, Sara ? Ton corps semble pourtant dire le contraire... Je te trouve toujours très séduisante, poursuivit-il cyniquement. Et dans la mesure où nous n'avons plus besoin de passer par les artifices de la séduction, nous pourrions peut-être forger une relation plus honnête et plus égale ?

— Alors que tu persistes à croire que je t'ai volé ?

Sara n'aurait voulu rien d'autre que se blottir contre ses oreillers et pleurer des heures entières, mais une fierté entêtée l'aida à rester raide comme un piquet, la voix ferme et les pupilles plus sombres que jamais.

Elle pointa un doigt tremblant vers lui.

— A toi de prouver que je suis coupable, Gabe ! Comment pourrais-je prouver quelque chose que je n'ai pas fait ? Tu as pris ton parti, à toi de faire avec à présent. Je ne monterai pas à cheval avec toi. Je vais travailler à ce projet de décoration de trois chambres pour lequel je suis là. C'est la seule raison de ma présence ici et c'est exactement ce que je vais faire.

— J'aurais pourtant crû que tu aurais voulu explorer les alentours afin de trouver un moyen de t'en aller d'ici.

Naturellement ! Elle n'avait que cela à l'esprit.

— N'essaye pas de me manipuler, répliqua-t-elle.

Elle s'emporta presque mais se ressaisit à temps. Il lui fallut déployer un effort de volonté immense pour contrôler sa voix, mais elle y parvint néanmoins.

— Je ne suis pas stupide. Je me doute bien que tu as tout prévu pour m'empêcher de fuir, et je ne vais pas risquer ma vie pour cela. J'espère seulement que tu ne mentais pas en me promettant de me laisser partir à la fin de la semaine.

Un haussement d'épaules négligent fut la seule réponse à son mensonge et son défi.

— Nous allons monter à cheval. Lève-toi et habille-toi.

Ils se mesurèrent du regard.

— Sinon je m'en charge, finit-il doucement.

Il le ferait ! Et elle savait où et comment cela pouvait… *risquait* de se terminer.

Le pouls battant la chamade, elle capitula, espérant pouvoir lui faire confiance.

Confiance ? Quelle blague ! Elle faisait à peu près autant confiance à Gabe Considine qu'à elle-même. C'est-à-dire, pas du tout. Mais elle avait besoin d'en découvrir autant que possible sur la forteresse et ses environs.

Gabe avait toutes les cartes en main : elle était sa prisonnière, son patron était à sa solde, et ses quelques amis ne s'inquiéteraient pas outre mesure s'ils restaient quelques jours sans nouvelles d'elle. Il fallait qu'elle se sorte de là. Comme il venait de le souligner, mieux elle connaîtrait la vallée et le château et mieux elle serait à même de se faire la belle.

Les tambourinements de son cœur tintant encore à ses oreilles, elle observa Gabe avec ce qui, espérait-elle, passerait pour un regard neutre.

— Très bien, dit-elle d'un ton posé. Je viens.

— Sois prête dans une demi-heure, ordonna Gabe.

Et sans attendre sa réponse, il tourna les talons et gagna la porte en quelques enjambées silencieuses.

Sara pressa un poing contre son cœur dans l'espoir d'apaiser ses battements frénétiques. Dès que la porte se fut refermée, elle bondit du lit et se précipita dans la salle de bain.

Une demi-heure plus tard, Gabe frappait de nouveau à sa porte. Il fut à peine surpris lorsque Sara l'invita aussitôt à entrer.

Elle ne l'avait jamais fait attendre, ni pour leurs rendez-vous, ni pour leurs étreintes. Mais à cette époque, songea-t-il avec cynisme, ne l'épiait-elle pas afin de lui dérober le Sang de la Reine ?

Il ouvrit la porte et aperçut Sara debout près de la fenêtre.

Chaque muscle de son corps se contracta dans une envie

soudaine et téméraire, mais, apparemment absorbée dans la contemplation du paysage, la jeune femme ne le regarda même pas.

Si elle avait revêtu des vêtements de tous les jours, son allure était néanmoins soigneusement pensée. Son jean bleu marine mettait en valeur ses jambes fuselées. Un pull en jersey gris soulignait les courbes de son buste. Elle avait coiffé ses cheveux en queue-de-cheval, dégageant ainsi son profil de patricienne illuminé par la lumière matinale.

Il s'était cru parfaitement immunisé contre les charmes de Sara, mais cette montée entêtante de désir à son égard le torturait suffisamment pour qu'il soit étrangement reconnaissant lorsqu'elle tourna la tête. Conscient, à son grand regret, de cette faiblesse, il remarqua encore que sa peau satinée ne portait aucune trace de maquillage. Elle avait seulement opté pour un brillant à lèvres, afin d'attirer l'attention sur la fausse douce promesse de sa bouche.

Il se ferma lorsqu'elle le regarda.

— Je n'ai pas de bombe, déclara-t-elle d'une voix neutre.

— Il y en a dans la sellerie.

D'un geste, il l'invita à le suivre.

Au-dehors, l'air était vif. Au-dessus des montagnes le ciel déroulait son immensité bleue.

Plus tard dans la journée, il ferait certainement chaud, pensa Sara.

Deux lads amenèrent les chevaux dans la cour. Leurs visages se fendirent d'un sourire lorsqu'ils aperçurent Gabe, pour devenir distants quand ils la saluèrent.

Les soudoyer ne serait pas chose facile.

Gabe leur adressa quelques mots dans leur langue commune. Les deux hommes éclatèrent de rire et l'un lui tendit les rênes d'un cheval, puis il s'éloigna vers un passage voûté qui menait sans doute à la sellerie.

— As-tu besoin d'aide pour te mettre en selle ? demanda Gabe.

— Non, merci, répondit-elle brièvement en enfourchant vivement sa monture.

Elle s'attendait à ce qu'il lâche les rênes, mais il n'en fit rien. Alors elle patienta, s'habituant à la taille et aux sensations de l'animal tandis que Gabe et le lad discouraient. Le second revint avec une bombe qu'il lui tendit.

Elle le remercia avec un sourire.

Il hocha la tête poliment et reporta aussitôt son attention vers Gabe.

Assurément, elle n'obtiendrait aucune aide de la part des habitants de l'Illyria. Tout dans leur attitude proclamait leur allégeance corps et âme à Gabe Considine. Comment avait-il réussi à obtenir d'eux une telle loyauté en aussi peu de temps ?

Il devait y avoir une part de tradition, mais il était surtout question d'un véritable respect personnel. Pourquoi en serait-elle surprise ? Gabe parcourait le monde entouré d'une aura d'autorité, de chef de file, à laquelle la plupart des gens se conformaient instinctivement. Et pour eux, il incarnait le Sauveur.

Enfin, Gabe se mit en selle avec cette grâce souple et féline qui n'appartenait qu'à lui. Le cheval piaffa, et il lui murmura quelque chose en illyrian de sa voix profonde et chaude. La jument s'apaisa, séduite comme tant de femmes l'avaient été, songea Sara avec un sursaut de désolation.

Gardant ses réflexions pour elle, elle serra les talons contre les flancs de sa monture et suivit Gabe.

Il ne lui aurait jamais proposé cette sortie à cheval s'il n'avait été certain qu'elle ne pourrait s'échapper, elle le savait. Néanmoins, elle garderait les yeux grands ouverts.

Une fois franchie l'épaisse muraille, elle leva les yeux vers les hauts murs massifs couverts de vigne grimpante rouge sang qu'elle avait remarqués à son arrivée.

— La citadelle semble imprenable.

— Elle l'est, acquiesça Gabe sans emphase. Aucune brèche n'a jamais pu lui être infligée.

Ce fut comme si un nuage venait d'obscurcir le pouvoir du soleil. La voix de Gabe avait repris l'âpre intonation avec laquelle il évoquait toujours l'homme qui avait assassiné ses grands-parents.

Guidée par un besoin aussi obscur qu'inutile de le réconforter, elle complimenta :

— La vallée est magnifique. Ce n'est pas étonnant que tes ancêtres se soient installés ici.

Il esquissa un sourire.

— Je doute que la beauté de l'endroit ait influencé leur choix. La forteresse a surtout été construite pour garder l'accès à l'Illyria.

Sara hocha la tête. Ils avaient été amants des mois durant et fiancés deux semaines, et pourtant elle ignorait presque tout à son sujet, à l'exception de sa parenté avec le prince régnant d'Illyria.

Ils s'engagèrent sur un chemin qui serpentait à travers champs. Des abeilles filaient en bourdonnant de pistil en pistil, comme autant de petits missiles dorés dans la chaleur montante du soleil. L'air était chargé du parfum des fleurs et des fruits. Verte et paisible, la vallée s'étirait sous les flancs des collines couvertes de forêts. Au-delà veillaient les sommets des chaînes de montagnes, étincelantes de leurs neiges éternelles sous le soleil, aussi distantes et menaçantes que l'homme qui régnait sur cet empire magnifique.

Emplissant ses poumons d'air embaumé, elle essaya d'oublier les raisons de sa présence ici et les innombrables et tumultueux courants qui l'opposaient à Gabe afin de se détendre enfin.

Le cheval piaffa, mais s'apaisa dès qu'elle lui flatta l'encolure.

— Où allons-nous ? s'enquit-elle.

— A l'endroit où le Sang de la Reine a été découvert, répondit Gabe brièvement. Et celui où Marya l'a caché pendant quarante années.

Elle leva les yeux et vit la détermination inflexible sur ses traits arrogants.

— Pourquoi ?

Il haussa les épaules.

— Pourquoi pas ? L'endroit fait partie intégrante de l'histoire de la vallée. Il s'agit de l'ancienne piste par le col. A l'époque médiévale, elle était empruntée par bon nombre de colporteurs, moines errants, bardes, troupes de chevaliers avec leurs suites et riches bourgeois dans leurs litières, tous essayant de passer avant que les neiges interrompent la communication.

Elle garda obstinément le regard rivé entre les oreilles de son cheval tandis qu'ils approchaient d'un petit village. Elle avait tant aimé Gabe, songea-t-elle avec une ironie douce-amère. Jusqu'à quasiment le glorifier comme un dieu ! Il lui avait donné la lune et les étoiles, il avait vu en elle quelque chose que personne d'autre n'avait vu, et elle s'était épanouie dans ce qu'elle croyait être son amour.

Elle avait été tellement certaine d'avoir trouvé le seul homme sur terre qui la rende entière ! Il l'avait introduite à un monde de sensations auquel elle n'aurait jamais cru, un monde où tout le reste s'abîmait dans l'obscurité, un monde où n'existait que Gabe et son amour…

Sauf qu'il n'était pas vraiment question d'amour.

Ils parvinrent au village aux tons ocre qui semblait sommeiller sous le soleil. Rien ne bougeait dans les rues, personne ne sortit des maisons en entendant le pas des chevaux.

Elle était en train d'admirer une église perchée au sommet d'une petite colline à l'écart d'un groupe de maisons lorsqu'un chien jaillit de derrière un mur en ruine et se précipita sur la route devant eux. La monture de Sara fit un écart et recula, mais ce fut l'arrivée précipitée d'une petite fille brandissant un bâton qui acheva de terrifier la jument.

Hennissant, battant des pieds avant, la jument se cabra.

Les muscles dans les épaules de Sara se contractèrent alors qu'elle s'efforçait de retenir l'animal, priant pour que les sabots chaussés de fer ne blessent pas l'enfant.

6

En quelques paroles prononcées d'une voix sereine et ferme à la fois, Gabe parvint à apaiser la jument. Il se saisit des rênes et contint l'animal de sa poigne de fer, permettant à Sara de déchausser les étriers et de sauter à terre.

Aussitôt, elle s'accroupit entre la fillette pétrifiée et l'animal énervé.

Elle palpa la petite à peine âgée de quatre ans, qui paraissait dans un état second. Elle ne semblait souffrir d'aucune fracture.

— Chut, ma jolie, susurra-t-elle pour la réconforter, tout en écartant les cheveux noirs du petit visage. Tout va bien. Regarde, voilà ta maman.

Tremblant de tous ses membres, elle se releva en soulevant la fillette dans ses bras.

Un instant, personne ne dit mot, puis l'enfant éclata en sanglots. A son tour, sa mère fondit en larmes, saisit la main de Sara et l'embrassa, répétant les mêmes mots encore et encore.

Plusieurs voix s'élevèrent alors.

Stupéfaite, Sara regarda autour d'elle : une dizaine de personnes avaient surgi de nulle part.

La voix de Gabe s'éleva au-dessus du brouhaha général, son intonation autoritaire naturelle suffisant à faire taire tout le monde. Il descendit de cheval et tendit les rênes des deux montures à un jeune homme. Il s'enquit, devina Sara, du bien-être de l'enfant qui ne cessait de la considérer de ses grands yeux noirs écarquillés.

Avec empressement, la mère de l'enfant se tourna vers

Gabe et se répandit en remerciements. Quelques minutes plus tard, l'atmosphère était parfaitement détendue. Tout le monde riait, et la petite passa de bras en bras jusqu'à ce qu'elle arrive finalement dans ceux de Gabe.

Ebahie, Sara vit celui-ci se transfigurer. La tendresse sublima son visage. Souriant avec chaleur à la fillette manifestement impressionnée, il déposa un baiser sur son front.

— Quelle magnifique petite rose ! s'exclama-t-il en se tournant vers Sara. Tous te remercient chaleureusement de l'avoir sauvée.

— C'est toi qui l'as sauvée, protesta-t-elle vigoureusement. Moi, j'ai bien failli la tuer.

— Allons, Sara ! Tu as eu le réflexe et la force de faire faire un écart à ta jument. Et ensuite, tu as fait rempart de ton corps pour la protéger, la contredit Gabe. C'est ce que j'ai vu, et sa mère aussi. Et toi ? Est-ce que tu vas bien ?

— Oui, je vais bien.

Singulièrement touchée par sa question, elle insista :

— Parfaitement bien.

Gabe plissa les yeux.

— Tu t'es pourtant blessée à la main, constata-t-il, la voix tendue.

Elle ferma le poing. En effet, les rênes en cuir lui avaient brûlé la paume et les doigts.

— Ce n'est rien.

Après d'interminables effusions et remerciements de la part des villageois, ils remontèrent à cheval et s'éloignèrent.

Lorsque les rênes s'appuyèrent contre sa paume, elle grimaça.

— Ta blessure semble plus douloureuse que tu ne le prétends. Nous allons rentrer. Il faut te soigner.

Elle lui adressa un sourire contraint.

— Non, c'est inutile. Et je ne veux pas rentrer.

Puis, sans même essayer de dissimuler la tension de sa voix, elle acheva :

— J'apprécie cette promenade.

— Alors je vais nouer mon mouchoir autour de ta plaie.

Elle ne voulait pas qu'il prenne soin d'elle. Elle redoutait tellement que ses défenses ne s'affaiblissent un peu plus... Alors qu'elle le regardait sans bouger, il s'impatienta :

— Ne sois pas stupide, Sara. Donne-moi ta main.

Le ton ne souffrait aucun refus. Et sa main lui faisait mal. Avec réticence, elle tendit la main.

Gabe grommela quelque chose entre ses dents en voyant sa peau à vif.

Sara serra les dents et se figea, attentive aux battements précipités de son cœur.

Du bout des doigts, Gabe effleura les veines de son poignet, tâta ce pouls qui la trahissait puis releva la tête brusquement, ses yeux étincelant d'un éclat féroce. Comme contraint, il porta sa main à ses lèvres et en embrassa la paume, ses lèvres s'attardant contre sa peau, apaisant la brûlure et attisant cette soif insatiable qu'elle s'efforçait tant de dissimuler.

L'air crépita de la tension qui palpitait entre eux, une tension si forte qu'elle engloutit le besoin de Sara de s'extirper aussi vite que possible de cette situation.

Une anticipation interdite s'anima en elle, et elle dut se forcer pour parler.

— Les baisers ne guérissent pas, Gabe. Donne-moi ton mouchoir, je vais me débrouiller.

Il acquiesça avec un sourire sarcastique. A contrecœur, elle le vit reprendre le masque de la maîtrise de soi, domptant et bannissant sans effort la flamme de passion qui s'était allumée entre eux un instant plus tôt. Existait-il quelque chose au monde qui soit susceptible de lui faire perdre ce parfait contrôle de lui-même ?

Gabe noua le mouchoir sur la plaie et lui lâcha enfin la main.

— Est-ce mieux ?

— Beaucoup mieux, acquiesça-t-elle avec raideur. Merci.

— Continuons. Nous ne sommes plus loin.

Alors que sa jument repartait, elle comprit qu'elle ne serait jamais en mesure de dompter ses réactions à l'égard de Gabe. Un seul regard, et elle se perdait complètement dans cet univers inconnu de l'ardeur physique. Elle avait totalement renoncé à tout espoir de liberté. Si Gabe l'avait ignorée, son désir aurait pu se flétrir. Mais il semblait aussi subjugué et conscient d'elle qu'elle l'était de lui.

Les arbres se firent plus denses autour du sentier étroit, formant à certains endroits une voûte ombragée. Aucun oiseau ne chantait, aucun papillon ne voletait sous les frondaisons. Aucun bruissement dans les sous-bois ne trahissait la vie secrète qui palpitait autour d'eux.

Mal à l'aise, elle regarda tout autour d'elle, s'attendant presque à ce que d'effrayantes apparitions jaillissent des profondeurs sombres.

— Nous sommes presque arrivés, annonça Gabe.

Il scruta son visage.

— Est-ce que tout va bien ?

— Oui, bien sûr, prétendit-elle.

Il l'observa plus attentivement.

— Alors qu'est-ce qui te rend si anxieuse ?

— Rien, répliqua-t-elle, avant d'ajouter avec un haussement d'épaules : rien de nouveau.

A sa surprise, il lui sourit, réchauffant son cœur de façon insensée.

— Nous nous restaurerons dès que nous arriverons.

Enfin, ils débouchèrent dans une clairière tapissée d'herbe verte. En son centre se dressait une pierre gigantesque, ses flancs gris bruts gravés de signes mystérieux, comme si en des temps immémoriaux quelqu'un avait essayé de la façonner avec des outils primitifs. Un ruisseau émergeant de la forêt venait s'écouler à son pied, ses chuchotements cristallins emplissant furtivement le silence avant de rouler jusqu'au bord de la falaise et de tomber en cascade de l'autre côté.

Contrairement au sentier bordé d'arbres denses, l'endroit n'était pas sinistre. Il dégageait une atmosphère d'expectative, l'attente d'un événement qui pourrait ne jamais arriver.

Sara frissonna, et sa jument renâcla, agitant la tête avec anxiété.

— Qu'est-ce que c'est ? demanda-t-elle d'une voix rauque.

Gabe jeta au monument un regard plein de considération.

— Un menhir. Cette pierre a été apportée ici voilà plusieurs milliers d'années et dressée pour marquer quelque chose. Une frontière peut-être, ou bien l'entrée du col.

— Ou un site de sacrifice, suggéra-t-elle sombrement, essayant d'ignorer les frissons sur sa peau.

— Possible, acquiesça Gabe.

Une fois descendu de cheval, il détacha le sac qui était accroché derrière sa selle et le lui tendit.

— Je vais attacher les chevaux sous les arbres. Sors la couverture du sac et choisis un endroit où pique-niquer.

Les yeux pleins de ressentiment, elle le regarda s'éloigner.

Gabe semblait parfaitement à l'aise ici. Les épaules droites, la démarche confiante, il s'enfonça sous le couvert des arbres. Un rayon de lumière alluma des flammèches bleutées dans sa chevelure noire, et elle sentit son cœur se serrer.

Dire qu'elle croyait en avoir terminé avec lui ! Mais à peine l'avait-elle revu au château qu'elle avait su à quel point elle se trompait. Seule, elle parviendrait peut-être à chasser Gabe de son cœur. Mais il ne la laisserait jamais seule, et elle ne pourrait jamais prouver que le Sang de la Reine n'était pas en sa possession.

Si seulement elle pouvait le convaincre de revoir son jugement au sujet de Marya…

Mais pourquoi la femme qui avait tant risqué pour protéger le bijou l'aurait-elle dérobé à l'homme pour qui elle l'avait sauvé ? Gabe avait raison, cela n'avait aucun sens.

Quand Gabe revint, elle était encore debout au même endroit, le sac à la main, le regard fixé sur le menhir. S'il l'avait menée ici dans l'espoir de faire tomber ses défenses, c'était réussi. Elle se ressaisit avant de se retourner, chacun de ses instincts en alerte.

Il lui prit le sac des mains, déplia une couverture et l'invita à s'asseoir.

— Ta main te fait-elle encore mal ? demanda-t-il lorsqu'elle eut pris place.

— Non, dit-elle de façon évasive, sans même la regarder.

Ils mangèrent de bon appétit le repas qui leur avait été préparé.

— Veux-tu nous verser une tasse de café ? demanda-t-il quand ils eurent terminé, lui tendant la bouteille Thermos.

L'intimité du moment saisit Sara d'une intensité douce-amère. Elle avait si souvent versé à Gabe son café au petit déjeuner, parfois au lit… Elle avait toujours chéri ces petits instants précieux.

Ses doigts tremblaient, mais elle parvint à remplir la tasse et la posa devant Gabe.

— Parle-moi du Sang de la Reine, demanda-t-elle. Tout ce que je sais, c'est que l'un de tes ancêtres l'a trouvé ici.

Gabe s'adossa contre un tronc d'arbre et la scruta de son regard aux reflets bleu d'acier.

— C'est la légende. Les paysans racontent une tout autre histoire.

— Vraiment ?

Elle s'installa confortablement contre un arbre, dissimulant son visage derrière sa tasse tandis qu'elle buvait son café à petites gorgées.

— On raconte qu'un jour une femme d'une très grande beauté, une reine, est arrivée par les montagnes. Elle était promise à un empereur et avait pour dot le collier, un bijou qui appartenait à sa famille depuis des temps anciens. Malheureusement, elle n'est jamais parvenue au bout de son voyage. Sa suite est tombée dans une embuscade, et tous ont été occis. Les brigands voulaient la garder prisonnière pour exiger une rançon, mais leur chef l'a tuée. Son sang s'est répandu sur le menhir, dissimulant le collier à la vue des hommes. Lorsque les voleurs l'ont cherché, ils n'ont pu le retrouver.

— Les voleurs étaient-ils tes ancêtres ? demanda Sara, fascinée.

— Non, cela s'est passé bien avant que n'arrivent les premiers Considine. Les gens d'ici racontent qu'après sa mort, la reine s'est transformée en…

Il marqua une pause, cherchant le mot juste.

— En vampire ? suggéra-t-elle. En fantôme ?

La belle bouche de Gabe esquissa un sourire.

— Ni l'un ni l'autre. Je crois que le mot le plus juste est « chimère ». Elle est réapparue sous les traits d'une femme splendide, dangereuse et mystérieuse, qui protégeait son trésor en conduisant par la ruse à une mort certaine quiconque le cherchait dans la forêt.

Sara se sentit parcourue de frissons.

— Aujourd'hui encore, aucun habitant de la vallée ne s'aventure jamais ici une fois la nuit tombée.

— Je les comprends, compatit-elle.

Gabe la regarda avec tendresse.

— Aurais-tu peur, toi aussi ?

Elle prit un instant pour y réfléchir.

— Non, répondit-elle lentement. Pas exactement, mais je sens comme une présence ici.

Et parce qu'elle ne voulait pas trop s'étendre sur ce sujet, elle demanda encore :

— Quand est arrivé le premier Considine ?

Gabe posa son gobelet et considéra la pierre énorme.

— Vers le XIIe siècle. Certains prétendent qu'il était grec, mais tous s'accordent à dire qu'il était pauvre. Les ballades le décrivent comme un homme d'une grande beauté, à l'allure royale et maniant l'épée avec dextérité. Avec sa bande de mercenaires, il venait de passer le col et se dirigeait vers la côte lorsque la chimère leur est apparue.

La voix de Gabe s'intensifia.

— On raconte qu'elle lui dit qu'elle l'attendait depuis des siècles. Elle lui offrit le Sang de la Reine à condition qu'il l'épouse et protège la vallée des brigands qui ne cessaient de la piller.

Sara avait l'impression d'avoir été transportée dans un autre lieu et une autre époque, comme si les liens qui la rattachaient au XXI e siècle s'amenuisaient.

— Si elle était encore belle, je parie qu'il a accepté, même si elle était irréelle, commenta-t-elle avec ironie, essayant de nier l'envoûtement de l'histoire.

— Au contraire ! Elle lui est apparue sous les traits d'une vieille harpie, reprit Gabe avec un sourire. Cependant, il a vite compris que l'offre lui rapporterait bien davantage qu'une vie de mercenaire vagabond. Alors, il a accepté et a construit la forteresse.

Gabe ne put réprimer un sourire quand elle demanda avidement :

— Et alors ?

— Eh bien, ils se sont mariés. Et pendant leur nuit de noces, elle s'est révélée à lui sous sa véritable forme, finit Gabe presque à voix basse. Par la suite, leur amour a été mis à l'épreuve, mais ils vécurent longtemps heureux ensemble.

Déçue, Sara considéra Gabe.

— C'est tout ?

— En gros. De nombreuses batailles ont fait rage avant qu'ils ne se débarrassent définitivement des brigands. Ils ont eu plusieurs fils, de solides gaillards, qui leur ont permis d'établir une dynastie. Et puis, un de leur descendant est devenu prince d'Illyria.

— Alors pourquoi le collier est-il resté ici, dans la vallée ? C'est un bijou tellement splendide, j'aurais cru qu'il aurait été mis en sécurité ailleurs.

— Ah, c'est un autre aspect de la légende, dit Gabe en la regardant avec une intensité qui lui mit les nerfs à vif. Le premier Considine a promis à son épouse que le Sang de la Reine ne quitterait jamais la vallée de façon permanente. Mes ancêtres étaient arrogants et durs, mais on ne transige pas avec une chimère dangereuse, quand bien même il s'agit d'une aïeule. Le Sang de la Reine est donc resté dans le Repaire du Loup.

Sara termina son café. Il avait un goût amer, comme ses émotions.

— Je voudrais tellement que tu ne m'aies jamais demandé de le porter, lança-t-elle avec passion.

Etait-ce l'histoire, ses nerfs à vif, ou simplement un besoin désespéré de le convaincre ? Quoi qu'il en soit, elle fit ce qu'elle s'était juré ne jamais faire : se penchant en avant, elle effleura la main de Gabe. Celui-ci ne bougea pas, mais elle sentit sous ses doigts battre son sang, la force brute de sa volonté.

Elle releva les yeux vers son visage sombre et charismatique.

— Gabe, dit-elle avec fougue, je te jure que je n'ai absolument rien à voir avec le vol des rubis.

Mais à peine avait-elle fini sa phrase qu'elle sut que cela ne servait à rien.

Le visage de Gabe se durcit encore, et il rejeta sa main d'un geste méprisant qui la décomposa.

— Le père de Marya était la seule personne qui savait où mon grand-père avait dissimulé le collier, dit-il rudement. Lorsque le dictateur s'est emparé du Repaire du Loup, il a fait fouiller l'endroit de fond en comble. Il a même essayé de faire sauter le menhir à la dynamite. Il ne s'est arrêté que lorsqu'il a été forcé d'admettre que personne n'avait enterré quoi que ce soit par ici. Et puis mes grands-parents ont été tués, et le père de Marya a été fait prisonnier. Auparavant, il avait indiqué à sa fille la cachette du collier. Au prix de sa vie, elle s'est introduite dans le château, l'a subtilisé et enterré dans l'étable de ses parents. Et il y est resté jusqu'à la mort du tyran. Alors, elle m'a contacté et conduit à lui. Pourquoi diable l'aurait-elle volé ?

D'un mouvement souple, plein de puissance, il se releva et la toisa de toute sa hauteur, avec un mépris si évident qu'elle se recroquevilla sur elle-même.

— Mon ancêtre a épousé la laideur et découvert la beauté, dit-il d'une voix qui lui glaça les veines. Je croyais avoir trouvé la beauté en toi. Au moins le vol du Sang de la Reine m'a-t-il prouvé que ce n'était qu'une apparence.

Elle tressaillit sous le coup de l'inflexibilité de ces paroles mais parvint à se mettre debout, les yeux lançant des éclairs, les joues en feu.

— Je ne l'ai pas volé, martela-t-elle, blême de rage. Tu auras beau brandir ton pouvoir et ton argent, tu ne pourras pas obtenir de moi ce que je ne détiens pas. J'ignore ce qui s'est passé.

Désespérée, elle asséna encore :

— Ne t'est-il jamais venu à l'esprit que je n'avais pas besoin de le voler ? Si je t'avais épousé, il m'aurait appartenu aussi longtemps que j'aurais vécu !

— Oh, mais si ! Il m'est aussi venu à l'esprit qu'en m'épousant, tu aurais dû me rester fidèle. Hélas, j'ai constaté que c'était un trop grand sacrifice pour toi.

L'accusation s'abattit sur elle comme les grêlons d'un orage d'été, froids, transperçants, implacables et parfaitement inattendus. Mais, à vrai dire, elle avait fait l'amour avec Gabe une semaine seulement après l'avoir rencontré. Peut-être croyait-il qu'elle se donnait ainsi à tous les hommes qu'elle fréquentait ?

Blessée au point que sa vue se brouillait, elle se retourna pour dissimuler ses larmes. Dans sa précipitation, elle trébucha.

Derrière elle, elle entendit une imprécation étouffée. Gabe la rattrapa vivement et l'aida à se redresser en la plaquant contre son corps.

Elle suffoqua et essaya avec frénésie de se dégager de son emprise. Mais il la fit pivoter dans le cercle de ses bras, et elle leva les yeux vers un visage figé dans une détermination farouche, vers des prunelles qui brillaient de convoitise.

Sans un mot, Gabe s'empara de sa bouche, et elle sentit ses propres lèvres s'entrouvrirent sous son invasion pressée.

Un soulagement intense se répandit en elle. Elle s'abandonna à lui une fois encore…

Gabe ne redressa la tête que le temps de prononcer son nom avec désespoir avant de l'embrasser une fois encore.

Comme s'il mourait d'envie d'elle, comme si pour lui aussi l'année avait été insupportablement longue… Comme s'il avait besoin d'elle tout autant qu'elle avait besoin de lui.

Dans un brouillard, elle songea à lui résister, mais cette pensée s'évanouit dès qu'il se réappropria sa bouche, se rendant maître de ses réactions. Plaquée contre son corps dur et exigeant, elle céda à la clameur qui tambourinait en elle. Chacun de ses sens, chacune de ses cellules se mirent à exulter d'un plaisir délicieux, et elle renaquit à la vie. Un brasier se répandit en elle comme une traînée de poudre, détruisant toute pensée, à l'exception du besoin de se perdre dans cette excitation enivrante.

Gabe glissa une main sous son pull, ses doigts se posèrent sur son sein. Du bout des dents, il trouva le lobe de son oreille qu'il mordilla délicatement, envoyant des frissons d'anticipation dans tout le corps de Sara.

Enfouissant son visage dans le cou de Gabe, elle glissa ses mains sous sa chemise, le bout de ses doigts se mettant à crépiter lorsqu'ils coururent sur sa peau chaude et bronzée, et elle appuya la paume de sa main sur son cœur qui battait à tout rompre.

Malgré l'humiliation de sa capitulation, elle ne pouvait nier ce qui se passait.

La bouche de Gabe glissa sur sa gorge, puis il la souleva dans ses bras et l'emporta jusqu'à la couverture. En des gestes désordonnés, il parvint à lui retirer son pull et sa chemise. Le regard fiévreux, il s'absorba dans la contemplation de son buste presque dénudé avant de faire glisser le ruban qui retenait ses cheveux. Doucement, il caressa les mèches qui lui recouvrirent les épaules.

— Maudite sois-tu d'être aussi belle ! souffla-t-il d'une voix rauque. Tu es comme une drogue qui coule dans mes veines.

Cette déclaration brutale déchira le cœur de Sara. Elle-même s'était attaquée aux boutons de la chemise de Gabe. Lorsque enfin celui-ci releva la tête, elle avait complètement ouvert sa chemise.

— Je t'aime vêtue de soie et de dentelle, dit-il de sa voix profonde, mais cette lingerie d'écolière est terriblement séduisante.

Et il posa la bouche sur un de ses bouts de sein dressés, le cherchant avec avidité à travers le fin tissu.

Elle laissa échapper un hoquet et s'arc-bouta pour mieux s'offrir à la caresse de Gabe, les mains pressées contre son torse, tandis que son corps semblait se dissocier de son âme. Elle sentit sa résistance se dissoudre, la précipitant sans ménagement dans ce monde mystérieux et érotique où seul Gabe comptait…

— Gourmande ! murmura-t-il en soulevant son torse afin de dégrafer son soutien-gorge.

Choquée par la profonde satisfaction de son intonation, elle ouvrit les yeux. Mais les mots dédaigneux qu'elle s'apprêtait à prononcer s'évanouirent lorsqu'elle vit le visage de Gabe. Il ne pouvait pas nier plus qu'elle l'envie primaire qu'il éprouvait.

Malgré leurs rancœurs réciproques, tous deux étaient enferrés dans le piège d'une addiction réciproque et passionnée.

Peut-être, si elle montrait à Gabe à quel point elle l'aimait, comprendrait-il qu'elle n'aurait jamais pu lui voler le collier ?

A l'instant même où elle comprit qu'elle se leurrait, qu'elle cherchait à composer avec sa fierté alors qu'elle ne songeait en fait qu'à se laisser emporter, elle posa les mains de part et d'autre du visage de Gabe, englobant la courbe haute et magnifique de ses pommettes, et s'abandonna complètement à la tempête des sensations.

Au plus profond de son être, Gabe sentit que Sara capitulait.

La beauté de la jeune femme le subjuguait. Elle était douce et ardente à la fois. Sa peau était aussi soyeuse que des pétales de magnolia. Chaque courbe, chaque creux de son corps lui était aussi familier que son visage, et pourtant irrésistiblement, intensément attrayant.

Il voulait la posséder de nouveau, songea-t-il sombrement, tandis que le goût doux et sucré de sa peau l'emplissait de délice. Il ne voulait ressentir rien d'autre que l'envie brute qu'il avait d'elle. Mais alors même qu'il se serait damné pour pouvoir la jeter au sol et la prendre de force et sans passion, il ne put se résoudre à agir ainsi. Chaque muscle de son corps se contracta. Il lutta contre le besoin instinctif de la faire sienne de la façon la plus primitive qui soit.

Chassant à contrecœur ce besoin barbare, il continua d'embrasser ses seins, de s'approprier la provocation sensuelle de sa peau satinée, son parfum subtil et tellement féminin.

Comment diable un acte aussi ordinaire que celui de faire l'amour lui était-il devenu impossible avec toute autre femme ? Sara ne l'avait pas seulement dépouillé de son bonheur, elle l'avait aussi anéanti. Cette constatation marquait sa fierté comme au fer rouge : sa détermination à lui faire avouer où se trouvait le Sang de la Reine s'était retournée contre lui.

Peut-être devrait-il se libérer de cette obsession entêtante en y cédant ? Prendre ce qu'elle lui offrait de façon si flagrante jusqu'à en être rassasié, jusqu'à ce qu'il puisse la regarder avec rien d'autre que le désir d'un homme pour une belle femme ? A l'instant où cela se produirait, il serait libre de nouveau. Il redeviendrait maître de lui-même.

Il saisit entre ses dents un téton dressé. La rigidité soudaine du corps de Sara fit naître une dureté identique dans son bas-ventre. Il aimait que son corps soit si vivement sensible et qu'elle réponde si passionnément à chacune de ses caresses.

7

Les battements de son cœur tambourinant à ses oreilles, Sara plongea dans le regard bleu étincelant de Gabe, promesse d'un plaisir charnel au-delà de l'imaginable.

Elle connaissait si bien ce regard ! Dès le premier qu'ils avaient échangé, ils avaient été à peine capables de maîtriser leurs réactions l'un envers l'autre.

Effrayée par l'emprise que Gabe exerçait sur elle, elle avait tout d'abord refusé de le revoir et s'était évertuée à échapper à ses avances passionnées. En vain. Très vite, elle avait cédé à sa cour assidue. Horrifiée par sa rapide capitulation pour un homme que, d'instinct, elle savait dangereux, elle avait cru qu'une fois ses désirs intimes assouvis, il se lasserait d'elle.

Elle s'était trompée. En dépit de tout, il la convoitait aujourd'hui encore.

Son cœur battait si fort qu'elle n'entendait plus rien.

— Gabe ! murmura-t-elle dans un souffle quand il s'écarta légèrement pour déposer une succession de baisers jusqu'à son nombril.

Si elle le laissait continuer, elle était perdue… Il ne fallait pas ! pensa-t-elle avec frénésie, luttant pour ranimer sa volonté.

Mais si les mots se formaient dans son esprit, aucun son ne sortit de ses lèvres. Elle essaya de repousser Gabe, mais ses mains lui désobéirent, se coulant au contraire autour de ses épaules pour caresser sensuellement sa peau chaude. Son bon sens, son instinct de survie, sa prudence furent balayés par un tel sentiment de justesse qu'elle fut impuissante à lutter contre eux.

La main de Gabe glissa alors vers ses profondeurs moites et les explora lentement.

Spontanément, elle souleva ses hanches, et les dernières étincelles de plaisir s'embrasèrent de nouveau, ravivées par de nouvelles sensations érotiques.

— Gabe…

Elle avait prononcé son nom dans une plainte contrainte et brute.

Pour toute réponse, il accentua sa quête intime.

Des ongles, elle lui griffa le dos. Incapable de penser, elle se tortilla contre sa main scandaleusement experte, seulement consciente de l'effet délicieusement ravageur que celle-ci exerçait sur son corps.

— Oh, *Gabe!*

Alors, il se coucha sur elle et plongea dans sa chair impatiente et réceptive avec une telle intensité que cela lui arracha un cri.

Il se figea, son grand corps à peine dompté par sa volonté.

— Est-ce que je t'ai fait mal ?

Sa voix était rauque.

— Non, tu ne peux pas me faire mal, murmura-t-elle avant de blottir son corps avide et exigeant contre le sien.

Elle noua ses bras autour de ses épaules, déposa des baisers sur sa gorge.

Le corps puissant de Gabe se contracta et il s'enfonça encore en elle, clamant une faim brute et primitive qui aurait dû la terrifier.

Au contraire, elle s'en réjouit. Enfin, elle retrouvait l'homme véritable, libre de toute sophistication, guidé par un besoin si violent qu'il ne pouvait le contrôler.

Pour la première fois depuis un an, elle se sentait vivante et heureuse. Elle avait si ardemment conscience de chacune des cellules impérieuses de son être qu'elle en aurait pleuré de joie.

Avec audace, elle s'appropria Gabe, le provoqua comme il la provoquait, leur désir mutuel les entraînant au-delà des limites, jusqu'à s'unir de la façon la plus primaire et fusionnelle qui soit.

Ils prirent, donnèrent, progressant vers l'extase commune jusqu'à ce que l'intensité croissante les submerge. Alors, ensemble, ils atteignirent ce sommet intangible, leurs cœurs battant à l'unisson, leurs corps moites étroitement mêlés dans une communion frénétique. Plus rien n'avait d'importance que la magie puissante de l'instant.

Ensuite, Sara resta étendue, respirant les effluves diffus de sexe et de transpiration qui se mêlaient à l'odeur de l'herbe échauffée, écoutant les halètements sourds qui déchiraient ses propres poumons.

Gabe n'avait pas bougé. Sa respiration était saccadée, son corps détendu pesait sur elle. A travers ses cils, elle voyait les angles rudes et arrogants de son visage.

Vibrant encore au rythme précipité de leurs cœurs, elle plongea dans le désespoir. Quelle idiote elle faisait ! Mais son corps contredisait son esprit. D'une certaine façon, elle ne s'était jamais sentie aussi vivante.

Quelques précieuses secondes seulement s'écoulèrent, puis Gabe roula sur le dos sans qu'elle fît aucun effort pour le retenir.

Elle devait bien reconnaître qu'elle venait de commettre la plus grande erreur de sa vie… Mais à vrai dire, sa plus grande erreur avait été de ne pas fuir aussi vite et aussi loin que possible la première fois où elle avait croisé les yeux bleus de Gabe Considine. Sauf que, quand bien même elle aurait fui, il l'aurait poursuivie. Et cette certitude avait le pouvoir de l'emplir d'une désarmante satisfaction.

Elle n'eut pas besoin de tourner la tête vers lui pour connaître ses émotions. Elle en percevait toute l'inflexibilité, le sinistre présage, la dangerosité. Mais savoir qu'il s'en voulait autant qu'elle ne lui était d'aucun secours.

— Est-ce que tu prends un contraceptif ? demanda-t-il d'un ton mécontent.

La stupéfaction la rendit muette. Seigneur ! La question résonna dans sa tête, chargée d'une telle angoisse qu'elle n'osa répondre.

— J'exige la vérité, insista-t-il avec fureur.

Incapable de mentir, elle posa sur le visage dur et déterminé de son partenaire un regard plein de défiance et pinça les lèvres.

Comme Gabe murmurait quelques jurons incompréhensibles, elle s'emporta.

— Je ne suis pas la seule coupable ! protesta-t-elle, la voix haletante.

Ce qui, bien sûr, était une reconnaissance tacite qu'elle ne prenait aucun moyen de contraception.

— Ce n'est pas toi que je blâmais, rétorqua Gabe, les sourcils froncés.

Incapable de supporter le froid mépris de son regard, Sara ferma les yeux. Une lassitude profonde et douloureuse la fit presque défaillir. Elle serra les mâchoires et lutta contre le malaise. Capituler ne ferait qu'empirer les choses.

Lentement, elle se redressa. Un souffle d'air froid courut sur sa peau à vif et la fit trembler. Les doigts maladroits, elle entreprit de se revêtir, s'obligeant à ne pas regarder Gabe qui se rhabillait lui aussi.

— Je vais chercher les chevaux, dit-il avant de s'éloigner.

Avait-il planifié cette scène ?

Non, c'était impossible. Il ne pouvait pas avoir prévu les moments insensés qu'ils venaient de vivre dans les bras l'un de l'autre. Tout autant qu'elle, il détestait pareil délire érotique incontrôlable. Et sinon, n'aurait-il pas utilisé un préservatif ?

Un nouvel assaut de panique la submergea. Sa bouche se tordit en grimace, et elle compta les jours. Le visage en feu, elle s'immobilisa au milieu de la clairière : elle était au milieu de son cycle, la période la plus fertile !

Un enfant de Gabe, songea-t-elle, le cœur serré. Elle pourrait avoir un enfant de Gabe.

Les sourcils froncés, elle fixa la pierre dressée sans la voir vraiment. Une main posée sur son ventre, elle tenta de se raisonner. Tout rapport n'entraînait pas nécessairement une grossesse. D'ailleurs, lui souffla son sens pratique, elle pouvait aussi prendre la pilule du lendemain.

Elle fut saisie de dégoût. Jamais ! pensa-t-elle avec incohérence. Oh non, jamais !

Les nerfs à vif, elle rejeta l'éventualité d'une grossesse

dans les tréfonds de son esprit. Soit, elle était effrayée. Mais n'avait-elle pas de bonnes raisons de l'être ? Ce n'était pas tous les jours qu'elle se retrouvait dans une forteresse isolée dans les montagnes, kidnappée par un homme convaincu qu'elle l'avait dépouillé d'un précieux bijou de famille, et pour finir se donnait à lui sans protection, dans un cadre qui suscitait les fantasmes les plus fous !

Tournant le dos à la pierre dressée, elle alla ramasser la couverture. Au-dessous, l'herbe était aplatie, écrasée par la violence de leur étreinte. Le cœur lourd, elle la plia et la rangea dans le sac. Un léger bruissement lui fit relever la tête. Les pupilles dilatées, elle vit Gabe revenir à travers les arbres avec les chevaux. Elle se mordit la lèvre, puis cligna des yeux. Leurs baisers avaient été ardents et ses lèvres étaient douloureusement gonflées.

Qu'est-ce que Gabe comptait faire d'elle ? Se venger ?

Elle frémit. Etant donné son esprit froidement calculateur et sa nature impitoyable, pour quelle autre raison l'aurait-il fait venir ? Le Sang de la Reine n'étant pas apparu sur le marché, il avait dû analyser la situation avec son formidable détachement habituel. Il savait exactement quelle arme utiliser contre elle : son absence totale de volonté en ce qui le concernait.

Et elle, dans sa grande naïveté, elle était tombée dans son piège. Les baisers de la nuit précédente faisaient certainement partie de sa stratégie. Il l'avait mise à l'épreuve pour savoir si le temps et la distance avaient atténué son attirance ou lui avaient donné une dimension nouvelle.

Comme il avait dû se réjouir de sa réaction, qui prouvait à quel point elle était encore vulnérable à son charisme !

L'étape suivante coulait de source : la séduction.

Ses joues s'embrasèrent puis blêmirent. L'humiliation la submergeait. Mais désormais elle savait comment la gérer. Désormais, elle ne se laisserait plus faire. Elle n'irait plus se promener avec lui, et surtout elle ne ferait plus l'amour avec lui.

Il avait peut-être — sûrement — encore envie d'elle, mais plus que tout il voulait son trésor familial. Elle ne devait pas l'oublier.

Et si aujourd'hui ils avaient conçu un enfant, alors elle retournerait à Fala'isi et l'élèverait seule, sans rien lui dire.

— Est-ce que tout va bien ? demanda Gabe, les yeux plissés, alors qu'il arrêtait les chevaux.

— Parfaitement bien.

Sa réponse sans hésitation aucune lui fit froncer les sourcils, mais il n'ajouta rien de plus.

Sur le chemin du retour, ils n'échangèrent pas un mot.

Revenus au château, elle demanda à voir les chambres qu'elle devait décorer.

— Ce ne sera pas nécessaire, rétorqua Gabe.

Le ton de sa voix ne souffrait aucune contradiction.

Alors elle releva le menton et affronta son regard avec hauteur.

— Tu as commandé ce travail, je le ferai.

Gabe scruta son expression entêtée avec amusement.

— Parfait. Je vais me changer et je reviens.

Soulagée de rester seule quelques instants, elle prit une douche, se savonnant rageusement comme pour laver l'empreinte de Gabe de chaque parcelle de sa peau. De toutes ses forces, elle essaya de chasser dans un recoin de son esprit le souvenir de leur passion. Mais comment faire, en voyant les contusions laissées sur son corps ?

— Ça suffit ! s'ordonna-t-elle.

Il lui fallait réfléchir, et non ressasser les réactions involontaires de son corps.

En s'habillant, elle retrouva progressivement confiance en elle.

Son corsage était assez large pour ne pas lui mouler la poitrine et son pantalon avait été taillé sur mesure. Pour finir, elle chaussa des mocassins noirs à talons plats.

Une tenue purement professionnelle ! Lorsque Gabe la verrait, il saurait qu'elle ne cherchait pas à le séduire.

De son sac, elle sortit un calepin et un mètre puis s'assit au bureau et commença à prendre des notes.

Un petit coup sec frappé à la porte lui fit dresser la tête.

Une vive émotion teintée d'inquiétude glissa le long de ses nerfs. Elle redressa les épaules et se leva.

Mais lorsqu'elle ouvrit la porte, elle découvrit devant elle la seule personne qu'elle n'aurait jamais cru revoir.

Marya !

Stupéfaite, elle ouvrit la bouche, mais aucun son n'en sortit.

Le visage de la vieille femme s'éclaira en la voyant. Dans son anglais approximatif, elle s'exclama :

— Vous êtes là ! C'est bien.

Abasourdie, Sara ne pouvait que la dévisager.

Cette femme avait dérobé le Sang de la Reine et l'avait laissée sans le moindre état d'âme se faire accuser à sa place. Et pourtant, il n'y avait aucune malice dans son regard noir, rien d'autre qu'un plaisir apparemment sincère.

— Bien ? Mais pourquoi ? demanda-t-elle avec incrédulité.

Marya sourit encore.

— Parce que vous êtes ici, se contenta-t-elle de répéter.

Et puis, elle recula d'un pas et l'invita à la suivre.

— Vous voulez voir les chambres ? Je vous montre.

— Mais Gabe ?

D'un geste de la main, Marya éluda le sujet.

— Il téléphone.

Ce qui s'ensuivit fut étrange.

Marya babilla sans discontinuer en la conduisant dans les deux chambres, tint une extrémité du mètre tandis qu'elle prenait des mesures et se tut respectueusement pendant qu'elle rédigeait ses notes. C'était comme si la vieille femme ne comprenait pas qu'il pût y avoir la moindre tension entre elles deux.

Elle s'évertua à la distraire, lui commentant les vues qu'offraient les fenêtres, racontant des anecdotes sur les habitants de la citadelle, narrant des événements des temps anciens, des scènes qui résonnaient de l'aura authentique de la guerre et de l'histoire.

Et puis elle parla de Gabe, qu'elle idolâtrait visiblement.

— Il est si bon ! s'enflamma la femme de chambre avec ferveur. Il est si aimé dans la vallée. Quel homme merveilleux ! Un maître dont on peut être fier. Un exemple à suivre.

Elle ne semblait pas se soucier que Sara lui réponde succinctement. S'imaginait-elle qu'elle ne savait rien ?

A la fin, n'en pouvant plus, Sara demanda :

— Marya, pourquoi avez-vous pris le Sang de la Reine ?

Sans haine, elle considéra la femme de chambre, mais pas un muscle ne tressaillit dans le vieux visage ridé. Déconcertée, elle poursuivit instamment :

— Vous devez comprendre combien Gabe veut le retrouver. Si vous l'aimez tant, pourquoi ne le lui rendez-vous pas ?

Depuis l'entrée de la chambre, la voix de Gabe s'éleva, lui glaçant les sangs :

— Assez, Sara ! Merci Marya, je vais continuer.

La femme lui sourit, décocha à Sara un sourire encore plus éclatant et quitta la chambre, raide comme un piquet.

Gabe se tourna vers Sara.

— Cesse de la tourmenter, dit-il, chacune de ses paroles emplie d'une menace cinglante comme un coup de fouet. C'est entre toi et moi. Je ne te laisserai pas la bouleverser.

— Que fait-elle ici ?

— Elle travaille ici, répondit Gabe, le ton glacial. J'ai demandé à Webster de s'occuper de toi, mais Marya considère comme plus convenable que ce soit elle qui le fasse.

Une vague de nausée l'envahit puis se dissipa. A quoi bon insister ? songea-t-elle sombrement.

— Peu importe, soupira-t-elle, s'efforçant de paraître composée et pratique. J'ai terminé ce que je devais faire. Je vais regagner ma chambre et me mettre au travail.

— Tu ne sais pas ce que je souhaite comme style, objecta Gabe.

Furieuse de ressentir un plaisir inavouable à la perspective de passer du temps avec lui, elle jeta un regard circulaire sur la pièce.

— N'importe quoi sera toujours mieux que ça, dit-elle avec emphase.

— Certes, acquiesça-t-il avec un hochement de la tête. Mais allons dans mon bureau et discutons de ce que je voudrais.

Découvrir le bureau de Gabe, fort heureusement dépourvu de meubles de pacotille, fut un véritable ravissement pour Sara.

Les boiseries étincelaient d'une teinte dorée, chaude et douce, et la cheminée Renaissance qui dominait la pièce s'accordait parfaitement avec le cabinet gothique et le tableau équestre d'un fier ancêtre en armure.

— Alex Ier, premier prince d'Illyria de notre lignée, annonça Gabe en surprenant son regard appréciateur. Son armure est exposée dans l'entrée. Il a tué son prédécesseur dans un combat au corps à corps. Il a ensuite affirmé sa victoire en épousant la fille de son ennemi vaincu.

— Quel merveilleux début pour un mariage ! s'exclama Sara, avec une pensée attristée pour la malheureuse princesse contrainte d'épouser l'assassin de son père.

— Selon les récits, ce fut un mariage heureux, rétorqua Gabe posément. Son épouse et lui eurent huit enfants, et personne n'a jamais évoqué le fait qu'elle ait pris un amant.

Sara serra les lèvres. Son commentaire resta en suspens tandis que Webster entrait dans la pièce, portant le café sur un plateau.

— Voudrais-tu faire le service ? demanda Gabe lorsqu'ils furent de nouveau seuls.

Elle lui versa une tasse de café et se servit ensuite.

— Désires-tu pareille atmosphère pour les chambres ? demanda-t-elle. Si c'est le cas, trouver des meubles authentiques ne sera pas seulement une mince affaire, mais cela va aussi te coûter beaucoup d'argent. Il est pratiquement impossible aujourd'hui de mettre la main sur des coffres et des commodes Renaissance en bon état comme ceux-ci.

Et puis, elle se mordit la lèvre. Naturellement, Gabe Considine, cousin du prince d'Illyria et magnat des affaires, n'avait sûrement aucune préoccupation financière.

Gabe se carra confortablement dans son fauteuil.

— Tu as carte blanche, annonça-t-il effectivement.

— Dis-moi ce que tu veux.

Il haussa les épaules.

— Tu as vu ce que valait la plomberie, alors tu as une idée de ce qui est à faire. Je souhaite un certain confort, mais qui ne dépareille pas l'ensemble. Nous sommes dans une citadelle du

XIIe siècle et c'est à cela qu'elle doit ressembler. Toute modernisation doit être discrète.

A peine son café terminé, il s'excusa, prétextant du travail.

— Webster, demanda-t-il au majordome qu'il avait sonné, veuillez reconduire Mlle Milton à sa chambre.

Il adressa un bref sourire à Sara, mais ses yeux lui rappelaient qu'elle était sa prisonnière.

De retour dans sa chambre, elle bouillait. Elle refusait d'être prisonnière. Elle voulait être libre de ses mouvements.

A tout hasard, elle tourna la poignée de la porte. A sa grande surprise, celle-ci n'était pas verrouillée.

D'un pas décidé, elle sortit, prit l'ascenseur, passa devant la rangée d'armures et les portraits d'ancêtres. Elle crut reconnaître parmi ceux-ci Alex 1er au côté d'une jeune femme.

Oui, reconnut-elle, ils semblaient effectivement *heureux*.

Puis elle dut se tromper de couloir, car elle déboucha sur une galerie magnifique, de forme carrée, éclairée par un puits de lumière à ciel ouvert.

Le regard enchanté de Sara fut attiré par des géraniums exubérants accrochés aux balustrades de pierre baignées de soleil. Des colonnes de marbre soutenaient le plafond voûté orné de peintures représentant des coupes de fruits et de fleurs. Une fresque s'étirait sur tout le pourtour des murs.

Ravie, elle contempla de longues minutes les personnages, animaux et constructions médiévales qui y étaient représentés. Des symboles héraldiques, des phrases en latin, des arbres généalogiques, des scènes villageoises se mêlaient dans une joyeuse exubérance qui charmait la vue. Elle reconnut même le menhir.

Attirée par un doux chuintement, elle s'accouda à la balustrade et découvrit en contrebas un jardin divisé en quatre parterres fleuris. Au milieu se dressait une fontaine. Alors que l'automne était déjà bien entamé, les fleurs étaient encore épanouies. Une vigne vierge aux feuilles rouges grimpait vers le ciel. L'endroit, caché au cœur de cette masse de pierres dédiée à la guerre, incarnait le paradis.

Un bijou pour une femme, devina-t-elle. Et elle envia l'épouse tendrement aimée qui avait reçu ce cadeau.

— Cette galerie date du XVIe siècle, dit Gabe dans son dos. La grande-duchesse Vera étant de santé fragile, son mari l'a fait construire pour elle.

Parcourue par un frisson, elle se força à rester immobile.

— Il devait beaucoup l'aimer, constata-t-elle, les yeux rivés sur la fontaine.

— Les seigneurs du Repaire du Loup se marient toujours par amour, répliqua Gabe.

Mais la note de cynisme qui aiguisait sa voix la blessa au plus profond de l'âme.

8

— Je vais te ramener à ta chambre, annonça Gabe en la prenant par le coude. Est-ce que tu cherchais quelque chose ?

Sous entendu, bien sûr, un moyen de s'échapper !

— Pardonne-moi mon intrusion, s'excusa-t-elle, submergée de culpabilité comme s'il l'avait surprise en train d'épier par le trou d'une serrure. J'ai dû me tromper de couloir et je suis arrivée ici. C'est si joli…

Sa voix vacilla lorsqu'elle croisa le regard impassible de Gabe.

— La seule bonne décision que mon assassin de cousin ait prise après s'être emparé de l'Illyria a été de préserver les biens familiaux, dit-il d'une voix neutre.

Ignorant les infimes frissons de plaisir que lui procurait le léger contact de sa main, elle répondit, la voix cassante :

— J'ai aperçu les fleurs par une fenêtre et j'ai voulu voir l'endroit où elles se trouvaient.

Il sembla accepter son explication. Toutefois, devant sa chambre, il la somma d'une voix froide :

— N'insiste pas, Sara. Quand bien même tu parviendrais à quitter la citadelle, tu n'irais pas loin. Et si tu tentes de fuir de nouveau, alors je t'enfermerai à double tour. En permanence.

Les yeux flambant de défi, elle tourna la poignée, entra dans sa chambre et claqua la porte derrière elle.

Elle attendit que la clé tourne dans la serrure mais n'entendit rien. Gabe savait qu'elle n'oserait pas le défier.

Décontenancée, elle s'assit à son bureau et se remit au travail. Après quelques minutes, elle se rappela l'âpre commentaire de Gabe au sujet de l'usurpateur qui avait préservé les biens familiaux. Passé un instant de réflexion, elle tira le cordon de la sonnette.

— En effet, lui confirmait Webster cinq minutes plus tard, il y a des réserves. Mais je regrette, j'ignore ce qu'elles renferment précisément.

Si quiconque en connaissait le contenu, songea-t-elle sombrement, ce serait Marya. Cependant, elle n'insista pas.

Lorsque, dix minutes plus tard, on frappa à sa porte, elle ne fut guère surprise.

— Entrez, lança-t-elle, s'armant de tout son courage.

Marya entra.

— Vous cherchez des vieilles choses ? demanda-t-elle sans préambule.

— C'est exact.

La femme de chambre hocha la tête.

— Le grand-duc a dit d'accord. Suivez-moi.

Le grand-duc ? Gabe ?

— Je croyais que le dictateur avait aboli les titres en Illyria, s'étonna-t-elle. Le prince les aurait-il rétablis ?

Les paupières mi-closes sur ses yeux noirs, la vieille femme haussa les épaules.

— Titre ou pas titre, pour nous autres, il est le grand-duc héritier. Mais le prince Alex a décidé de… d'officialiser… ?

Elle la regarda en quête d'une confirmation du mot juste. Lorsque Sara approuva, elle poursuivit :

— Juste après vos fiançailles. Deux ou trois jours après.

— Vraiment ?

Un vide glacial s'installa au creux de son estomac.

— Très important, n'est-ce pas ? commenta encore Marya.

— Je suppose, oui, acquiesça Sara paisiblement.

Peut-être la perspective de recevoir ce titre hérité de ses ancêtres, avec toutes les implications qui en découlaient, avait-elle conduit Gabe à considérer plus attentivement la femme dont il s'était entiché.

Avait-il alors décidé que celle qu'il venait de demander en

mariage ne ferait pas une épouse convenable pour le grand-duc d'Illyria ? Elle était une enfant illégitime, elle ne connaissait pas son père… Avait-il estimé qu'elle ferait une maîtresse idéale mais pas une mère pour ses enfants ? Dans ce cas, se dit-elle tristement, la disparition du Sang de la Reine n'avait fait que confirmer son erreur de jugement à son égard.

L'ascenseur descendit et les portes s'ouvrirent sur ce qui avait dû jadis servir de cachots.

— C'est ici, indiqua Marya en déverrouillant une lourde porte avec une clé si grosse qu'elle devait être d'origine.

Stupéfaite, Sara découvrit sous des voûtes faiblement éclairées un amas de meubles de toutes sortes. A croire que tout ce qui avait été supprimé du château au cours du siècle précédent avait été entassé ici !

— Il va falloir tout répertorier ! s'exclama-t-elle.

Marya haussa les épaules avec grandiloquence.

— Je sais de quelles pièces ils viennent. Tous. Je me souviens. Maintenant, dites-moi. Lesquels voulez-vous ?

Ce soir-là, une coupe de champagne à la main, pleine d'une assurance retrouvée, Sara demandait avec indignation :

— Mais pourquoi diable a-t-il remplacé tous ces meubles, toutes ces tapisseries magnifiques, réalisés par des artisans de talent, par ces épouvantables copies victoriennes de style rococo ?

— Il voulait laisser son empreinte, expliqua Gabe d'un ton assassin.

Sans réfléchir, elle s'exclama :

— Au moins, il n'a pas brûlé les meubles dont il ne voulait plus. Si c'était mon château…

Le sourire sardonique de Gabe l'interrompit.

Furieuse contre elle-même de s'être ainsi fourvoyée, elle continua néanmoins avec ténacité :

— Je retirerais tous les lambris afin de retrouver les boiseries d'origine. Ensuite, je répertorierais les meubles. A en juger le peu que j'ai pu voir, certains ont besoin d'être restaurés, mais la plupart semblent en excellent état.

Gabe la dévisagea avec surprise.

Sur la défensive, elle s'offusqua :

— Sincèrement, tu ne croyais pas que j'allais te suggérer d'opter pour un minimalisme moderne ?

— Non, bien sûr, répliqua-t-il sèchement. Je suppose que je suis surpris que tu ressentes si bien l'atmosphère.

Elle lui décocha un sourire suave.

— Ce n'est pas parce que je suis née sous les tropiques que je ne suis pas capable d'apprécier les vieilles choses, ronronna-t-elle d'un ton doucereux.

Précipitamment, elle ajouta :

— Désires-tu que chaque meuble soit remis à sa place d'origine ? Marya m'a assuré qu'elle se souvient précisément de l'aménagement de chaque pièce.

Les sourcils noirs de Gabe se haussèrent.

— Elle et toi semblez bien vous entendre.

Et pourquoi pas ? Marya savait qu'elle ne risquait rien d'elle.

Sara se garda cependant de formuler sa remarque cynique à voix haute. Elle restait jusqu'à la fin de la semaine, il fallait qu'elle tienne le coup, et faire des remarques désobligeantes sur la femme qui avait dérobé le Sang de la Reine ne servait à rien.

Son autre objectif consistait à s'interdire d'être de nouveau séduite par Gabe. D'instinct, elle savait qu'il ne la forcerait pas. Il suffisait qu'elle se montre discrète et se garde de tout commentaire ou attitude susceptible d'être interprété comme une provocation.

Et pourtant, comme toujours, la personnalité de Gabe la stimulait et la défiait. Sa seule présence à son côté était excitante. Et que dire de cette tension tapie dans le flux et le reflux de leur conversation ?

Son pouls s'accélérait chaque fois que les flammes qui bondissaient dans l'âtre jouaient sur les traits durement taillés du visage de Gabe, soulignant sa peau mordorée et ses pommettes haut perchées. Cela devenait une torture insidieuse qui lui mettait les nerfs à vif. Elle n'était pas au château depuis vingt-quatre heures, et pourtant faire l'amour avec Gabe avait suffi à effacer une année entière de raisonnements au bout de laquelle elle s'était résignée à son triste sort.

Chacun de ses sens exacerbé, elle se concentra sur la lueur du feu qui dansait, mais cela ne servit qu'à accroître l'effet de la voix de Gabe, sa texture subtile et ses inflexions contrôlées des plus tentatrices. Elle se sentait de nouveau vivante, l'esprit avide et alerte, le corps palpitant de passion assouvie et pourtant désireux encore de connaître l'extase que Gabe pouvait seul lui apporter.

Son corps qui, à présent, portait peut-être leur enfant…

Cette pensée aurait dû la terrifier. Au contraire, elle ne faisait qu'ajouter à l'obsédante envie de rester avec Gabe dans ce château, demeure de ses ancêtres, et de converser à bâtons rompus avec lui.

Et puis, elle ne put plus le supporter. Réprimant un bâillement feint derrière sa main, elle se leva.

— Je vais aller dormir, annonça-t-elle.

Gabe se leva, la dominant de toute sa hauteur.

— Bonne nuit, Sara.

L'intonation qu'il mit dans sa voix lui sema des frissons le long de la colonne vertébrale.

Devant la porte de sa chambre, il ajouta :

— Ne fais pas de mauvais rêves.

— Je ne me souviens presque jamais de mes rêves.

— Tu en as, de la chance !

L'emphase brusque de sa voix résonnait encore à ses oreilles après que la porte se fut refermée.

Dans le refuge de sa chambre, elle força son esprit agité à se détourner du désir ardent qui palpitait en elle. Aussi puissant qu'il soit, il était pourtant moins effrayant que cette langueur intense et profonde qu'elle savait être de l'amour.

Comment pouvait-elle se montrer aussi faible ? Comment pouvait-elle encore aimer Gabe après sa trahison ?

Au moins, à présent, elle comprenait pourquoi il accordait plus de crédit à la parole de Marya qu'à la sienne. Elle comprenait aussi l'importance de son titre. S'il ne s'en était jamais vanté, plusieurs magazines à scandale l'étalaient souvent à leur une. Mais elle ignorait que l'Illyria signifiait tant pour lui. Quand ils étaient ensemble, il n'en parlait presque jamais.

Au cours des dernières vingt-quatre heures, elle avait découvert une autre facette du magnat des affaires raffiné et doué dont elle était tombée amoureuse : sous son magnétisme physique et ses traits séduisants et dominateurs se cachait un homme élevé dans le respect de ses responsabilités vis-à-vis de ses compatriotes.

Aussi, quand il avait dû choisir entre la femme parfaitement inconvenante dont il s'était amouraché et la servante loyale qui avait protégé le trésor familial au cours d'une sombre période, sa décision n'avait fait aucun doute.

Sa bouche se tordit en une grimace de douleur.

Avoir une meilleure idée des motivations de Gabe apaisait un peu de son humiliation. Le splendide Sang de la Reine signifiait tellement plus pour lui que sa valeur vénale ! Des liens émotionnels très forts unissaient Gabe aux joyaux. Son attachement quasi mystique dépassait forcément l'attirance sexuelle qu'il ressentait pour elle.

Et les seigneurs du Repaire du Loup étaient élevés pour être impitoyables. C'était la raison pour laquelle Gabe avait si brutalement rompu avec elle. Tout ce qu'elle avait reçu de sa part était une note laconique lui disant de ne plus le contacter, comme si elle n'était qu'une domestique renvoyée pour malhonnêteté.

Elle en avait été bouleversée.

Si elle comprenait mieux Gabe, rien pourtant n'avait changé depuis son arrivée, pensa-t-elle, désespérée. Bien sûr, ils avaient fait l'amour, mais cela ne signifiait pas grand-chose, à part le fait qu'ils ne pouvaient empêcher tout contact entre eux.

Elle ne se satisferait jamais de quoi que ce soit d'autre que d'un véritable amour entre eux. Et peut-être Gabe avait-il deviné que lui non plus. La ravissante galerie, cadeau à une épouse adorée, lui revint à la mémoire. Ne lui avait-il pas dit que les seigneurs du château se mariaient toujours par amour ?

Malgré la chaleur ambiante, elle frissonna et serra les bras autour d'elle.

Ce qui était arrivé était arrivé. Même si sa vie semblait devenue incontrôlable, il était vain de souhaiter qu'elle n'ait pas fait l'amour avec lui. Et si elle était enceinte... Eh bien, elle en envisagerait les conséquences lorsque cette probabilité deviendrait certitude.

Elle gagna la salle de bain en se demandant si elle avait imaginé le désir ardent qui sous-tendait les dernières paroles de Gabe. « Tu en as, de la chance ! » lui avait-il dit, comme si ses nuits à lui étaient torturées de cauchemars.

Elle secoua la tête avec cynisme. Son imagination la trompait. Ce n'était pas lui qui se retournerait dans son lit parce que la seule personne qu'il aimait ne lui faisait pas assez confiance pour le croire !

Ce n'était pas lui non plus qui se soucierait d'une possible grossesse.

Au milieu de la nuit, elle se réveilla en sursaut, le pouls battant la chamade et le front en sueur.

Se redressant contre les oreillers, elle regarda tout autour d'elle, les yeux écarquillés de stupeur, tendant l'oreille pour entendre le bruit qui venait de la réveiller — les pleurs déchirants d'un bébé. *Son bébé*, elle en était certaine. Mais cette certitude s'évanouit rapidement quand elle comprit où elle était.

Après quelques instants à écouter le silence, elle se détendit et se glissa de nouveau sous les draps. Un mélange confus d'images se bousculait encore dans son esprit, toutes vaguement sinistres.

Et puis, elle entendit tourner une clé dans la serrure.

Les yeux grands ouverts, elle vit la porte s'ouvrir et Gabe entrer précipitamment, sa puissante silhouette se découpant sur la lumière du couloir derrière lui.

— Que se passe-t-il ? demanda-t-il.

— Mais... rien.

Il n'avait pas allumé la lumière, mais elle remonta pourtant le drap jusque sous son menton, figée d'appréhension.

— Je t'ai entendue crier.

— A travers des murs aussi épais ?

Il haussa les épaules et la considéra les sourcils froncés.

— Tes fenêtres sont ouvertes, et les miennes aussi, expliqua-t-il avant d'ajouter avec ironie : et les nuits sont calmes par ici.

— Je suis navrée si je t'ai réveillé, mais je vais bien.

— Tu criais : « Le bébé ! Prenez le bébé ! » Et puis, tu t'es mise à hurler…

— Oh !

Elle passa la langue sur ses lèvres sèches.

— Je ne me rappelle pas. Ce n'était qu'un cauchemar. C'est fini.

Si elle essaya de bannir toute anxiété dans sa voix, elle n'était pas certaine d'avoir réussi.

Brusquement Gabe prit conscience des réactions incontrôlables de son corps en présence de Sara. Il la désirait encore, toute menteuse et voleuse qu'elle était.

Dire qu'il avait tout fait pendant des mois pour oublier cette femme ! Un seul regard avait suffi, et s'il avait lutté de toutes ses forces pour ne pas céder, son corps avait pris le dessus et accompli ce qu'il n'avait jamais cessé de désirer — la faire sienne.

Pourquoi elle ? Il avait eu d'autres amantes. Il s'était repu de leur compagnie puis leur avait dit au revoir une fois l'aventure parvenue à son terme. La plupart étaient restées de bonnes amies parce qu'il les avait choisies avec soin, évitant les ingénues, préférant les femmes expérimentées qui savaient comment devaient être menées pareilles liaisons.

Mais en faisant la connaissance de Sara Milton, il avait rompu avec toutes ses règles personnelles. Il ne comprenait toujours pas l'emprise qu'elle exerçait sur lui, sauf que sa trahison et une année de séparation n'avaient rien fait pour apaiser le désir d'elle insatiable qui l'habitait jour et nuit.

Avait-elle aussi menti sur l'absence de contraceptif ?

Il scruta le visage de la jeune femme, auréolé de sa chevelure répandue sur l'oreiller. Parfaitement immobile sous les draps, son corps svelte était tendu comme un arc.

Il se força à nier la douleur familière du désir qui se nouait dans son bas-ventre.

Elle n'avait pas réussi à vendre le collier, réfléchit-il. Avait-elle décidé que concevoir un enfant serait un excellent prétexte pour revenir dans sa vie ? Après l'erreur commise le matin même, elle devait être certaine qu'il ne résisterait pas au leurre de ses charmes et que jamais il ne tournerait le dos à son enfant.

Il bannit la vision de Sara avec la petite fille du village, ses bras noués autour de l'enfant, sa voix apaisante malgré les sabots chaussés de fers tranchants qui s'agitaient juste au-dessus d'elles.

Mais le pouvoir de Sara n'ensorcelait que son corps, heureusement. Il restait parfaitement maître de son esprit.

— As-tu besoin de quoi que ce soit ? demanda-t-il sèchement.

Le silence s'éternisa, le conduisant au bord d'un précipice de témérité charnelle.

S'il se glissait à son côté, pensa-t-il, elle ne se refuserait pas à lui.

Ses courbes douces et le feu de sa passion lui appartiendraient, et Dieu savait combien il la désirait. Il voulait qu'elle l'embrasse, qu'elle le caresse de ses mains douces et fébriles, qu'elle s'ouvre à lui et s'abandonne à ces brefs et merveilleux moments, quand il pouvait oublier qui elle était et se perdre en elle…

Des gouttes de sueur perlèrent à son front, chaque muscle de son corps se contracta.

Il haïssait cette perte de contrôle de lui-même. Cette réaction n'avait rien de civilisé. Avec Sara il se montrait aussi possessif et territorial qu'un homme des cavernes. Il lui fallut réunir toute sa détermination pour dompter cet appétit humiliant et lutter contre le sursaut de désir féroce qui lui soufflait d'arracher les draps et de la prendre.

— Non, dit-elle, la voix si basse qu'il l'entendit à peine. Je n'ai besoin de rien, merci.

— Alors, à demain.

Sara tourna la tête dans l'oreiller et serra les dents pour s'empêcher de le rappeler.

Il était venu.

Même dans l'obscurité, elle avait senti l'intensité de son regard, si bien qu'elle avait dû serrer les poings le long de son corps pour s'empêcher de tendre les mains vers lui, de l'accueillir dans son lit, dans son cœur et dans son âme.

Une fois la porte refermée et verrouillée, elle se leva et gagna la salle de bain pour remplir un verre d'eau qu'elle but longuement. Ensuite, elle se mit sous la douche, tremblant de tous ses membres lorsque l'eau froide toucha sa peau brûlante et hypersensible. Une friction énergique fit disparaître les derniers signes d'excitation.

Le sommeil l'avait quittée. Elle enfila son peignoir, s'approcha de la fenêtre et, se penchant, respira l'air frais de la nuit.

Au loin, vers le nord, l'éclat de la lune étincelait sur les sommets enneigés. En contrebas des murailles, la vallée s'étendait comme un patchwork de nuances argentées et plus sombres, enchantée par la magie de la lune, si belle que cela ne fit qu'accroître son désir païen pour l'homme qui s'était retiré dans sa chambre à quelques mètres seulement.

Le cœur de Sara se serra tandis que les larmes perlaient à ses paupières. Elle s'éloigna de la fenêtre, s'assit au bureau et s'absorba dans la lecture de ses notes jusqu'à tomber de sommeil.

Un vrombissement assourdissant réveilla Sara en sursaut.

Elle ouvrit les yeux et battit des paupières, aveuglée par la lumière du jour. Hébétée, elle chercha à rassembler ses souvenirs. Les heures passées à son bureau lui revinrent peu à peu à la mémoire : elle avait travaillé jusqu'aux premières lueurs de l'aube quand enfin, ivre de fatigue, elle s'était endormie comme une masse.

Elle bondit du lit, traversa la pièce en courant et alla se pencher par la fenêtre. Un hélicoptère venait de se poser de l'autre côté de la citadelle. Elle s'emparait de son peignoir lorsqu'on frappa à sa porte. Celle-ci s'ouvrit avant qu'elle ait fini de l'enfiler.

Les joues en feu, elle regarda le visage impénétrable de Gabe tout en resserrant les pans du vêtement autour d'elle.

Sans aucun signe d'émotion, il annonça :

— Je dois m'absenter quelques jours. Mes affaires m'appellent.

Et puis, en deux grandes enjambées, il franchit la distance qui les séparait, l'attira dans ses bras et l'embrassa comme s'il était un de ses ancêtres partant en guerre.

Peut-être était-ce le cas ? Elle savait que chaque fois qu'il prenait une décision, il mettait en péril non seulement son propre avenir, mais aussi celui des milliers de personnes qui comptaient sur son habileté pour sauvegarder leur emploi. Sans oublier tous ceux qui lui avaient confié leur argent. Ses responsabilités étaient aussi importantes que celles de ses ancêtres quand ils quittaient le Repaire du Loup pour aller combattre et protéger leurs sujets et leur pays.

Alors, elle lui donna sa bouche de son plein gré, l'embrassant avec une ferveur passionnée et se dressant sur la pointe des pieds afin de pouvoir glisser ses mains dans ses cheveux, tandis qu'il laissait sur ses lèvres et son cœur son empreinte audacieuse.

Trop vite, il releva la tête et la relâcha, le regard adouci dans les méplats durs et arrogants de son visage.

Blême, elle le regarda s'éloigner puis se pencha à la fenêtre pour voir l'hélicoptère s'élever dans les airs et filer au-dessus des montagnes. Elle le suivit des yeux jusqu'à ce qu'il ne soit plus qu'un point dans le ciel bleu.

Le vague à l'âme, elle s'habilla et gagna le bureau pour contempler le travail accompli la nuit précédente.

Il ne s'agissait encore que d'une ébauche, mais elle était réussie. Une des meilleures qu'elle avait jamais faites.

Une jeune domestique lui apporta son petit déjeuner. Elle la remercia.

De nouveau seule, elle sentit son estomac se nouer : sur le

plateau, au milieu des mets appétissants, il y avait un petit vase en argent avec un bouton de rose d'une délicate couleur cramoisie.

Quelle délicate attention ! Si seulement Gabe l'avait cueillie pour elle…

Ses yeux s'emplirent de larmes.

9

Confortablement installée dans un fauteuil, Sara leva les yeux du projet auquel elle travaillait avec ardeur et sourit.

L'air embaumait la cire d'abeille. A l'autre bout de la pièce, une jeune domestique encaustiquait en chantonnant une commode que deux hommes forts venaient de remonter des réserves. Une fois les murs restaurés dans leur état d'origine, le meuble trouverait sa place dans la chambre comme un bijou dans son écrin.

Décidant de faire une pause, elle abandonna papier et crayon et gagna la galerie. Là, elle s'appuya à la balustrade et leva le visage vers le soleil.

Gabe ne l'avait pas contactée une seule fois depuis son départ. Non qu'elle se soit vraiment attendue à ce qu'il le fasse… Alors, pourquoi cela faisait-il si mal ?

Sa bouche se serra, et elle s'absorba dans la contemplation d'un magnifique géranium. Peut-être avait-il compris à quel point la kidnapper était un acte odieux et avait-il décidé de s'absenter jusqu'à ce qu'elle s'en aille ?

Ce ne serait pas plus mal, essaya-t-elle de se convaincre, luttant énergiquement contre la douleur profondément ancrée en elle. Elle devrait pourtant être heureuse à la perspective de ne plus jamais revoir Gabe Considine.

Dire que, quatre jours plus tôt, elle était arrivée pleine d'espoir, espérant que cette mission serait un tremplin pour sa carrière…

Cependant, de toute évidence, Gabe n'avait pas l'intention de la laisser partir sans son accord. La première nuit où il avait été absent, elle avait essayé d'ouvrir la porte de sa chambre. Elle était verrouillée. Qui, de Webster ou de Marya, avait-il choisi pour faire office de geôlier ?

La décision qui s'était lentement formée dans son esprit se cristallisa : enceinte ou pas, elle retournerait à Fala'isi. Le pouvoir de Gabe Considine avait beau s'étendre loin, il n'allait pas jusqu'à la petite île où elle serait parfaitement en sécurité.

Mais avant qu'elle ne quitte l'Illyria, elle implorerait une dernière fois Marya de rendre les rubis à Gabe. Et puis elle laisserait tout cela derrière elle, se forgerait une nouvelle vie et oublierait enfin Gabe.

Sa gorge se serra. Encore un mensonge !

Elle avait cet homme dans la peau, il occupait toutes ses pensées. Il faisait tellement partie d'elle que la plus cruelle des trahisons et une année entière de séparation n'avaient pas suffi à la protéger et d'un nouveau coup de foudre et d'un nouveau chagrin d'amour. Jamais elle ne pourrait l'oublier.

Comme un troublant écho à ses pensées, une voix s'éleva derrière elle.

— On m'a dit que tu as tout mis sens dessus dessous ici.

Pétrifiée sans être pourtant vraiment surprise, elle se retourna lentement.

Gabe se tenait dans l'encadrement de la porte, grand, dominateur, et tendrement aimé. Son visage énigmatique était caché dans la pénombre du passage voûté, alors qu'elle-même était baignée de l'éclat du soleil qui révélait chacune de ses expressions.

— Je voulais te montrer comment la forteresse pouvait retrouver sa véritable intégrité, dit-elle, surprise par l'intonation assurée de sa propre voix.

Gabe leva les sourcils. Un sarcasme subtil filtra dans sa voix.

— « Sa véritable intégrité » ?

Elle aurait pu se gifler pour avoir choisi ce mot plutôt qu'un autre. Néanmoins, elle insista :

— L'aménagement actuel, à l'exception de celui de la salle à manger, du petit salon et du bureau, est parfaitement incongru.

Elle s'arrêta, de crainte de trop se révéler.

— Continue, dit-il d'un ton évasif.

— Eh bien, pour te donner une idée de ce qui pouvait être réalisé, j'ai fait retirer toutes ces horreurs de ma chambre et les ai remplacées par d'autres meubles venant des réserves, expliqua-t-elle brièvement.

Il sortit de l'ombre et scruta son visage, ses yeux froidement calculateurs.

— As-tu aimé tes promenades quotidiennes à cheval ?

— Beaucoup, merci.

Tout à trac, elle ajouta :

— Tes lads ont mis beaucoup d'ardeur pour ne pas se faire remarquer tandis qu'ils me suivaient.

Gabe ne s'était pas donné la peine de prendre de ses nouvelles, mais il s'était donc soigneusement tenu informé de ses faits et gestes. Inexplicablement, cette certitude teintée d'amertume se transformait en un étrange sentiment de protection.

Il lui décocha un sourire éclatant, et elle sentit ses jambes se dérober sous elle.

— Je leur avais dit de faire preuve de discrétion, dit-il d'un ton légèrement moqueur. A présent, montre-moi ta chambre.

Peut-être Gabe détesterait-il ce qu'elle avait fait ? Peut-être ne voudrait-il aucun souvenir de son séjour au château une fois qu'elle serait partie ? Pour elle, pourtant, décorer la chambre avait été un acte d'amour.

Elle ne quitta pas des yeux le visage impassible de son hôte alors qu'il examinait les changements qu'elle avait apportés.

Son regard alla de la commode encaustiquée au lit avec ses tentures subtilement fanées puis au tapis, un authentique tapis persan dont les riches couleurs faisaient écho aux tentures.

— Tu as fait un choix très sûr, la complimenta-t-il.

— Quelques tableaux, à mon avis, parachèveraient l'ensemble. Aurais-tu des photographies qui montrent…

— Non, aucune, l'interrompit-il de sa voix glaciale. Mon cousin a brûlé tous les souvenirs personnels qui appartenaient à mes grands-parents.

— Je suis navrée. Je sais ce qu'il en est de n'avoir aucun souvenir.

Gabe adressa à Sara un regard de connivence.

— Comment as-tu perdu les tiens ?

— Notre maison a été entièrement soufflée par un cyclone. Rien n'a pu être sauvé.

— Est-ce à ce moment-là que tu as perdu tes parents ?

— J'ai perdu ma mère.

Elle détourna la tête.

— Je n'ai jamais su qui était mon père.

C'était vrai, il l'avait oublié.

Il plissa les yeux tandis qu'il examinait le profil de la jeune femme, l'arrête de son nez, les courbes tendres de sa bouche, son menton volontaire et sa chevelure comme auréolée de flammèches sous l'éclat du soleil.

Une fierté paisible irradiait de Sara, et il sentit soudain l'emprise qu'il avait sur la réalité lui échapper, comme s'il jouissait tout à coup d'un regard neuf et que la vérité à laquelle il tenait lui apparaissait dans toute son imposture.

Il ne lui fallut qu'une seconde ou deux pour reprendre le contrôle de ses émotions, considérer de nouveau Sara comme la manipulatrice et la prédatrice qu'elle était. Mais son pouvoir de dominer ses sens le rendait fou de rage.

Dans un silence soudain électrique, il demanda :

— Comment a-t-elle perdu la vie ?

— Elle a été emportée par une déferlante.

Ce traumatisme subi dans l'enfance expliquait-il pourquoi Sara avait volé le Sang de la Reine ? Cherchait-elle désespérément à s'assurer une sécurité qui lui avait manqué du fait de l'absence de son père et de la mort brutale de sa mère ?

Psychologie de bas étage ! se morigéna Gabe avec dédain. Pourquoi lui chercher des excuses ? Voulait-il qu'elle lui revienne ?

Son corps répondit à la vile question avec une énergie qui ne trompait pas. Oui, il la voulait, de toutes les façons possibles et imaginables.

Sauf comme épouse.

Elle n'avait toujours pas avoué avoir volé le collier, mais il ne se demandait s'il n'avait pas commis une erreur monumentale que parce qu'il ne pouvait s'empêcher de la désirer. La convoitise, se rappela-t-il sans pitié, s'accommodait facilement de la moralité.

— Quel âge avais-tu ?

— Quatorze ans.

— Que s'est-il passé ensuite ?

Elle haussa les épaules.

— Mes grands-parents m'ont recueillie. J'ai quitté Fala'isi et suis allée vivre en Angleterre.

Une transition difficile, interpréta Gabe à juste titre, en voyant ses yeux gris vert s'assombrir.

Il réprima une nouvelle impulsion inattendue de compassion, traduction de sa faiblesse.

— Quand sauras-tu si tu es enceinte ou non ? demanda-t-il sans transition.

Sara détourna le regard en s'empourprant.

— D'ici deux semaines, à quelques jours près, admit-elle à contrecœur.

— Parfait. Je t'ai rapporté un test de grossesse, annonça Gade.

Le ton était détaché, froid. Ils auraient aussi bien pu être en train de discuter du marché mondial financier !

— Si tu es enceinte, alors nous nous marierons.

Elle sursauta.

— Pourquoi ? Je ne te demanderai aucune contrepartie financière, si c'est ce qui t'inquiète.

Le visage de Gabe s'assombrit.

— Il ne s'agit pas de cela. J'assume mes responsabilités, tout simplement. Jamais un enfant de moi ne naîtra illégitime.

Un mélange de désespoir et de panique la priva de toute pensée cohérente.

— Ne dis pas n'importe quoi, protesta-t-elle d'un ton rauque. Tu ne peux pas m'épouser. Tu me méprises. Tu crois que je suis une… une *voleuse* !

Le mot honni résonna dans la pièce.

Gabe haussa les épaules.

— Je suis prêt à parier que si nous nous marions, tu te

souviendras miraculeusement de l'endroit où tu as caché le Sang de la Reine.

L'indignation la fit suffoquer. Il allait au-delà de toutes les insultes qu'il avait proférées jusque-là à son encontre ! Et tout l'amour qu'elle éprouvait pour lui ne suffirait pas pour qu'elle lui pardonne.

— Comment comptes-tu gérer mes vices supposés ? En m'enfermant à double tour ? Ou en me faisant suivre par un garde-chiourme ?

La fierté faisait vibrer sa voix.

— Non, merci ! Je ne passerai pas ma vie à être méprisée et surveillée. Tu ne peux pas m'obliger à t'épouser.

— Si tu es enceinte, tu feras ce que je te dirai de faire, affirma Gabe, le ton indifférent de sa voix lui mettant encore un peu plus les nerfs à vif. Il ne doit s'agir que d'un mariage rapide afin de légitimer l'enfant, suivi d'un divorce encore plus rapide.

Sara prit une profonde inspiration. La fureur faisait jaillir des étincelles vertes dans ses yeux.

— Tu crois vraiment que je vais sagement te laisser diriger le cours de ma vie ? Mais pour qui te prends-tu ?

— Pour Gabriel Considine, futur grand-duc d'Illyria, dit-il avec un sourire dénué d'humour. Plus précisément, si tu es enceinte, pour le père de ton enfant. Et cet enfant connaîtra sa place dans le monde.

— Si c'est un garçon, il pourrait devenir le prochain grand-duc, hurla-t-elle. Y as-tu pensé ? Le fils d'une voleuse…

Gabe l'interrompit brutalement.

— Garçon ou fille, l'enfant portera le nom des Considine et aura sa place dans l'arbre généalogique. C'est non négociable, Sara.

La respiration haletante, elle ferma les yeux, luttant pour contrôler le mélange féroce de sentiments qui s'affrontaient en elle. De l'angoisse parce que Gabe ne l'aimait pas, de la fureur à l'encontre de son autoritarisme et une espèce de soulagement à la perspective qu'il accepte la responsabilité de son enfant.

Mais Gabe assumait toujours ses responsabilités.

— Est-ce donc tout ce qui compte pour toi ? Ta fichue famille ?

Si je suis enceinte, je suis parfaitement capable de veiller sur mon enfant. Nous n'aurons pas besoin de toi. Mieux vaut un père absent plutôt qu'un père obstinément aveugle et partial et…

— Mieux vaut une mère absente plutôt qu'une mère qui se donne à un homme pour gagner sa confiance et mieux le trahir ensuite !

La menace à peine voilée la frappa comme un coup de cravache, cinglant sa fragile assurance. Lui prendre son enfant ? *Jamais !*

De peur et de crainte, elle le gifla de toutes ses forces.

Le silence pesa de tout son poids. Horrifiée, elle regarda l'empreinte sombre que sa main avait laissée sur la joue de Gabe.

Celui-ci laissa échapper une exclamation sourde, et elle vit l'instant où sa colère se mua en quelque chose d'autre.

Lorsqu'il tendit les bras vers elle, elle n'opposa aucune résistance. Elle leva le visage vers lui, et il s'empara de sa bouche. Alors que son cœur bondissait dans sa poitrine, elle se donna à lui, comme elle se donnait toujours.

Parce qu'elle l'aimait.

Il l'embrassa à lui faire perdre la raison puis la souleva dans ses bras et l'emporta jusqu'au lit où il s'étendit à côté d'elle, sa bouche avide se perdant avec délice dans son cou.

L'extase transperça Sara comme autant de flèches. Elle frissonna et agrippa sa chemise de ses mains maladroites mais déterminées.

Un éclat de rire remontant dans sa gorge, Gabe lutta mollement avant de la laisser faire.

Toute retenue envolée, elle arracha presque les boutons de sa chemise puis repoussa le tissu pour contempler avec un plaisir intense la peau douce et mordorée, souple et ardente, qui palpitait sur les longs muscles bandés.

— J'aime tant l'odeur de ton corps, murmura-t-elle, la bouche contre son torse, ses cils battant doucement contre sa chair.

Parfois, seule dans son lit, elle s'était réveillée, obsédée par ce parfum, et elle avait pleuré jusqu'au petit matin, ravagée par la douleur d'avoir perdu Gabe.

Sa voix prit une intonation enrouée, érotique.

— C'est toi, c'est tellement toi !

Le rire de Gabe secoua son torse, résonna en elle et lui fit bondir le cœur de plaisir.

— J'ignorais que j'avais mon propre parfum.

— Et ton goût aussi. Musqué… légèrement salé… délicieux.

Elle fit délicatement courir ses lèvres et sa langue sur sa peau.

Lorsqu'il frémit, un délice scandaleux la parcourut. Peu importait ce qui s'était passé auparavant, peu importait leur affrontement, peu importait ce qu'ils pensaient l'un de l'autre. Cet instant était honnête et vrai.

Du bout du doigt, elle suivit les lignes du torse de Gabe jusqu'à atteindre la protubérance de son mamelon. Sa bouche se referma dessus et elle l'explora dans une curiosité émerveillée et l'étrange sensation, profondément ancrée en elle, de retrouver enfin ce qui lui appartenait.

Alors, Gabe usa de toute sa force pour la faire basculer. D'un mouvement rapide et assuré, il fit glisser son t-shirt par-dessus sa tête et dégrafa avec adresse son soutien-gorge qu'il jeta au loin.

Elle resta étendue comme une captive, offerte à son regard possessif. Son corps palpitait, sensible à l'intensité de ce regard arrêté uniquement par la bande de dentelle qui lui ceignait encore les hanches.

— Toi aussi, dit-il en lui embrassant un mamelon.

Enivrée de désir, elle demanda dans un souffle :

— Moi aussi… ?

— Toi aussi, tu as ton parfum. Doux, frais, ensorcelant.

Il se déplaça légèrement pour mieux atteindre les pointes avides de ses seins.

— Tu as le goût du miel, de la crème, des fraises, du champagne, poursuivit-il d'une voix rauque. Tu es ma drogue, et je suis incapable de me sevrer de toi.

Puis la bouche de Gabe se referma sur un de ses bouts de sein dressés, et elle suffoqua, se cambrant contre lui, subjuguée par sa chaleur, son ardeur et son désespoir indicible. Sans volonté, elle agrippa ses épaules, le corps impatient et moite, alors qu'il l'emportait vers la jouissance.

Son pouls battait à ses oreilles. Elle attendait avec impatience l'instant magique et irréel de l'union, mais Gabe refusait de lui donner ce qu'elle attendait de lui.

Au contraire, il jouait avec elle, usant de ses mains, de sa bouche, de sa voix et de sa vaste expérience de l'acte charnel pour la faire tourbillonner dans un univers de frustration grisante.

Enfin, alors que son corps se pressait désespérément contre lui, son être tout entier dévoré par le feu qu'il avait attisé en elle, elle gémit :

— Gabe, je t'en prie… S'il te plaît.

Il se coucha sur elle, mais sans pour autant consumer leur désir.

Travaillée par une excitation sexuelle intense, elle se tendit comme un arc contre lui, cherchant la libération que lui seul pouvait lui donner.

Mais Gabe ne franchissait toujours pas cette dernière étape qui les unirait.

Agissait-il délibérément ? Par vengeance ? L'emportait-il jusqu'au bord du précipice pour lui refuser l'accomplissement final ? Ecœurée, elle ferma les yeux et essaya de tout oublier.

— Regarde-moi, ordonna-t-il, la voix basse et rauque.

La fierté lui fit ouvrir les yeux.

Alors seulement il s'enfonça en elle, son pouvoir splendide et son magnétisme exigeant orientés vers un seul but : sa possession totale.

Les mains glissées sous ses hanches, il la souleva, la maintint serrée contre lui et commença à bouger en elle, les tendons de son cou se contractant alors qu'il luttait pour garder le contrôle.

Alors, à son tour, elle déploya tout son pouvoir féminin, noua ses jambes autour de sa taille et l'emprisonna de ses muscles intimes et secrets.

L'excitation augmenta encore, envoyant en elle les premiers frissons de plaisir extrême, puis des vagues l'emportèrent vers une stratosphère inconnue où seuls comptaient l'homme qui avait réclamé son corps tout entier et la conquête érotique à laquelle il la soumettait.

Et puis son corps se mit à convulser, perdu dans cette extase, perdu dans Gabe. Presque immédiatement, il la suivit vers ce point d'orgue qui n'appartenait qu'à eux et se répandit en elle sans restreinte ni entrave.

10

Blottie dans les bras de Gabe, sécurisée par sa force qui l'enveloppait, Sara s'interrogeait : comment tout pouvait-il paraître si juste, si évident, alors que la réalité l'était si peu ?

Elle lutta pour demeurer dans l'état de lassitude médusée et sensuelle où elle s'était noyée après l'explosion cataclysmique finale. Elle refusait de réfléchir, de rompre l'envoûtement. Mais les pensées se bousculaient néanmoins dans son esprit comme autant de perspectives menaçantes.

Au moins, cette fois, Gabe avait utilisé un préservatif. Mais en prévoyant cette protection, ne lui signifiait-il pas qu'il avait décidé de profiter d'elle selon son bon plaisir ?

La chaleur du grand corps masculin allongé contre elle ne put empêcher l'humiliation de la glacer.

Pendant une année entière, elle s'était efforcée de se convaincre qu'elle pouvait oublier Gabe Considine, et que leur aventure, leurs fiançailles et leur rupture n'avaient été que des épisodes mélodramatiques, parfaitement incongrus dans sa vie bien réelle.

Désormais, songea-t-elle avec désespoir, elle était bien obligée d'admettre qu'elle était liée à Gabe par quelque chose de plus dangereux que la passion. Pour une raison inexplicable, c'était l'homme de sa vie, l'homme qui lui était destiné. Aucun autre ne la comblerait jamais comme lui.

Occultant cette pensée, elle se concentra sur la sensation du corps puissant à la peau chaude étendu près d'elle. N'était-ce pas étrange que, malgré tout ce qui les séparait, ce ne soit que dans ses bras qu'elle éprouve cette immense sécurité ?

— Qu'est-ce qui ne va pas ? demanda-t-il d'une voix sourde.

Sidérée, elle cligna des yeux. Comment savait-il ? Elle n'avait ni soupiré ni bougé, et pourtant il avait détecté les questionnements qui l'agitaient.

Cette intuition naturelle était une qualité qui faisait de lui un homme d'affaires de talent. Il lui avait dit un jour qu'il faisait confiance de prime abord et sinon jamais, d'instinct. Il avait expliqué cela par une faculté primitive qui l'avertissait quand quelqu'un voulait profiter de lui.

Sans doute ne se fiait-il plus autant à cette intuition, songea-t-elle avec lassitude. En ce qui la concernait en tout cas, elle semblait l'avoir déserté.

— Sara ? insista-t-il.

— Rien.

Elle avait parlé d'une voix voilée, comme une caresse, et elle s'éclaircit la gorge avant de mentir plus fermement :

— Tout va bien.

Parfois la vérité était simplement trop dangereuse.

La main de Gabe glissa sur sa gorge, et il lui fit tourner la tête afin de pouvoir scruter son visage. Dérangée par son regard pénétrant, elle le fixa avec défi.

Le sourire spéculateur sur ses lèvres lui déplut, mais sa voix semblait amusée quand il susurra :

— J'aime cet éclat de tigresse dans tes yeux. Mais la façon dont tes paupières se baissent quand je t'embrasse est bien plus intrigante.

Devinant ses intentions, elle serra les lèvres, pour les sentir s'entrouvrir malgré elle sitôt que celles de Gabe les effleurèrent. Si elle ne l'avait pas si bien connu, elle aurait presque cru que son baiser était tendre. Comme dans un rêve, elle se laissa emporter sur la vague captivante de l'excitation sexuelle, avide de se perdre dans l'enchantement des caresses de Gabe plutôt que de se poser des questions auxquelles elle ne trouvait pas de réponse.

Glissant les mains autour de sa taille, il la souleva afin de pouvoir se repaître de ses seins avec une habileté délicieusement torturante. La respiration de Sara s'accéléra et elle tressaillit à la soudaine montée de désir.

Elle noua les bras autour du cou de Gabe et se coula contre lui, son corps s'incurvant contre le sien.

Doucement, soutenant son regard, elle demanda :

— Pourquoi refuses-tu d'envisager que je n'aie rien à voir avec la disparition du Sang de la Reine ?

Aussitôt, elle maudit l'impulsion qui lui avait fait poser cette question. Mais elle ne voulait plus faire l'amour avec lui en sachant ce qu'il pensait d'elle. Dans le feu de la passion peut-être, mais pas autrement.

Le corps de Gabe se contracta. D'un seul mouvement, il la repoussa, se leva et gagna la fenêtre en quelques enjambées dans sa splendide nudité.

Pleine d'amertume, elle le regarda s'éloigner du seul terrain d'entente qu'ils partageaient.

Tandis qu'ils reposaient dans les bras l'un de l'autre, le soleil de la fin d'après-midi avait teinté de lueurs cuivrées les nuages au sommet des montagnes. La lumière chaude caressait les lignes et les contours de son corps, illuminant sa peau mordorée et soulignant ses muscles. Avec un pincement de cœur, elle se dit qu'il ressemblait à un dieu antique vengeur, descendu sur terre pour semer douleur et peine dans la vie de la femme éperdue d'amour qu'elle était.

Il frappa de son poing serré le rebord de la fenêtre.

Sara tressaillit.

Cette démonstration de violence ne la surprenait pourtant pas outre mesure. Elle avait toujours perçu chez Gabe cette tendance que seule une autodiscipline de fer permettait de tempérer. Lorsqu'il l'avait accusée et chassée de sa vie, par exemple, il n'avait pas élevé la voix.

Sa peau fut parcourue de frissons à ce souvenir. Il n'avait pas eu besoin d'élever la voix, ses paroles cinglantes l'avaient frappée au cœur.

Puis Gabe se retourna et saisit son pantalon, qu'il enfila tout en lançant d'un ton froid, dénué d'émotion :

— Une femme qui vole quelque chose et essaye ensuite de faire accuser une pauvre paysanne sans éducation à sa place ne mérite pas mon estime. Réfléchis ! C'était la première fois que Marya voyait un coffre-fort de sa vie. Elle en ignorait le fonctionnement. Et c'est toi qui as choisi la combinaison.

Un souvenir flou lui traversa l'esprit.

— Qui te dit qu'elle n'avait jamais vu de coffre-fort ?

— Elle me l'a dit et je la crois.

— Pourtant, c'est elle qui m'avait suggéré la combinaison.

Comme il ne la croyait pas, elle insista :

— Elle m'a suggéré la date de ton anniversaire.

Gabe laissa échapper un grognement de dérision.

Le défaitisme que Sara ressentait chaque fois qu'elle essayait de le convaincre se mua en fureur. Faisant fi de sa nudité, elle bondit hors du lit et fonça sur lui, ses cheveux flottant sur ses épaules et ses yeux jetant des éclairs dans son visage empourpré.

— Le 7 novembre, siffla-t-elle, lui martelant le torse d'un doigt accusateur. Je me moque éperdument de ce que tu penses ou pourquoi tu t'obstines à croire que je suis coupable, mais *je n'ai pas pris* ce maudit collier !

Un souffle d'air frais chargé du parfum des prairies vint caresser sa peau.

En frissonnant, elle réalisa qu'elle se tenait nue devant lui et que pour une fois — la première, pensa-t-elle tristement —, ils ne tomberaient pas sur le lit, submergés par le besoin de satisfaire leur désir mutuel. Pour une étrange raison, cela ressemblait presque à un progrès, sauf qu'il lui suffit d'un seul coup d'œil au visage de marbre de son interlocuteur pour sombrer dans le désespoir.

Résistant à l'envie de pleurer, elle se tourna et dit d'une voix lasse :

— Cela n'a plus aucune importance. Laisse-moi partir, Gabe. Nous ne faisons que nous déchirer et ressasser sans cesse les mêmes choses sans aboutir à rien.

— Mais pourquoi diable es-tu aussi entêtée ?

La colère de Gabe rendait sa voix rauque, et il la stupéfia en affirmant :

— Si seulement tu voulais bien me dire pourquoi tu as fait ça, alors je pourrais trouver, je crois, dans mon cœur une façon de te comprendre… de te pardonner.

— Me *pardonner* ?

L'amertume lui arracha un bref éclat de rire qui résonna comme du verre qui se brise.

— Si l'un de nous devait accorder son pardon, alors je devrais me pardonner moi-même d'avoir été aussi stupide pour tomber amoureuse d'un homme entêté, inflexible et insupportable comme toi.

Elle se tut, et c'est alors que le souvenir qui s'était formé dans son esprit se précisa.

— Marya *sait* ouvrir un coffre-fort ! Il y a deux jours, elle m'a emmenée dans ton bureau et a ouvert le tien pour me montrer les plans du château.

Le visage de Gabe se durcit, mais après une seconde de réflexion il haussa les épaules, niant sa déclaration.

— Elle travaille au château depuis un an. Sans doute m'a-t-elle vu faire.

Sara soupira. Rien ne pourrait jamais convaincre Gabe.

— J'ignore ce que tu espérais obtenir grâce à cet enlèvement, mais cela ne nous mène nulle part. Je veux partir. Maintenant.

— Tu partiras à la fin de la semaine, répéta-t-il, implacable. Et pourquoi Marya t'aurait-elle aidée ces derniers jours ?

— Pourquoi ne lui demandes-tu pas ?

Pleine de ressentiment, elle suivit Gabe des yeux tandis qu'il gagnait la porte. L'amertume suscitée par son manque total de confiance ne s'adoucit même pas quand elle vit dans son dos les griffures qu'elle lui avait infligées dans l'intensité de la passion.

Frustration et colère mêlées lui firent perdre le contrôle de sa voix. Avec plus de hargne qu'elle ne l'aurait voulu, elle lança :

— Tant que tu y es, demande-lui ce qu'elle comptait obtenir en volant le Sang de la Reine !

C'était parfaitement gratuit, et il l'ignora.

Elle attendit que la porte se referme derrière lui pour s'effondrer au bord du lit. Elle dut se mordre les lèvres pour retenir des larmes d'humiliation.

Elle ne supportait pas l'idée de demeurer ici comme une maîtresse dont Gade jouirait chaque fois qu'il en aurait envie, ignorerait le reste du temps et bannirait définitivement à la seconde où elle lui confirmerait ne pas être enceinte. Cela détruirait définitivement ce qui lui restait de dignité. Il fallait qu'elle s'en aille.

Elle s'était rhabillée quand elle entendit le vacarme d'un hélicoptère. Une émotion indicible lui coupa le souffle. Gabe s'en allait.

Ou peut-être la renvoyait-il ? Peut-être que leur dernière étreinte mécanique, dénuée d'humanité, l'avait dégoûté au point de décider qu'elle devait partir ?

La douleur la transperça si vivement qu'elle suffoqua, mais elle redressa les épaules et tint la tête haute.

Non, il ne la laisserait pas partir avant d'être certain qu'elle n'était pas enceinte.

Et quand bien même, elle le serait, elle ne l'épouserait pas. Elle ne composerait pas avec la mascarade qu'était leur relation. Aucun enfant ne devrait grandir en sachant que son père méprisait sa mère.

Un coup frappé à sa porte lui fit tourner la tête.

— Entrez, lança-t-elle avec appréhension.

Marya apparut, radieuse. Ses yeux noirs se posèrent sur le lit, et Sara eut un mouvement de recul. Pourquoi n'avait-elle pas tiré les draps ? Impossible de nier ce qui s'était passé ici !

Elle scruta le visage de la vieille femme à la recherche d'une trace de contrariété, mais Marya rayonnait de bonheur. Elle dévisagea Sara et hocha la tête avec satisfaction.

— Le grand-duc vous prie de descendre, annonça-t-elle.

Sara la dévisagea à son tour.

— Je… non.

Visiblement interdite, la femme fronça les sourcils.

— Vous devez.

— Je ne veux pas le voir.

Marya prit un air exaspéré.

— Alors il monte et vient vous chercher.

La colère piqua Sara au vif. Elle s'apprêta à protester puis se ravisa. Elle ne ferait pas une scène à cette femme qui avait délibérément causé un tel séisme dans sa vie.

— Très bien, dit-elle d'une voix neutre. Je viens.

Elle se tourna et gagna la salle de bain pour parfaire la seule armure qu'elle possédait : son apparence. Un peu de blush sur les joues, un trait de mascara sous les yeux et une touche de rouge sur les lèvres lui permettraient de ne pas paraître trop défaite et malheureuse.

Elle revint dans la chambre et s'arrêta sur le pas de la porte, stupéfaite.

Marya s'affairait. En l'attendant, elle avait refait le lit et était en train de plier la chemise que Gabe avait laissée. Elle leva les yeux vers elle, ses yeux noirs étincelants de bonheur.

— Bien, dit-elle. Très bien.

Sara soupira, abandonnant toutes ses certitudes concernant la vieille femme. Celle-ci ne pourrait paraître si… normale si elle avait volé le Sang de la Reine, pensa-t-elle en marchant à son côté dans le couloir. Dès le premier jour, Marya avait paru heureuse de la revoir. Et même conspiratrice, comme si toutes deux étaient complices.

Mais s'il ne s'agissait pas de Marya, alors qui ?

Tout cela n'avait aucun sens, songea-t-elle avec désespoir.

Marya ouvrit la porte du bureau de Gabe.

Deux hommes se retournèrent, et le souffle de Sara se bloqua dans sa gorge.

Individuellement, Gabe et son cousin étaient deux hommes très séduisants. Ensemble, ils étaient à se damner ! Leur parenté était flagrante. Ils arboraient les mêmes cheveux sombres, le même teint mat et les mêmes yeux bleus des Considine. De grande taille, minces et élégants, ils irradiaient tous les deux une aura d'autorité naturelle.

Le ton neutre, Gabe annonça :

— Alex, tu connais Sara Milton, n'est-ce pas ?

Le regard du prince Alex se fit inquisiteur, mais il sourit néanmoins et la salua en lui serrant la main et en faisant une remarque anodine. En réponse, elle lui demanda des nouvelles de son épouse et de leurs enfants.

Ce qui s'ensuivit aurait pu être une soirée amicale entre bons amis. Plus tard, elle ne pourrait certainement pas se rappeler ce qui avait été servi au dîner. Gabe et Alex avaient la délicatesse de rendre les choses faciles pour elle, et si parfois son assurance faiblissait, elle passa néanmoins un agréable moment. Aucun des deux hommes ne fit allusion à la raison de la visite impromptue du prince. La teneur de leur conversation lui échappait la plupart du temps. Elle se souviendrait en revanche de l'enthousiasme des deux hommes tandis qu'ils discutaient des prochaines étapes pour mettre l'Illyria au rang des nations modernes et du regard intense et sombre de Gabe alors qu'il défiait son cousin sur une question d'Etat. Et du plissement au coin de ses yeux, et du rictus de sa bouche lorsqu'il riait, et de la façon dont il évita tout contact avec elle…

Enfin, elle se leva et annonça :

— Je vais vous laisser à présent.

— Bonne nuit, souhaita le prince. Je partirai tôt demain matin, aussi je vous salue à présent. Au plaisir de vous revoir bientôt.

Que voulait-il dire ?

Dès qu'elle fut sortie de la pièce, elle respira plus librement, mais le mal de tête qui lui battait les tempes depuis une demi-heure ne s'apaisa pas. Dans sa chambre, elle prit un antalgique. Elle considéra le comprimé dans le creux de sa main. Si elle était enceinte, ce n'était peut-être pas une bonne idée ? Elle avait décliné le vin pendant le repas, sous le regard attentif de Gabe qui lui avait versé sans mot dire un délicieux jus de fruits. Il n'était pas dupe.

Quant au prince, il avait dû avoir des soupçons, se dit-elle avec inquiétude. Rien ne lui échappait.

Pourquoi ne lui avait-elle pas demandé de l'aide pour quitter la forteresse ? Il était sans doute le seul homme sur terre capable d'obliger Gabe à la laisser partir. Il ne lui avait pas fallu longtemps pour deviner le profond respect et la sincère affection qui unissaient les deux hommes.

Allons, se morigéna-t-elle, elle devait bien l'admettre, elle voulait passer ces derniers jours avec Gabe.

Un sanglot la secoua et elle jeta le comprimé dans les toilettes. C'est alors qu'elle aperçut le petit sachet posé à côté de sa trousse de toilette.

Les sourcils froncés, elle l'examina, bouche bée, avant de comprendre qu'il s'agissait du test de grossesse.

Quelques minutes suffirent : elle ne portait pas l'enfant de Gabe.

Elle s'ordonna alors de se sentir soulagée, mais un chagrin énorme, tel qu'elle n'en avait jamais ressenti auparavant, pesa dans sa poitrine. Les sanglots lui obstruèrent la gorge. Elle s'assit sur le lit et s'autorisa à pleurer tout ce qu'elle avait perdu.

Très vite, cependant, elle retrouva sa volonté. Elle se racla la gorge, se versa un verre d'eau et se força à boire. Et puis, battant férocement des paupières pour en chasser les larmes, elle examina la chambre avec un soin attentif.

Au moins pouvait-elle tirer une certaine satisfaction du travail qu'elle avait accompli ici. Mais Gabe préférerait sans doute ne garder aucun souvenir de son passage au château. D'autres décorateurs auraient aussi bien réussi et achèveraient aussi bien qu'elle le travail commencé.

Et si cela voulait dire qu'elle avait échoué, soit !

Elle se coucha, tira les draps sur elle et laissa la tristesse la submerger dans une sorte de résignation.

11

Le lendemain matin, dès son réveil, une jeune femme de chambre lui apporta son petit déjeuner.

— Pour vous, dit-elle d'un ton entendu, en montrant le plateau.

Sara baissa les yeux et rougit en découvrant une feuille de papier pliée. Son nom y était écrit de la main de Gabe.

Elle attendit d'être seule pour l'ouvrir.

Ni salutation ni signature, rien qu'une phrase parfaitement impersonnelle : « Je viens te chercher dans une demi-heure. »

Elle ne perdit pas un instant. Trente minutes plus tard, elle avait avalé son petit déjeuner, pris une douche et s'était habillée.

Lorsqu'elle entendit le coup frappé à sa porte, une montée d'adrénaline anéantit ses efforts pour dompter sa respiration.

— Entre, répondit-elle.

Elle desserra les poings et espéra qu'il n'ait pas entendu le tremblement de sa voix.

Grand, ténébreux, dominateur, Gabe fit son entrée, la bouche sévère.

— Bonjour, lança-t-il avec raideur.

Le ton de sa voix, son maintien furent comme une gifle en plein visage.

— Bonjour, répondit-elle, ajoutant aussitôt avec férocité pour dissimuler son amertume : tu seras satisfait de savoir que le test était négatif.

Pas un muscle du visage de Gabe ne bougea, et pourtant elle devina que quelque chose s'était durci en lui.

Il ne lui répondit pas directement.

— Voudrais-tu venir dans mon bureau, s'il te plaît ? Il faut que nous parlions.

Sa froide détermination la fit frissonner de tous ses membres. Une intonation inexorable dans sa voix la mit en alerte. Elle ne pourrait pas échapper à cette discussion, qu'elle le veuille ou non. Et pourquoi se déroberait-elle ? pensa-t-elle avec défi alors qu'elle suivait Gabe dans les couloirs pavés. Il ne pouvait la blesser davantage qu'il ne l'avait déjà fait.

Comme elle aurait voulu qu'ils n'aient pas refait l'amour !

Auparavant elle avait conscience de lui, mais désormais elle ressentait sa présence à chacune de ses respirations, comme s'il avait en quelque sorte envahi son corps, la marquant à jamais de son empreinte. Elle pouvait presque sentir son goût dans sa bouche.

Une autre personne se trouvait dans le bureau : Marya, visiblement mal à l'aise.

Sur le bureau était ouvert un coffret de cuir. L'écrin de l'inestimable Sang de la Reine. Les magnifiques rubis taillés en cabochons et sertis dans leur chaîne d'or resplendissaient dans la lumière du matin. Magnifique et barbare, le bijou attirait les regards.

Le hoquet de stupéfaction qui échappa à Sara résonna dans la pièce.

— O Seigneur ! s'exclama-t-elle, saisie d'un vertige de soulagement.

— Marya a quelque chose à te dire, annonça Gabe.

La vieille femme le regarda d'une expression si désolée qu'elle éprouva un soudain élan de sympathie à son égard.

— Dites-lui, ordonna Gabe.

Marya jeta un regard oblique à Sara.

— J'ai pris le Sang de la Reine, murmura-t-elle pitoyablement.

— Je sais, répondit Sara calmement, sans un regard vers Gabe. Pourquoi ?

La vieille femme soupira.

— Une mise à l'épreuve. La reine a soumis le Loup à trois épreuves pour savoir si… s'il était…

Cherchant le juste mot, elle implora Gabe du regard.

— Honorable, l'aida-t-il, sa voix ne trahissant aucune émotion.

Il s'adressa alors à Sara.

— Je t'ai raconté l'histoire de cette reine qui a trouvé la mort dans la montagne et a été transformée en chimère.

Sara acquiesça d'un signe de tête, stupéfaite. Elle avait l'impression d'être tombée dans un conte des Mille et Une Nuits.

— Honorable, répéta Marya en hochant la tête vigoureusement. Quand il l'a épousée, elle ressemblait à une vieille femme — comme moi !

Elle se montra du doigt et esquissa un sourire de guingois.

— La première épreuve. Mais le jour du mariage, il a embrassé une jeune et belle femme, sa…

Elle hésita encore.

La voix tendue, Gabe poursuivit à sa place.

— La légende dit qu'il a embrassé sa cousine, mais la reine a cru qu'il s'agissait d'une maîtresse. Cette nuit-là, avant même que leur mariage soit consommé, elle s'est révélée à lui dans toute sa beauté et a disparu, laissant le collier derrière elle en gage de son amour indéfectible.

Sara fronça les sourcils.

— Tu ne m'as jamais raconté ça…

Il haussa les épaules.

— Je ne pensais pas que cela t'intéresserait.

Lorsque le silence pesa trop longuement, il reprit :

— Le reste de la légende raconte comment le premier Loup s'est battu pour reconquérir son amour en venant à bout des épreuves auxquelles la chimère l'avait soumis. Marya a jugé bon de me mettre à l'épreuve, moi aussi. Et manifestement, j'ai échoué. Merci, Marya, vous pouvez vous retirer.

Avec beaucoup de dignité, Marya s'excusa :

— Je regrette de vous avoir rendue malheureuse. Mais c'est toujours mieux de connaître la vérité.

Sa déclaration laissa Sara perplexe.

— Pourquoi avouer maintenant ? s'étonna-t-elle.

La femme de chambre haussa les épaules.

— Vous partez. Tout est fini. Il ne faut pas partir en colère. Ce n'est pas bon pour vous. Pas bon pour lui.

— Assez ! ordonna Gabe.

Sa voix était glaciale.

En proie à de multiples interrogations sans réponse, Sara regarda la vieille femme s'en aller, secouée mais indomptée.

Avec une incroyable maîtrise, Gabe reprit la parole.

— Il faut que je m'excuse moi aussi.

Sara secoua la tête. Des excuses ne changeraient rien. Tout avait été entaché de son manque de confiance. Luttant pour dominer le vide sans fond de ses émotions, elle soupira fébrilement.

— Comme je suis soulagée qu'elle ait fini par avouer !

Gabe continua :

— Je n'avais aucun droit de te faire venir ici. Ma stratégie s'est retournée contre moi et je le mérite. Je sais qu'il est trop tard et que cela ressemble à une excuse, mais je suis sincèrement navré.

— Navré ? Navré de quoi ? De ne pas avoir été capable de me faire confiance ?

— J'avais une bonne raison, dit-il brièvement.

Sa déclaration semblait peu convaincante.

— Laquelle ? Eh bien, dis-moi ?

Gabe la regarda et son corps se contracta. Malgré les cernes qui assombrissaient ses yeux magnifiques, Sara resplendissait, sa beauté le submergeait de son pouvoir.

— Aucune importance, déclara-t-il sans réfléchir.

Sara leva les sourcils et le considéra avec une telle incrédulité qu'il prit une décision aussi brutale qu'irréfléchie.

Il ouvrit un tiroir du bureau et en sortit l'objet d'infamie qu'il gardait là depuis un an — qu'il gardait mais n'avait jamais plus touché depuis.

Surprise, Sara saisit néanmoins l'enveloppe qu'il lui tendait.

— Qu'est-ce que c'est ? demanda-t-elle avec hésitation.

— Ouvre.

Toute son attention concentrée sur le visage de la jeune

femme, il la regarda tirer de l'enveloppe le cliché sur papier glacé. Il scruta son visage pour déceler le moindre changement d'expression, le moindre signe de culpabilité ou de honte.

Mais la seule émotion qu'elle manifesta fut un complet étonnement, comme si elle ne croyait pas ce qu'elle voyait.

Lorsqu'elle releva les yeux, ses pupilles étincelaient. D'une voix qui vibrait de fureur, elle demanda :

— Qu'est-ce que *cela* signifie ?

— Regarde bien la date et l'heure, insista-t-il.

Elle baissa les yeux. Le silence se tendit entre eux, vif d'émotions non exprimées. Le visage blême, elle devint soudain hagarde.

La voix presque inaudible, elle constata :

— Ce… cette abjection est censée avoir été prise la nuit du mariage de ton cousin, la nuit où Marya a volé le collier.

— A 2 heures du matin, pour être exact, répliqua-t-il délibérément. Juste après que Marya a « découvert » que le Sang de la Reine avait disparu.

Il marqua une pause, et comme elle ne disait rien, il ajouta d'une voix si froidement sarcastique qu'elle tressaillit :

— J'ai peut-être été parfaitement stupide en ce qui concerne le vol du collier, mais il ne faut pas être très futé pour deviner comment Hawke et toi comptiez passer le reste de la nuit.

Sara secouait la tête comme si elle ne parvenait pas à croire ce qu'elle voyait. Lorsqu'elle entendit l'accusation de Gabe, elle releva la tête. Ses yeux étaient écarquillés, son visage était blême et sa bouche tremblait.

— C'est donc pour cela que tu étais convaincu que j'avais volé le collier ! Pourquoi ne m'as-tu rien dit ?

— Comme beaucoup d'hommes, je n'apprécie guère de me faire doubler.

Sara sentit sa gorge se serrer. Son visage sur la photo dansait devant ses yeux. Le cliché ne laissait aucun doute : Hawke Kennedy la tenait dans ses bras et posait sur elle un regard qui pouvait être considéré comme de la convoitise. Quant à elle, elle levait les yeux vers lui avec ce qui pouvait ressembler à de l'avidité. Qui plus était, tous deux étaient nus. Sauf qu'elle ne reconnaissait pas sa poitrine, et elle était prête à parier qu'il ne s'agissait pas non plus des épaules de Hawke. Lorsqu'il l'avait effectivement serrée contre lui, il était vêtu d'un smoking, et elle portait un fourreau.

— C'est un trucage, dit-elle avec rage.

Et elle laissa tomber le cliché sur le bureau comme s'il lui souillait les doigts.

— Tu crois peut-être que je ne l'ai pas fait authentifier ?

Elle secouait encore la tête, lorsqu'elle vit la contraction de la bouche de Gabe. La lassitude s'empara d'elle, obscurcissant son esprit.

Pourquoi s'efforcer de rétablir la vérité, alors que manifestement il ne voulait pas la voir ?

— Un paparazzi était en planque à l'extérieur de ta chambre, assena-t-il. J'imagine qu'il espérait nous surprendre.

Son sourire pincé acheva de l'anéantir.

— A la place, il a pris *ça* ! Je suppose qu'il n'en a pas cru sa chance, et futé comme il l'était, il a compris qu'il pourrait en obtenir davantage de ma part que de la presse. C'est ce qui s'appelle avoir le nez creux !

Au moins, pensa-t-elle avec un étrange bond de son cœur, elle savait à présent pourquoi Gabe avait si catégoriquement refusé de la croire dans l'affaire du collier. Elle fit appel aux derniers vestiges de sa fierté pour mettre fin à la conversation, tout en gardant la tête haute.

— Tu as été piégé, Gabe. Mais Marya a raison, mieux vaut savoir la vérité. Notre mariage n'aurait eu aucune chance, même si Marya n'avait pas cru à ces vieilles légendes et même si un paparazzi n'avait pas trafiqué cette photo.

Si elle avait les yeux rivés sur la fenêtre, elle devinait pourtant l'immobilité de prédateur de Gabe.

— Tu recommences ? gronda-t-il. Tu nies l'évidence une fois encore ?

Une nouvelle vague d'adrénaline le submergea. Elle se retourna et l'affronta les yeux dans les yeux.

— Oui, je nie. Aussi catégoriquement et aussi sincèrement que j'ai nié avoir volé le Sang de la Reine, dit-elle d'une voix ferme.

Son cœur se mit à battre de façon désordonnée lorsque Gabe s'approcha d'elle, le visage durci par la colère et le mépris. Instinctivement, elle leva les bras pour l'arrêter.

— Ne me touche pas !

Il s'arrêta si près d'elle qu'elle pouvait sentir son parfum, cet effluve infime et dérangeant qui submergeait presque sa détermination. Les émotions faisaient rage en elle, mais elle refusait de le laisser la mépriser une fois encore.

Il la fixa, faisant voler en éclats ses défenses tandis qu'il la dominait de toute la force de son magnétisme extraordinaire.

Mais cette fois, elle ne se rendrait pas. Son addiction physique à cet homme avait beau être puissante, elle ne l'était pas autant que l'amour qu'elle éprouvait pour lui. Et Gabe ne lui avait jamais parlé d'amour.

Il n'en parlait pas non plus à présent. Au contraire, il se détourna comme si sa vue lui était insupportable.

— Dis-moi seulement une chose. Depuis combien de temps durait cette aventure avec Hawke Kennedy ?

Comme elle fut soulagée de ne pas avoir cédé !

— Il m'a serrée dans ses bras après avoir appris que le collier avait disparu. C'est l'unique fois où je l'ai touché, dit-elle sombrement. Mais nous étions habillés. Et que tu me crois ou non, maintenant, je m'en moque.

Elle regarda sans les voir les ordinateurs et les équipements de haute technologie nécessaires à la gestion d'affaires modernes, ces anachronismes au sein des murs massifs de pierre.

Gabe avait beau être un magnat des affaires du XXIe siècle, au plus profond de son être, il restait comme ses ancêtres, un guerrier âpre à la bataille, doté d'une attitude territoriale féroce.

Le silence dans la pièce devenait oppressant.

— Tes bagages sont en train d'être préparés, assena enfin Gabe, d'une voix si froide qu'elle la glaça jusqu'aux os. Le jet te conduira à Londres.

Sans un mot, elle tourna les talons et sortit de la pièce et de la vie de Gabe Considine.

Il ne fit aucun effort pour la retenir. Pourquoi l'aurait-il fait ? Ce qu'il obtenait d'elle, il pouvait l'obtenir de beaucoup d'autres femmes.

De retour dans la chambre qu'elle avait fini par considérer comme la sienne, elle découvrit sa valise ouverte sur le lit, une personne qui ne lui était que trop familière s'affairant à y ranger ses vêtements.

— Laissez ça ! dit-elle brutalement à Marya.

Marya lui jeta un regard de supplique et, à sa stupéfaction, se mit à pleurer, les larmes lui inondant les joues.

— Qu'y a-t-il Marya ? Que se passe-t-il ?

— J'ai eu tort, geignit la vieille femme. Je ne savais pas…

Son anglais se faisait si balbutiant qu'il en devenait incompréhensible.

— Asseyez-vous, proposa Sara gentiment, en conduisant Marya jusqu'au lit.

Elle lui tendit une boîte de mouchoirs.

— Essuyez-vous les yeux et dites-moi ce qui s'est passé. Est-ce que Gabe vous a renvoyée ?

Marya hoqueta, renifla, se moucha.

— Il ne vous aime pas, gémit-elle, le visage enfoui dans le mouchoir. Mais vous l'aimez. Alors je voulais qu'il sache…

Elle se frappa le torse avec vigueur.

— … dans son cœur… à quel point vous lui êtes précieuse. Le mettre à l'épreuve, répéta-t-elle comme si les mots étaient un sortilège.

Sara hocha la tête.

— Continuez, dit-elle calmement.

Avec ferveur, Marya se remit à plier les vêtements de ses mains usées par des années de labeur.

— Il était triste quand vous êtes partie. J'ai pensé, bientôt il comprendra qu'elle n'a pas volé le Sang de la Reine. Mais non. J'ai attendu et attendu. J'allais lui dire où était le collier. Mais il vous amène ici, alors je crois qu'il vous aime.

Elle jeta à Sara un regard accusateur.

— Mais tout va de travers. Même après que vous avez partagé le lit, tout va mal !

Les joues de Sara s'empourprèrent.

— Parce qu'il ne m'aime pas, vous l'avez dit.

— Mais si, mais si, insista Marya. Je le vois vous regarder. Il ne regarde comme cela aucune autre de ses femmes.

Elle prit une profonde inspiration pour finir plus calmement.

— Mais c'est un Considine. Un visage d'ange, mais une volonté de fer. Et tant de femmes convoitent son argent et son pouvoir !

Elle jeta un coup d'œil à Sara.

— Il a peur.

Ce fut à peine si Sara put réprimer un éclat de rire hystérique.

— Gabe ? Il ignore la signification de ce mot.

Marya grimaça.

— Vous vous trompez, vous aussi. Quand il saura, alors vous resterez, il sera heureux et la reine sera heureuse aussi.

Sara se retourna vivement.

— Je sais que vous l'aimez et le respectez, Marya, mais vous ne le connaissez pas. Je ne resterai pas. Et essayer de le convaincre qu'il m'aime ne fera que le fâcher. De toute façon, cela ne changerait rien, parce que je n'épouserai jamais un homme incapable de me faire suffisamment confiance.

Marya la considéra pensivement.

— Oui, dit-elle simplement. Vous avez raison, bien sûr.

Elle se dirigea vers l'armoire et prit les derniers effets.

— Je termine vos bagages, dit-elle en esquissant un faible sourire. L'hélicoptère sera bientôt là.

Vêtue d'un jean et d'une veste noirs, leur couleur sombre égayée par un T-shirt rose fuchsia, Sara jeta son sac sur son épaule et descendit dans la cour, accompagnée d'un domestique et de Marya.

L'appareil se posa en soulevant un tourbillon de feuilles. Gabe n'était pas venu lui dire au revoir.

— Merci, dit-elle en souriant tristement à la vieille femme.

Impossible de lui en vouloir. Elle avait agi pour des raisons qu'elle croyait justes.

Sara monta à bord, boucla sa ceinture de sécurité et regarda droit devant elle tandis que l'appareil décollait.

De retour à Londres, elle remit à son employeur son projet pour les trois chambres du Repaire du Loup et lui présenta sa démission.

— Quel dommage ! soupira celui-ci en considérant les esquisses avec appréciation. Vous avez beaucoup de talent. Votre poste vous reste acquis si vous revenez sur votre décision.

— Non, merci.

Il lui dédia un sourire empreint de curiosité.

— Je suppose que M. Considine vous a fait part de notre arrangement ?

— En effet, dit-elle d'une voix sans émotion.

— Je regrette votre départ.

Elle aussi regrettait de partir, mais elle secoua la tête.

— Ne le soyez pas, dit-elle, pleine d'ironie. J'ai vécu une expérience très enrichissante !

12

Le voyage jusqu'à Fala'isi parut interminable à Sara.

En toute autre circonstance, elle aurait savouré son retour sur la petite île du Pacifique. Mais lorsqu'elle arriva enfin à destination, il était plus de minuit. Terrassée de fatigue, le corps endolori et l'esprit brumeux, elle n'aspirait qu'à aller se coucher et à dormir.

Elle pourrait dormir trois jours, trois semaines ou même trois ans, songea-t-elle avec ironie, mais nul doute que lorsqu'elle se réveillerait, sa première pensée serait pour Gabe Considine.

Une fois entrée dans le bungalow qu'elle avait loué sur la plage, elle regarda le magnifique bouquet d'hibiscus posé sur la table du salon.

Les larmes lui montèrent aux yeux. Une semaine plus tôt, elle séjournait dans le Repaire du Loup, espérant pouvoir faire comprendre à Gabe que jamais elle n'aurait pu le voler. Espérant aussi, comprenait-elle à présent, qu'il éprouve davantage pour elle qu'une passion dénuée d'amour et d'estime.

Mais Gabe ne l'aimait pas.

Et même si elle devenait dans ses bras un être entièrement différent, envoûté, ce n'était pas ce qu'elle recherchait. Sans amour, sans confiance, sans sympathie même, la passion n'était qu'un simulacre cruel, une langueur qui promettait tout et laissait l'âme insatisfaite.

Avidement, elle respira l'air moite et lourd parfumé par les fleurs des frangipaniers, leur arôme érotique se mêlant aux effluves iodés et frais de l'océan.

Elle repoussa les volets des fenêtres qui donnaient sur la terrasse et sur la plage. Le murmure des vagues venant s'échouer sur le sable lui parvint dans l'obscurité.

Derrière elle s'éleva alors une voix trop connue.

— Tu en as mis du temps pour venir !

Bouche bée, elle pivota sur les talons. Incrédule, les yeux écarquillés, elle découvrit Gabe sur le pas de la porte.

La panique la frappa comme un coup de poing à l'estomac.

— Qu'est-ce que… ?

Elle ferma les yeux, mais le visage dominateur semblait imprimé sur ses rétines.

— Qu'est-ce que tu fais ici ? insista-t-elle, le souffle court.

— La propriétaire m'a donné une clé.

Elle n'en fut même pas étonnée. Le charme ensorceleur de Gabe, qui dissimulait une détermination de fer, séduisait n'importe qui en une poignée de secondes.

— Je crois pourtant avoir été claire, martela-t-elle, rassemblant les quelques bribes de sang-froid qui lui restaient. Je ne veux être ni ta maîtresse ni ta favorite, ni qui que ce soit.

— Je veux que tu sois ma femme.

La terre vacilla sous ses pieds.

Alors que cette demande inattendue dansait devant elle comme une promesse illusoire de bonheur infini, elle rassembla juste assez de courage pour murmurer :

— Va-t'en !

Et puis, plus fort, elle ordonna :

— Dehors !

— Laisse-moi au moins m'excuser…

— Va au diable !

Mais elle sentait qu'elle faiblissait. Ses sentiments pour Gabe la trahissaient, et déjà elle essayait de se convaincre que le manque de confiance de son ex-fiancé n'avait pas tant d'importance.

La pièce se mit à vaciller pour de bon, et elle se sentit emportée dans un tourbillon qui lui souleva le cœur. La dernière chose qu'elle entendit fut le juron que Gabe poussa alors qu'elle sombrait dans l'inconscience.

Lorsqu'elle revint à elle, elle ne savait plus où elle se trouvait. Et puis, les souvenirs se précisèrent peu à peu.

Elle ouvrit les yeux brusquement.

Elle était étendue sur le lit, dans la petite chambre du bungalow. La tête lui tournait encore un peu, mais elle se redressa. Quand elle voulut se lever, les murs se remirent à osciller autour d'elle.

Gabe revint à cet instant, un verre d'eau à la main.

— Allonge-toi, ordonna-t-il en s'approchant vivement.

Il posa le verre sur la table de nuit et la rattrapa dans ses bras juste avant qu'elle ne défaille de nouveau.

La joue appuyée contre le torse de Gabe, l'oreille attentive aux battements de son cœur, elle songea comme dans un rêve que c'était comme revenir chez soi après un long exil.

Fermant les yeux dans une reddition muette, elle accepta alors de cesser de lui résister. Quoi que Gabe lui demande, elle le lui donnerait parce qu'elle l'aimait si intensément qu'elle en avait mal physiquement.

— Depuis quand n'as-tu pas mangé ni bu ?

— Je ne sais pas.

Il l'aida à boire.

— Te priver complètement de nourriture est parfaitement stupide. Il y a une coupe de fruits dans la cuisine. Je vais te chercher une banane, cela t'aidera à surmonter ta crise d'hypoglycémie.

Sara hocha la tête. La seule idée de faire passer quelque chose dans sa gorge serrée lui donnait la nausée, mais Gabe avait raison. Elle avait totalement épuisé ses réserves, et si elle ne mangeait pas, elle s'évanouirait encore.

Elle ferma les yeux et essaya de respirer lentement et profondément.

Si elle avait les paupières baissées, chacun de ses sens bondit en alerte lorsque Gabe revint s'asseoir à son côté, bannissant la lassitude de l'instant précédent.

— Mange, ordonna-t-il.

Sagement, elle mordit dans la chair parfumée de la petite banane.

— Et maintenant, mâche et avale.

Elle s'exécuta avant de s'indigner :

— Je sais comment manger !

— Alors, pourquoi ne l'as-tu pas fait ? demanda Gabe sans attendre de réponse. Tu as quitté Londres depuis soixante-douze heures, et je parie que tu n'as rien mangé depuis.

Elle aurait répliqué s'il n'avait pas de nouveau porté le fruit à ses lèvres. Mais, parce que c'était délicieusement agréable d'être ainsi dorlotée, elle se força à manger.

Gabe se leva.

— Je vais te préparer une tasse de thé et tu la boiras.

Le fruit lui avait redonné suffisamment de force pour qu'elle se rebiffe.

— Cesse de me donner des ordres ! protesta-t-elle d'une voix néanmoins fatiguée et morne.

— Non seulement je te dirai ce que tu dois faire, mais je te forcerai aussi s'il le faut.

Il s'en alla encore et revint quelques minutes plus tard.

Le thé était très sucré et fort, mais elle le but néanmoins avidement.

— Voilà qui est mieux, approuva Gabe. Tes joues ont repris un peu de couleur.

Uniquement parce qu'il était là, à son côté, songea-t-elle avec lassitude. Malgré le décalage horaire qui l'avait épuisée, elle réagissait toujours à son immense charisme, et son cœur battait à tout rompre.

— Ce n'est pas juste, dit-elle d'un ton las. Je ne veux pas que tu sois ici, et pourtant je ne peux pas lutter contre toi.

— Ne t'inquiète pas, dès demain tu seras de nouveau d'attaque. Tu as seulement besoin d'une bonne nuit de sommeil et d'un solide repas, assura-t-il avec un sourire. Quant à te débarrasser de moi… N'y compte pas trop ce soir. Tu es encore trop faible. Quelqu'un doit veiller sur toi.

Ce fut à peine si elle entendit ces dernières paroles. La fatigue du voyage finit par avoir raison d'elle, et elle sombra dans un sommeil profond.

Lorsque Sara s'éveilla, un battement de cœur serein et rassurant résonnait contre son oreille. Elle avait passé la nuit nichée dans les bras de Gabe !

Le plaisir délicieux d'être tenue contre son corps musclé lui procura un sentiment de sécurité et d'achèvement. De longues secondes, elle resta immobile, encore sous le charme des ombres nébuleuses qui avaient occupé ses rêves. Puis, doucement, elle ouvrit les yeux.

Il faisait sombre. Seul le roulis des vagues sur les récifs troublait le silence, ainsi que la respiration profonde et régulière de Gabe.

Les paupières de celui-ci étaient closes, son corps détendu dans l'abandon du sommeil, mais le bras qu'il avait glissé autour d'elle la retenait comme si elle lui était infiniment précieuse.

Pourquoi était-il venu ?

Elle esquissa un sourire mélancolique dans l'ombre. C'était incompréhensible. Alors, elle bannit cette question de son esprit et s'autorisa à se délecter de l'instant présent, ce moment inattendu passé entre les bras de l'homme qu'elle aimait.

Le doux souffle du ventilateur au-dessus du lit lui caressait la peau et se mêlait à l'air de l'océan.

Fermant de nouveau les yeux, elle s'attacha à mémoriser les moindres détails sensoriels pour ne jamais les oublier. Respirant à peine de peur de réveiller Gabe, elle posa la main sur son torse pour sentir sous sa paume sa force formidable.

Il ne bougea pas.

Plus téméraire mais toujours prudente, elle tourna la tête pour déposer un baiser sur son épaule.

Comme il ne réagissait toujours pas, elle laissa ses lèvres s'attarder sur sa peau, sa langue le goûter, ses sens se repaître de l'homme qu'elle aimait.

Sa main erra longtemps sur son corps pour s'arrêter sur sa poitrine. Le visage blotti contre son épaule, elle se laissa de nouveau emporter vers le pays des songes où les espoirs pouvaient devenir réalité. Très vite, elle sombra dans les rêves les plus érotiques qu'elle avait jamais eus.

— Sara ?

A peine audible, la voix de Gabe la réveilla doucement.

Elle comprit qu'elle était toujours étendue contre lui, le visage dans son cou. Les cuisses musclées de Gabe mêlées aux siennes lui firent prendre conscience de son excitation.

Dans son rêve, elle avait lentement, patiemment fait l'amour avec lui, usant pour l'aguicher de tous ses talents et de toutes les nuances subtiles qu'il lui avait apprises. Il lui semblait que ce rêve était devenu réalité, parce que son propre corps exultait d'une délicieuse anticipation, chacune de ses cellules vibrant de désir.

Confuse, elle essaya de s'éloigner, mais Gabe resserra l'étreinte de ses bras.

— Tu sais où tu te trouves ? demanda-t-il d'une voix rauque.

— A Fala'isi.

— Tu sais avec qui tu es ?

— Bien sûr !

— Dis mon nom.

Elle ouvrit les yeux et battit des paupières.

A travers les stores, le soleil jetait sur le sol des rais de lumière intense de fin d'après-midi. Une joie immense la traversa. Les traits angulaires de Gabe étaient empreints de désir.

— Tu es Gabe.

Son unique amour…

Il fronça les sourcils.

— Est-ce que tu vas bien ?

— Je n'ai jamais été aussi bien, assura-t-elle, la voix voilée.

Elle était avec sa moitié, le seul homme qui la complétait et la faisait entière. Et sans qui jamais elle ne pourrait vivre.

Des questions assaillirent son esprit.

Que faisait Gabe ici ? Lui avait-il vraiment demandé d'être sa femme la nuit précédente ? Non, elle avait dû rêver. Qu'allait-il se passer à présent ? Pourquoi avait-il traversé la moitié de la terre ? Elle était prête à parier qu'il n'avait pas eu l'intention de la poursuivre quand elle avait quitté le Repaire du Loup.

Elle accepta le verre d'eau qu'il lui tendit et savoura la fraîcheur du liquide qui glissa dans sa gorge.

Et puis, sans transition, d'une voix nouvelle et étrange, il déclara :

— Sara, j'ignore comment implorer ton pardon, mais je regrette sincèrement de ne pas t'avoir assez fait confiance pour croire que tu n'avais pas volé le Sang de la Reine.

— Ce n'est rien. Je te comprends à présent. Comment aurais-tu pu imaginer que Marya te mettait à l'épreuve ?

La bouche de Gabe se serra.

— J'aurais tellement voulu te croire ! Si seulement il n'y avait pas eu cette photo…

Elle leva les yeux vers son visage.

Sa structure osseuse, toute d'angles et de méplats prononcés, se faisait plus dominatrice encore que d'ordinaire. Ce cliché, truqué mais néanmoins maudit, se dresserait toujours entre eux.

Il poursuivit :

— Ma fierté a été mise à mal, et ta culpabilité n'en a été que renforcée à mes yeux. Pour un peu, je croirais presque que Marya a raison : la reine veille toujours sur sa vallée et ses descendants et les met à l'épreuve. Pour moi, en tout cas, il s'agissait d'une mise à l'épreuve. Et j'ai échoué.

Elle s'apprêta à protester, mais Gabe se leva et s'éloigna.

Elle se tut, trop inquiète pour prononcer le moindre mot, consciente seulement que son avenir dépendait des prochaines minutes.

Gabe s'arrêta devant la fenêtre et regarda au-dehors.

— Quand je t'ai vue quitter le château les épaules droites et la nuque raide, reprit-il d'une voix morne, j'ai juré que plus jamais je ne poserais les yeux sur toi.

Il se retourna et la fixa ardemment.

— Mais depuis, je n'ai cessé de penser à la façon dont tu avais protégé cette enfant au village, et à la compassion dont tu avais fait preuve à l'égard de Marya en dépit de ce qu'elle avait fait…

Elle attendit, la respiration haletante.

Le soleil était sur le point de disparaître. Les lueurs du couchant filtraient par les stores vénitiens et posaient sur le grand corps de Gabe des rayures noires et dorées semblables au pelage d'un tigre. Au-dehors chantait un *tikau*, le carillon mystique de ses notes tintant comme une clochette d'argent à ses oreilles. La légende ne disait-elle pas que, rare et discret, ce petit oiseau endémique de l'île ne chantait que pour les couples qui s'aimaient véritablement ?

Brusquement, Gabe reprit :

— Quand tu as vu la photo, tu semblais choquée. Ni coupable ni honteuse, seulement stupéfaite et totalement déconcertée. Je me suis dit d'abord que tu réagissais ainsi parce que tu ignorais que le paparazzi était là, mais je dois admettre que la raison pouvait être aussi que rien n'était jamais arrivé.

De la même voix profonde et délibérée, il poursuivit :

— Je me suis souvenu à quel point je m'étais trompé au sujet du Sang de la Reine. Alors, j'ai de nouveau contacté l'expert. Et ensuite, je suis venu ici.

— Qu'a-t-il dit ? demanda-t-elle, osant à peine respirer.

— Il ne m'a pas encore donné de réponse. Il est en train d'examiner le cliché avec de nouveaux procédés d'analyse.

Etonnée, Sara demanda :

— Quand aura-t-il terminé ?

— Aucune importance.

— *Aucune importance ?*

Gabe avait-il perdu la raison ?

— Non, plus maintenant. En venant ici, j'ai fait ce que j'aurais dû faire il y a un an, Sara. J'ai mis de côté ma fierté blessée et j'ai essayé de réfléchir logiquement. Et je me suis rendu à l'évidence : tu es foncièrement indépendante. Tu as toujours refusé que je te couvre de cadeaux comme il m'aurait plu de le faire. Tu as toujours refusé de venir t'installer chez moi et tu as voulu continuer à travailler. Bien sûr, cela aurait pu faire partie de ta stratégie pour dérober le Sang de la Reine, mais tu ne triches pas avec tes émotions. Tu es parfaitement honnête. Si je me suis laissé convaincre que tu étais une voleuse, c'est parce que je me retenais d'être amoureux de toi. Quant à la photo, eh bien, si elle ne m'avait pas été envoyée le lendemain même du vol du collier, je n'aurais pas été aussi intransigeant.

— Pourquoi ne me l'as-tu pas montrée alors ?

Elle retint son souffle jusqu'à ce que Gabe confesse :

— Je ne voulais plus jamais te revoir. Ou plus exactement, je n'osais plus te revoir. J'avais peur de finir par te pardonner. C'est la raison pour laquelle je n'ai pas pu t'annoncer face à face que nos fiançailles étaient rompues. J'ai toujours été plutôt fier de ma force de caractère, mais j'ai découvert le lendemain du vol qu'en ce qui te concernait, je n'en avais aucune.

Gabe parlait lentement comme s'il éclaircissait pour lui-même ses pensées intimes.

La bouche sèche, la gorge serrée, Sara l'écoutait, chacune de ses paroles ravivant un espoir qu'elle avait cru mort.

— J'ai vécu une année d'enfer, finit-il d'un ton dur. Tout cela à cause d'un mythe !

— Il ne s'agit pas d'un mythe pour Marya, ni sans doute pour la plupart des paysans d'Illyria, observa-t-elle simplement.

— Si j'avais su… Si j'avais grandi au Repaire du Loup comme mon père, répliqua Gabe d'une voix tendue, peut-être aurais-je mieux compris l'emprise que ces vieilles histoires ont sur les gens de la vallée.

Sara resta silencieuse, se mordant la lèvre pour ne pas intervenir. D'autres motivations avaient poussé Marya à agir ainsi. La vieille femme avait compris que si elle-même aimait Gabe, lui ne l'aimait pas.

Il lui fit lever le menton pour qu'elle croise son regard.

— Que se passe-t-il derrière ce front lisse ? demanda-t-il.

— Je comprends le point de vue de Marya. Si tu m'avais fait assez confiance pour me croire, alors nous aurions été heureux ensemble et notre bonheur aurait garanti la sécurité de la vallée. En revanche, si tu ne me faisais pas confiance, cela signifiait que tu ne m'aimais pas. Et plus vite nos fiançailles étaient rompues, mieux c'était pour la vallée.

Les yeux étincelants de leurs lueurs d'acier dans son visage stupéfait, Gabe s'exclama :

— Que je ne t'aime pas ? Pourquoi t'aurais-je demandé de m'épouser si je ne t'aimais pas ? C'est insensé !

Elle sourit tristement.

— Marya est une femme très instinctive. Elle avait raison. Si tu m'avais aimée, tu m'aurais crue.

— Elle a tout compliqué ! rugit Gabe. Marya était la dernière personne que j'aurais soupçonnée. Quand j'ai vu cette photo, je n'arrivais plus à penser correctement. Je n'ai jamais ressenti une telle colère. Bon sang, aucun homme sensé n'aurait cru que tu étais innocente !

— Mais un homme qui m'aurait vraiment aimée m'aurait écoutée, remarqua-t-elle calmement, alors que son cœur se serrait encore.

Un silence pesant emplit la pièce. Les derniers rayons de soleil disparurent à l'horizon, et l'obscurité tomba brutalement. De nouveau, Sara entendit s'élever le chant délicat du discret *tikau*.

Enfin, d'une voix froide et pratique, Gabe constata :

— Je reconnais que je n'accorde pas mon amour facilement. J'ai vu toute ma vie des mariages se briser autour de moi, je veux donc vivre un amour solide comme un roc, basé sur quelque chose de plus fort que la passion. Or, ma position agit comme un aimant sur bon nombre de femmes, et le fait d'avoir gagné beaucoup d'argent rapidement n'a fait qu'accroître le phénomène. L'argent est un puissant aphrodisiaque… Mais lorsque je t'ai rencontrée, tous mes principes se sont envolés. Il fallait que tu sois à moi.

Il lui adressa un bref sourire contrarié.

— Alors, j'ai commencé à avoir peur.

— De quoi ?

— De me perdre en toi. J'ai perdu le contrôle la première fois où je t'ai vue. Je te voulais au-delà de toute raison. Et pourtant, je sentais que ma passion pour toi me diminuait, comme si je n'avais plus réellement de vie à moi. Aussi, je suppose que j'ai utilisé la disparition du Sang de la Reine comme un prétexte pour retrouver mon autonomie, et la photo n'a fait que me conforter dans ma décision.

Il lui adressa un coup d'œil éloquent avant de se retourner vers le lagon.

— Je n'avais jamais ressenti cela pour quiconque, auparavant. Ce n'est pas une excuse, et cela peut sembler stupide de le dire maintenant que je sais comment est la vie sans toi : chagrine et morne. Mais je l'ignorais alors. J'avais pris l'habitude de tout contrôler. Mon père est décédé quand j'avais dix-neuf ans. J'ai pris la succession de l'entreprise familiale et j'ai veillé sur Marco et Melissa. Ma vie était parfaitement ordonnée. Mais quand je t'ai rencontrée, je n'ai rien pu faire. Je t'ai aimée à la seconde où je t'ai vue, et chaque instant que je passais avec toi ne faisait que m'enfoncer plus profondément dans ce que je croyais être une obsession.

Il revint lentement vers le lit et alluma la lampe de chevet.

Sara frémit en s'appuyant contre les oreillers. Elle se sentait nue et exposée à présent que l'obscurité était dissipée.

Les yeux scrutateurs, Gabe s'accroupit à son chevet.

— La nuit dernière, je t'ai demandé de m'épouser, murmura-t-il. Ce n'était pas le bon moment, et je te prie de m'en excuser. A présent, je te le demande encore. Sara épouse-moi.

Elle resta muette, déchirée entre la crainte et un espoir naissant.

— Pourquoi ? réussit-elle enfin à prononcer. Tu n'as pas à recoller les morceaux pour moi…

Les sourcils froncés, il l'interrompit.

— Je veux que tu m'épouses pour une seule raison : je ne peux pas vivre sans toi. Je t'aime, j'ai besoin de toi et je te fais confiance. Je te chérirai jusqu'à mon dernier souffle.

Les yeux embrumés, elle lui sourit et refoula les sanglots qui se pressaient dans sa gorge.

— Oui, accepta-t-elle simplement, bien sûr. Je veux t'épouser. Où et quand tu voudras. Je t'aime.

Gabe se pencha et déposa sur ses lèvres un baiser léger, si délicat qu'elle frissonna.

— Ne pleure pas, implora-t-il de sa voix rauque. Ne pleure pas, mon amour, mon trésor. Je ne pourrai jamais te rendre l'année passée mais je te jure qu'à compter de ce jour, tu n'auras plus aucune raison de pleurer.

Il se coucha à son côté et l'embrassa encore et encore, et cette fois ce ne fut ni léger ni hésitant.

Beaucoup plus tard, le visage enfoui dans sa chevelure, il murmura :

— Je n'avais pas prévu de te faire l'amour. J'ai passé la nuit dernière à imaginer comment te faire la cour dans les règles sans succomber à la tentation, et regarde ce qui est arrivé ! Tu es une femme dangereuse, Sara. Il te suffit d'un baiser pour détruire toutes mes bonnes intentions !

Elle rit et fit courir un doigt sur son torse, se réjouissant d'entendre sa respiration s'accélérer.

— J'ai cru rêver, avoua-t-elle. Cette fois, cela durera n'est-ce pas ? insista-t-elle, soudain prise du besoin d'être rassurée.

Gabe posa ses mains sur les siennes.

— Oui, promit-il simplement. Où voudrais-tu te marier ? Alex souhaite que notre mariage ait lieu en Illyria, mais nous pouvons aussi nous unir ici. Est-ce que cela te plairait ?

— J'en serais enchantée, mais les habitants de la vallée seraient déçus.

Comme il hésitait, elle l'embrassa.

— Nous devons nous marier en Illyria.

— Faisons les deux, décida-t-il. Commençons par une cérémonie privée, ici, sur ton île, rien que pour nous. Et ensuite, nous pourrons attendre les six mois nécessaires à l'organisation d'un mariage grandiose en Illyria.

En parlant, Gabe avait tendu le bras vers son sac de voyage. Il en sortit quelque chose qui étincela dans la lumière.

Sara sentit son souffle se bloquer dans sa gorge.

— Donne-moi ta main, dit Gabe d'une voix profonde.

Les yeux brouillés de larmes, elle sourit et lui tendit la main.

Il fit glisser le rubis à son doigt et l'embrassa.

— Cette fois, je te l'offre avec amour et confiance, dit-il, ces simples mots étant une promesse en eux-mêmes.

Alors, elle posa la joue sur le torse de l'homme de sa vie et écouta les battements mêlés de leurs cœurs.

Chaque matin à compter de ce jour ils s'éveilleraient ensemble, et elle savait qu'ensemble ils seraient en sécurité.

ROBYN DONALD

Soumise à la passion

INTÉGRALE
LES HÉRITIERS D'ILLYRIA

SAGAS
HARLEQUIN

Titre original :
THE RICH MAN'S ROYAL MISTRESS

Ce roman a déjà été publié en 2015

1

Lorsque Melissa Considine aborda le large corridor donnant accès à la suite royale, la porcelaine disposée sur le chariot qu'elle poussait frémit à peine. Elle ralentit néanmoins, tout en espérant que l'hôte de marque qui occupait ce somptueux appartement n'était pas trop à cheval sur la ponctualité.

La plupart des clients qu'elle avait côtoyés depuis le début de son stage dans ce fabuleux palace du sud des Alpes néo-zélandaises s'étaient révélés très corrects. Quelques-uns, pourtant, s'étaient montrés condescendants ou hautains, voire franchement mal élevés, ce que toute l'équipe était censée supporter sans rien perdre de sa sérénité.

— N'oubliez jamais qu'il existe une différence subtile mais indiscutable entre l'impolitesse et l'agressivité, leur avait expliqué le directeur durant son discours de bienvenue. Les Néo-Zélandais, y compris ceux qui sont au service de personnalités importantes, ont un sens aigu de leur dignité. Ne tolérez donc aucune forme de harcèlement, quel qu'en soit l'auteur !

Avec un léger sourire, Melissa se souvint de sa mère. Sans rien dissimuler à ses enfants du prestige lié au nom célèbre des Considine, qui avaient occupé durant plus de mille ans le trône d'Illyria, elle avait exigé d'eux une courtoisie sans faille. Si ce prestigieux client lui faisait remarquer qu'elle avait cinq minutes de retard, il faudrait bien qu'elle lui présente ses excuses dans les formes. Elle s'arrêta un instant devant la lourde porte avant de frapper.

— Entrez, répondit une voix masculine.

En l'entendant, la jeune femme se figea soudain. Elle connaissait cette voix…

— Entrez, répéta-t-on avec une pointe d'impatience.

La gorge sèche, Melissa avala nerveusement sa salive tout en introduisant la clé dans la serrure. Les yeux baissés sur le chariot, elle pénétra dans la pièce avant de s'arrêter sur le seuil, le cœur battant.

Devant la fenêtre, une haute silhouette immobile se découpait à contre-jour sur le paysage. Sans s'intéresser le moins du monde aux montagnes et au lac que le crépuscule naissant commençait à ombrer de gris et de bleu, l'homme semblait consulter une liasse de papiers.

Hawke Kennedy… Elle l'aurait reconnu n'importe où, songea Melissa en luttant contre l'étrange fièvre qui s'emparait d'elle.

D'un geste vif, il rassembla les documents et les rangea dans un dossier qu'il posa sur une table avant de jeter un coup d'œil à la jeune femme.

Même si ses traits arrogants et dominateurs restèrent impassibles, une lueur s'éveilla dans son regard d'une étonnante froideur au moment où il la reconnut, et elle en fut secrètement heureuse.

— Votre dîner, monsieur.

— Tiens, tiens… Melissa Considine. Ou plutôt, depuis deux semaines, la princesse Melissa d'Illyria, la sœur du grand-duc d'Illyria. Que faites-vous donc ici, aux antipodes de votre pays, derrière ce chariot ?

— Un stage, répliqua-t-elle, furieuse de sentir ses joues s'empourprer.

Comment pouvait-il déjà savoir que son frère aîné, Gabe, venait de voir ses droits au titre confirmés par le prince régnant ? L'Illyria n'était qu'une petite principauté de la côte méditerranéenne et cette cérémonie, purement privée, ne concernait guère que les Illyriens.

— Un stage…, répéta-t-il avec une inflexion sarcastique. Serveuse dans un hôtel. Qu'en dit votre frère ?

— Il se trouve que je prépare une maîtrise de gestion qui exige une certaine pratique, rétorqua-t-elle, outrée par sa question. D'ailleurs, se frotter un peu à la réalité ne peut faire de mal à personne.

Comme si Hawke Kennedy avait parfaitement saisi la critique sous-jacente, une ombre de contrariété passa sur son visage. Les hautes pommettes que Melissa avait héritées d'une antique princesse slave rosirent de nouveau quand elle se rappela toute la considération due en ce lieu aux hôtes de marque.

— Habituellement, se hâta-t-elle d'ajouter, je ne participe pas au service. Mais aujourd'hui, j'ai dû remplacer une employée malade.

— Je vois, dit-il en mettant la main à sa poche.

— En Nouvelle-Zélande, monsieur, le pourboire n'est pas d'usage, commença-t-elle avant de se souvenir qu'il était lui-même néo-zélandais.

Sans doute n'avait-il esquissé ce geste que pour l'humilier, délibérément. Mais non. Il la connaissait à peine. Il avait sûrement voulu prendre son mouchoir.

— Je vous remercie, Melissa, ou devrais-je plutôt dire Votre Altesse, puisque vous êtes très officiellement princesse d'Illyria.

— Ce titre ne m'a été attribué que pour la forme, parce que j'étais la sœur de Gabe. Ianthe, la femme de notre cousin Alex, est la seule princesse d'Illyria en titre. D'ailleurs je préférerais qu'ici, personne ne soit au courant de mes origines, ajouta-t-elle après un instant d'hésitation.

— Puisque vous le souhaitez, répondit-il en haussant les épaules, je n'en soufflerai mot. Mais les Néo-Zélandais adorent les monarques étrangers. Et après tout, votre princesse, Ianthe, est originaire de notre pays. Mais comment se fait-il que vous, qui êtes issue d'une famille royale alliée aux plus grands noms d'Europe, ayez choisi de venir faire un stage en Nouvelle-Zélande, dans cet hôtel de Shipwreck Bay ?

— Bien d'autres princesses doivent travailler pour vivre.

— Pas celles, en tout cas, qui ont deux frères aussi riches et influents que les vôtres, déclara-t-il en la fixant de ses yeux verts inquisiteurs. Pourquoi ne vous contentez-vous pas de profiter de tout ce que peuvent vous procurer votre argent et vos privilèges ?

Il y avait tant de cynisme dans sa voix que Melissa faillit en perdre son sang-froid. Elle connaissait l'histoire de Hawke Kennedy : il avait quitté l'école le plus tôt possible et travaillé durant deux ans dans le bâtiment, avant de faire fortune dans le Pacifique, comme promoteur immobilier. Puis il avait élargi son champ d'action pour conquérir le monde. Si elle lui répondait qu'une vie sans autre but que le plaisir lui paraissait sans intérêt, il la taxerait d'arrogance.

— J'avais trop peur de m'ennuyer, répondit-elle en haussant les épaules.

— Excellente raison. Mais pourquoi avoir choisi l'hôtellerie au lieu d'une carrière mieux adaptée à votre position sociale et qui vous aurait laissé le temps de recevoir, de voyager ?

— Jusqu'au mois dernier, je n'avais aucune position sociale, rétorqua-t-elle sèchement. Certes, mon grand-père a bien été grand-duc d'Illyria, mais il a été tué alors qu'il combattait l'usurpateur aux côtés du prince régnant. A peine ce dictateur avait-il pris le pouvoir qu'il s'est empressé d'abolir tous les titres nobiliaires et de priver de leurs droits civiques ceux qui avaient dû émigrer. Les Etats-Unis ont accordé à mon père le statut de réfugié et il y a passé toute sa vie sous le nom de M. Considine. Moi-même, je suis née Melissa Considine et je le suis restée.

En dépit de son ton sans réplique, Hawke ne renonça pas à discuter.

— Pourtant, vos frères sont aujourd'hui de nouveau citoyens d'Illyria. Gabe est grand-duc, et troisième dans l'ordre de succession, après le prince Alex et son jeune fils.

— Une fois couronné, Alex nous a tous persuadés de redevenir ses concitoyens. Il a même convaincu Gabe d'accepter le titre de grand-duc. Marco est ainsi devenu prince et moi princesse. Mais cela n'a de sens que pour les Illyriens.

— Je ne doute pas que vous vous acquittiez fort bien de cette charge, lança-t-il avec une lueur étrange dans le regard.

Curieusement, ce compliment irrita la jeune femme qui comprit soudain qu'elle attendait de lui tout autre chose qu'une approbation de pure forme.

— Cela n'a rien changé à ce que je suis, rétorqua-t-elle.

— Dans ce cas, pouvez-vous m'expliquer pourquoi la sœur de deux hommes d'affaires de renommée mondiale s'apprête à se lancer dans l'hôtellerie ?

Malgré ses réticences, Melissa devait admettre qu'elle attachait assez de prix au jugement de Hawke Kennedy pour lui dire la vérité.

— Tout comme Alex et mes frères, je voudrais aider l'Illyria à retrouver la prospérité et la paix. Le tourisme nous apportera des devises, alors qu'une industrialisation menée sans précaution risque de nuire à la spécificité de notre pays.

— Vous voulez créer des hôtels de luxe dans vos montagnes ?

— Exactement, répondit-elle, gênée et heureuse à la fois qu'il l'ait si rapidement comprise.

— C'est une bonne idée. Et bien sûr, avec vos frères pour vous appuyer, le succès est assuré.

Avec le temps, Melissa avait appris à dissimuler sa timidité naturelle, mais bizarrement, il avait suffi que Hawke Kennedy pose les yeux sur elle pour qu'elle sente se craqueler ce vernis de feinte assurance. Pourtant, elle ne le laisserait pas insinuer qu'elle était incapable de mener ses projets en toute indépendance.

— Dites plutôt avec un peu de chance et un travail acharné, corrigea-t-elle. Désirez-vous autre chose ?

— Pas pour le moment, répondit-il avec dans la voix une note amusée qui fit perdre totalement contenance à la jeune femme.

— Bon appétit, répondit-elle avant de disparaître dans le couloir en toute hâte.

En approchant des cuisines, Melissa ralentit le pas et s'arrêta pour reprendre ses esprits devant une vaste baie qui donnait sur le lac. Les yeux fixés sur les montagnes qui fermaient l'horizon, elle respira longuement, songeant à cette incroyable rencontre.

Cela faisait plusieurs années qu'elle connaissait Hawke, qui avait été très lié à Gabe, son frère aîné, même si désormais ils ne se voyaient plus guère. Elle avait toujours été sensible à son allure d'aventurier et à son indiscutable prestance, bien qu'elle eût préféré d'instinct garder ses distances. Car dès qu'elle avait croisé le regard dominateur de ses yeux verts, elle avait su qu'elle ne ferait pas le poids.

Toutefois, à son égard, il s'était toujours comporté en grand frère, si bien que devant lui, elle se sentait très jeune et totalement dépourvue de séduction. Tout le contraire de Jacoba Sinclair, le célèbre top-modèle qui partageait la vie de Hawke Kennedy, sans paraître se soucier des aventures qu'il pouvait avoir avec d'autres femmes.

Un an plus tôt, au mariage d'un de ses cousins français avec une jeune femme appelée Marie-Claire, il avait invité Melissa à danser et elle avait accepté, malgré la gêne qu'elle avait ressentie. Quelques mois auparavant, à en croire la presse spécialisée, il avait brisé le cœur d'une jeune actrice qu'il avait cyniquement abandonnée après une brève liaison avant de revenir à son intermittente maîtresse. La malheureuse comédienne avait alors tenté de se suicider et, pendant quelques semaines, son visage avait fait la une des journaux à scandales. Mais comme Hawke s'était tu, l'affaire était retombée d'elle-même, laissant dans le cœur de Melissa un parfum d'amertume.

Elle avait horreur des don Juan.

Ce qui ne l'avait pas empêchée de frissonner en sentant les bras de Hawke se refermer sur elle, tandis qu'il l'entraînait sur la piste. A ses remarques pleines de cynisme, elle avait répondu avec froideur, tout en évitant de croiser son regard vert et pénétrant. Naturellement, c'était un merveilleux danseur qui la tenait d'assez près pour qu'elle frôle son corps mince et musclé, sans toutefois la serrer contre lui d'une manière indécente…

Et cinq minutes plus tôt, dans la suite royale, voilà qu'elle s'était de nouveau sentie en proie à cette même fascination. Car cet air sur lequel ils avaient dansé dans la chaude nuit provençale, il n'avait cessé depuis de lui trotter dans la tête. Les paumes pressées contre ses paupières, elle tenta de chasser le souvenir de la salle de bal éclairée aux chandelles et du lourd parfum des roses, si sensuel. Quand elle rouvrit les yeux, elle jeta un regard irrité à la masse sombre des montagnes qui surplombait le lac et que parcouraient les lumières mouvantes des dameurs de pistes.

Il fallait tout de même reconnaître qu'il était superbe, songea-t-elle malgré elle. Et nettement plus grand qu'elle, ce qui n'était pas si fréquent.

Superbe… Etait-ce vraiment le terme qui convenait à Hawke Kennedy ? Certes, il était agréable à regarder, bien trop, même, mais de ses traits nettement dessinés émanaient davantage de force et de caractère que de beauté à proprement parler. Un homme dont il valait mieux ne pas se faire un ennemi.

En dépit de tout ce qui les séparait, pensa-t-elle en se prenant à fredonner cette valse romantique, elle s'était sentie, ce soir-là, légère et séduisante pour la première fois de sa vie, comme grisée par du champagne. Dans son vertige, elle avait été ravie qu'il garde le silence, sans détacher d'elle son regard d'un vert minéral et pailleté d'or.

Malgré l'année qui s'était écoulée, elle gardait encore vivantes en son cœur toutes les impressions, toutes les sensations éprouvées au cours de cette nuit. Même si, à peine la danse finie, Hawke l'avait remerciée sur un ton un peu trop cérémonieux pour ne pas être ironique, avant de la ramener vers son groupe d'amis. Lorsque la musique avait repris, il s'était éclipsé pour aller inviter une pulpeuse divorcée américaine. En la croisant de nouveau, il lui avait adressé un froid regard de prédateur, totalement insensible. En proie à une brève bouffée de jalousie, Melissa avait détourné la tête. Depuis, il n'avait cessé de hanter régulièrement ses rêves.

Ce qui montrait bien à quel point elle pouvait être stupide.

Soudain, Melissa prit conscience de l'obscurité qui enveloppait maintenant les montagnes. Les eaux du lac reflétaient les derniers rayons du soleil tandis qu'une pâle lueur laissait deviner le lever imminent de la lune derrière les cimes. Une nuit parfaite pour des amants, songea-t-elle, le cœur étrangement serré. Elle avait beau être vierge, si Hawke Kennedy l'avait embrassée en cet instant, elle n'aurait plus répondu de rien. Et pourtant, elle n'éprouvait que méfiance vis-à-vis des hommes de ce genre qui, d'ailleurs, n'étaient attirés que par des séductrices semblables à eux : Jacoba Sinclair, par exemple, une rousse rayonnante, ou cette petite actrice… Lucy ? Oui, Lucy St-James… Mieux valait retourner travailler, se dit-elle en pénétrant dans la cuisine bruyante où le fracas des plats et l'intense activité eurent bien du mal à chasser de son esprit ces souvenirs inopportuns.

Lorsqu'elle regagna enfin sa chambre et son lit, elle resta longtemps immobile dans l'obscurité avant de se résoudre à rallumer pour reprendre son livre. Mais sous ses yeux, les mots semblaient danser une sarabande insensée. A la fin, elle préféra renoncer et éteignit de nouveau, mais dut attendre longtemps avant de trouver enfin le sommeil.

— Melissa, tu viens déjeuner ?

On frappait à sa porte.

— J'arrive dans dix minutes, lança-t-elle après avoir jeté au réveil un regard horrifié.

Elle se leva et se prépara à la hâte. Elle n'avait pas encore rattrapé le temps perdu quand le directeur la convoqua dans son bureau.

— Entrez, dit-il en fronçant légèrement les sourcils. Asseyez-vous, Melissa.

Quelle faute avait-elle bien pu commettre ? se demanda-t-elle tout en tentant de rester parfaitement sereine.

— Je crois que vous connaissez Hawke Kennedy ? déclara-t-il abruptement.

— Bien que je l'aie déjà rencontré, je ne dirais pas que je le connais vraiment, répondit-elle en faisant un effort désespéré pour ne pas rougir.

— Naturellement, je ne vois aucun inconvénient à ce que vous dîniez avec lui. Comme Lynne semble être guérie de son rhume, il n'est plus indispensable que vous la remplaciez.

Dîner avec Hawke Kennedy ? Melissa eut du mal à dissimuler sa surprise.

— Très bien. Dans ce cas, je vais retourner travailler, déclara-t-elle avec une feinte indifférence.

— A propos, reprit le directeur au moment où elle allait se

lever, je viens juste de terminer la lecture de votre rapport sur les grottes aux vers luisants. Effectivement, elles offrent des possibilités que nous avons négligées jusqu'ici. Personnellement, je ne vois pas trop le plaisir qu'on peut trouver à explorer ces cavernes humides et sombres, mais…

— Le goût de l'aventure. Sans oublier que ce sont des merveilles. D'ailleurs, nos clients seraient sûrement ravis qu'on leur propose une croisière sur le lac incluant la visite des grottes et un dîner à bord. Les nuits de pleine lune, ce serait magnifique.

— Pourquoi pas ? dit-il en souriant. Vous n'avez qu'à rédiger un projet. Mais prenez garde à ne pas nous entraîner dans de folles dépenses.

Au ton de sa voix, elle comprit que pour le directeur, elle faisait désormais partie du même monde que le richissime Hawke Kennedy.

Lorsqu'elle ouvrit la porte de la minuscule pièce qui lui tenait lieu de bureau, le téléphone sonnait.

— Melissa, dit-elle en saisissant l'appareil.

— Hawke.

Elle sentit son cœur battre la chamade.

— Bonsoir.

— Accepteriez-vous de dîner avec moi ce soir ?

Un geste de simple politesse sans aucun doute, auquel il se croyait obligé vis-à-vis de la sœur d'un ami. Le premier mouvement de la jeune femme fut de refuser, mais mieux valait éviter de contrarier un client.

— On m'a déjà annoncé que vous m'aviez invitée, répondit-elle sur le ton le plus détaché.

— J'espère ne pas vous avoir choquée si je me suis d'abord renseigné auprès du directeur pour éviter de perturber le service.

— Je serai ravie d'accepter, répondit-elle à contrecœur.

— Dans ce cas, disons à 20 heures, proposa-t-il sur le même ton que s'il s'agissait d'un rendez-vous d'affaires.

— Avec grand plaisir, répliqua-t-elle un peu sèchement.

— Je m'en voudrais de vous faire perdre votre temps, conclut-il avant de la saluer et de raccrocher.

Melissa reposa lentement le combiné. Jusque-là, elle se plaisait bien à Shipwreck Bay où chacun la connaissait comme Melissa Considine, tout simplement. Elle avait beau adorer ses frères, être la sœur de deux hommes aussi célèbres n'avait rien d'une sinécure. Lorsqu'ils apprenaient qui elle était, les gens s'attendaient à voir apparaître une sorte de déesse et semblaient déconcertés lorsqu'ils découvraient une jeune femme, grande, aux cheveux châtains et aux yeux marron clair. Elle n'avait même pas hérité des célèbres yeux bleus des Considine. Pas plus qu'elle n'avait été dotée de la mystérieuse aura qui émanait d'eux, tout comme, d'ailleurs, de Hawke Kennedy : un mélange impressionnant d'autorité et de confiance en soi, comme s'il n'existait au monde rien ni personne capable de leur résister.

Enfin... Qu'allait-elle bien pouvoir mettre pour ce dîner ?

Un an plus tôt, elle avait prié la fiancée de Gabe, Sara, une jeune femme très gentille et toujours élégamment vêtue, de lui prodiguer quelques conseils. Hélas, les fiançailles s'étaient rompues dans un fracas de publicité, laissant son frère très malheureux sous un masque d'indifférence. Depuis, elle n'avait plus revu Sara.

Puisqu'il s'agissait d'un dîner de travail, en quelque sorte, pourquoi pas la petite robe noire qu'elle avait achetée à Paris ?

Durant toute cette interminable journée, il lui fut bien difficile de se concentrer sur ses diverses tâches. A plusieurs reprises, elle se retrouva malgré elle en train d'imaginer les événements de la soirée, le rouge aux joues, consternée par sa propre stupidité.

« Cette robe noire a de l'allure, mais elle me pâlit affreusement », se dit Melissa en jetant au miroir un coup d'œil insatisfait. En général, pour y remédier, elle abusait du blush qui lui faisait deux taches roses de poupée sur les pommettes.

Pourquoi ne s'en était-elle jamais rendu compte auparavant ?

Parce qu'elle s'en moquait. Sa mère, une adorable Française, toute menue, distinguée et superbement vêtue, s'était contentée de l'encourager à dissimuler sa haute taille en restant à l'arrière-plan. Jusqu'à ce soir, jamais Melissa n'avait désiré impressionner un homme au point de se soucier de sa tenue ou de son pouvoir de séduction. Ecœurée de se sentir si concernée par l'opinion de Hawke, elle ôta la robe noire et se démaquilla à la hâte.

Après avoir exploré sa garde-robe, elle se résigna à choisir un haut de soie vert bronze au décolleté en V incrusté de paillettes et un jean de velours dans le même ton, qui lui avaient été offerts par Sara et qu'elle n'avait encore jamais portés. Comme on l'avait avertie que les Néo-Zélandais n'appréciaient guère les tenues habillées, elle les avait emportés à tout hasard.

A peine avait-elle enfilé le jean qu'elle jeta à ses pieds un regard désespéré : elle ne possédait qu'une paire de chaussures qui puissent convenir, des boots noires à hauts talons. Sa mère aurait certainement trouvé cet ensemble vulgaire et lui aurait fait remarquer qu'il la faisait paraître plus grande encore. Enfin, peu importait. L'essentiel était d'avoir l'air un peu plus vivante.

Les sourcils froncés, elle examina son visage dans la glace. Pas de fond de teint, puisqu'elle avait la chance d'avoir une peau unie. Une trace de gloss rose cuivré suffirait.

Les yeux maintenant. D'un air sceptique, elle fixa la palette d'ombres à paupières. Habituellement, elle préférait le vert, mais pour ce soir, pourquoi pas un brun doré ?

— Ça devrait aller, murmura-t-elle en scrutant le miroir après avoir appliqué le fard d'une main qui tremblait un peu.

Cette couleur soulignait ses yeux en amande et faisait ressortir dans ses iris des paillettes dorées qu'elle n'y avait jamais remarquées encore. Quant à ses lèvres, elles brillaient maintenant d'un éclat légèrement… provocant.

Mais Hawke n'allait-il pas lui jeter un coup d'œil cynique et deviner tous ses efforts pour paraître à son avantage ? Elle crut entendre l'écho de la voix de sa mère : « Cette couleur est trop vive, Melissa. Elle te donne une allure vulgaire. Quand on a cette stature, il faut s'en tenir à des coupes et des tons classiques et jouer sur la subtilité, sans rien de voyant. » Même si sa mère s'abstenait généralement de critiquer son physique, sur ce point particulier, Melissa était loin de répondre à ses attentes et elle le savait.

Serrant les mâchoires, elle brossa ses cheveux avant de les attacher strictement sur la nuque. Cette coiffure suffirait à prouver à Hawke qu'elle ne cherchait pas à le séduire.

— Désolée, maman, murmura-t-elle, convaincue qu'une fois de plus, elle ne serait pas à la hauteur.

Arrivée à la porte, elle faillit faire demi-tour. Elle ne pouvait pas sortir dans cette tenue. Cela ne lui prendrait pas plus de dix minutes pour se déshabiller et sauter de nouveau dans sa petite robe noire. Mais non, il était définitivement trop tard, se dit-elle après un regard à sa montre.

En tout cas, pas question de traverser tout l'hôtel pour gagner par l'intérieur la suite royale. Elle se glissa dehors par l'entrée de service et emprunta le sentier qui longeait le lac, en espérant que la sérénité du paysage réussirait à calmer les battements désordonnés de son cœur.

2

De sa fenêtre, Hawke observait Melissa, svelte et élancée comme une jeune déesse, tandis qu'elle marchait à grands pas assurés qui mettaient en valeur les courbes gracieuses de sa poitrine et de ses hanches. Le crépuscule nimbait d'un halo doré sa chevelure blond vénitien qui dégageait les volumes harmonieux de son visage. Une déesse assez sévère, songea-t-il. Plutôt Minerve que Vénus. Mais après tout, il avait toujours été plus attiré par l'intelligence et l'équilibre que par une sensualité trop affichée.

Lorsqu'il l'avait rencontrée pour la première fois, quatre ans plus tôt, il avait cru qu'il ne se passerait rien entre eux : d'abord, il était l'ami de son frère Gabe, et puis, elle dégageait une impression charmante de simplicité et d'innocence qui laissait présager un manque total d'expérience. Tout l'opposé des femmes qui l'attiraient habituellement.

Mais peut-être cachait-elle simplement très bien son jeu, se dit-il en observant le subtil balancement de ses hanches. Il aurait très bien pu en apprendre davantage sur elle en contactant le responsable de la sécurité, mais pour une obscure raison, il s'était abstenu de le faire, tout en rassemblant quelques renseignements la concernant : son père était décédé quand elle avait neuf ans et sa mère, une aristocrate française, cinq ans plus tard. Elle avait été élevée dans des pensions très huppées, d'abord en Angleterre, puis en Suisse. Après avoir brillamment obtenu une licence de marketing, elle préparait une maîtrise dans une prestigieuse université américaine. Un esprit brillant.

En la voyant se baisser pour ramasser quelque chose puis se redresser dans un mouvement qui mit en valeur la courbe magnifique de ses seins sous sa veste, Hawke sentit une onde brûlante parcourir ses reins. Il avait envie de cette femme.

Attention ! Elle avait à peine vingt-trois ans, dix de moins que lui. Une enfant gâtée qu'il aurait mieux fait de ne pas inviter à dîner. Récemment, une actrice débutante s'était amourachée de lui au premier rendez-vous sans qu'il l'encourage le moins du monde, avant de plonger dans le désespoir lorsqu'il l'avait quittée, aussi courtoisement qu'il avait pu.

Si jeune fût-elle, Lucy St-James ne s'en était pas moins répandue dans la presse pour pleurer sur une passion qu'il n'avait pourtant jamais simulée. Il préférait des maîtresses plus expérimentées et trop sophistiquées pour exiger de lui davantage que quelques bons moments, avant de se séparer sans larmes ni regrets.

Jusque-là, il avait toujours considéré Melissa comme la sœur de Gabe, une fille très grande, gracieuse et réservée, voilà tout. Mais n'était-il pas en train de se mentir à lui-même ? se demanda-t-il en se rappelant cette valse, un an plus tôt.

Il n'avait pas oublié ses grands yeux dorés, ses lèvres sensuelles, sa peau claire comme un pétale de magnolia. Jamais il n'avait dansé avec une femme qui se contentait de suivre ainsi son pas en silence. Lui non plus, il n'avait pas prononcé un mot, craignant de rompre l'enchantement de cette nuit. Il s'était contenté de la tenir dans ses bras et de contempler, comme dans un rêve, son visage grave et enfantin et sa bouche si tendre… Etrange expérience qui l'avait trop perturbé pour qu'il s'approche de nouveau d'elle, cette nuit-là. Mais durant tout le bal, il ne l'avait guère quittée des yeux…

Comme elle approchait, Hawke sortit à sa rencontre sur la terrasse de la suite. Melissa s'arrêta un instant, hésitante, avant de se diriger vers lui. Il eut du mal à reconnaître en cette jeune femme souriante, irradiant de grâce et de beauté, l'étudiante sans apprêt de la veille.

— Bonsoir, Melissa, dit-il en tentant de dissimuler son trouble. Je suis très heureux que vous ayez accepté mon invitation.

— Bonsoir, répondit-elle dans un souffle.

— Puis-je vous débarrasser de votre veste ? Il fait un peu chaud, ici.

— Oui… merci, dit Melissa en regrettant soudain d'avoir choisi ce haut de soie trop mince à l'encolure voyante.

De toute façon, elle ne pourrait pas garder sa veste toute la soirée. Hawke ne semblait d'ailleurs guère s'intéresser à ce qu'elle portait, songea-t-elle après avoir jeté un coup d'œil discret à son visage indifférent.

En la débarrassant de son vêtement, il lui effleura les épaules, éveillant en elle un émoi qui lui fit perdre instantanément ses moyens. Le monde semblait s'être figé dans une fragile bulle de silence, tandis que dans sa poitrine, son cœur battait à se rompre. Elle crut sentir les mains de Hawke s'attarder une fraction de seconde et vacilla imperceptiblement avant de se ressaisir. Elle ne pouvait se laisser emporter par son imagination comme une gamine de quinze ans courant à son premier rendez-vous.

Tandis qu'il déposait sa veste sur une chaise, Melissa recula et, pour retrouver ses esprits, observa la table dressée d'un œil professionnel. Sur la nappe damassée, éclatante de blancheur, était posé un bouquet de roses thé. A la lueur des bougies, le cristal des verres resplendissait et l'argenterie luisait doucement, reflétant les flammes.

— J'espère que vous vous plaisez ici, articula-t-elle laborieusement.

Elle avait beau vouloir s'en tenir résolument à des banalités, elle devinait que Hawke Kennedy n'était pas homme à faire grand cas des conventions.

— Beaucoup.

— Je suppose que vous avez pratiqué l'héli-ski aujourd'hui ? dit-elle en se risquant à lever les yeux.

— Oui. J'ai passé une journée très agréable, dit-il sur un ton qui la fit rougir instantanément.

A en croire le guide qui l'avait accompagné dans sa descente, Hawke skiait comme un dieu. « Un véritable professionnel, avait confié Bart à Melissa. Et sympathique, avec ça, bien qu'il ait du mal à supporter la goujaterie. Vous auriez dû l'entendre quand un gamin en snowboard a voulu lui forcer le passage sur une piste. Il n'a même pas eu besoin d'élever la voix pour le faire déguerpir. Je suis certain que désormais, ce gosse fera un effort pour mieux se tenir. »

Hawke prit un plateau et se dirigea nonchalamment vers la desserte avec une sorte de grâce tranquille. Une bouffée de désir envahit la jeune femme qui l'observait du coin de l'œil. Redoutant de perdre contenance, elle se mit à parler d'une voix qu'elle aurait voulue indifférente, mais qui lui parut soudain très rauque.

— Vous avez de la chance d'avoir trouvé de la neige bien que le printemps soit déjà là. D'après la météo, ce sera sûrement la dernière chute de la saison.

— Ils doivent avoir raison. J'ai commandé du champagne. Mais peut-être préférez-vous autre chose ?

— Non, merci.

Grisée par la simple présence de Hawke, elle le regarda ouvrir adroitement la bouteille et remplir deux flûtes.

— A nos rencontres, dit-il après lui en avoir tendu une avec un sourire où Melissa crut lire une pointe de provocation.

Il fallait absolument qu'elle mette fin à ces fantasmes : cet homme n'était pas en train de flirter. A moins qu'il ne le fasse systématiquement, y compris avec les vieilles dames.

— A nos rencontres, lança-t-elle à son tour, étonnée de s'entendre relever le défi.

— Venez vous asseoir, répondit-il en lui offrant un siège lorsqu'ils eurent tous deux bu leur première gorgée de champagne. Et racontez-moi ce que vous faites ici.

Une fois qu'ils se furent installés de part et d'autre de la cheminée, il pencha vers elle son visage dont la lumière des flammes dansantes adoucissait les traits.

Avec un enthousiasme très juvénile, mais tempéré d'humour, Melissa lui raconta son expérience dans le palace. Une demi-heure plus tard, elle se sentait parfaitement à l'aise, l'esprit aiguisé par l'intelligence et la vaste culture de son compagnon. Des coups frappés à la porte vinrent interrompre cette conversation.

— Ce doit être le dîner, dit Hawke en se levant.

Tout en constatant non sans surprise qu'elle avait presque terminé son verre, ce qui expliquait sans doute le léger vertige qu'elle ressentait, Melissa prêta une oreille distraite aux propos qu'échangeait Hawke avec le serveur. Elle le trouvait terriblement séduisant, il lui fallait bien l'avouer. Une attirance purement physique, sans doute, mais d'une force qui la plongeait dans un total désarroi, car elle ne savait de lui que ce qu'elle avait lu dans les journaux : un homme d'affaires brillant et sans états d'âme, doublé d'un amateur de jolies femmes qui n'hésitait pas à briser les cœurs trop tendres.

Or, s'il existait chez certains hommes un trait de caractère qu'elle ne supportait pas, c'était bien cette soumission totale à un désir purement charnel. Toutefois, la séduction de Hawke ne reposait pas seulement sur un physique avantageux. Il y avait autre chose, se dit-elle en entendant la porte se refermer et en s'apercevant que, tandis qu'ils parlaient, la nuit était complètement tombée.

— Je vais tirer les rideaux, murmura-t-il juste derrière elle.

— C'est inutile, répondit-elle en se levant. Il suffit d'appuyer sur ce bouton pour qu'ils se ferment automatiquement.

Le lac et les montagnes disparurent et l'ambiance de la pièce se modifia : elle était devenue plus confinée, presque trop intime. Melissa se figea, regrettant une fois de plus de perdre si facilement contenance, tout en sentant vibrer en elle une excitation qu'elle n'avait jamais connue. Comme si la demi-heure qui venait de s'écouler l'avait totalement transformée.

Non sans dérision, elle se souvint de son coup de cœur d'adolescente pour un chanteur pop français. Pour son anniversaire, son frère Marco avait organisé une rencontre qui l'avait instantanément dégrisée : le prétendu artiste, qui mesurait quinze bons centimètres de moins qu'elle, lui avait jeté un regard condescendant parce qu'elle était trop impressionnée pour articuler le moindre mot. Elle avait alors compris qu'il était venu seulement pour se concilier Marco, l'actionnaire principal de la major musicale où il avait signé un contrat. Un peu plus tard, la jeune fille l'avait surpris au moment où il la décrivait à un de ses amis : « C'est une grande bringue sans aucune allure. Enfin, il faut bien se montrer poli avec les riches. »

Même si aujourd'hui elle était capable d'en sourire, sur le moment, elle avait été piquée au vif.

Sans doute, avec Hawke, s'agissait-il d'un emballement du même ordre. Sachant à quel point elle manquait de maturité, elle aurait même dû s'y attendre. Alors que la plupart de ses amies enchaînaient déjà les liaisons, elle n'avait, pour sa part, jamais franchi le pas. Sa mère l'avait d'ailleurs si souvent mise en garde contre les coureurs de dot qu'elle s'était bien juré de ne pas tomber dans leurs pièges.

— Si nous passions à table ? proposa Hawke en la faisant asseoir, avant de lui servir un délicieux potage aux petits pois.

— Le chef sera très fier que vous ayez choisi cette spécialité qui, en général, ne plaît guère aux Néo-Zélandais.

— J'adore les plats consistants, surtout après une journée entière de ski.

Le sourire que lui adressa la jeune femme fit littéralement fondre Hawke. Aucun homme n'aurait pu contempler ces lèvres pleines et sensuelles sans se sentir immédiatement envahi par un invincible désir. Mais sans doute avait-elle remarqué son trouble car elle reprit avec le plus grand sérieux :

— Comme la plupart de nos clients pratiquent le ski ou la pêche en rivière, nous nous devons de leur fournir des repas roboratifs. Mais il faut également tenir compte de leurs épouses qui, elles, passent la journée au spa, remarqua-t-elle en terminant son assiette de bon appétit.

Même si la soupe s'était révélée aussi délicieuse qu'il s'y attendait, il l'avait avalée sans y prêter vraiment attention, trop occupé à observer sa compagne qui dégustait la sienne avec une gourmandise pleine de délicatesse. Peut-être faisait-elle preuve, en matière de sexe, du même appétit ?

Elle avait cependant un air… virginal, songea-t-il avec un

frisson de désir. Il est vrai que ses deux frères étaient de taille à décourager les soupirants trop insistants. L'année dernière, quand les fiançailles rompues de Gabe Considine avaient fait la une de tous les tabloïds, même ceux-ci s'étaient abstenus d'évoquer Melissa.

Pas d'amants, donc.

Il fut surpris de se sentir si satisfait à cette idée. La veille, il avait pourtant très nettement ressenti l'aura de sensualité cachée — insoupçonnée, peut-être — qui émanait d'elle et envié celui qui aurait la chance de révéler cette femme à elle-même.

— Vous pensez rester encore quelque temps ici ? s'enquit-il.

— Jusqu'à la fin de la semaine prochaine.

— Exactement comme moi.

Le cœur de Melissa bondit dans sa poitrine. Venait-il de prendre à l'instant même cette décision ? Même si l'attention qu'il lui manifestait faisait sûrement partie de sa technique de séduction, elle ne pouvait s'empêcher de se sentir grisée et de s'épanouir comme une fleur sous son regard. Bien qu'elle ait fait très peu honneur au magnifique riesling qu'il avait commandé pour accompagner le plat principal, une terrine de poisson agréablement épicée, elle avait du mal à maîtriser l'excitation qui embrasait son corps tout entier.

— Dites-moi où vous aimeriez vous trouver dans cinq ans, dit Hawke en s'adossant à sa chaise pour mieux contempler la jeune femme.

— Je serais ravie de travailler dans un complexe hôtelier pour tenter d'y acquérir l'expérience nécessaire à la réussite du programme touristique de Gabe.

— Il faut viser haut. A ce moment-là, vous devriez occuper un poste de direction. A moins que vous n'ayez déjà fondé votre propre entreprise en Illyria. Et vos frères, qu'en pensent-ils ?

— Même si je suis à l'origine de ce projet, je crains qu'ils ne me jugent pas vraiment capable de le faire aboutir, répondit-elle après une brève hésitation.

Elle y arriverait pourtant, à coup sûr, songea Hawke en observant le dessin volontaire de sa mâchoire.

— Auriez-vous envisagé de choisir ce genre de travail, s'il ne vous avait pas semblé indispensable au développement de votre pays ?

— Je n'en sais rien. Nous avons été élevés dans l'idée qu'il était de notre devoir de servir la principauté, dans la mesure de nos moyens. Mon père ne s'est jamais pardonné de s'être trouvé à l'étranger au moment du coup d'Etat… Toute sa vie, il a fait le maximum pour aider son pays et son peuple.

Jusqu'à épouser une riche héritière mi-française, mi-américaine, se dit Hawke, non sans cynisme. Capable de lui assurer le train de vie auquel il était habitué. Une union qui ne s'était pas révélée idéale, loin de là, puisque la mère de Melissa s'était autorisé une kyrielle d'amants, sans qu'aucune rumeur de divorce ait pourtant jamais couru. De tels parents, qui s'étaient accommodés avec pragmatisme de l'échec de leur mariage grâce à de discrètes liaisons extraconjugales, avaient-ils inculqué à leur fille la même conception de la vie ?

Levant les yeux, Melissa s'aperçut en rougissant que Hawke la dévisageait.

— Vous avez grandi dans cette région de Nouvelle-Zélande ? s'enquit-elle en tentant de reproduire le comportement mondain que sa mère aurait adopté en pareille circonstance.

— Non. Au nord d'Auckland.

Avec une détermination qu'elle était loin de ressentir, elle lui posa quelques questions sur sa province natale et se détendit lentement au fur et à mesure que leur dialogue reprenait un tour plus banal. Au fil de la soirée, la tension décrut peu à peu, sans toutefois s'effacer complètement. Elle se sentait subjuguée par l'intelligence pénétrante de Hawke et par le charme de sa conversation, qui parvenaient presque à lui faire oublier son étrange et irrésistible pouvoir de séduction.

Elle préféra pourtant s'éclipser le plus tôt possible.

— J'ai passé une très agréable soirée. Mais maintenant, je dois absolument vous quitter.

Il se leva avec une souple élégance, sans tenter de la retenir.

— Je vais vous raccompagner à votre chambre.

— C'est inutile, protesta-t-elle. La résidence des employés se trouve de l'autre côté de ce bâtiment. Il me suffit de traverser le salon.

— Vraiment ? dit-il en lui adressant un sourire qui accentua encore l'attirance qu'elle éprouvait.

Elle haussa vaguement les épaules, terrorisée à la pensée que sa voix puisse trahir le trouble qui la déstabilisait, quand la sonnerie du téléphone retentit, les faisant sursauter tous les deux.

— Excusez-moi, dit-il. Ce doit être une urgence.

— Je vais vous attendre dehors.

— Mais non, je vous en prie.

Sans lui obéir, elle sortit dans le large couloir qui reliait la suite aux autres chambres et patienta en contemplant l'extraordinaire paysage nocturne. Moins d'une minute plus tard, Hawke la rejoignit, tenant la veste qu'elle avait oubliée chez lui.

— Excusez-moi, lui dit-il en lui jetant un regard impénétrable.

— J'espère qu'il ne s'agit de rien de grave.

— L'avenir nous le dira.

Au lieu de lui tendre sa veste, il la lui présenta pour qu'elle l'enfile. En sentant son visage s'empourprer, Melissa se félicita de la pénombre ambiante, tout en se demandant à combien d'autres femmes ce simple geste de courtoisie avait déjà tourné la tête.

— Vous n'avez pas froid ? Je préférerais passer par l'extérieur.

Pour qu'on ne nous voie pas ensemble, sans doute, murmura sarcastiquement la voix intérieure de Melissa. Pourquoi se faire des idées ? Tout au long de la soirée, il s'était montré parfaitement poli et maintenant, il la raccompagnait jusqu'à sa porte, en homme parfaitement éduqué qu'il était. Voilà tout.

— Je n'ai absolument pas froid.

Ensemble ils s'engagèrent dans l'obscurité de la nuit printanière dont un souffle d'air chaud tempérait la fraîcheur. En levant les yeux, Melissa surprit Hawke en train de scruter la pénombre d'un œil inquisiteur.

— Ici, vous êtes parfaitement en sécurité, protesta-t-elle.

— Je ne suis nulle part en sécurité, répliqua-t-il en la prenant par le bras. Le monde est rempli de prédateurs.

Elle frémit au contact infiniment troublant de cette main, mais aussi parce qu'elle savait qu'il disait vrai. Même si elle n'avait jamais eu à subir la présence constante d'un garde du corps, l'impression d'anonymat qu'elle éprouvait dans ce coin perdu du monde lui avait procuré un véritable soulagement. En silence, ils cheminèrent le long du lac jusqu'au rideau d'arbres qui dissimulait le bâtiment des employés.

— Me voici arrivée chez moi. Merci encore pour cette agréable soirée, dit-elle d'une voix un peu rauque en dépit de la banalité du propos.

Un souffle de brise venu des sommets descendit sur le lac, leur apportant des effluves de forêts lointaines et de pics enneigés. En Illyria, les hommes qui peuplaient les montagnes depuis des millénaires avaient laissé leur empreinte : ils y avaient tracé des sentiers, coupé des arbres, installé des fermes. Ici, au contraire, tout récemment encore, les sommets ne résonnaient que du chant des oiseaux, du souffle du vent et du grondement des torrents.

— Mais vous tremblez, remarqua Hawke en la lâchant un instant pour ôter sa veste.

Avant qu'elle ait compris ce qu'il avait en tête, il la lui avait posée sur les épaules.

— Mais non ! protesta-t-elle en tentant de se libérer du vêtement qui gardait une tiédeur virile infiniment troublante. C'est inutile, je suis presque arrivée.

Des mains puissantes se posèrent sur ses épaules.

— Il faut être plus raisonnable, lui dit-il comme s'il s'adressait à une enfant.

— Mais vous, vous allez prendre froid, protesta-t-elle encore. Et vous êtes un client de l'hôtel.

A la lueur des étoiles qui se reflétaient dans le lac, elle le vit sourire.

— Sous un ciel aussi beau, cela ne compte guère, murmura-t-il en souriant à la jeune femme, comme en écho aux pensées qui lui avaient traversé quelques instants plus tôt l'esprit. Devant ces montagnes, je suis tout simplement un homme. Et vous, une femme.

Figée sur place par l'étonnement, Melissa le vit se pencher vers elle et ne referma les yeux que lorsqu'elle eut la certitude qu'il allait l'embrasser. Sa bouche était chaude et attirante. Incapable de résister, elle retint son souffle tandis que ses lèvres s'entrouvraient doucement, presque malgré elle. Elle resta quelques instants immobile, désemparée par le flot de sensations qui l'envahissait — le poids de la veste de Hawke sur ses épaules, la chaleur de ses lèvres sur les siennes, le subtil aiguillon du désir courant sous sa peau.

Une fraction de seconde, Hawke releva la tête. Mais avant qu'elle ait eu le temps de s'écarter, il la serra plus étroitement, sa bouche cherchant de nouveau avidement celle de Melissa.

Un baiser d'une intensité telle qu'elle se sentit transportée dans un monde jusque-là inconnu, un monde de passion âpre et sauvage dans lequel plus rien ne comptait que cet homme et les sensations brûlantes que ses baisers faisaient naître en elle. Même si elle l'avait voulu, elle n'aurait pu lui résister.

Il finit par lever la tête et appuya son front contre celui de la jeune femme, le souffle court.

— Si nous ne nous arrêtons pas immédiatement, murmura-t-il d'une voix rauque, je crains fort de commettre une terrible erreur.

3

Tout étourdie, Melissa leva les yeux vers le visage de Hawke dont les traits reflétaient un tel désir qu'elle se sentit envahie d'une anxiété inconnue. Pour la première fois de sa vie, elle prenait conscience du pouvoir de sa féminité.

— Princesse, votre charme est irrésistible.

Dans sa bouche, le mot *princesse,* prononcé d'une voix sourde, se chargeait d'un érotisme insoupçonné. Et dans ses bras, Melissa ressentait une dangereuse impression de sécurité. Comme si rien au monde, songea-t-elle rêveusement, ne pouvait désormais l'atteindre.

— Vous frissonnez, poursuivit-il plus froidement quelques instants plus tard. Vous feriez mieux de rentrer.

Elle était pourtant loin d'avoir froid. Lorsqu'il la lâcha, elle se sentit curieusement démunie, comme s'il la privait d'un bien irremplaçable. A regret, elle se força à faire un pas en arrière. Il fallait absolument qu'elle regagne sa chambre. Bientôt, elle pourrait fantasmer tant qu'elle voudrait sur cette soirée, mais pour le moment, l'essentiel était de se mettre à l'abri pour tenter de reprendre ses esprits.

Car même si ce baiser était le plus sensuel et le plus bouleversant qu'elle eût jamais échangé avec quiconque, il en allait tout autrement pour Hawke. Malgré son manque d'expérience, elle avait bien senti qu'il la désirait, mais la plupart des hommes sont incapables de résister à l'attrait d'un corps de femme qui s'abandonne ou à une bouche qui se presse contre la leur.

Elle entendit le gravier crisser sous ses pieds avec une acuité qui lui fit comprendre que tous ses sens étaient en éveil. Le bruit étouffé du ressac contre les berges du lac lui parvenait par bouffées, porté par une brise pleine de douceur qui venait lui caresser le visage. Elle gardait sur les lèvres le goût de Hawke. Sa langue et tout son corps lui semblaient brûlants d'un désir inassouvi, comme si chaque nerf vibrait de frustration.

— Je dois partir demain, lui dit-il lorsqu'ils eurent atteint la porte du bâtiment.

L'estomac noué d'angoisse, elle ravala les mots qui lui montaient aux lèvres et risquaient de la trahir.

— J'espère que je n'y suis pour rien, dit-elle avec un feint détachement, en raidissant les épaules pour ne rien laisser paraître du trouble qui l'avait envahie.

— Non, répondit-il sur le même ton. J'ai reçu un coup de fil juste avant que nous quittions mon appartement.

Un prétexte sans doute, qu'il invoquait par courtoisie…

— Je sais ce que c'est qu'une urgence, acquiesça la jeune femme en lui tendant une main qui, à son grand soulagement, ne tremblait pas. Mes deux frères, Gabe et Marco, sont sans cesse sur la brèche. Bonsoir. J'espère que vous n'aurez pas trop de mal à régler ce problème.

— Je l'espère aussi, dit-il en acceptant la main qu'elle lui tendait avec un sourire sans joie.

Leurs regards se croisèrent un instant et elle perçut dans celui de Hawke une étincelle de désir si impérieux qu'elle en fut effrayée. Puis il la prit de nouveau dans ses bras avant de se pencher sur elle et de poser sa bouche sur la sienne dans un élan presque sauvage. Lorsqu'il se résolut enfin à relever la tête, il lui jeta un regard possessif, presque farouche, qui fit s'accélérer le cœur de la jeune femme.

— Nous nous reverrons, soyez-en certaine, dit-il d'une voix sourde.

— Bon voyage.

— Je reprendrai contact avec vous très bientôt.

Brusquement dégrisée, Melissa fit glisser de ses épaules la veste de Hawke et la lui tendit, convaincue que cette vague promesse ne signifiait pas grand-chose pour lui. Quelque plaisir qu'il ait pris à l'embrasser, elle n'était pas assez sophistiquée pour qu'il s'intéresse sérieusement à elle.

— Au revoir, lui dit-elle avec un sourire, avant d'ouvrir sa porte et de s'engouffrer à l'intérieur, très vite, de peur que son regard ne trahisse tout le désespoir qu'elle ressentait.

Durant quelques jours, Melissa attendit en vain le retour de Hawke. Mais au bout d'une semaine de silence, elle finit par perdre espoir et tenta de se convaincre que mieux valait ne plus jamais le revoir. Que signifiaient pour lui les quelques baisers qu'ils avaient échangés ? Sans doute avait-il dû se sentir effrayé par sa réaction exagérée et préférait-il, compte tenu des circonstances, se tenir désormais à distance. Même s'il ne lui avait pas brisé le cœur, elle devait bien reconnaître qu'elle y percevait maintenant comme une fêlure. Ce n'était pas une raison pour se laisser dépérir, en plein XXIe siècle, comme une héroïne de roman victorien. Quant aux rêves érotiques qui n'avaient cessé de la hanter ces derniers temps, ils étaient sans doute le fruit d'une imagination tourmentée par la frustration sexuelle.

A condition d'envisager la situation avec un peu de bon sens, elle devrait plutôt se réjouir d'avoir eu l'occasion d'en apprendre un peu plus sur les relations entre hommes et femmes — si tant est qu'on puisse appeler relation un épisode comportant un dîner et un ou deux baisers.

Après avoir jeté un dernier regard aux montagnes, Melissa s'adossa de nouveau à son siège. Voilà une demi-heure que son avion avait décollé et qu'elle avait laissé derrière elle un travail qui lui avait plu et un homme qu'elle n'oublierait jamais. Maintenant, songea-t-elle, elle comprenait mieux son frère Gabe et ce qui l'avait poussé à s'engager dans cette liaison catastrophique avec Sara Milton. Mieux valait ne pas minimiser la force de ce genre d'attirance.

L'avion s'inclina sur l'aile pour s'éloigner du lac et des montagnes, et poursuivre sa route vers le nord. La jeune femme ferma les yeux. Fondamentalement, les baisers de Hawke ne pouvaient rien avoir changé en elle. En reprenant sa vie habituelle, elle allait oublier cet homme très vite.

Auparavant, pourtant, elle avait décidé d'aller passer une semaine dans une péninsule du nord du pays, un paradis de plages tropicales dont un éternel soleil réchauffait le sable blanc.

— Pourquoi ? s'était enquis Gabe lorsqu'elle l'avait appelé, la veille, pour lui faire part de cette soudaine décision.

— Toi, tu es sûrement capable de travailler vingt-quatre heures sur vingt-quatre, sept jours par semaine, mais ce n'est pas mon cas. D'ailleurs, il faut que je classe mes notes pour rédiger mon rapport de stage tant que je garde cette expérience toute fraîche à l'esprit.

— Pourquoi ne vas-tu pas dans notre maison d'Honolulu ?

— J'ai envie de mieux connaître la Nouvelle-Zélande. On m'a dit que le nord-est du pays est aussi magnifique que la région des lacs, mais avec des paysages complètement différents.

— C'est vrai. Où penses-tu séjourner ?

Elle lui donna le nom de l'hôtel qu'elle avait choisi.

— Ça sonne comme un gîte de routards.

— Si l'on veut, mais plutôt haut de gamme quand même. J'y ai réservé une chambre.

— Si tu as besoin d'argent…

— Tu as déclaré toi-même que j'étais désormais assez grande pour m'assumer et tu avais parfaitement raison. Non seulement ça me fait du bien d'avoir à gérer mon budget, mais je préfère être indépendante. Ne te fais aucun souci, Gabe, cette situation me convient tout à fait.

Il s'était tu quelques instants avant de répondre à regret :

— La Nouvelle-Zélande n'est pas un pays dangereux, mais fais quand même attention.

— Comme toujours, répliqua-t-elle en souriant.

— Transmets-moi ton adresse par e-mail, ainsi que le numéro de ta chambre.

— Très bien, monsieur.

— Parfait, avait-il répondu en riant. Tu es une grande fille, je le sais. Alors, amuse-toi bien.

Parfois les grands frères — y compris ceux qui étaient adorables — pouvaient se révéler de vraies entraves à la liberté. Pourtant, même si leur instinct protecteur nuisait à son indépendance, elle savait bien qu'elle ne ferait jamais changer ni Marco ni Gabe.

La petite ville de Russell, nichée dans la baie des Iles, grouillait de touristes et de vacanciers qu'attiraient la beauté des paysages et les richesses historiques laissées par les Maoris aussi bien que par les premiers colons européens. Les petites maisons de bois construites le long de la plage étaient adossées à une colline couverte d'une épaisse forêt d'un vert sombre. Il n'y avait rien en ce lieu qui pût lui rappeler Hawke Kennedy.

Dès qu'elle eut installé son ordinateur sur la table de sa petite chambre au confort plutôt spartiate, elle se mit au travail et résista pendant deux jours à la tentation d'aller se mêler aux dauphins, faire de la plongée ou visiter les domaines viticoles. Chaque soir, elle s'accordait une longue promenade sur la plage avant de gravir la colline jusqu'au sommet. Et chaque nuit, elle restait éveillée, les yeux grands ouverts dans l'ombre.

Mais elle allait se débarrasser bien vite de cette toquade ridicule. Il suffirait d'un peu de volonté. Elle avait beau se traiter d'obsédée ridicule et de midinette, personne d'autre, au moins, ne savait à quel point elle était stupide.

Le matin du troisième jour, le soleil se leva dans un air si frais et un ciel si radieux qu'elle en fut presque éblouie. Après avoir trempé un orteil dans la mer et constaté que l'eau était trop froide pour se baigner, elle décida de prendre son café à une terrasse tout en relisant ses notes. Il était presque midi lorsqu'elle se leva pour s'étirer.

— Une bonne marche avant le déjeuner, voilà ce qu'il me faut, dit-elle à mi-voix.

Alors qu'elle aspirait à la solitude, des touristes péruviens débarquèrent en même temps qu'elle sur la plage. Ce groupe bruyant et chaleureux prit prétexte qu'elle avait aidé leur petite fille à échapper à une vague particulièrement violente pour lier connaissance, sans lui laisser la possibilité de s'échapper. La famille était composée d'un couple d'un certain âge, accompagné de leur fils, Jorge, un jeune homme d'une beauté remarquable, de leur fille, de son mari et de leurs deux adorables petites filles.

Melissa ne se sentait guère à son avantage : contrairement aux Sud-Américaines, elle ne s'était pas maquillée ni changée, ce matin-là, avant de sortir.

Quelle importance ? Jorge lui adressa un sourire éclatant et se précipita à côté d'elle dès que le groupe se mit à longer la plage. Avant même qu'ils aient atteint l'extrémité de la baie, sa mère et lui avaient longuement insisté pour que la jeune femme accepte de partager leur déjeuner dans un restaurant où ils avaient réservé une table. Le premier mouvement de Melissa fut de refuser. Mais au fond, se dit-elle, pourquoi pas ? Après avoir passé tant de jours à ne penser qu'à Hawke, elle avait réellement besoin de se changer les idées. Tant qu'elle resterait dans l'orbite de cette famille débordante de bruit et de gaieté, elle était certaine de pouvoir tenir ses souvenirs à distance.

— C'est très tentant, répondit-elle. Merci beaucoup.

D'une seule voix, le clan Lopez refusa de la laisser regagner son hôtel pour passer une tenue plus élégante.

— Mais non, protesta la *señora,* c'est un endroit très simple où nous allons toujours en tenue de plage.

Melissa dissimula un sourire, consciente que leurs vêtements sortaient des plus élégantes boutiques de Lima. A côté d'eux, elle devait avoir l'air d'un épouvantail.

Le déjeuner, qui se prolongea fort tard dans une ambiance extrêmement gaie, se révéla délicieux. Avant qu'il ne soit terminé, les deux enfants commencèrent à dodeliner de la tête et Melissa elle-même eut soudain envie de faire la sieste, tout comme les autres convives d'ailleurs. Ils insistèrent pour la raccompagner à son hôtel.

Après le départ du reste de la famille, Jorge s'attarda un instant à la grille.

— Peut-être accepteriez-vous de dîner également avec nous ? proposa-t-il sans chercher à dissimuler son intérêt pour la jeune femme qui se sentit rougir sous son regard.

Elle ouvrait la bouche pour refuser lorsqu'une voix tranchante retentit derrière elle.

— Je crains que ce ne soit impossible.

Le cœur battant, elle se retourna. A peine eut-elle croisé le regard vert et froid de Hawke, qu'elle se sentit submergée par une vague de bonheur insensé. Le jeune Sud-Américain leur jeta un coup d'œil narquois avant de répondre avec une politesse à peine exagérée :

— Je comprends. Eh bien, nous avons été très heureux de faire votre connaissance, Melissa.

Et pour mieux marquer qu'il cédait volontairement le terrain, il s'inclina légèrement devant elle avant de tourner les talons.

— Vous n'aviez aucun droit de refuser cette invitation à ma place, s'exclama la jeune femme, tout en s'efforçant de calmer les battements désordonnés de son cœur.

— Courez-lui après, si c'est ce que vous voulez, répliqua Hawke non sans arrogance.

— Certainement pas, rétorqua-t-elle, furieuse, tout en se demandant s'il n'était pas jaloux ou terriblement possessif. J'allais justement refuser. Mais c'est la deuxième fois que vous vous comportez de la sorte.

Durant le long silence, plein d'émotion retenue, qui suivit, un bref regret traversa l'esprit de Melissa : si elle avait su qu'il venait, elle se serait habillée tout différemment pour l'occasion. Une tenue de fête, se dit-elle tandis qu'une musique irrésistible — dangereuse et sauvagement entraînante à la fois — retentissait à ses oreilles.

— A Shipwreck Bay, j'avais consulté le directeur avant de vous inviter, de peur que vous ne soyez de service ce soir-là. Mais pour aujourd'hui, vous avez entièrement raison, je n'avais aucun droit de répondre à votre place. Veuillez m'excuser.

— Pour votre gouverne, et sans que j'aie le moins du monde à me justifier devant vous, dit-elle en relevant le menton, sachez que je viens de rencontrer cette famille ce matin même. Pas seulement Jorge d'ailleurs, mais également son père, sa mère, sa sœur et son beau-frère, sans parler de ses deux adorables nièces. Cela dit, que faites-vous ici ?

— Je suis venu pour vous voir. Pourquoi avez-vous quitté Shipwreck Bay ?

— Je vous avais averti que mon stage se terminait en fin de semaine.

— Et moi, je vous avais avertie que j'allais revenir. Pourquoi ne pas m'avoir attendu ?

— Vous ne me l'aviez pas demandé, rétorqua-t-elle avec une indifférence qu'elle avait bien du mal à feindre. Comment m'avez-vous retrouvée ?

— Par l'intermédiaire de l'hôtel.

— Bien que je n'ignore pas le pouvoir de l'argent, j'aurais cru que l'équipe ferait preuve de davantage de discrétion et de professionnalisme.

— Vous leur faites un mauvais procès, déclara-t-il avec un petit sourire. Je suis propriétaire de l'hôtel. Vous n'étiez pas au courant ?

— Absolument pas.

La croyait-il ? Ou pensait-il qu'en s'enfuyant, elle n'avait voulu qu'attiser l'intérêt qu'il semblait lui manifester ? Mais le visage de Hawke restait de marbre, habitué qu'il était, de toute évidence, à ne rien montrer de ses sentiments ni de ses émotions.

Au fond, qu'attendait-il ? Elle n'avait pas le courage de lui poser la question. Si seulement elle avait eu l'expérience de ces petits jeux de séduction…

— Vous possédez aussi l'hôtel où je loge ici ? s'enquit-elle.

— Non. Mais j'en ai un autre, situé à quelques kilomètres. La région vous plaît ?

— Elle est extraordinaire, dit-elle en lui jetant un petit regard de côté. Mais sans doute préférez-vous les montagnes ?

Hawke se demanda si elle était consciente du charme de son sourire et de la séduction qui émanait de ses yeux en cet instant — un éclair de topaze entre des cils épais.

Sans doute pas, et en tout cas, il se garderait bien de lui avouer son trouble. Il avait déjà manqué perdre son sang-froid en la voyant sourire à ce garçon, tout à l'heure. Il aurait voulu empoigner ce gamin et le secouer pour chasser ce sourire séducteur de son visage. Une réaction qui l'avait lui-même horrifié.

— Vous dites ça parce que vous me trouvez dur et âpre comme les paysages du Sud ?

Un petit rire creusa une fossette au coin des lèvres pulpeuses de Melissa.

— Pas exactement. Plutôt parce que ces montagnes apparaissent comme un défi à relever.

Lui qui était si fier de contrôler parfaitement ses sentiments, il se sentait soudain vulnérable devant cette femme capable d'entamer la carapace qu'il s'était construite. Avant de la rencontrer, il s'attendait à voir apparaître une version féminine de ses frères, plus jeune, bien sûr, mais pleine d'assurance et de désinvolture. Cependant, alors qu'elle s'était toujours comportée avec lui de façon très réservée, presque timide, elle avait semblé bavarder sans aucun embarras avec ce garçon sud-américain. Jouait-elle la comédie en sa présence ? Lui qui se piquait de bien connaître les femmes, il devait reconnaître que celle-là constituait une énigme, en dépit de son apparente transparence.

Sans parler de la manière délicieuse dont elle l'avait embrassé… à la fois ange et démon. Alors, quand on lui avait annoncé son départ de Shipwreck Bay, il avait décidé sur un coup de tête de percer le secret de la princesse Melissa Considine.

— Sous ses airs tranquilles, cette baie peut se révéler aussi dangereuse que les sommets les plus escarpés, déclara-t-il d'une voix tranchante qui résonna comme une menace.

— Je sais que les apparences peuvent être trompeuses. Au centre de l'Illyria se trouve un lac dont les tempêtes sont parfois destructrices. Mais quel est le nom de ces buissons, ceux qui ont de petites feuilles effilées et dégagent une odeur très épicée ?

— Ce sont des manukas, des arbres à thé comme on les appelle depuis l'arrivée des premiers Européens. Et voici des kanukas, qui appartiennent à la même espèce, mais sont un peu plus grands, avec des feuilles tendres et duveteuses.

Elle répéta ces deux noms avec attention avant d'ajouter :

— Et ceux qui poussent sur la plage, en forme de coupole ?

— Les pohutukawas ? En été, juste avant Noël, ils se couvrent de fleurs. On dirait d'énormes cônes de glace à la framboise ou à la fraise.

— Ce n'est pas très romantique, remarqua-t-elle.

— Je ne suis pas romantique, dit-il sur le ton de celui qui pense avoir marqué un point.

— Moi non plus. Mais revenons à ces arbres. Ils poussent seulement dans le Nord ? Il ne me semble pas en avoir vu dans l'île Sud.

— Pour fleurir, ils ont besoin de chaleur. Et ils adorent avoir les pieds dans la mer.

— Redites-moi leur nom.

— Pohutukawa.

Elle essaya de répéter sans y parvenir, ce qui la fit rire.

— Le maori est une langue extrêmement musicale mais assez difficile à prononcer, constata-t-elle.

— Pas du tout. Les voyelles sont les mêmes qu'en italien et chaque syllabe se prononce détachée de la suivante.

— Po-hu-tu-ka-wa, articula-t-elle en fronçant légèrement les sourcils avant de lever les yeux, quêtant l'approbation de Hawke qui lui adressa un regard étrange.

Melissa se sentit soudain les lèvres sèches. Elle aurait bien voulu les humecter de sa langue, mais son instinct l'avertissait que ce geste pouvait passer pour une invite.

— C'est comme ça qu'on prononce ? murmura-t-elle d'une voix un peu rauque.

— Exactement.

Soudain, elle eut la contrariété de voir apparaître une femme dont le physique était totalement différent du sien : petite et mince, gracieuse et divinement vêtue d'un pantalon de lin blanc et d'un haut à rayures bleues et blanches qui la moulait étroitement et lui donnait un faux air de petit mousse. Ses yeux glissèrent sans s'attarder sur Melissa avant de se fixer sur Hawke, qu'elle se mit à dévisager avec une intensité provocante, tandis qu'un sourire aguicheur s'épanouissait sur ses lèvres.

— Bonjour, dit-elle d'une voix troublante en s'approchant d'eux avec un léger balancement de hanches qu'accentuait encore le mouvement de ses cheveux blonds tombant en cascade sur les épaules.

Melissa s'efforça de maîtriser la bouffée de jalousie qu'elle sentait monter en elle et jeta un coup d'œil à Hawke dont l'expression était toujours impénétrable.

— Il y a trop de monde ici, remarqua-t-il froidement. Si nous allions ailleurs ?

— Ailleurs ? Mais où ?

— Je vais vous faire visiter ma maison, dit-il en désignant un 4×4 garé au bord du trottoir. Ma voiture est là.

Tout en sachant parfaitement qu'elle ferait mieux de refuser cette proposition, elle monta dans le véhicule. Elle se sentait douloureusement partagée entre le plaisir d'être en compagnie de Hawke et la certitude qu'elle évaluait mal la nature de leurs relations. Pourquoi cet homme aurait-il choisi une femme sans le moindre sex-appeal quand tant de magnifiques sirènes ne demandaient qu'à se laisser séduire ?

— Quels sont vos projets pour ces vacances ? s'enquit-il.

— Je mets en forme mes notes pour rédiger mon rapport de stage, répondit-elle sur le ton le plus prosaïque.

— Vous avez déjà composé l'introduction ?

Elle répondit brièvement à sa question, convaincue que le sujet ne devait guère le passionner. Toutefois, avant même d'avoir atteint la propriété de Hawke, ils étaient déjà lancés dans une discussion passionnée.

Après avoir franchi la grille, il engagea sa voiture sur un chemin qui traversait la forêt côtière avant de remonter ensuite à flanc de coteau. Après le feu brûlant du soleil, l'ombre paraissait apaisante. La gorge serrée, Melissa se demanda ce qu'elle faisait dans cette voiture.

Pour quelle raison Hawke était-il venu la retrouver ?

4

— Vous désirez boire un jus de fruits ? dit-il en la précédant dans une vaste pièce éclatante de lumière qui ouvrait sur une immense terrasse.

Au-delà, il n'y avait plus que la mer et le ciel.

Confondue par la beauté du paysage, la jeune femme ne songeait même plus à lui répondre.

— Installez-vous à l'extérieur. Je vais vous chercher quelque chose à boire.

La maison était bâtie sur la crête d'une colline qui dominait une petite anse de sable rose. Au bord de la terrasse et à flanc de coteau, Melissa reconnut de nombreux pohutukawas. La mer qui s'étendait à l'infini offrait une extraordinaire palette de bleus et de verts qui pâlissaient à l'horizon.

Bien qu'elle lui tournât le dos, Melissa sentit que Hawke s'approchait d'elle en silence.

— Quelle merveille, soupira-t-elle. Tant de couleurs qui se résolvent dans un bleu parfait.

— La couleur exacte des yeux des Considine, dit-il en plongeant son regard dans celui de la jeune femme avant de lui tendre un verre de jus de lime. Mais vous n'en avez pas hérité.

Gênée de se sentir examinée de la sorte, Melissa s'en tira par une pirouette.

— C'est le privilège des garçons. Les filles, elles, ont le droit de choisir.

— Vous êtes la seule femme de la famille, que je sache.

— Peut-être pas, répondit-elle sur un ton très évasif.

— Je me trompe ? insista-t-il.

— Ce n'est plus vraiment un secret, mais l'homme qui a assassiné nos grands-parents et pris le pouvoir en Illyria était lui aussi un Considine, un cousin très éloigné. On a dit qu'il s'était marié et qu'il avait eu deux filles.

— Vous savez ce qu'elles sont devenues ?

— Personne ne l'a jamais su, mais en admettant qu'elles aient jamais existé, aujourd'hui, elles doivent être mortes, car aucun membre de cette famille n'a survécu, répondit-elle en frissonnant. Si on navigue dans cette direction, la première terre en vue, c'est l'Amérique du Sud ?

— Effectivement. Vous y êtes déjà allée ?

— Je ne suis jamais allée au-delà du Mexique, que j'ai adoré, d'ailleurs, dit-elle avant d'avaler une gorgée de citronnade. J'ai surtout voyagé en compagnie de ma mère qui n'était guère aventureuse. Elle n'aimait que les lieux civilisés, comme elle disait, ce qui se réduisait pour elle à l'Europe et à la côte Est des Etats-Unis.

— Il y a un lieu que vous aimeriez connaître en Amérique du Sud ?

— Machu Picchu. Et les chutes d'Iguaçú.

Naturellement, il connaissait ces deux sites qu'il lui décrivit de façon extrêmement vivante de sa voix grave aux inflexions si sensuelles.

— Cela semble merveilleux, soupira-t-elle avec envie.

— Mais maintenant, vous pouvez aller où vous voulez.

— Depuis que j'ai quitté l'école, j'ai été très occupée. J'ai passé une année fabuleuse en Thaïlande à enseigner l'anglais dans une école. Et même si je suis déjà partie en vacances avec des amis, en général, je fais mon possible pour aider Gabe et Marco dans leur tâche.

Il s'appuya à la balustrade tout en l'observant de ses yeux mi-clos.

— Ah ! Une grosse rente et deux frères trop protecteurs, quels fléaux !

Mieux valait lui dire toute la vérité sur sa situation, décida Melissa.

— En fait, comme je n'ai aucune fortune personnelle, Gabe et Marco me versent une allocation.

— Vos parents devaient être un brin démodés, remarqua Hawke sur un ton détaché que démentait l'acuité de son regard.

— Ils pensaient que mes frères prendraient soin de moi.

— Pour le moment, vous dépendez donc encore d'eux ?

— Jusqu'à ce que je gagne ma vie, dit-elle en prenant soin de ne pas laisser transparaître l'agacement que lui causaient cette dépendance et l'attitude trop protectrice de ses frères.

Gabe, surtout. Marco acceptait plus facilement de lui laisser la bride sur le cou.

Contrairement à beaucoup d'hommes qu'elle avait connus, Hawke était bien trop riche pour s'intéresser à elle par simple appât du gain. D'ailleurs, compte tenu de l'influence qu'exerçaient ses frères, un homme pouvait avoir bien d'autres raisons de chercher à la séduire et, même si cette idée la blessait, il lui fallait bien l'envisager. Sa mère l'avait un jour gentiment avertie qu'avec un physique aussi ingrat que le sien, elle ne devait pas s'attendre à voir les hommes tomber passionnément amoureux d'elle.

Ce jour-là, Melissa avait été blessée par cette brutale sincérité. Pourtant, en découvrant qu'un homme qui lui faisait une cour assidue s'intéressait en fait davantage aux frères Considine qu'à leur sœur, elle avait dû en reconnaître le bien-fondé. Descendant d'une lignée aristocratique, son prétendant avait cru trouver grâce à elle un moyen de redorer rapidement son blason.

Si elle se sentait attirée par Hawke, était-ce seulement parce qu'il n'en voulait pas à son argent ou à son influence ? Un coup d'œil suffit à dissiper cette illusion stupide. Un rayon de soleil éclairait ses épais cheveux noirs, mettant en valeur l'élégante ossature de son visage. En frissonnant, elle se souvint du contact légèrement rugueux et terriblement sexy de sa mâchoire. Mieux valait oublier la douceur sensuelle de sa bouche et son corps dont un soupçon de rudesse tempérait la perfection athlétique.

Au plus profond d'elle-même, elle sentait s'éveiller un désir presque douloureux qui lui donnait le vertige. Pour le chasser, elle serra les dents, tentant de donner à sa bouche un pli plus sévère. Elle avait beau être sur ses gardes, elle se sentait cruellement démunie devant l'extraordinaire pouvoir de séduction qui émanait de cet homme.

— A votre diplôme et à votre indépendance, dit-il en levant son verre.

En se demandant quelle excuse il avait trouvée pour justifier son départ de Shipwreck Bay, Melissa porta son verre à ses lèvres.

— Cela suppose que je me replonge au plus vite dans la préparation de mon rapport de stage, dit-elle d'un ton badin. Et vous, quel est votre programme pour cet après-midi ? Pas question d'héli-ski, bien sûr, mais tout à l'heure, j'ai croisé des adeptes du parapente qui semblaient absolument ravis.

— Il faut que je travaille, moi aussi, mais permettez-moi de vous inviter à dîner ici même. Si vous préférez, il existe également d'excellents restaurants. Au cas, bien sûr, où vous auriez envie de manger avec moi.

Tout en s'efforçant de ne pas se laisser entraîner par son imagination, Melissa lui jeta un coup d'œil pour tenter de deviner ce qui se cachait sous son masque toujours impénétrable et perçut dans son regard une lueur d'amusement. Appréciait-il vraiment sa compagnie ou cherchait-il à faire bonne figure maintenant qu'il savait qu'elle refusait de se laisser manipuler ?

Au fond, quelle importance ? songea-t-elle, tiraillée par trop de sentiments contradictoires. Le désir, elle en faisait son affaire. Le vrai danger, c'était l'amour, qu'elle ne se sentait pas encore prête à affronter. Soudain, elle eut un mouvement de révolte : même si elle dînait avec lui, elle n'était pas encore prête à lui offrir son cœur.

— J'en serais ravie, dit-elle en se levant. Ce lieu est magique.

— Je suis heureux qu'il vous plaise, répondit-il en se dressant à son tour.

— Il me rappelle certains paysages grecs. Sans les monuments, bien sûr.

Elle s'arrêta net, rougissant d'avoir pu commettre un impair.

— Même si la Nouvelle-Zélande possède un passé aussi ancien que la Grèce, se hâta-t-elle d'ajouter. Je voulais seulement dire que tout y a l'air plus neuf, plus frais, plus innocent, en quelque sorte.

— Je doute qu'aucun lieu habité puisse s'affranchir du poids du passé, bien que je comprenne ce que vous voulez dire. Mais même si l'histoire n'est pas ici aussi manifeste que dans les pays méditerranéens, depuis plus de mille ans, nos paysages ont connu, eux aussi, la mort, la trahison et la misère humaine.

— Dans ce cas, ils n'ignorent pas non plus l'amour, le rire et le bonheur humain, protesta-t-elle. Leur histoire n'est pas si noire.

— Le bonheur passé a toujours quelque chose d'amer. Mais peut-être est-ce différent quand on est, comme vous, l'héritière d'une longue lignée ?

— Sans doute, reconnut-elle tout en le suivant. On aurait pourtant tort de le considérer comme allant de soi. Contrairement à moi, Alex est certain que l'Illyria deviendra très bientôt une République, même si les habitants l'adorent. Quand son fils est né, ils ont tiré des feux d'artifice dans les collines, dansé et fait la fête comme si la naissance d'un héritier leur ôtait un grand poids des épaules.

Melissa était détendue, consciente de l'accord profond qui existait entre elle et Hawke. Mais en franchissant le seuil de la maison, elle trébucha et serait tombée s'il ne l'avait pas retenue.

— Tout va bien ? demanda-t-il après l'avoir aidée à retrouver son équilibre.

— Oui. Excusez-moi. Je n'avais pas vu cette marche, dit-elle, mortifiée par sa maladresse.

Comme il ne répondait pas, son silence fit naître entre eux une tension presque palpable qui alluma une flamme verte dans les prunelles de Hawke et durcit ses traits. Son regard se posa résolument sur la bouche de Melissa avec un tel pouvoir hypnotique qu'elle perdit jusqu'à la faculté même de penser.

Lentement, comme pour lui donner la possibilité de se dégager, il l'attira à lui. Fascinée, elle leva vers lui un visage qui reflétait une supplication muette. Tout en refermant les bras sur le corps de la jeune femme, il prononça son prénom avec une incroyable douceur, cherchant dans ses yeux la réponse à une question demeurée informulée.

— Princesse, murmura-t-il, vous m'avez ensorcelé.

Puis il l'embrassa.

Elle esquissa un faible mouvement de recul, comme s'il attisait les braises qui couvaient au plus secret de son corps depuis qu'il l'avait touchée.

Puis, nouant les bras autour du cou de Hawke, Melissa céda au désir brûlant qui la possédait et ses lèvres s'ouvrirent sous les siennes. Sa fièvre s'accrut encore et un faible gémissement lui échappa qui se termina en sanglot quand il posa sa bouche au creux de son épaule. Traversée par des vagues successives d'irrésistible désir, elle se sentait follement grisée par l'odeur salée de sa peau tiède. Avec un petit rire, il posa les mains sur la poitrine de Melissa qui se sentit défaillir à ce contact. Lentement, les lèvres de Hawke descendirent le long de sa gorge, tandis qu'il lui effleurait légèrement la pointe des seins qu'elle sentit se dresser sous ses doigts.

Elle leva la tête pour plonger son regard dans celui de son compagnon dont les prunelles se pailletaient d'étincelles dorées. Elle sentait sourdre en elle une force étrange, une force à laquelle elle était prête à s'abandonner enfin et dont elle percevait les impérieuses pulsations dans leurs deux corps.

Comme il l'aidait à se débarrasser de son pull, elle fut parcourue d'un long frisson.

— Vous avez froid ? demanda-t-il.

— Non… Enfin, oui, un peu, répondit-elle d'une voix un peu rauque.

— Que pouvons-nous faire ?

Posant sa tête sur son épaule, elle se risqua à passer la main sous sa chemise pour le caresser comme il l'avait fait, sans hâte, sensuellement, savourant avec délice le contact de sa peau.

— Melissa…, chuchota-t-il.

Comme elle ne répondait pas, il reprit en élevant la voix :

— Melissa. Avant que nous allions plus loin, dites-moi que vous savez ce que nous sommes en train de faire.

— Nous sommes en train de faire l'amour.

Même sous l'empire du désir, elle n'avait pas perdu conscience au point de l'ignorer.

— Exactement, dit-il avec un petit rire.

Elle l'embrassa au creux de l'épaule avant de pousser un cri en sentant qu'il la soulevait doucement.

— Chut, murmura-t-il en lui fermant la bouche d'un baiser.

Sans que leurs lèvres se séparent, il traversa la pièce en direction d'une porte qu'il poussa de l'avant-bras. Jamais elle ne s'était sentie aussi petite, aussi légère.

— Je suis trop lourde, protesta-t-elle cependant.

— Pas du tout. Vous êtes gracieuse et élancée comme un jeune cerisier, déclara-t-il en la reposant à terre. Ou comme une déesse du printemps qui vient seulement de découvrir les pouvoirs qu'elle possède.

Cette réponse la ravit au point de lui faire oublier un instant le désir brûlant qui la tenaillait. Elle avait beau ne pas le croire, elle se sentait prête à l'aimer seulement pour l'avoir prononcée.

— En revanche, je crois que vous êtes parfaitement au courant des vôtres, répliqua-t-elle en souriant.

— J'ai mis dix ans à trouver mes limites, rétorqua-t-il d'une voix soudain plus dure.

Avec une audace qui la surprit elle-même, elle déboutonna lentement sa chemise, révélant la musculature athlétique de ses larges épaules. Le calme de Hawke — la patience du chasseur qui guette sa proie — l'encouragea à effleurer de ses lèvres son torse puissant avant d'en suivre les contours d'une main tremblante.

Les sens en éveil, elle goûta la douceur de sa peau et de la toison légère sous ses doigts, s'enivrant de son odeur virile, attentive à son souffle qui se précipitait et au rythme haletant des battements de son propre cœur.

Hawke posa alors la main sur celle de la jeune femme, comme pour la retenir.

— Enlève ton T-shirt, lui dit-il d'une voix sourde.

Elle resta un moment immobile avant de lever vers lui son visage et de le fixer droit dans les yeux. Le temps semblait s'être arrêté.

— Pourquoi ne le fais-tu pas toi-même ? répondit-elle dans un souffle, la gorge serrée.

— Tu as raison. Lève les bras.

Consumée de désir, Melissa lui obéit, et frémit sans oser lever les yeux vers lui, craignant de lire dans son regard sa déception devant ses épaules trop larges et sa poitrine trop menue.

— Et maintenant, poursuivit-il, à ton tour.

Lorsque ses seins effleurèrent le torse de Hawke, elle eut un long frémissement, mais continua à le débarrasser de sa chemise qui glissa à terre. Au loin, le chant aigu d'un oiseau se fit entendre, dominant le bruit du ressac.

— Regarde-moi, Melissa, dit-il.

Toute tremblante d'émotion, les sens en éveil, elle leva la tête pour mieux se perdre dans son regard vert d'une intensité farouche.

— Tu es absolument adorable, dit-il avec un sourire radieux, comme s'il consentait enfin à exprimer ce qu'il ressentait.

Sans lui laisser le temps de répondre, il l'attira à lui et défit son soutien-gorge avec une dextérité qui la laissa quelque peu perplexe. Mais en cet instant, il n'y avait plus place pour le doute, songea-t-elle, en voyant le corps de Hawke frémir, ses yeux devenir plus brillants.

Seulement alors, elle s'aperçut qu'ils se trouvaient dans une chambre où trônait un lit immense où il la déposa. Jusque-là, elle avait été trop occupée pour prendre conscience de l'endroit où ils se trouvaient.

Il s'allongea à côté d'elle avant de l'étreindre avec une telle fougue qu'elle eut l'impression que rien d'autre ne comptait pour lui en cet instant. Sans relâche, ses mains se posaient sur les longues cuisses de Melissa, sur sa taille, sur ses seins, allumant en elle un feu délicieux et insatiable. Effrayée de sentir son corps répondre si ardemment, elle eut du mal à résister à l'envie de l'attirer sur elle.

— Tu es magnifique, murmura-t-elle rêveusement en suivant de la main les contours de ses cuisses puissamment musclées qui contrastaient avec l'étroitesse de son bassin.

A peine avait-elle prononcé ces mots qu'elle rougit de leur banalité. Mais en voyant le sourire plein de passion et d'ardeur possessive que Hawke lui adressait, elle sentit disparaître la vulnérabilité et l'anxiété qui l'habitaient depuis tant d'années.

Comprenant qu'elle avait franchi une étape, Hawke laissa ses lèvres descendre vers les seins de la jeune femme pour en agacer les pointes, lui arrachant un gémissement de volupté tandis qu'elle tentait de nouer son corps au sien.

— Pas encore, murmura-t-il. Pas encore, princesse.

Il embrassa lentement ses seins. Melissa s'abandonnait totalement au plaisir sans plus chercher à penser, mais seulement à répondre aux savantes caresses qu'il lui prodiguait. Lorsque enfin il consentit à se glisser en elle, il le fit avec une telle habileté qu'elle ne ressentit aucune douleur, mais l'impression de fusionner avec lui. Le plaisir qu'elle éprouvait changea complètement de nature, comme si chaque mouvement provoquait en elle une cascade de sensations inconnues qui la faisaient pénétrer dans une autre dimension.

En gémissant, elle lui agrippa les épaules, les ongles enfoncés dans sa chair, pour mieux suivre le rythme qu'il lui impulsait, le corps arqué contre le sien. Elle se sentait consumée par une extraordinaire volupté.

Hawke eut beau tenter désespérément de se contrôler, ses mouvements s'accélérèrent.

Soudain, ses traits se durcirent et une lueur étrange passa dans ses yeux verts. Melissa sentit des vagues précipitées de plaisir la submerger pour se fondre bientôt dans une extase si voluptueuse qu'elle ne put s'empêcher de crier de toutes ses forces le prénom de Hawke, avant de s'abîmer dans un océan de félicité.

De son côté, celui-ci semblait en proie à la même béatitude, transporté dans un monde merveilleux où n'existait plus que le plaisir qui apaisait ses traits et transfigurait son regard.

Jamais de sa vie elle n'oublierait ce moment… Fermant les yeux, Melissa se laissa gagner à la quiétude de l'apaisement, goûtant le poids de ce corps détendu sur le sien. Quand il s'écarta d'elle, elle eut un léger cri de protestation.

— Je risque de t'écraser, murmura-t-il d'une voix rauque.

— Mais non, protesta-t-elle.

Avec un petit rire, il s'allongea sur le dos avant de l'attirer à lui jusqu'à ce qu'elle vienne nicher sa tête contre son épaule.

Rêveusement, Melissa songea qu'elle ne regrettait pas d'être restée vierge jusque-là, même pour de mauvaises raisons, par manque d'assurance et peur de tout attachement. Voilà que son appréhension se résolvait enfin en cette expérience merveilleusement sensuelle et érotique, mais aussi pleine de tendresse.

S'efforçant de chasser ces pensées douces-amères, elle tenta d'accorder sa respiration à celle de son compagnon qui semblait avoir glissé dans le sommeil. Ce qui l'étonna d'ailleurs de la part de cet homme toujours aux aguets, l'esprit en éveil. Ne représentait-elle pour lui qu'une proie de plus à inscrire à son tableau de chasse ?

Mieux valait arrêter de dramatiser. « Pour toi, c'est très particulier, parce que c'est la première fois, mais lui ? S'en est-il même rendu compte ? » Qu'importe ! Il ne fallait pas accorder trop d'importance à cette expérience qui, pour lui, n'en avait guère. Sans doute avait-il pris du plaisir à coucher avec elle, mais il n'en reviendrait pas moins, comme toujours, à Jacoba Sinclair.

Elle finit par s'étirer précautionneusement avec un petit bâillement.

— Tu es satisfaite ? demanda-t-il.

— Mais oui.

— Dommage, murmura-t-il d'un air entendu en lui caressant les seins.

Se pouvait-il qu'il ait de nouveau envie d'elle ?

— Si tu ne veux pas, dis-le-moi, murmura-t-il nonchalamment à son oreille.

Ce souffle si proche semblait lancer à son être le plus intime des signaux, qui ranimait un désir qu'elle croyait apaisé. Un instant, elle eut peur de se trouver désormais sans défense devant les nouvelles exigences que Hawke avait éveillées en elle.

— Non…, dit-elle.

— Comment, non ?

— Continue, je t'en prie.

— Très bien.

Cette fois, ce fut une mêlée rapide et furieuse qui emporta leurs corps dans un torrent de passion et laissa Melissa tremblante sous le choc de la volupté.

Longtemps plus tard, Hawke alla lui chercher un fruit et une boisson et s'employa à lui donner la becquée au creux du lit, comme à un oiseau, avant de se glisser de nouveau contre elle. Elle sombra alors dans un sommeil si profond qu'au réveil, elle se sentit complètement désorientée.

— Mais…, s'exclama-t-elle en tentant de se dégager de l'étreinte de l'intrus qu'elle découvrait à côté d'elle.

— Tout va bien, dit-il en la ramenant doucement vers lui. Tout va bien, Melissa. Tu es en sécurité.

Lorsqu'elle comprit enfin où elle se trouvait, elle se sentit brusquement si embarrassée qu'elle rougit jusqu'aux yeux.

— Que se passe-t-il ? demanda-t-il sur un ton amusé. Tu ressembles à un petit coquelicot.

— Je ne savais plus où j'étais, reconnut-elle en enfouissant sa tête au creux de son épaule.

— Eh bien, j'espère que tu es contente de te trouver ici, répondit-il d'une voix soudain glaciale.

— Mais oui.

— Pourquoi rougir, alors ?

— Je te connais à peine, murmura-t-elle en levant vers lui un regard hésitant.

— Je n'ai rien à cacher, répondit-il avec un haussement d'épaules. Je suis en bonne santé, je n'ai aucun vice rédhibitoire ni personne d'autre dans ma vie.

Elle dut se retenir pour ne pas lui demander ce qu'il en était de la somptueuse rousse à peau laiteuse avec qui il était périodiquement photographié depuis des années. Mais prononcer le nom de Jacoba Sinclair reviendrait à avouer qu'elle-même s'intéressait depuis longtemps à lui.

— C'est également mon cas, se contenta-t-elle de répondre.

5

— Cependant, ajouta-t-elle, je ne peux affirmer que je n'aie aucun vice rédhibitoire. Je sais seulement que je n'en ai pas de dramatique.

— Parlons un peu de tes vices, murmura-t-il.

— Je préfère te laisser le soin de les découvrir toi-même.

— Avec le plus grand plaisir, répondit-il en l'embrassant sur le front dans un geste d'affection presque fraternel.

Il y eut un silence durant lequel Melissa tenta de se détendre en se concentrant sur le bruit du ressac et les cris stridents d'un couple de mouettes. Elle percevait aussi l'écho étouffé du cœur de Hawke, infiniment apaisant.

Elle se sentait comme au sortir d'une longue course, à la fois en pleine forme et agréablement fatiguée, le corps en paix. Pourtant, des idées noires bourdonnaient déjà dans sa tête, insistantes comme des insectes maléfiques.

— Que se passe-t-il ? s'enquit Hawke d'une voix lointaine, comme s'il avait le pouvoir de lire en elle à livre ouvert.

— Je dois rentrer. Un travail urgent à terminer.

Au moment où elle allait se lever, il la retint d'une main, tout en lui prenant le menton de l'autre pour la forcer à tourner la tête vers lui.

— Tu pourrais très bien travailler ici, protesta-t-il.

— Ici ? répéta Melissa, le cœur battant comme un animal pris au piège.

Sous ce regard implacablement évaluateur, elle se sentait mise à nu, sans défense.

— Mais oui. C'est sûrement plus confortable que ton hôtel de routards et je serai ravi de t'accueillir jusqu'à ton départ. Comme j'ai à faire, moi aussi, nous travaillerons ensemble. A moins que nous ne soyons trop occupés ailleurs..., ajouta-t-il doucement après un petit silence.

Melissa hésitait, indécise, sachant que si elle acceptait, elle y laisserait bien plus que quelques jours de vacances. Pourrait-elle accepter et le quitter ensuite ? Ou lui proposait-il un engagement plus durable que la semaine qu'ils allaient passer ensemble ?

Elle se mordit la lèvre, tout en déplorant de ne pas avoir plus d'expérience. Elle avait beau comprendre qu'elle jouait avec le feu, elle savait aussi que si elle refusait, elle le regretterait toute sa vie.

Il s'abstint de tout signe d'impatience ou d'amusement, se contentant de la fixer de son impénétrable regard.

— J'accepte, finit-elle par répondre.

Il lui adressa un large sourire sensuel qui la fit frissonner, avant de l'attirer à lui pour l'embrasser, un baiser à la fois très tendre et très déterminé.

— Viens, lança-t-il en se levant. Allons chercher tes bagages à l'hôtel.

En arrivant au gîte, Melissa se sentit gênée et terriblement consciente de n'être plus la même que celle qui avait quitté ces lieux quelques heures plus tôt. Naturellement, cela n'avait rien à voir avec la personnalité de Hawke. Quelques heures plus tôt, elle était vierge. Maintenant, elle ne l'était plus, voilà tout. Ce n'était un événement pour personne. Sauf pour elle.

— Ne descends pas, lui dit-elle lorsqu'il eut garé sa voiture sur le parking.

— Comme tu veux, répondit-il en lui jetant un regard inquisiteur.

Quelques minutes plus tard, lorsque Melissa réapparut à la porte d'entrée, il se précipita vers elle, les sourcils froncés, pour lui prendre sa valise. Tout cela sous les yeux admiratifs de la patronne de l'hôtel.

— Tes frères ne trouvent pas que tu prends ton rôle d'étudiante un peu trop au sérieux ?

— Ça leur arrive. Mais j'essaie simplement d'être aussi indépendante que possible.

— Ils ne s'inquiètent donc pas de ta sécurité ?

— J'ai eu parfois à subir la présence d'un garde du corps, mais pas ici. La Nouvelle-Zélande est un des pays les plus sûrs du monde, et je ne suis pas idiote.

— Nous avons malheureusement nous aussi notre lot de crapules, dit-il en lui ouvrant la portière. J'espère que tu ne fais pas de stop.

— Bien sûr que non. Je t'ai dit que je n'étais pas idiote.

— Il existe d'autres dangers, insista-t-il en s'asseyant au volant et en mettant le contact.

— Je sais qu'on pourrait chercher à se servir de moi pour influencer mes frères. Mais peu de personnes savent que je suis leur sœur.

— Je pensais plutôt à un enlèvement.

— Pas dans ce pays. D'ailleurs, je ne porte aucun signe qui puisse faire penser à d'éventuels kidnappeurs que je suis liée aux Considine. Avant ton arrivée, à Shipwreck Bay, personne n'était au courant.

— Comment peux-tu être certaine qu'avec moi, tu te trouves en sécurité ?

— Tu me demandes pourquoi je te fais confiance ?

— Peut-être. D'ailleurs, que sais-tu de moi ? J'aurais très bien pu t'entraîner dans une aventure douteuse.

— Quelle idée ! Tu as une excellente réputation. Dur en affaires mais très honnête. D'ailleurs, si j'avais voulu arrêter, je suis convaincue que tu m'aurais laissé le choix.

— Je te trouve bien sûre de toi, déclara-t-il tout en négociant un virage particulièrement difficile sur la petite route escarpée où ils s'étaient engagés.

A cet instant surgit en face d'eux, complètement sur sa gauche, un petit coupé rouge. Pour l'éviter, Hawke, qui semblait doté de réflexes sans faille, fit sortir son 4×4 de la route avant de l'arrêter contre un tas de gravier, à quelques centimètres d'un précipice.

— L'imbécile, maugréa-t-il entre ses dents. Il y en a qui ne comprennent vraiment rien à la conduite en montagne. Tu conduis, Melissa ?

— Oui, et j'ai même fait un essai sur le circuit du Mans, répondit-elle fièrement. Très lentement, bien sûr. Mais je me débrouille. Gabe m'a enseigné la sécurité et Marco, la vitesse.

— Ils auraient dû t'apprendre également qu'il y a des circonstances dans lesquelles il est très difficile pour un homme de s'arrêter, déclara-t-il en se garant devant sa maison.

Elle mit un certain temps à comprendre qu'il ne faisait pas allusion à ses talents de conductrice.

— Ils l'ont fait. Gabe avec un vocabulaire très scientifique et Marco de façon plus terre à terre. Mais si je t'avais demandé de t'arrêter, m'aurais-tu obéi ?

— Je n'en sais rien. Je l'espère. Je suis un homme ordinaire, pas un super-héros. Il ne faut pas me mettre sur un piédestal.

Tant d'honnêteté plut à la jeune femme.

— Avec Marco et Gabe, j'en sais trop sur les hommes pour être tentée de le faire, répliqua-t-elle en riant.

— Pourtant, je croyais que les filles avaient tendance à idéaliser leurs grands frères.

— Ça leur passe en général avant qu'elles aient dix ans.

Ils entrèrent dans la maison.

— Veux-tu partager ma chambre ? lui demanda-t-il.

— Comme tu voudras.

— La décision te revient, insista-t-il avec une pointe d'exaspération dans la voix.

Elle aurait bien aimé passer les nuits avec lui, mais il semblait manifester une telle indifférence qu'elle se refusa à l'avouer.

— Je préférerais avoir ma chambre.

Sans exprimer la moindre déception, il la conduisit dans une pièce magnifique qui donnait sur la mer.

— On se retrouve dans une heure, lança-t-il avant de tourner les talons.

Jamais elle n'aurait dû accepter de séjourner chez lui. Et pourtant, elle aurait été absolument incapable de refuser : même si elle sortait cruellement blessée de cette aventure, elle ne la regretterait jamais. Hawke était dangereux, mais quand ses yeux se posaient sur elle, elle se sentait enfin vivre. Et il suffisait qu'il l'effleure pour que… Son pouls se mit à battre soudain plus vite. Pour lui, elle était prête à perdre son âme, songea-t-elle en se forçant à défaire ses bagages.

Une heure plus tard, le soleil était déjà bas sur l'horizon. L'odeur du bush, un parfum de gâteau fraîchement sorti du four, dominait maintenant les senteurs marines. Elle passa le pantalon de velours qu'elle portait à Shipwreck Bay. Mais comme il faisait beaucoup plus chaud, elle enfila un haut de soie sans manches.

Il lui fallut prendre son courage à deux mains pour ouvrir la porte et sortir de sa chambre, le cœur battant.

Dès que Hawke la vit, une lueur s'alluma dans ses yeux et soudain, Melissa sentit sa timidité s'envoler. Elle se sentait maintenant pleine d'assurance et séduisante comme jamais.

— Tu as bien travaillé ? s'enquit Hawke en lui adressant un sourire qui la fit littéralement fondre.

— Moins que je ne l'aurais dû.

— Tout comme moi, murmura-t-il sur un ton plein de sous-entendus, à la fois taquin et intime, en lui prenant la main. J'avais l'esprit ailleurs… Et maintenant, si nous dînions ?

— Je dois t'avouer que je suis nulle en cuisine, dit-elle tandis qu'ils traversaient le salon. D'ailleurs, on ne m'a jamais encouragée à cuisiner, et comme je me nourris généralement de salades, de steaks et d'œufs, ça ne me gêne pas.

— Personnellement, je ne me débrouille pas trop mal. Mais aujourd'hui, nous nous contenterons du repas que l'intendante nous a préparé.

— Cela fait longtemps que tu possèdes cette maison ?

Elle regretta immédiatement d'avoir posé cette question,

bien qu'elle eût très envie de savoir s'il avait choisi lui-même ce décor fonctionnel et d'une agréable simplicité.

— J'ai grandi ici. C'est ma mère qui s'occupait de l'entretien, sauf quand le propriétaire y venait et qu'il amenait une intendante. Dès que j'ai eu suffisamment d'argent, j'ai racheté la maison, je l'ai fait raser et j'en ai rebâti une pour elle.

Une fêlure dans sa voix avertit la jeune femme que cette histoire n'était sans doute pas aussi simple qu'elle en avait l'air. Mais en dépit de sa curiosité, elle ne chercha pas à en savoir davantage.

— Ta mère est toujours vivante ?

— Non. Elle est morte il y a quelques années.

Elle n'osa rien lui demander concernant son père.

— C'est dur de perdre sa mère. J'avais quatorze ans quand la mienne est morte.

— Ce n'est pas le bon âge.

— Il n'y a pas de bon âge pour cela.

Puis leur conversation prit un tour moins intime. Comme la nuit commençait à tomber, il insista pour ouvrir une bouteille de champagne qu'ils burent en contemplant le coucher de soleil. Enfin Hawke se leva et lui tendit la main :

— Rentrons. Tu risques d'avoir froid.

— Après Shipwreck Bay, ça m'étonnerait, dit-elle en le suivant à l'intérieur. Il fait tellement plus chaud ici qu'on n'a vraiment pas l'impression de se trouver dans le même pays.

— Du nord au sud, la Nouvelle-Zélande s'étend sur près de mille cinq cents kilomètres.

— On m'a dit qu'aucun lieu ne s'y situait à plus de cent kilomètres de la mer.

— C'est exact.

— Rien d'étonnant à ce que ce soit une nation de marins.

L'intendante se révéla une excellente cuisinière et Melissa se fit une joie de mettre la dernière main au repas en compagnie de Hawke. Après avoir dîné, ils s'assirent pour prendre le café et bavardèrent longuement. Elle appréciait la tournure d'esprit de son compagnon, intelligent et rapide, mais sachant également faire preuve d'une compassion qui tempérait sa vision un peu cynique de la vie. Tout ceci avec une intensité et une profondeur agréablement mâtinées d'humour.

Sans pourtant la moindre allusion directe à la raison pour laquelle elle se trouvait là, des images importunes et des arrière-pensées érotiques venaient troubler Melissa, comme pour la préparer à l'inévitable issue de cette soirée. Pour une raison inconnue, tout en l'attendant avec impatience, elle redoutait ce moment, qu'elle tenta de différer jusqu'à ce que lui échappe un léger bâillement.

— Au lit, lança Hawke en se levant.

Un instant, elle hésita à le suivre.

— Tu es trop fatiguée, Melissa ? lui demanda-t-il sur le seuil de sa porte.

En l'entendant prononcer son prénom de cette voix caressante, elle sentit le feu du désir courir dans ses veines.

— Non, chuchota-t-elle.

En riant, il lui prit la main pour en porter la paume à ses lèvres. Lorsqu'il se mit à la lui mordiller doucement, elle frissonna, le cœur battant la chamade, envahie par un flot de sensations d'une acuité presque douloureuse. Hawke appuya les doigts de la jeune femme contre ses lèvres sans cesser de la fixer de son regard intense.

A son tour, elle lui prit la main pour l'examiner avant de l'effleurer de ses lèvres. Il referma les doigts comme pour protéger l'endroit où elle avait posé sa bouche, le souffle court.

— Si tu veux dormir seule cette nuit, murmura-t-il d'une voix rauque, tu ferais mieux de t'enfermer à double tour dans ta chambre.

Levant les yeux vers lui, elle lut dans son regard aux reflets presque métalliques toute la force désespérée de son désir.

— Je n'y tiens pas, répondit-elle doucement en se lovant contre lui.

Au lieu de l'embrasser, il la dévisagea avec une intensité farouche.

— Tu me surprends sans cesse.

— Je ne le fais pas exprès, répondit-elle, surprise de ce compliment.

— Je le sais, et c'est précisément ce qui te rend si désirable, dit-il en lui souriant avant de lui fermer la bouche d'un baiser.

Bien plus tard, seule dans son lit, en se rappelant cette étreinte passionnée, Melissa sentit les larmes lui monter aux yeux. Pourtant, elle aurait dû être complètement détendue, un sourire béat aux lèvres, ronronnant comme une chatte comblée. Hawke avait toutes les qualités qu'une femme pouvait souhaiter, tendre ou sauvage selon les circonstances, tantôt patient et généreux, tantôt emporté et fougueux. A la fin, ils n'étaient plus capables ni l'un ni l'autre de contrôler l'ardeur de leur excitation.

Dans ce cas, pourquoi ressentait-elle cette pointe de mélancolie ? S'il l'avait laissée seule, c'est qu'elle avait exigé une chambre séparée sans oser, après coup, lui demander de passer la nuit auprès d'elle. Le problème était ailleurs : il était si irrésistible qu'elle redoutait secrètement de ne pouvoir vivre sans lui désormais. Les yeux humides, elle sombra dans le sommeil.

Lorsqu'elle se réveilla, le lendemain matin, il pleuvait.

— Une pluie de printemps, déclara Hawke. Ici, c'est la saison la plus humide.

Le ciel d'un gris d'acier contrastait admirablement avec la plage dont le rose était encore avivé par l'humidité.

— C'est beau, dit la jeune femme. J'aime cette pluie.

— Comme il est prévu que le temps se lève dans l'après-midi, nous ferions mieux de travailler ce matin. Veux-tu que nous allions nous promener après le déjeuner ?

— Et sinon, que me proposes-tu ? dit-elle, troublée à la pensée qu'il avait déjà fixé leur emploi du temps.

— On peut rester à la maison, répondit-il en lui jetant un regard plein de sous-entendus, mais je m'en voudrais de ne pas te montrer les beautés de cette région. De toute façon, les nuits sont longues.

La journée se déroula comme prévu : après qu'ils eurent travaillé chacun de leur côté toute la matinée, il voulut lui faire connaître l'endroit où il était né, au cœur de la plus ancienne zone de peuplement européen : une petite maison au bord d'une ria du Kerikeri, située tout près d'une fortification maorie.

— On appelle ce genre de bastion un *pa*. Les flancs de la colline ont été creusés de tranchées défendues par des palissades de bois.

— Les maisons ne doivent pas être très anciennes. Moins de deux cents ans, n'est-ce pas ?

— Nous sommes une jeune nation. En Illyria, de quand datent les plus vieux bâtiments ?

— Le château où vit Gabe a plus de six cents ans, et sur une montagne, on a même découvert un menhir vieux de quatre mille ans.

Elle frémit à cette évocation, car ce menhir, comme de nombreux vestiges d'Illyria, avait sa légende, liée à sa propre famille, une histoire de meurtres sanglants où intervenait un lutin gardien d'un trésor fabuleux.

A son tour, Hawke lui raconta l'histoire des premiers habitants de la Nouvelle-Zélande qui avaient lancé leurs canots en direction du couchant pour explorer et peupler tout le Pacifique. Fascinée par ce récit, Melissa s'avoua qu'elle l'aurait écouté pendant des heures. Elle l'imaginait tellement bien en conquérant radieux, se battant avec fougue pour défendre les valeurs auxquelles il tenait…

Le lendemain, il l'emmena à l'extrême nord du pays, une péninsule longue et étroite où s'élevait un phare qui marquait le lieu de rencontre de deux mers. En bas de la falaise, Hawke montra à la jeune femme le sentier qu'empruntaient les âmes des Maoris après leur mort pour se rendre dans l'au-delà et le vieux pohutukawa qui indiquait la limite du monde terrestre. Puis ils déjeunèrent de délicieux fruits de mer avant d'aller admirer une forêt d'énormes kauris.

Un après-midi, il emmena Melissa voir les baleines et les dauphins non loin de l'île de Piercy qui formait comme un arc de pierre au-dessus des flots.

Et chaque nuit, entre ses bras, il l'emportait dans le merveilleux paradis du désir et de la volupté. Une fois leurs ébats terminés, il se retirait dans sa chambre, la laissant se morfondre dans son lit. Jamais il n'évoquait l'avenir. Comme si cette semaine devait rester un simple interlude dans leurs deux vies.

— En ta compagnie, je me sens presque vieux, lui dit-il le dernier jour, tandis que, sur la plage située derrière chez lui, ils rassemblaient les restes de leur pique-nique.

— Je ne vois vraiment pas pourquoi. A vingt-trois ans, je pourrais déjà être mariée, remarqua-t-elle avant de se hâter d'ajouter : j'ai déjà le droit de voter, de conduire, de boire, d'emprunter et d'acheter une maison. Je suis une adulte.

Pour se donner une contenance, Melissa mordit dans une pomme avant de tourner les yeux vers lui, le cœur battant. Il était couché sur le dos, vêtu de son seul maillot de bain. Les gouttelettes répandues sur sa peau bronzée accentuaient encore le relief de ses cuisses et de ses épaules puissamment musclées et la minceur du reste de son corps.

Parcourue par une onde de désir irrésistible, Melissa ferma les yeux tout en se serrant contre lui.

— Que t'arrive-t-il ? demanda-t-il sur un ton très détaché.

Comme elle détournait la tête, il la prit par l'épaule pour l'attirer à lui.

— Dis-moi, insista-t-il.

— Tout est merveilleux, dit-elle en s'appliquant à donner à sa voix la note juste, exactement entre plaisir et regret.

A ses yeux à lui, leur histoire ne revêtait guère d'importance, elle en était convaincue. Bien sûr, elle devait lui plaire, mais il n'avait pris aucun engagement, même s'il lui avait donné infiniment plus qu'elle n'attendait. Si elle était tombée amoureuse, elle ne pouvait vraiment pas le lui reprocher.

Son cœur se serra. Amoureuse ?

Impossible. Elle n'aimait pas Hawke Kennedy. Il lui avait fait découvrir le sexe, voilà tout. Et il allait lui manquer, terriblement. C'était un homme complexe, fascinant, et d'une parfaite intégrité sous son masque désinvolte.

Mais elle ne pouvait pas l'aimer…

— C'est toi qui es parfaite, dit-il en l'embrassant sur la tempe.

Nouant ses bras autour de son cou, elle lui tendit les lèvres. De nouveau, ils firent l'amour sous le dôme vert qui les protégeait de tout regard. Puis Melissa s'endormit dans les bras de son compagnon. A son réveil, elle était seule. Se soulevant sur un coude, elle le chercha au-delà de l'épais branchage. Il se tenait au bord de l'eau. Tandis qu'elle le contemplait avec une intensité presque désespérée, pour tenter d'emmagasiner ce souvenir, il se pencha pour ramasser un galet qu'il lança vers la mer avec une force qui la surprit. Le caillou fit plusieurs ricochets avant de s'enfoncer.

Elle poussa un soupir avant de se décider à se lever pour se rhabiller. Demain, il l'emmènerait à l'aéroport de Kerikeri. Puis elle prendrait l'avion pour Auckland et de là pour l'Illyria où elle allait passer une semaine avec Gabe. Vingt-quatre heures de vol devraient lui suffire pour se convaincre que tout était fini et classer cet épisode dans un coin de sa mémoire.

Quand il revint, elle était complètement rhabillée et les restes du pique-nique étaient rangés dans le panier.

— Prête à partir ? s'enquit Hawke en la fixant d'un œil narquois.

— Pas forcément. Nous pouvons rester encore un peu, si ça te dit.

— Ne me tente pas. Mieux vaut rentrer. D'ailleurs, j'attends un coup de fil.

— J'ai passé des moments merveilleux, ici, dit-elle en soupirant. Tout est si beau. Ce n'est pas étonnant que tes parents aient choisi d'y vivre.

— Même si ma mère vivait ici et si j'ai grandi dans une petite maison de ce village, j'ai vu pour la première fois mon père lorsque j'avais quatorze ans. Ils avaient eu une amourette de vacances quand elle avait dix-neuf ans, mais quand elle a compris qu'elle était enceinte, elle ne lui a rien révélé. Par fierté.

— Excuse-moi. J'ignorais…

— Aucune importance, coupa-t-il en haussant les épaules. Ici, tout le monde est au courant. Quand j'ai eu des problèmes, à l'adolescence, elle a repris contact avec lui. A sa décharge, il a tout de suite pris ses responsabilités et m'a envoyé en pension. Puis il a acheté dans le village une maison dont ma mère est devenue l'intendante.

Il s'interrompit pour ramasser le panier avant de commencer à gravir la colline. La montée était assez rude pour leur ôter toute envie de parler. Melissa le suivit, le cœur lourd, songeant à cet enfant qui avait grandi sans père. Même si ses propres parents ne s'entendaient pas, au moins avaient-ils eu le mérite d'être là.

Arrivée sur la terrasse, elle se retourna pour contempler la plage de sable rose, marquée de leurs seules traces de pas. Les larmes lui montèrent aux yeux. Dans six heures, la marée les aurait effacées, exactement comme Hawke allait l'effacer de sa vie, à jamais.

6

Melissa aurait voulu pouvoir tout se rappeler : l'odeur verte de l'océan, les feuilles argentées des pohutukawas frémissant dans la brise, le picotement du sable sur sa peau, le clapotis des vagues sur la plage. Tout ce dont était fait le bonheur, songea-t-elle en se reprochant aussitôt d'être trop sentimentale, trop romantique, trop stupide.

Il s'agissait d'une petite histoire sans importance, une semaine de plaisir agrémenté de conversations intelligentes, et qui, pour Hawke, ne signifiait rien de plus.

— Je déballe le contenu du panier, déclara-t-elle en entrant dans la maison.

— Je vais t'aider. Mais..., murmura-t-il en s'arrêtant net avant de se placer instinctivement devant Melissa pour la protéger.

Elle se figea à son tour : quelqu'un traversait le hall.

La porte s'ouvrit et une voix féminine retentit, sensuelle, un peu traînante :

— Chéri, heureusement...

— Jacoba ! s'exclama Hawke. Que diable fais-tu ici ?

Livide, Melissa s'écarta de lui. Jacoba Sinclair était debout sur le seuil du couloir menant aux chambres, rayonnante de beauté avec ses cheveux cuivrés tombant en cascade sur ses épaules, sa peau laiteuse et son corps de déesse moulé dans une robe de soie.

— Désolée, lança la nouvelle venue d'une voix particulièrement inexpressive.

Sur un ton légèrement ironique et cérémonieux, Hawke fit les présentations, en précisant que Jacoba était une vieille amie.

— Chéri, reprit le top-modèle après avoir adressé à la jeune femme un petit signe de tête, je sais que j'ai un jour d'avance, mais j'ignorais que tu avais une visite. Bonjour, Melissa.

Bouleversée, celle-ci réussit toutefois à sourire.

— Bonjour. Je devais partir demain matin, mais si c'est préférable, je peux quitter cette maison dès aujourd'hui.

— Il n'en est pas question, s'écria Hawke. Jacoba, je vais appeler Mme Farr pour qu'elle vienne faire ton lit.

— C'est inutile, dit-elle en lui adressant un charmant sourire. Je m'en chargerai moi-même. Dans quelle chambre ?

— Je vais te la montrer.

— Je m'occupe du panier, dit Melissa, dévastée par un flux d'émotions et de sentiments contradictoires.

— Merci, lui répondit Hawke.

Elle déballait machinalement les restes du pique-nique quand l'arrivée de l'intendante la fit sursauter.

— Laissez-moi faire, madame Considine. Vous devez avoir besoin de prendre une douche.

En plein désarroi, la jeune femme s'empressa de regagner sa chambre. Lorsque Hawke avait prétendu n'avoir aucune liaison sérieuse, elle l'avait cru. Et pourtant, Jacoba semblait absolument chez elle dans cette maison, où, de toute évidence, elle était attendue, sinon le jour même, du moins un peu plus tard.

Et il était clair que même si elle avait cherché à donner le change, elle avait réagi au nom de Melissa de façon particulière. Hawke avait donc menti.

Désespérée, la jeune femme resta longtemps sous la douche comme pour tenter de se débarrasser non seulement du sable et du sel qu'elle avait sur la peau, mais aussi du souvenir de leurs étreintes. Mais elle avait beau frotter, elle savait que jamais elle ne réussirait à l'effacer de sa mémoire.

Elle sauta dans les premiers vêtements qui lui tombèrent sous la main, un jean et un T-shirt, avant de se dire qu'elle ne pouvait pas se laisser aller à ce point. Après réflexion, elle choisit un pantalon plus élégant et une chemise de coton, avant d'attacher ses cheveux sur la nuque et de se maquiller avec soin pour raviver un peu la pâleur de son teint. Lorsqu'elle se décida à sortir de sa chambre, le crépuscule tombait déjà.

Hawke l'attendait dans le salon, le visage fermé.

— Je suis désolé, lui dit-il, mais Jacoba, qui est une vieille amie, a quelques problèmes en ce moment.

— Aucune importance, répondit-elle sans se démonter. Je comprends parfaitement.

— Elle est en train de dîner dans sa chambre.

Ils parlèrent de choses et d'autres, mais sans retrouver la complicité qui les unissait jusque-là. Même si Melissa avait l'impression d'y mettre une énergie désespérée, Hawke aurait préféré la voir au diable, elle en était certaine.

— Je vais faire mes bagages, déclara-t-elle dès qu'ils eurent terminé leur repas. Comme je dors toujours très mal en avion, je préfère me coucher tôt avec un petit calmant.

Il parut accepter cette décision. Mais à peine eut-elle franchi la porte qu'il lui courut après pour la prendre dans ses bras et l'embrasser de façon si convaincante qu'elle ne put s'empêcher de lui répondre, malgré sa colère. Durant quelques secondes, elle perdit tout contrôle d'elle-même dans le feu du désir qui la dévorait.

— Tu penseras à ça dans l'avion, lui murmura-t-il.

Elle dormit mal. Le lendemain matin, elle se réveilla avec les yeux cernés, mais réussit à trouver en elle-même plus de ressources qu'elle ne croyait en posséder.

Hawke la conduisit à l'aéroport où ils se dirent au revoir avec une politesse très détachée.

— Appelle-moi dès que tu arriveras, lui demanda-t-il pourtant. Je serai encore ici.

— D'accord.

Avec soulagement, Melissa s'assit sur le siège de la navette qui devait atterrir à Auckland dans moins d'une heure. Tout en fixant sans le lire le journal qu'elle avait acheté, elle chercha à effacer de son esprit l'image obsédante de Hawke. Tandis que l'avion prenait de l'altitude, elle suivit longuement des yeux sa haute silhouette adossée au 4×4 garé sur le parking de l'aéroport. Au-dessus de la baie des Iles, elle ouvrit de nouveau son magazine où elle aperçut Jacoba Sinclair qui lui souriait de ses dents parfaites. Le titre était discret, « Retour au bercail d'un modèle néo-zélandais », mais l'article très explicite précisait que Jacoba Sinclair revenait au pays pour retrouver son fiancé, le riche homme d'affaires Hawke Kennedy. En se mordant la lèvre, Melissa referma définitivement le journal avant de regarder fixement les nuages qui défilaient à l'extérieur du hublot.

— J'en ai assez de te voir te morfondre, déclara Gabe. Où est le problème ?

— Il n'y a pas de problème, répondit la jeune femme en essayant de sourire.

— Moi qui te croyais incapable de mentir !

Melissa fixa la petite tour qui dominait la piscine, un ancien pigeonnier que son grand-père avait transformé en pavillon. Sentant la détermination de Gabe, elle comprit qu'elle n'était pas de taille à lutter.

— Eh bien, dit-elle, il existe effectivement un problème. Mais il m'appartient. Et j'ai depuis longtemps passé l'âge de me confier à toi avec la certitude de voir s'envoler tous mes soucis. C'est une question qu'il me faut régler toute seule.

S'approchant d'elle, Gabe lui passa un bras autour du cou sans paraître remarquer le geste qu'elle avait esquissé pour se dégager.

— Tout va bien ?

Elle ne répondit pas, les yeux toujours rivés sur le toit du pigeonnier. La nuit précédant son départ de la baie des Iles, elle avait eu ses règles, ce qui l'avait bizarrement fait pleurer, alors qu'elle aurait dû être soulagée de ne pas être enceinte.

— Lissa, insista Gabe.

Ce surnom enfantin lui fit monter les larmes aux yeux.

— Tout va bien, répéta-t-elle, la gorge serrée.

— Tu n'as pas d'ennuis ? s'enquit-il en la fixant d'un regard désagréablement inquisiteur.

— Rien de sérieux, en tout cas, répondit-elle en souriant pour tenter de le rassurer. Je suis un peu perturbée mais ça passera.

— Je suppose que ça devait arriver un jour ou l'autre, déclara-t-il après un court silence.

— Quoi donc ?

— Des peines de cœur. Si je peux t'aider…

Autrement dit, il reconnaissait qu'elle était une adulte et renonçait à se mêler de ses affaires. Rassurée, elle se jeta dans ses bras sans s'expliquer davantage. Même si elle l'avait toujours adoré, il était trop renfermé pour qu'ils aient jamais été très proches.

— Veux-tu venir avec moi à Bangkok ? lui proposa-t-il.

— Non, merci. Je préfère rester ici. Je n'ai que trop pris l'avion ces derniers temps.

— Tu ne vas pas t'ennuyer ou te sentir abandonnée ?

— Pas du tout. Je passerai la semaine à lézarder au bord de la piscine et à parcourir la région à cheval en quête de l'emplacement idéal pour bâtir un palace.

L'ancien château des grands-ducs d'Illyria, le Repaire du Loup, était situé à l'entrée d'une vallée à l'incroyable beauté. Pourtant, durant les jours qui suivirent, ce furent d'autres montagnes, situées aux antipodes, qui ne cessèrent de hanter la jeune femme.

Sans parler de la crique de sable rose sous le soleil brûlant…

Hawke lui manquait au point qu'elle commençait à avoir peur elle-même de l'intensité de ses sentiments. Si le désir était si douloureux, songea-t-elle en scrutant le sentier qu'elle arpentait à cheval, jamais elle ne tomberait amoureuse.

— Vous devriez monter jusqu'au rocher, lui avait conseillé l'intendante du château, le matin même. C'est un lieu favorable à votre famille. Racontez à votre aïeule la reine ce que vous avez sur le cœur. Elle pourra vous aider.

La reine à laquelle elle faisait allusion avec tant de respect était la fondatrice, selon les contes, de la maison royale des Considine. Elle avait apporté en Illyria, déchiré par la guerre, le merveilleux collier de rubis qui légitimait leur pouvoir. Même après son assassinat par des brigands, au pied du rocher, son fantôme avait protégé le trésor jusqu'à ce que le premier Considine arrive à la tête d'une troupe de mercenaires. Pour le mettre à l'épreuve, la reine lui était apparue sous les traits d'une vieille femme et lui avait offert les rubis, lui promettant, s'il l'épousait, de régner sur cette vallée qui s'étendait jusqu'à la Méditerranée. En homme pragmatique, il avait accepté.

A son grand étonnement, l'amour avait accompli un miracle, et rendu à sa femme sa jeunesse et sa beauté. Ils avaient ainsi fondé une nouvelle dynastie, et depuis ce jour, la paix avait régné sur ces terres… jusqu'à ce qu'un dictateur vienne usurper le trône.

— Je doute que la reine se soucie de moi, avait dit Melissa à l'intendante.

— Elle est la fondatrice de votre maison. Elle se soucie forcément de vous, avait lancé Marya, scandalisée.

Elle croyait dur comme fer à cette histoire, comme tous les paysans de la vallée.

— Allez-y, il fait un temps magnifique. Il vous faut chasser de votre cœur cette tristesse. Je vous ai préparé un petit en-cas pour le déjeuner.

Marya, à présent très âgée, avait connu l'époque bénie précédant le coup d'Etat et était restée seule à savoir où le grand-père de Melissa, le grand-duc d'alors, avait caché le fameux collier de rubis, surnommé le Sang de la Reine. A la mort de l'usurpateur, elle avait réussi à entrer en contact avec Gabe pour lui révéler cet emplacement.

Docilement, Melissa avait fait gravir à son cheval le sentier montant au col, où la roche glaciaire, fièrement dressée dans l'herbe épaisse au bord d'un torrent, marquait la limite de la principauté. Il était facile d'imaginer que le fantôme de la reine continuait à hanter ce paysage dont Melissa avait toujours trouvé l'atmosphère un peu oppressante. Mais aujourd'hui, il lui semblait si paisible qu'elle se sentit soudain merveilleusement détendue. Après avoir attaché et abreuvé son cheval, elle s'assit dans l'herbe pour le contempler, adossée au menhir.

La pierre, de toute évidence très ancienne, avait été polie en plusieurs endroits, comme si les hommes qui l'avaient dressée là avaient cherché à en atténuer les aspérités avec leurs instruments primitifs. Il régnait un profond silence que ne venait rompre ni cri d'oiseau ni bourdonnement d'insecte. Tout semblait suspendu dans l'attente d'un événement.

— Ce ne sont que de vieux contes, dit-elle tout haut d'une voix dont l'écho lui revint curieusement.

Haussant les épaules, elle se rappela qu'elle s'était toujours moquée de ces superstitions. Quand Marya lui avait suggéré de raconter ses soucis à l'esprit des lieux, cela l'avait fait sourire.

Pourtant elle éprouvait le besoin de rompre ce silence oppressant. Parler de son chagrin à voix haute l'aiderait peut-être à affronter sa propre folie.

— Je suis tombée amoureuse, dit-elle simplement. Ou plutôt, j'ai eu une aventure. Je suppose que c'est ainsi qu'on peut appeler une liaison d'une semaine. Et même s'il prétendait qu'il n'y avait que moi dans sa vie, sa maîtresse, une splendide rousse au teint de lait, est venue le rejoindre deux jours trop tôt. Je ne suis pas de taille à lutter.

Bien que ce fût encore l'automne, l'air était glacé et le ciel d'un bleu froid et brillant, sans le moindre nuage.

— Il a beau être très séduisant, j'avais confiance en lui, poursuivit-elle avec réticence. Mais il était au courant de la venue de Jacoba et avait même dû la prévoir. Je me suis sentie salie, surtout quand j'ai compris qu'il lui reviendrait toujours. Comme je croyais représenter quelque chose pour lui, mon orgueil s'en est trouvé profondément blessé.

Elle s'arrêta pour écouter, mais fut de nouveau confrontée au silence.

— Si seulement..., reprit-elle avant de se dresser soudain.

Alors que le rocher de granit où elle s'appuyait était auparavant froid comme la glace, elle avait senti une onde brûlante parcourir son corps de part en part. En s'écartant, elle perçut au loin un bourdonnement, un hélicoptère sans doute. Peut-être Gabe, de retour plus tôt que prévu. A moins que ce ne fût Marco. Et sans doute cette sensation bizarre de brûlure n'était-elle qu'une réaction de sa peau engourdie par le contact de la pierre.

Melissa mit une demi-heure à redescendre dans la vallée. Après avoir ramené son cheval à l'écurie, elle traversa le parc pour revenir au château. A peine était-elle entrée que Marya surgit à côté d'elle.

— Je vous avais bien dit qu'elle vous aiderait, déclara-t-elle d'un air satisfait. La reine vous a rendu votre amoureux.

— Comment ? dit Melissa qui se figea soudain en voyant Hawke apparaître à l'autre extrémité du hall.

Il s'approcha d'elle à grands pas, l'air toujours aussi calme et détaché.

— Bonjour, princesse, dit-il sur un ton légèrement moqueur.

Même si elle rejetait toute superstition, Melissa se souvint que l'hélicoptère était entré dans la vallée au moment où elle touchait le rocher et son cœur se mit à battre follement. Au loin, elle crut entendre l'écho d'un rire cristallin.

— Bonjour, Hawke, répondit-elle en se redressant fièrement. Quelle surprise !

— Vraiment ?

— Pouvez-vous nous apporter du thé dans le petit salon ? demanda-t-elle à Marya dont elle sentait le regard curieux peser sur elle.

De la main, elle fit signe à Hawke de la suivre dans l'escalier vers le premier étage. Que venait-il faire chez elle ? Etait-il venu la chercher ? Voilà qu'elle retombait dans ses rêves insensés… Il l'avait pourtant prévenue qu'il n'avait rien d'un prince charmant.

— En survolant la vallée, j'y ai remarqué des signes d'activité, déclara-t-il tout en gravissant les marches avec une élégante aisance. On voit que Gabe n'a pas perdu son temps.

Soulagée de le voir choisir un sujet peu compromettant, Melissa s'empressa de lui répondre.

— Il s'était engagé à fournir aux agriculteurs les infrastructures que leur refusait son prédécesseur. Ils ont tellement souffert de leur fidélité à notre famille que c'est justice de tenter de les en récompenser. Gabe n'a accepté de reprendre son titre que par respect pour le souvenir de notre père, et parce que le peuple l'exigeait.

— Je le sais bien.

Quelles que soient les raisons de la présence de Hawke, se dit-elle en le faisant asseoir, il fallait avant tout qu'elle se protège : la semaine précédente, elle avait vécu un véritable enfer. En le laissant s'approcher d'elle de nouveau, elle ne ferait que réactiver ses souffrances, ce qu'elle voulait éviter à tout prix. Pourtant, malgré l'attitude réservée qu'elle avait décidé d'adopter, elle ne pouvait empêcher son cœur de palpiter, ni ses yeux de chercher son visage.

— Qu'es-tu venu faire ici ? s'enquit-elle.

— Je suis venu te voir, répondit-il comme s'il n'y avait rien de plus naturel que d'abandonner sa maîtresse en titre pour se présenter chez une autre sans crier gare.

— Comment va Mme Sinclair ?

C'est à ce moment, bien sûr, que surgit Marya avec son plateau. En l'apportant elle-même au lieu de le confier à une femme de chambre, elle montrait bien toute l'importance qu'elle accordait à cet hôte.

— Elle va bien et m'a demandé de te transmettre ses salutations, répondit-il quand l'intendante se fut retirée.

— Tu l'assureras de ma considération, déclara la jeune femme sur un ton courtois, alors qu'elle bouillait intérieurement.

Elle versa du thé dans une tasse qu'elle offrit à Hawke.

— Elle n'est pas ma maîtresse, déclara-t-il en l'acceptant.

— Evidemment, coupa Melissa avec une ironie manifeste. D'ailleurs, c'est un mot tellement démodé ! Et je suis convaincue qu'elle gagne suffisamment d'argent pour ne pas avoir besoin de quelqu'un qui l'entretienne.

— Et elle ne l'a jamais été. C'est une amie de longue date.

Une vieille — et très chère — amie, qui ne se privait pas de l'appeler « chéri » ni de débouler chez lui sans être attendue, songea-t-elle avec amertume.

— Ce n'est absolument pas mon affaire, répliqua-t-elle, sans laisser paraître la colère qui montait en elle.

— Ne sois pas stupide, Melissa, s'exclama Hawke avec impatience. Bien sûr que c'est ton affaire, puisque nous sommes amants, toi et moi.

— Nous l'avons été, corrigea-t-elle, pendant quelques jours.

— J'ai bien deviné ce que tu pensais, mais il m'était impossible de lui demander de partir, compte tenu des graves problèmes personnels qui l'avaient contrainte à se réfugier chez moi.

— J'espère qu'elle va mieux.

— Moi aussi. Tu me crois, au moins ?

— Bien sûr.

Effectivement, la vie de Jacoba ne devait pas être heureuse, puisque l'homme qu'elle aimait venait de passer la semaine avec une autre. Si Hawke considérait leur relation comme très ouverte, il n'en allait sûrement pas de même pour elle.

Sous son regard perçant et évaluateur, Melissa sentit une onde de tension monter en elle. Chacun de ses nerfs vibrait douloureusement tandis qu'elle portait calmement sa tasse à ses lèvres. Pourquoi ne pouvait-il pas au moins se montrer honnête à son égard ?

— Je comprends tes soupçons car je n'ignore rien des ragots qui courent sur nous depuis des années. Il m'est impossible de te prouver que nous n'avons jamais couché ensemble. Pas plus que tu ne peux me prouver que l'homme qui t'a accompagnée dans tes sorties ces trois derniers mois n'était pas ton amant.

Cette attaque ouverte fit perdre définitivement contenance à la jeune femme.

— Tu veux parler d'Otto ?

— Oui, Otto Deauville.

Comment avait-il pu ne pas remarquer qu'elle était vierge ?

— Il préfère les hommes.

— Tu ne savais pas qu'il était bisexuel ?

— Non, répondit-elle avec une pointe d'étonnement. D'ailleurs ça ne me concerne pas. C'est un ami, sans plus.

— Je te crois, dit-il après l'avoir fixée longuement d'un regard inquisiteur.

— Je t'en remercie, rétorqua-t-elle d'un ton ironique en lui présentant une tranche de cake.

On ne pouvait comparer leurs deux situations : alors qu'Otto ne faisait aucun mystère de ses goûts sexuels, Jacoba semblait comme chez elle dans la maison de Hawke. Melissa avait remarqué entre eux de petits signes qui trahissaient une intimité longtemps partagée.

— Pourquoi être venu jusqu'ici, Hawke ? demanda-t-elle, toujours sur la réserve. Quand tu m'as dit au revoir, nous savions tous les deux que cette histoire était terminée.

Elle retint son souffle dans l'espoir qu'il allait la rassurer et lui jurer qu'elle représentait pour lui bien plus qu'une simple aventure.

— Je ne voulais pas te laisser croire que nous étions amants, Jacoba et moi. Je suis venu te détromper.

— Je me demande pourquoi tu y accordes tant d'importance, rétorqua-t-elle, piquée au vif. Personnellement, j'ai trouvé exactement ce que je cherchais avec toi : quelques jours d'une agréable détente.

— Eh bien, il n'en va pas de même pour moi, dit-il d'une voix forte. Tu me manques et je suis venu te demander si je te manquais, moi aussi.

7

Un éclair de bonheur illumina le cœur de Melissa.

— A moi aussi, tu m'as manqué, reconnut-elle.

Elle vit Hawke se détendre enfin, comme si les quelques mots qu'elle avait prononcés suffisaient à rompre la tension qui l'habitait.

— Je n'ai pas su m'y prendre, admit-il en lui souriant.

— Tu n'es pas le seul responsable. Tous les deux, nous sommes allés bien trop vite.

— Excuse-moi, mais j'ai eu peur de laisser passer ma chance. Tu méritais mieux que ça. Je suis désolé.

Quelque chose, dans sa voix, l'empêchait de le croire.

— Vraiment ?

— Comment pourrais-je regretter de si merveilleux moments ? En fait, dès notre premier baiser, je suis rentré à Auckland pour mettre un terme à une relation sans grande importance que j'avais là-bas.

Melissa sentit l'aiguillon de la jalousie transpercer de nouveau son cœur.

— Même si ce n'était pas allé très loin, je ne voulais pas qu'il y ait le moindre doute. Tout en ignorant tes sentiments, je me devais de tenter ma chance.

Une bouffée de joie sans mélange submergea Melissa. Voilà que débutait enfin la relation qu'elle attendait depuis toujours… Jamais elle n'oublierait les merveilleux moments passés dans les bras de Hawke. Même si elle attendait de lui bien davantage encore que ce désir insensé qu'il faisait naître en elle dès le premier regard.

Avant qu'elle ait eu le temps de lui répondre, l'intendante fit irruption, l'air inquiet.

— Son Altesse vous demande au téléphone, dit-elle en utilisant la langue de l'Illyria. Elle a demandé qu'on vous passe la communication dans son bureau.

— Très bien, répondit Melissa en anglais, avant de se tourner de nouveau vers Hawke. Je suis désolée, mais ce doit être important pour que Gabe m'appelle sur sa ligne professionnelle.

— Je t'en prie.

Le bureau de Gabe, une charmante pièce entièrement lambrissée, lui servait le plus souvent de salon. De l'autre côté de la cour se trouvait une autre pièce équipée du matériel le plus moderne de la bureautique.

Après avoir refermé la porte, Melissa prit l'appareil.

— Gabe ?

— Désolée, Lissa, mais j'aurais besoin d'un document. Peux-tu déverrouiller la sécurité ? dit-il avant de lui donner la combinaison du coffre.

— C'est fait. Que te faut-il exactement ?

— Tu vois un dossier étiqueté « Papiers personnels » ?

— Oui.

— Il contient mon acte de naissance.

— Oui.

A l'autre bout de la ligne, elle perçut une voix féminine.

— Lissa, dit Gabe d'une voix où perçait un léger amusement, peux-tu me l'envoyer à mon bureau de Londres ? Mon assistante le réceptionnera là-bas.

— Je m'en occupe immédiatement.

— Merci. Tout va bien ?

— Tout va bien.

Tout en glissant le papier dans une enveloppe, elle se demanda ce que Gabe voulait faire de ce document et qui se trouvait avec lui. Peut-être une autre femme avait-elle réussi à reconquérir ce cœur que Sara Milton avait dédaigné…

Impatiente de retrouver Hawke, Melissa se força cependant à écrire un mot qu'elle glissa également dans l'enveloppe tout en réfléchissant. Elle avait du mal à accepter son amitié avec Jacoba Sinclair et n'admettrait jamais aucun partage. S'il refusait de quitter le top-modèle, elle devrait trouver en elle-même la force de le renvoyer définitivement.

— Tout va bien ? demanda anxieusement Marya qui était apparue sur le seuil.

— Oui. Il faut simplement lui envoyer ces documents à Londres, dit Melissa. Pouvez-vous vous charger de les poster ?

— Bien sûr, répondit l'intendante en jetant à l'enveloppe un regard bizarre.

Au moment où la jeune femme, le cœur partagé entre l'espoir et la crainte, soulevait le dossier pour le ranger, une photo s'en échappa et tomba sur le sol. En découvrant qu'il s'agissait d'un cliché représentant Hawke et Sara, l'ex-fiancée de Gabe, Melissa sentit son cœur s'arrêter de battre et chancela, prise d'un soudain vertige.

Ils étaient debout, nus tous les deux, et dans le regard de Hawke se lisait un désir parfaitement explicite. A l'arrière-plan, on apercevait un lit à baldaquin drapé d'écarlate et sur le mur, un tableau impressionniste représentant un champ de blé.

Au dos de la photo était imprimées l'heure : 2 heures du matin, et la date. Lentement, Melissa la mit dans sa poche avant de ranger le dossier derrière la porte blindée qu'elle referma. Elle se sentait au bord de la nausée.

Elle comprenait enfin pourquoi Gabe avait rompu son engagement avec Sara. Mais comment Hawke avait-il pu coucher avec la fiancée de Gabe, son ami ?

Une trahison ignoble, répugnante…

Cette photo avait été prise dans le château français de Hawke, quelques heures seulement après qu'il l'eut fait danser au mariage de Marie-Claire.

— Je suis vraiment stupide, murmura-t-elle en s'appuyant au dossier d'une chaise pour tenter de se redresser.

Une danse ne signifiait rien et elle n'avait aucun droit de

se sentir trahie. En revanche, l'événement avait eu lieu deux semaines après l'annonce officielle des fiançailles de son frère, un engagement que toute la presse avait commenté avec autant d'incrédulité que d'excitation. Hawke, qui était également invité au mariage de Marie-Claire, avait offert l'hospitalité à Sara et à Gabe, et ceux-ci avaient passé chez lui la nuit précédant la cérémonie. Mais le soir du mariage, Sara s'était retrouvée seule, Gabe ayant dû quitter la France, appelé par des obligations liées à sa charge.

Seule… Pas exactement.

La gorge de Melissa se serra. Elle avait beau avoir envie de se rouler en boule dans un coin et d'y rester, comme un animal blessé, il fallait réfléchir. Comment Gabe pouvait-il être en possession de cette photo ? Elle devait être l'œuvre d'un des innombrables paparazzi qui avaient harcelé la famille après l'annonce de ses fiançailles avec une inconnue. Au lieu de la publier, le photographe l'avait fait parvenir à Gabe.

Chantage ?

Non. Gabe n'était pas le genre d'homme qu'on fait chanter, et si quelqu'un s'y était risqué, Sara, qui avait bien plus à perdre que lui dans ce scandale, aurait été une cible toute désignée. Mais le maître chanteur avait sans doute espéré que Gabe paierait pour éviter que le cliché ne soit publié dans la presse.

— Oh, Gabe…, murmura Melissa, le cœur lourd de chagrin et de compassion.

Il avait eu beau sauver la face, ses proches, eux, savaient combien il avait souffert. Elle secoua la tête. Quelle garce stupide, cette Sara ! Alors que Gabe était fou d'elle…

Bizarrement, en apprenant que Sara passait le mois qui avait suivi la rupture dans une propriété appartenant à Hawke, à la campagne, Melissa avait trouvé que c'était courageux, de la part de celui-ci, d'accueillir une femme sans défense contre la meute de journalistes qui la traquait… Quelle naïveté ! Sara et Hawke devaient bien rire d'avoir su si habilement tirer leur épingle du jeu.

D'un pas déterminé elle se dirigea vers la porte. Gabe avait mis un terme à sa relation avec Sara de manière brutale mais correcte. Elle devait se comporter de la même façon vis-à-vis de Hawke : lui faire comprendre qu'il n'avait plus de place dans sa vie, ni comme amant ni comme ami. Par loyauté envers son frère, autant que pour ménager son propre orgueil. Relevant la tête, elle se souvint qu'elle était une Considine et méritait mieux que de passer après Jacoba Sinclair, sans parler de Sara.

Elle méritait un homme en qui elle pût avoir confiance.

Il fallait que Hawke quitte immédiatement le château. Naturellement, Gabe finirait par apprendre sa visite, mais elle voulait pouvoir lui dire qu'il ne s'était pas attardé.

Il lui fallut bien du courage pour emprunter le corridor décoré de portraits de ses ancêtres qui menait au petit salon. La veille, tout en disposant des fleurs dans ce grand vase, elle avait pensé qu'elle ne saurait être plus malheureuse.

Elle se trompait.

Arrivée à la porte, elle s'arrêta un instant pour reprendre son souffle avant de pénétrer dans la pièce. Debout à une fenêtre, Hawke semblait contempler la cour. Il se retourna pour la fixer longuement.

— Quelque chose ne va pas ? demanda-t-il.

Elle détestait l'idée qu'il la connaissait suffisamment bien pour lire en elle à livre ouvert.

— Mais non. Gabe avait seulement oublié quelque chose, articula-t-elle d'une voix sourde.

Hawke traversa la pièce et prit entre ses mains celles, glacées, de la jeune femme, avant de la prendre dans ses bras. Sans chercher à résister, elle se laissa aller à la chaleur de cette consolante étreinte. Le corps de Hawke fonctionnait comme une drogue puissante capable d'annihiler toutes ses défenses, de la contraindre à une reddition immédiate et sans condition, toute honte bue.

— Que se passe-t-il ?

Plutôt mourir que de lui avouer la vérité ! Heureusement, en cet instant, elle se sentit envahie d'une bouffée de colère si puissante qu'elle retrouva immédiatement toute sa dignité.

— Rien de particulier, déclara-t-elle en s'écartant de lui.

Sans la retenir, il posa les mains sur ses épaules pour mieux scruter son visage.

— Dis-moi quel est le problème, insista-t-il. Quel qu'il soit, je suis certain de pouvoir t'aider.

— Laisse-moi passer.

Sans lui obéir, il la poussa vers une chaise où il la força à s'asseoir.

— Tu veux boire quelque chose ? Un cognac ? Du thé ? proposa-t-il en la voyant frissonner.

Elle aurait plus de mal à se débarrasser de lui qu'elle ne l'avait cru… Serrant les mâchoires, elle saisit d'une main qui ne tremblait pas la tasse qu'il lui tendait et la porta calmement à ses lèvres.

— Tu es pâle comme une morte, insista-t-il.

— Quelle idée !

Elle allait un peu mieux à présent, mais elle aurait voulu qu'il s'asseye. Quand il la dominait de toute sa hauteur, elle se sentait faible et impuissante face à lui.

— Bois.

Elle lui obéit tout en tentant de se concentrer sur les bruits qui montaient de la vallée : le ronronnement d'un moteur, au loin, le sifflement d'un oiseau, l'aboiement d'un chien.

Après avoir terminé sa tasse, elle se sentit mieux. Au fond, elle avait eu tort de se scandaliser à ce point, puisqu'elle savait déjà quel genre d'homme il était : comme beaucoup d'autres, il considérait les femmes comme des objets décoratifs, et non comme des êtres humains susceptibles de souffrir. A l'abri d'un mariage de pure façade, ils enchaînaient les maîtresses dont ils se débarrassaient sans scrupule. Ses frères étaient différents. Mais au fond, en était-elle bien sûre ?

Peut-être ne les voyait-elle pas ainsi parce qu'elle les aimait ? Peut-être ne considéraient-ils, eux aussi, l'amour que comme une forme de distraction ?

— J'aimerais bien savoir ce que tu as en tête, reprit Hawke.

Comme elle levait les yeux vers lui, Hawke vit que son

visage aux pommettes slaves avait repris un peu de couleur et se sentit soulagé.

— Je pense seulement que ce thé est trop sucré, dit-elle de son ton le plus froid et le plus dissuasif.

Que s'était-il passé ? songea-t-il Avant qu'elle reçoive ce coup de téléphone, tout allait bien. Il était probable qu'elle ne l'avait pas cru quand il lui avait dit que Jacoba n'était qu'une vieille amie, mais il s'était produit autre chose.

Il s'étonnait lui-même de ressentir une telle envie de la protéger, de la prendre dans ses bras pour la mettre en lieu sûr, là où rien de néfaste ne pourrait jamais plus lui arriver. Et pourtant c'est contre lui qu'elle paraissait en colère. En rage, même. Qu'avait bien pu lui raconter son frère ? Mieux valait lui poser directement la question. Sinon, elle allait encore se réfugier derrière ses airs patriciens et feindre de ne pas comprendre ses allusions.

— Que t'a dit Gabe pour te mettre dans un tel état ? insista-t-il.

— Rien. Excuse-moi, mais j'ai passé une très mauvaise nuit et je dois être plus fatiguée que je ne le pensais. Mais grâce à toutes tes attentions, ajouta-t-elle avec une pointe de sarcasme, ce n'est plus qu'un mauvais souvenir.

Impossible de lui faire abandonner cette façade de politesse derrière laquelle elle dissimulait sa colère ! Hawke n'osait même pas la toucher : leur désir mutuel aurait tôt fait de balayer toute tentative de mettre au jour la vérité.

Un désir qui ne faisait que croître. A peine l'avait-il tenue quelques secondes dans ses bras, qu'il savait déjà à quel point leurs deux corps avaient faim l'un de l'autre. La semaine qu'ils avaient passée ensemble, bien loin de l'apaiser, avait encore accru ce besoin presque douloureux qui les tenaillait.

Une idée traversa soudain l'esprit de Hawke : et si cet étrange malaise avait une tout autre cause ?

— Tu es enceinte ? demanda-t-il crûment.

Melissa s'empourpra, mais elle ne cilla pas. Puisant au plus profond d'elle-même l'énergie nécessaire, elle fit un geste vague de la main.

— Certainement pas.

Convaincu qu'elle mentait, Hawke se sentit soudain submergé par une joie incroyable qui le déconcerta.

— J'ai cru comprendre que tu n'utilisais pas de contraceptif.

— Nous nous sommes protégés, objecta-t-elle en rougissant davantage. D'ailleurs, la période n'était pas favorable.

— Tu dois quand même bien savoir que ça ne veut rien dire. Quant aux préservatifs, ils ne sont pas sûrs à cent pour cent.

— Je ne suis pas enceinte, dit-elle en se levant.

Gracieuse, très maîtresse d'elle-même, très princesse sur ses terres. Sa voix était froide, précise, parfaitement calme.

— J'en suis certaine, continua-t-elle. Merci d'être venu me rendre visite, même si ce n'était pas absolument indispensable. La semaine que nous avons passée ensemble n'était rien de plus qu'un charmant interlude, nous le savons l'un comme l'autre.

— Un charmant interlude ? répéta Hawke d'une voix menaçante. Personnellement, j'ai fait grand cas de ces moments et à voir tes réactions, j'ai cru qu'ils t'avaient plu à toi aussi.

Melissa rougit de nouveau, mais se força à soutenir son regard.

— Certes. Mais considérons-les comme une parenthèse amoureuse, vécue à l'autre bout du monde. Aujourd'hui, mieux vaut reprendre pied dans la réalité.

— Malgré tes airs innocents, tu m'as l'air bien coutumière de ce genre de parenthèses, comme tu dis si bien, lança-t-il, furieux.

Pour la première fois de sa vie, on lui signifiait son congé, ce qui le plongeait dans une irrépressible colère.

— Mon passé ne te concerne pas plus que le tien ne m'importe, répondit-elle en haussant dédaigneusement les épaules. C'est fini, Hawke, il faut que tu l'acceptes. Je suppose qu'après t'être arrêté ici, tu vas participer aux réunions organisées par Alex dans la capitale ?

— Effectivement, je dois voir le prince, dit-il en tentant de reprendre contenance, mais aujourd'hui, j'espérais rencontrer Gabe.

— Il est absent pour une semaine.

A voir la froideur avec laquelle elle le toisait, Hawke avait du mal à croire que quelques jours plus tôt les lèvres brûlantes de cette femme s'ouvraient sous les siennes et que sa chevelure de miel répandue sur l'oreiller enflammait chaque cellule de son corps. Troublé par ce souvenir, il scruta les prunelles dorées de Melissa et y découvrit comme un vestige de cette flamme. Devinant tout le mal qu'elle se donnait pour feindre l'indifférence, il ressentit une joie sauvage.

Oui, elle mentait. Il en était aussi certain que si elle le lui avait avoué elle-même. Ou elle savait déjà qu'elle était enceinte, ou elle en avait le pressentiment. Et malgré tous ses efforts, elle ne pourrait jamais réussir à le convaincre qu'il lui était indifférent.

— Je t'aurais bien proposé de rester, dit-elle d'une voix rauque, mais je dois moi-même quitter le pays dès demain.

Quelle présence d'esprit ! songea Hawke avec une admiration mêlée de frustration. Il aurait voulu la prendre dans ses bras pour la soumettre à sa loi et la sentir céder à son étreinte, comme naguère. Mais quand bien même elle l'aurait fait, cela aurait-il changé quoi que ce soit ?

— Dans ce cas, je vais te quitter.

Alors qu'elle aurait dû se sentir soulagée, Melissa avait l'impression que ces mots lui dévastaient le cœur.

— Y a-t-il ici quelqu'un qui puisse prendre soin de toi, au cas où tu te sentirais mal de nouveau ? reprit-il avant qu'elle ait pu lui répondre.

— Naturellement. Les médecins ne manquent pas dans la vallée. D'ailleurs, ajouta-t-elle avec un sourire forcé, je suis certaine que ça ne se reproduira plus après ton départ.

Dès qu'il aurait quitté le château, elle se sentirait beaucoup mieux. Même si l'idée de ne plus le voir lui déchirait le cœur. Elle aurait tout donné pour se convaincre qu'il n'avait jamais couché avec Sara ni avec Jacoba Sinclair… Ni avec la ravissante Lucy St-James, cette actrice qui avait tenté de se suicider quand il l'avait quittée.

Mais la photo qu'elle avait découverte, rien ne pourrait la faire disparaître. Elle avait agi contre toute prudence, contre son propre instinct et elle s'était laissé séduire, voilà tout. Pire, elle l'avait encouragé, sans profiter des occasions qu'il lui avait données de battre en retraite. Un comportement d'idiote.

— Je ferai part à Gabe de ta visite.

— Merci, répondit-il d'une voix glaciale.

— Je te raccompagne, proposa-t-elle en se dirigeant vers la porte.

— Inutile de te donner cette peine. Veux-tu que je dise à ta femme de chambre de venir t'aider ?

— Non, merci. Je me sens parfaitement bien.

Même si la froide insolence dans la voix de Hawke la glaçait, elle avait dû réussir à le convaincre qu'elle n'était pas enceinte.

Soudain, elle crut apercevoir le fils qu'ils auraient pu avoir : un petit garçon aux traits bien dessinés et à la silhouette longiligne, pédalant sur un tricycle rouge dans une longue allée de gravier. Le visage éclatant de bonheur, il les regardait tous les deux en riant.

Surprise, elle cligna des yeux et l'image s'évanouit d'un coup. La voix de Hawke l'arracha à cet éblouissement.

— Qu'est-ce que tu..., commença-t-il en se précipitant vers elle pour la soutenir.

Comme elle lui jetait un regard totalement désemparé, il la guida à travers la pièce vers un vaste canapé où il la fit asseoir.

— Je refuse de te quitter tant que tu n'auras pas vu un médecin.

— Je ne suis pas malade.

Folle, peut-être. Malade, non.

— Il y a pourtant quelque chose qui ne va pas, dit-il en lui soulevant le menton pour mieux scruter son visage.

Elle ferma les yeux pour ne plus le voir, sans pouvoir mettre un terme aux autres sensations qui l'assaillaient : son odeur, la tiédeur de son corps, le contact de ses muscles qui roulaient souplement contre elle au moindre mouvement.

— Laisse-moi, murmura-t-elle d'une voix rauque. Je me sens parfaitement bien.

— Je te donne le choix, répliqua-t-il sur un ton péremptoire. Ou c'est ta femme de chambre qui te met au lit, ou c'est moi.

Elle ouvrit les yeux et croisa le regard de Hawke, si plein de détermination qu'elle détourna la tête.

— Il va falloir que tu te résignes à m'obéir, reprit-il.

— Personne n'a le droit de me donner des ordres dans ma propre maison.

— Non seulement je ne vais pas me priver de t'en donner, mais tu vas les exécuter séance tenante, déclara-t-il avant de la soulever comme si elle ne pesait pas plus qu'une plume.

— D'accord, mais pose-moi par terre, s'écria la jeune femme, convaincue que si elle ne se laissait pas mettre au lit par Marya, il n'hésiterait pas à mettre sa menace à exécution.

Elle n'avait pas suffisamment confiance en sa propre force pour se retrouver dans un lit alors que Hawke était tout prêt…

Il la reposa dans le couloir, mais garda un bras passé autour de ses épaules.

— Je vais appeler la femme de chambre pour qu'elle me guide jusqu'à ta chambre.

— Jamais elle n'acceptera, protesta-t-elle, tout en sachant très bien que Marya ne résisterait pas longtemps à tant de détermination de la part de Hawke.

— On parie ? demanda-t-il en tirant le cordon de l'antique sonnette.

L'intendante apparut instantanément au bout du couloir et fixa avec intérêt, mais sans surprise, le bras de Hawke qui soutenait l'épaule de la jeune femme.

— La princesse est malade, lui dit-il en anglais sans élever la voix, mais en articulant lentement. Elle a besoin de repos.

— Pouvez-vous marcher ? demanda en illyrien Marya à la jeune femme.

— Bien sûr, répondit Melissa.

Sans lui demander son avis, Hawke la souleva de nouveau dans ses bras sous le regard complice de Marya qui ne put dissimuler un sourire. Puis elle les escorta dans l'ascenseur qui les emmena dans la chambre de la jeune femme, située en haut d'une tour.

Hawke déposa Melissa sur le sol avant de jeter un coup d'œil à la pièce.

— Quel charmant endroit, déclara-t-il. Est-ce toi qui en as conçu le décor ?

— Non, rétorqua-t-elle sur un ton peu amène.

— Son Altesse a fait réaménager cette chambre à l'occasion de l'anniversaire de la princesse, intervint Marya dans un anglais hésitant.

— En tout cas, celui qui l'a conçue te connaissait parfaitement. Elle te correspond jusque dans le moindre détail.

— C'est l'œuvre d'un décorateur londonien, répliqua d'une voix acerbe la jeune femme, qui adorait la pièce tout en la trouvant bien trop romantique pour quelqu'un d'aussi terre à terre qu'elle.

Elle se força à fixer Hawke droit dans les yeux. Mais tout en utilisant un ton pour le moins dissuasif, elle tentait de graver à jamais son image dans sa mémoire : l'éclat troublant de son regard émeraude qui s'assombrissait maintenant comme une mer d'orage et la courbe sensuelle de sa bouche.

— Merci de ta visite, reprit-elle sur un ton radouci. Je regrette qu'elle n'ait pas été plus fructueuse, mais je dirai à Gabe que tu voulais le voir.

— Ne t'en fais pas. Nous aurons sûrement l'occasion de nous revoir, dit-il en tournant les talons avant de s'adresser à Marya qui s'apprêtait à le raccompagner. C'est inutile, je trouverai mon chemin. Occupez-vous plutôt de votre maîtresse.

— Reconduisez-le, protesta la jeune femme. Sinon, il risque de se perdre.

Avec un large sourire, Marya lui obéit, laissant Melissa seule dans sa chambre. Quelques minutes plus tard, le rugissement de l'hélicoptère l'avertit que Hawke était définitivement sorti de sa vie.

8

En entendant s'éloigner l'appareil, la jeune femme se détendit enfin, sans chercher à retenir ses larmes.

— Il reviendra, murmura Marya, juste derrière elle.

— Non ! protesta la jeune femme d'une voix amère.

— Pourquoi l'avez-vous renvoyé ?

Melissa se redressa et se tamponna les yeux, hantée par le souvenir de l'horrible photographie qui avait saccagé ses rêves. Elle se sentait au bord de la nausée.

— On ne peut pas lui faire confiance. Il n'est ni franc ni honnête.

— Pourtant, vous l'aimez.

— Une simple attirance que je finirai bien par surmonter. N'en dites rien à Gabe.

— Je ne dois pas mentionner sa visite ?

— Je lui en parlerai moi-même.

— Mais sans lui avouer que vous l'aimez ni que vous l'avez chassé ?

Sans protester davantage, la jeune femme acquiesça de la tête. Mieux valait la laisser croire à un flirt qui avait mal tourné qu'à une liaison passionnée qui se terminait sordidement.

— De toute façon, reprit l'intendante, ça ne regarde pas votre frère.

— Vous savez bien que Gabe n'est pas de cet avis, répondit Melissa avec une certaine amertume.

— Cet homme a du caractère, comme vos frères.

« Trop de caractère pour moi », songea Melissa tout en se

demandant si Gabe s'était déjà comporté de la sorte avec une femme. Pour elle, il avait toujours été un refuge, un protecteur qu'elle adorait. Mais peut-être était-il lui aussi capable d'infliger de terribles blessures ? En tout cas, contrairement à Hawke, ce n'était pas un hypocrite, se dit-elle en ravalant ses larmes. Avant ses démêlés avec Sara, jamais le moindre scandale ne l'avait éclaboussé et il était toujours resté en bons termes avec ses anciennes maîtresses qui s'étaient abstenues de confier leur détresse aux tabloïds.

— Soyez prudente, continua Marya. M. Kennedy est habitué à agir à sa guise et ne ménage pas ceux qui s'opposent à lui.

— J'en fais mon affaire, rétorqua Melissa.

Elle était sûre que l'orgueil de Hawke lui interdirait de revenir dans ce château dont elle l'avait chassé de manière si définitive. Lui qui pouvait séduire les plus belles femmes au monde, sophistiquées, riches et intelligentes, pourquoi perdrait-il son temps avec elle ? Ou bien était-il devenu l'ennemi de Gabe, qui l'aurait humilié en affaires ?

— Je vais vous chercher une boisson chaude, dit l'intendante. Asseyez-vous donc, ça ira mieux.

— Merci.

Une fois seule, la jeune femme prêta de nouveau l'oreille au grondement des rotors de l'hélicoptère. De toute façon, Hawke n'était pas du genre à se servir d'une femme pour se venger d'un affront.

— Non, dit-elle à haute voix, écœurée d'y avoir seulement pensé.

Pourtant, il avait couché avec Sara alors que la jeune femme venait de se fiancer à Gabe. Par la meurtrière de la tour où se trouvait sa chambre, Melissa vit l'hélicoptère s'élever en grondant dans le ciel d'un bleu sans nuages.

— Qu'il aille au diable, murmura-t-elle en détournant la tête. Tu ne l'aimes plus, c'est fini.

Pour naître et mûrir entre deux êtres, l'amour avait besoin de plus de temps qu'ils n'en avaient eu, Hawke et elle. Certes, pendant la semaine où ils avaient vécu ensemble, ils avaient parlé des heures durant, explorant avec passion l'esprit et les valeurs de l'autre. Mais chacun avait gardé ses secrets.

Cette nuit-là, Melissa resta longtemps éveillée, feignant de lire et résistant au désir d'examiner de nouveau cette affreuse photo pour y chercher la preuve qu'on l'avait truquée.

Non, ses yeux ne l'avaient pas trompée. Les deux corps enlacés étaient bien ceux de Hawke et de Sara. Elle avait beau souhaiter qu'il s'agisse d'un montage, Gabe avait sûrement déjà fait expertiser le cliché. Sans oublier qu'après la rupture, c'est chez Hawke que s'était réfugiée Sara. Un indice de plus.

« Décidément, songea Melissa, je me suis montrée plus naïve qu'une écolière. »

Le lendemain matin, elle se réveilla avec la migraine et n'accepta de prendre son petit déjeuner au lit que pour épargner à Marya de se faire du souci. Mais à peine avait-elle grignoté à contrecœur un toast et bu deux tasses de café que celle-ci apparut sur le seuil de la chambre.

— Vous vous sentez mieux ?

— Je crois que j'ai besoin de prendre l'air. Je vais monter à cheval une heure.

— Excellente idée.

Avant qu'elle ait quitté la vallée et atteint les premiers contreforts des montagnes, son mal de tête s'était estompé. Pourtant, elle avait beau se répéter qu'elle souffrait d'une simple blessure d'amour-propre, une douleur sourde continuait à la miner. Le tintement des cloches au loin vint lui rappeler qu'on était dimanche. Elle arrêta sa jument pour écouter leur joyeux carillon dont les accords semblaient creuser encore le vide de son cœur. Quelques instants plus tard, ses yeux étaient trop pleins de larmes pour qu'elle pût distinguer les contours de la vallée.

Elle se força à fixer le château aux tours carrées qui se dressait fièrement sur son piton, au-dessus de ces terres fertiles. La vigne vierge pourpre qui ceignait ses murailles commençait à se dessécher et à joncher le sol. L'hiver serait bientôt là. Sous un ciel d'un bleu éclatant, la neige recouvrirait les champs. Avant longtemps, le col qui menait vers le reste de l'Europe serait coupé par d'énormes congères, et la vallée se replierait sur elle-même jusqu'au printemps. Heureusement, aujourd'hui, la famine ne menaçait plus personne. La population qui avait tant pâti naguère de sa loyauté à son prince et à son grand-duc savait qu'Alex, Gabe et Marco ne la laisseraient plus jamais souffrir de la faim.

Maintenant, la terre fournissait de la nourriture en abondance et on avait construit des routes et un hôpital. Au lieu de pleurer comme une oie blanche sur le séducteur qui l'avait trahie, il lui fallait envisager l'avenir et travailler dur pour s'acquitter de la dette qu'elle avait contractée vis-à-vis d'un peuple qui avait dû payer si cher sa loyauté aux Considine.

Le tourisme allait transformer ce pays, inéluctablement. Elle espérait qu'il fournirait aux Illyriens les emplois et les possibilités dont ils n'avaient jamais bénéficié jusque-là, mais sans qu'ils y perdent leur âme.

Tout en faisant rebrousser chemin à sa jument, elle décida qu'elle ne laisserait pas la folie gouverner sa vie. Même si elle avait eu une aventure avec un homme qui n'en valait pas la peine, elle saurait surmonter cette épreuve. Il le fallait.

— Allez, ma fille, qu'est-ce qui t'arrive ? dit-elle en tapotant l'encolure de sa jument.

L'animal se figea et secoua la tête avant de faire deux pas en direction du menhir.

— C'est bien, l'encouragea Melissa en lui lâchant la bride.

Les cloches s'étaient tues et, tandis qu'elle gravissait la pente, le silence qui l'enveloppait se fit soudain plus pesant. En serrant les dents, elle s'efforça de ne pas donner prise à une peur irraisonnée. Ici, elle ne courait aucun risque. A maintes reprises son père avait prétendu avoir perçu dans ce lieu isolé la présence de leur aïeule la reine qui veillait sur la vallée et sur ses descendants.

Qui sait ? Et s'il s'était trompé ?

— Si tu as eu le pouvoir d'attirer Hawke ici, dit-elle avec

une sorte de désinvolture, peut-être pourrais-tu maintenant me montrer comment je peux définitivement l'oublier.

Rien ne se produisit, ni éclair ni vision comme celle qu'elle avait eue la veille, quand elle avait cru voir ce garçonnet sur son tricycle rouge. Instinctivement, elle porta la main à sa taille, regrettant un instant cet enfant qui ne verrait jamais le jour. Cette image mélancolique n'allait sûrement pas l'aider à oublier.

Les oreilles baissées, la jument continuait à monter comme si elle avait quelque chose en tête, sans doute la perspective de l'herbe épaisse qui croissait autour de l'antique menhir.

Quand elles eurent atteint leur but, Melissa sauta à terre avant d'attacher la jument à une branche pour qu'elle puisse brouter à l'aise. Tout en évitant de toucher la pierre, elle se demanda comment le rocher était arrivé là et quelles cérémonies secrètes s'étaient jadis déroulées sur ce gazon. Pourquoi, à une époque un peu plus récente, une reine y était-elle venue avec son trésor et comment y avait-elle trouvé la mort ?

Melissa, qui n'aspirait qu'à la paix, se sentait en proie à un étrange pressentiment. Les sens en alerte, osant à peine respirer, elle prêtait l'oreille, espérant qu'un son viendrait rompre ce silence dont elle pouvait presque sentir le poids écrasant.

Elle se retourna lentement. Hawke lui faisait face, la main posée sur l'encolure de sa jument.

L'estomac noué par la panique, incapable de prononcer un mot, elle contempla ce visage d'où irradiait une force hypnotique. Comme il gardait son regard rivé au sien, elle sut que si elle tentait de fuir, avant même qu'elle eût fait quelques pas, il l'aurait déjà rattrapée.

— Princesse, dit-il d'une voix dénuée de toute expression en s'avançant vers elle.

— Que fais-tu ici ? murmura-t-elle.

— Je t'attendais.

Melissa crut que son cœur s'arrêtait de battre et comprit qu'il ne mentait pas. Ses traits, sa voix, tout en lui exprimait une indomptable résolution.

— Pourquoi ? demanda-t-elle, partagée entre le désir de fuir et la tentation d'en apprendre davantage.

— Parce que je ne crois pas que tu m'aies dit la vérité, dit-il avant de s'arrêter tout près, bien trop près d'elle. Je vais t'emmener en France pour savoir si tu es ou non enceinte.

— Je t'ai pourtant dit que c'était impossible ! D'ailleurs, en admettant même que je le sois, je ne vois pas en quoi ça te concerne.

Il lui jeta un regard si méprisant qu'instinctivement, Melissa recula d'un pas et sentit contre son dos la pierre dont le contact glacé la fit trébucher. Il la rattrapa d'un geste plein de rudesse.

— Si c'est mon enfant que tu portes, ça me concerne, dit-il entre ses dents. Je veux pouvoir veiller à son avenir.

— Je te répète que je ne suis pas enceinte.

— Dans ce cas, pourquoi as-tu l'air si fatigué ?

— Je ne suis pas fatiguée, s'écria-t-elle en le foudroyant du regard. Tu m'as simplement causé une épouvantable frayeur en apparaissant brusquement devant moi comme le diable.

Effrayée de sentir l'effet que produisait sur elle la proximité du corps de Hawke, elle balbutia :

— Crois-moi. Pourquoi te mentirais-je ?

— Parce que tu redoutes que je ne me sente trop concerné par ta grossesse.

— Mon Dieu ! s'exclama-t-elle brusquement en le quittant des yeux pour regarder autour d'elle. Ma jument s'est enfuie.

— Elle doit avoir repris le chemin de l'écurie, dit-il en lui prenant le bras d'une main d'acier.

— C'est toi qui l'as détachée ?

— Oui.

— Et si elle ne retrouve pas sa route ? s'écria-t-elle en tentant de se dégager tandis qu'il l'entraînait vers un bouquet d'arbres. Certains animaux n'ont pas le sens de l'orientation.

— Elle ne se perdra pas.

— Qu'en sais-tu ?

— Préfères-tu que nous survolions le sentier pour que tu puisses t'en assurer ?

— Comment ?

— Je n'ai pas prévu de te forcer à rentrer au château à pied. Mon hélicoptère nous attend derrière ces arbres.

— Tu es fou, lança-t-elle en s'arrêtant tout net. Jamais je ne te pardonnerai ce que tu as fait, pas plus d'ailleurs que Gabe ni Marco, si ça signifie quelque chose pour toi. Tu n'es qu'un monstre de suffisance.

— Pas plus que toi, princesse.

Elle le toisa, suffoquée de son audace. Cet homme était pétri de contradictions. Pourtant, alors qu'il aurait dû lui faire peur, son instinct lui disait qu'il ne lui voulait aucun mal. Et même si elle s'indignait de le voir se comporter ainsi, son être tout entier se sentait attiré par la force paisible et le charme puissant qui émanaient de lui.

— Je ne comprends pas ce que tu cherches.

Il se contenta de hausser les épaules tout en la poussant à travers les arbres vers la clairière où était posé l'hélicoptère. La place du pilote était vide.

— C'est toi qui vas prendre les commandes ?

— Je ne laisserais ce plaisir à personne, répondit-il d'une voix tranquille.

— Si Marya ne me voit pas revenir, elle ne manquera pas d'avertir Gabe.

— Elle sait où tu vas, puisque c'est elle qui a préparé ta valise.

— Comment ? Qu'est-ce qu'elle a fait ?

— Elle avait même l'air de trouver que c'était une excellente idée.

— C'est donc elle qui t'a dit où j'étais partie me promener ? Elle doit être devenue folle !

— Elle m'a semblé parfaitement saine d'esprit.

Au moins, quelqu'un savait où elle se trouvait. Dès que Gabe rentrerait au Repaire du Loup, il viendrait la chercher pour la ramener à la maison. Cette pensée qui aurait dû la rassurer ne lui apportait que peu de réconfort.

Jamais, en effet, elle n'accepterait que Hawke l'emmène dans son château du sud de la France, là où il avait séduit Sara…

Au moment où il lui tournait le dos pour ouvrir la porte de l'appareil, elle crut pouvoir saisir sa chance et s'enfuit à toute vitesse à travers les arbres, dans l'espoir de se dissimuler dans l'obscurité de la forêt, trébuchant sur les branches tombées à terre. Mais un appel retentit presque immédiatement, tout près d'elle. Le cœur battant à se rompre, elle accéléra sa course dans un effort désespéré. Trop tard. Elle se rappela la falaise, toute proche, et la chute d'eau qui retombait sur d'énormes rochers.

Soudain des bras d'acier l'encerclèrent et la plaquèrent au sol. Par miracle, Hawke réussit à se glisser sous elle pour amortir sa chute. Elle sentit son torse se soulever précipitamment contre sa joue, tandis qu'il la maintenait dans une étreinte si puissante qu'elle eut du mal à reprendre son souffle. Mais elle avait beau deviner à quel point il était en rage, jamais elle n'avait éprouvé une telle impression de sécurité.

— Tu n'as vraiment rien dans la tête ! s'exclama-t-il. Vingt mètres de plus et tu te retrouvais au bord d'un gouffre !

Sans la lâcher, il se redressa et s'assit en jurant entre ses dents. La course avait marqué et pâli son visage où ses yeux luisaient d'un éclat sauvage.

— Je te fais si peur ? reprit-il.

— Pas du tout, répondit Melissa en ravalant les larmes qui l'étouffaient. Mais tu m'as rendue folle de rage. Tu n'as aucun droit de venir m'enlever de cette façon simplement pour t'assurer que je ne suis pas enceinte.

Une ombre vint un instant ternir l'éclat de son regard d'émeraude.

— Je n'avais pas l'intention…, commença-t-il en la fixant droit dans les yeux.

Elle se pencha involontairement vers Hawke dont elle sentit les muscles puissants se contracter instantanément. Avec une sorte de gémissement, il s'inclina sur elle pour l'embrasser.

A peine sa bouche s'était-elle posée sur la sienne que, dans le cœur de Melissa, la colère céda la place à un irrésistible désir. Elle lui rendit son baiser avec une incroyable ferveur.

— Je t'en supplie, balbutia-t-elle en se dégageant pour reprendre son souffle.

— Mais que veux-tu ? dit-il dans un chuchotement d'une absolue sensualité. Mais que veux-tu ? Que je continue à t'embrasser ? Ou que nous allions plus loin encore ?

Elle acquiesça imperceptiblement. S'il ne lui faisait pas l'amour à l'instant même, elle en mourrait de frustration.

Délicatement, il fit passer son pull par-dessus sa tête. Elle frissonna. Puis la bouche de Hawke vint se poser sur ses seins qu'il se mit à embrasser à travers la soie fine de son soutien-gorge. Une étincelle de plaisir, aiguë comme une lame chauffée à blanc, traversa le corps de la jeune femme qui s'arqua soudain contre celui de son compagnon.

Même si sa raison protestait encore faiblement, tout son être aspirait à l'extase. Glissant ses doigts sous la chemise de Hawke, elle s'agrippa à lui pour mieux plaquer son ventre contre son bassin. Des frissons de plaisir la parcoururent.

Auparavant, il lui avait toujours fait l'amour avec une douceur qu'elle avait voulu prendre pour de la tendresse — une longue montée du désir, sans saccades ni à-coups. Cette fois, pourtant, il n'en allait pas de même : une sorte d'urgence les envahissait, les poussant à déchirer sauvagement leurs vêtements, et à éliminer avec frénésie tout ce qui pouvait faire obstacle à l'union de leurs corps.

Cependant, Hawke ne tentait pas de s'imposer à elle par la force : au contraire, il se pliait à ses envies. Ils étaient si étroitement imbriqués qu'elle n'aurait su dire auquel des deux appartenait ce souffle, ce frisson, ou ce battement de cœur.

Presque immédiatement Melissa s'arc-bouta contre lui, en proie à des vagues successives de volupté qui l'emportèrent vers l'extase. Tandis qu'elle gémissait, au comble de la jouissance, Hawke la rejoignit à son tour dans un plaisir sans limites. Puis ils retombèrent tous deux enlacés, dans une sorte de léthargie bienheureuse que berçait le bruit de la cascade toute proche.

— Excuse-moi, finit-elle par dire en frissonnant.

— C'est moi qui te dois des excuses, répondit-il, la bouche contre sa chevelure. J'ai eu si peur que tu ne te mettes à courir trop vite pour pouvoir t'arrêter au bord du précipice. Toujours est-il que cette fois-ci, nous avons fait l'amour sans aucune protection.

Melissa suivit des yeux un rouge-gorge perché sur une branche basse et qui les observait comme s'il savait parfaitement ce qui venait de se passer. En cet instant, elle se sentait trop comblée pour regretter quoi que ce soit.

— Je ne pense pas qu'il y ait de risque en ce moment, répondit-elle.

— Possible. Mais quoi qu'il en soit, cela règle la question.

— Que veux-tu dire ? s'enquit-elle en sentant un frisson lui glacer le cœur.

— Tu vas venir en France avec moi et y rester jusqu'à ce qu'il n'y ait plus aucun doute.

— C'est inutile, protesta-t-elle calmement. Crois-moi, si je suis enceinte, je ne manquerai pas de t'en avertir.

— Rhabille-toi, rétorqua-t-il d'une voix sans timbre.

9

— De toute façon, déclara la jeune femme, il existe une pilule du lendemain.

Il y eut un long silence.

— C'est vraiment ainsi que tu vois les choses ? finit par lancer Hawke sur un ton détaché.

— Non ! s'écria-t-elle. C'est seulement que… que…

Sa voix se brisa et elle ferma les yeux pour échapper à la vision du minuscule oiseau. Si seulement elle pouvait, elle aussi, s'abandonner et vivre selon son instinct… Mais elle n'était pas un rouge-gorge. Il lui fallait assumer ses responsabilités et les conséquences de ses actes.

— Je ne le ferai pas, finit-elle par reconnaître.

— Dans ce cas, dit-il avec douceur, partons. Et si tu essaies encore de t'échapper, cette fois, je te ligote.

— Je n'en aurais pas la force.

— La fatigue peut être un signe de grossesse.

— Mais je ne suis pas enceinte ! s'écria-t-elle.

— Tu prends la pilule ? Non ? Dans ce cas, il est parfaitement possible que tu le sois depuis quelques minutes. Rhabille-toi, sinon je vais m'en charger moi-même.

Comme un automate, elle lui obéit et enfila ses vêtements à la hâte, pleine de désarroi devant le gouffre qui s'était de nouveau creusé entre eux.

— Que penses-tu faire, au cas où je serais… enfin, au cas où il y aurait un problème ? demanda-t-elle au moment où ils atteignaient l'hélicoptère.

— Il sera toujours temps d'aviser, répondit-il froidement. Mais autant te prévenir que je n'ai pas l'intention d'être un père absent. Je pense qu'un enfant doit vivre avec ses deux parents.

A cet instant, Melissa comprit enfin pourquoi il agissait de la sorte : ni pour elle ni pour un éventuel enfant, mais pour apaiser l'anxiété du petit garçon qui avait grandi dans la baie des Iles, attendant un père qui était enfin venu, mais bien trop tard…

— Je comprends, dit-elle calmement.

Mais cela lui brisait le cœur.

En fait, Hawke ne tenait pas à elle, mais voulait simplement s'assurer que, contrairement à son père, il ne laisserait derrière lui aucun enfant en souffrance. Tout en admirant son sens des responsabilités, Melissa s'étonnait qu'il ne songe pas davantage à la femme dont il briserait le cœur, alors que la vie de sa mère avait été ruinée par une liaison passagère. Mais bientôt, dans quelques jours, elle lui prouverait qu'elle n'était pas enceinte. Il ne lui restait plus qu'à prendre son mal en patience.

Avec l'assurance que donne une longue expérience, Hawke fit décoller l'hélicoptère et lui fit longer la falaise. Au-dessous d'eux, la vallée ressemblait à une gravure sortie d'un conte de fées. A un moment, il lui prit le bras pour lui montrer sa jument qui rentrait tranquillement au château. Un des palefreniers sortit bientôt de l'écurie et ils remarquèrent qu'elle allongeait le pas dans sa direction. Hawke fit alors faire demi-tour à l'appareil, qui commença à s'élever au-dessus de la montagne.

Un petit jet privé piloté par un professionnel les attendait juste au-delà de la frontière. En montant à bord, Melissa se demanda pourquoi elle ne se mettait pas à hurler et à exiger qu'on appelle immédiatement la police. Mais au fond de son cœur, n'avait-elle pas envie de relever le défi et d'entamer l'inébranlable réserve dont faisait preuve son compagnon ?

Peut-être. Mais le souvenir de la photo qu'elle avait découverte lui revenait sans cesse à l'esprit. Jamais elle ne s'autoriserait à aimer un homme qui avait couché avec la fiancée de son frère. Pourtant, lorsqu'ils avaient fait l'amour sauvagement, elle n'avait rien connu d'aussi délicieux…

Ses lèvres esquissèrent un sourire qui s'effaça instantanément : si Hawke était un si parfait amant, ne le devait-il pas à l'expérience acquise auprès d'autres femmes ? Et pourtant, il lui fallait bien reconnaître que dans ses bras, elle se sentait plus aimée, plus féminine et plus excitante que jamais. A en juger par ce que racontaient ses amies, c'était plutôt rare…

Bercée par le ronronnement du moteur et absorbée par sa rêverie, Melissa fixait sans la voir la vitre du hublot.

— A quoi penses-tu ?

En levant les yeux, elle s'aperçut que Hawke l'observait, derrière ses paupières mi-closes.

— A rien, répondit-elle machinalement.

— J'espère que tu ne médites pas de nouveaux projets d'évasion.

Sous l'humour du propos, elle crut sentir une obscure menace et haussa les épaules avec agacement.

— Tu n'aurais aucune chance, reprit-il.

Détournant la tête, Melissa fit mine de s'absorber dans la contemplation du paysage. Ils survolaient maintenant la côte des Alpes-Maritimes, bordée par une Méditerranée d'un bleu incroyablement intense.

— J'espère que tu ne comptes pas me retenir prisonnière.

— Mais si. Tu vas passer les jours qui viennent si près de moi que rien ne pourra nous séparer. Tu vas manger avec moi, nager avec moi, faire du bateau avec moi, monter à cheval avec moi et dormir dans mon lit jusqu'à ce que tu me prouves définitivement que tu n'es pas enceinte.

En proie à une foule de sentiments contradictoires, Melissa se sentait partagée entre le bonheur que lui promettait une telle intimité et la certitude qu'il avait été l'amant de Sara et que leur relation était vouée à l'échec.

— Je préférerais me retrouver enfermée dans un donjon, déclara-t-elle, la gorge sèche.

— La Révolution française a mis un terme à ce genre de pratiques. D'ailleurs, je n'ai rien d'un tyran.

— Si nous restons aussi près l'un de l'autre que tu as l'air de le souhaiter, à la fin, je risque fort de me retrouver effectivement enceinte, dit-elle en détournant la tête car elle se sentait rougir jusqu'à la racine des cheveux.

— Tu as raison, répondit-il après un long silence. Peut-être vaut-il mieux que nous fassions chambre à part.

— Pourquoi ne peux-tu me faire confiance ?

— Je ne suis pas le dernier des imbéciles. Alors qu'en Nouvelle-Zélande, tu semblais en parfaite santé, dès que je t'ai aperçue au château, j'ai été frappé par ta pâleur. D'ailleurs, même si tu n'étais pas enceinte à ce moment-là, après ce qui s'est passé dans la montagne, tu risques fort de l'être à présent, et par ma faute. Mon désir m'a fait perdre la tête.

— Tu n'es pas le seul responsable, rétorqua-t-elle en se demandant si dans ces circonstances, il aurait fait l'amour à n'importe quelle femme.

Probablement, songea-t-elle en regrettant de ne pas mieux le connaître. Le véritable Hawke Kennedy n'était pas l'homme qui l'avait éblouie en Nouvelle-Zélande, mais un don Juan aussi vulgaire que prétentieux.

De toute façon, pour eux, il n'y avait pas d'avenir possible. Sans même parler de l'horrible déception de Gabe s'il apprenait un jour leur liaison, la franchise était, pour Melissa, la condition nécessaire de toute relation authentique. Elle avait beau aimer Hawke, jamais elle ne l'épouserait s'il ne partageait pas cette conviction. Elle savait par expérience à quel point les liaisons de sa mère avaient contribué à détruire le mariage de ses parents. Mieux valait en rester là que d'endurer les mêmes humiliations que son père ou que la malheureuse Jacoba Sinclair.

Mais d'abord, elle allait devoir partager l'intimité de Hawke jusqu'au moment où elle pourrait enfin lui prouver qu'elle ne portait pas un enfant. Sans doute pourrait-elle faire un test de grossesse dès son arrivée chez lui. Il y en avait aujourd'hui de très fiables, même quelques jours seulement après la conception. Elle le quitterait ensuite pour reprendre la vie qu'elle avait menée avant de le connaître, une vie paisible et sans surprise dont elle s'était satisfaite jusque-là. Les semaines passées lui apparaîtraient comme un intermède haut en couleur, une sorte de conte de fées où se mêlaient l'érotisme, le drame et un surcroît inimaginable d'émotions. Et sans doute un jour serait-elle de nouveau capable de voir dans un journal une photo de Hawke sans ressentir le désir impérieux et presque sauvage qui la tenaillait encore.

A peine l'avion eut-il atterri à l'aéroport de Cannes qu'elle comprit que son compagnon était une personnalité bien connue dans cette région. Comme elle s'y attendait, il se trouvait en possession de son propre passeport, que Marya avait dû lui confier. Elle fut en revanche plus surprise de l'entendre s'exprimer en excellent français. Melissa parlait couramment cette langue, tout comme l'anglais et l'illyrien. Elle pratiquait également l'espagnol et l'allemand. Mais elle avait cru qu'à l'instar de nombreux anglophones, Hawke se contentait de parler sa propre langue.

Une limousine les attendait devant l'aéroport, sous le tiède soleil méditerranéen. La jeune femme ne connaissait le château que par des photos de presse : un édifice Renaissance, bâti en pierre dorée, qui ouvrait sur un parc planté de palmiers et de splendides massifs de fleurs. Il avait cependant une tout autre allure que sur les photos : même si ses murs d'enceinte surplombaient la mer, il n'avait rien d'un club de vacances et on comprenait d'emblée qu'en son temps, ce nid d'aigle avait été conçu pour décourager les attaquants et les pillards. Exactement comme le Repaire du Loup.

— Tu vis ici ? s'enquit-elle poliment.

— Trois mois par an seulement. Je passe le reste de l'année dans mon pays natal.

Une fois franchies les grilles flanquées de tours de pierre, Melissa comprit que malgré l'absence de tout service apparent de sécurité, leur arrivée n'était pas passée inaperçue. Et elle se prit à regretter l'anonymat et la liberté dont ils avaient joui en Nouvelle-Zélande.

— Bienvenue, lui dit-il froidement tandis qu'ils montaient l'escalier menant à la porte principale.

Au moment où elle s'apprêtait à répondre, un maître d'hôtel

de haute stature surgit devant eux. Elle sentit la main de Hawke se crisper sur son épaule tandis qu'ils pénétraient dans le hall au décor d'un luxe très froid. D'énormes bouquets, des lambris et des parquets, des plafonds somptueusement décorés, tout contribuait à faire oublier l'ancienne fonction de ces murs épais. Un escalier de marbre monumental montait du fond du hall vers les étages.

C'était donc en ce lieu que Sara avait dormi avec Gabe la nuit précédant le mariage de Marie-Claire, puis en compagnie de Hawke, le lendemain. Une fois de plus, Melissa déplora de ne pas avoir découvert la photo avant d'accepter de passer une semaine avec lui à la baie des Iles… Dans ce cas, rien de tout cela ne se serait produit.

« Peut-être, protesta une voix au plus profond d'elle-même, mais tu n'aurais jamais connu l'extase entre ses bras. »

Avec déférence, le maître d'hôtel avertit Hawke que des messages urgents l'attendaient.

— Je n'en ai pas pour longtemps, dit celui-ci à Melissa. Peut-être désires-tu te reposer un moment dans ta chambre ?

— Merci, répondit-elle sur un ton glacial.

Une fois Hawke sorti, elle adressa un sourire au domestique.

— Par ici, Votre Altesse, dit celui-ci.

Votre Altesse ! Elle aurait pourtant juré qu'en dehors des Illyriens, nul ne connaissait son nouveau titre. Eh bien, une fois de plus, elle s'était trompée… Elle le suivit dans l'escalier, une pure merveille du XVIIIe siècle. La chambre où il la fit entrer était immense et son luxueux décor unissait élégamment confort moderne et mobilier ancien. Melissa, qui jetait autour d'elle un regard distrait, se figea soudain tandis qu'une pâleur mortelle envahissait son visage.

Sur le mur, face à la fenêtre, était accrochée une œuvre d'un maître impressionniste représentant un champ de blé dans toute sa gloire. Immédiatement, son regard se porta vers le lit drapé de pourpre : elle se trouvait dans la chambre où avait dormi Sara, comme le prouvait le tableau qui figurait à l'arrière-plan sur la photographie. Un frisson glacé la parcourut. Cette pièce était-elle réservée par Hawke à ses conquêtes ? Jacoba y avait-elle dormi, elle aussi ?

Elle dut faire un immense effort pour s'empêcher de tourner les talons et de se ruer dehors. Seule la présence du maître d'hôtel l'en empêcha. Pour reprendre contenance, elle se dirigea vers la fenêtre d'où elle fit mine de contempler les montagnes.

— Quel dommage ! J'aime beaucoup les montagnes, déclara-t-elle en se tournant vers le domestique, mais je regrette un peu de ne pas avoir vue sur la mer.

— Si Votre Altesse veut bien patienter un instant, répondit celui-ci en dissimulant sa surprise, je vais faire préparer une autre chambre pendant qu'on servira le thé.

Elle était en train d'en boire une tasse lorsque Hawke surgit dans la pièce.

— Je suis désolé que cette chambre ne te convienne pas.

D'un geste maladroit, elle reposa sa tasse et sa soucoupe qui s'entrechoquèrent bruyamment.

— J'ai seulement dit que j'aurais aimé avoir vue sur la mer, protesta-t-elle poliment.

— Je croyais que les montagnes te rappelleraient ton pays, mais cela ne pose aucun problème.

Un intense soulagement envahit la jeune femme. Et pourtant, un instant, elle s'était sentie tentée de lui avouer tout ce qu'elle savait de ses relations avec Sara, pour l'accabler de son mépris. Mais sa loyauté envers Gabe le lui interdisait.

— J'ai du mal à supporter les menaces, se contenta-t-elle de dire.

— Les menaces ? répéta-t-il sur un ton interrogateur.

— Tu m'as bien menacée de me retenir prisonnière, n'est-ce pas ?

Serrant les poings, Hawke la soupçonna de chercher délibérément à le provoquer pour lui faire payer le moment de folie qu'elle avait passé entre ses bras, en Illyria.

Eh bien, elle ne pouvait le mépriser davantage qu'il se méprisait lui-même. La veulerie dont avait fait preuve son père dans sa vie privée avait enraciné en lui un profond dégoût pour les hommes incapables de maîtriser leurs passions. Même si la princesse Melissa Considine, avec ses airs délicieusement provocants, mettait son sang-froid à rude épreuve chaque fois qu'elle le regardait entre ses cils baissés…

Chaque fois qu'elle souriait, aussi. Ou marchait avec ce balancement si provocant des hanches. Ou prononçait un mot de cette voix claire qui se voilait sous l'effet du désir et de la volupté…

Il aurait donné n'importe quoi pour ne pas s'être laissé aller ainsi à sa passion. En fait, seule la certitude qu'elle avait partagé pleinement son désir et son extase venait tempérer un peu l'écœurement qu'il ressentait pour son propre laisser-aller. Même en cet instant où il se sentait si préoccupé, il ne pouvait s'empêcher d'être troublé par la présence de la jeune femme. Ses muscles se contractaient et il lui fallait faire un effort surhumain pour ne pas s'approcher d'elle et la serrer contre lui pour balayer d'un baiser passionné le masque de sérénité qu'elle se plaisait à afficher.

Il aurait voulu la prendre dans ses bras, sentir sa bouche ardente et sensuelle chercher la sienne, voir ses yeux se voiler de désir.

— J'ai commandé un test de grossesse, dit-il sèchement.

— Parfait, répondit-elle en pâlissant.

— La chambre de Son Altesse est prête, intervint le maître d'hôtel, debout sur le seuil.

— Merci, dit Melissa en se levant.

Le domestique s'inclina avant de se retirer sur un signe de Hawke.

— Je vais t'y conduire, dit celui-ci à la jeune femme.

Il la guida vers la partie la plus ancienne du château. Une fois entrée dans la pièce, Melissa se dirigea vers la fenêtre pour contempler la mer qui s'étendait à perte de vue.

— Quelle vue magnifique ! Je te remercie.

— Je suis ravi qu'elle te plaise, dit-il avant de jeter un coup d'œil à sa montre. J'ai un travail urgent, mais dans une heure, je passerai te prendre pour te montrer les jardins. Voici la porte de la salle de bains, si tu veux prendre une douche. Une femme de chambre viendra défaire tes bagages.

— Merci, répondit-elle avec un sourire de pure forme.

La petite salle de bains attenante à sa chambre était entièrement tapissée de marbre aux tons délicats de rose pâle et de crème. Sous le jet puissant de la douche, les muscles de la jeune femme se détendirent et la tension qui l'habitait depuis qu'elle avait découvert Hawke dans la montagne se dissipa enfin. Elle resta là un long moment jusqu'à ce qu'elle se sente totalement libérée du souvenir de son contact et de la domination qu'il exerçait sur ses émotions et ses sens.

Quand elle revint dans sa chambre, sa valise avait disparu. En ouvrant la porte d'une splendide armoire, elle découvrit les vêtements que Marya avait choisis pour elle. Il s'y trouvait tout ce dont elle pourrait avoir besoin pour un séjour d'une semaine, y compris son sac à main qui contenait de l'argent et la fameuse photographie. La prochaine fois que Hawke poserait la main sur elle, elle n'aurait qu'à y penser pour que le désir qu'il avait fait naître se transforme en répulsion.

Elle se sécha les cheveux et enfila un pantalon blanc et une ample chemise de coton cannelle à col droit et manches trois-quarts qui dissimulait ses formes. Après avoir jeté un coup d'œil au miroir, elle décida que nul ne pourrait l'accuser d'avoir choisi une tenue provocante.

Elle resta un moment indécise, les yeux fixés sur le mur de l'immense pièce dont les pierres apparentes étaient recouvertes d'une magnifique tapisserie représentant des dieux et des déesses. L'ameublement, plus massif et plus ancien que celui de la chambre dont elle n'avait pas voulu, lui rappelait celui de sa propre demeure, en Illyria.

En observant l'immense lit qui trônait contre le mur, elle fronça soudain les sourcils : une porte semblait dissimulée dans un panneau lambrissé. Un dressing ? Pourtant l'armoire était assez grande pour contenir toute une garde-robe.

Avec l'impression d'être l'épouse de Barbe-Bleue, elle appuya sur la poignée. En la sentant tourner sous ses doigts, elle retint sa respiration, mais n'eut aucune difficulté à pousser la porte qui s'ouvrit sur une autre chambre. Cette pièce était absolument symétrique à la sienne et meublée de façon très semblable. Elle recula en toute hâte.

Au même moment, elle aperçut Hawke en face d'elle, un simple drap de bain noué autour des hanches, ses larges épaules encore légèrement humides de la douche qu'il venait de prendre.

— Tu peux entrer si tu veux, dit-il en découvrant la jeune femme qui avait fait un nouveau pas en arrière.

En le voyant se débarrasser de la serviette d'un brusque mouvement des reins, le cœur de Melissa s'affola. Jusque-là, elle avait toujours été trop aveuglée et pressée par le désir pour vraiment apprécier la splendeur de ce corps mince, puissant et hâlé. Troublée, elle détourna la tête.

— Que fais-tu ici ? balbutia-t-elle.

— Comme tu voulais changer de chambre, Jacques en a déduit que tu cherchais à te rapprocher de moi, répondit-il avec une évidente ironie. Il croit sans doute avoir satisfait tes fantasmes secrets.

— Tu aurais pu me prévenir que nos chambres étaient contiguës.

— Pourquoi l'aurais-je fait ? Tu t'es fait prendre à ton propre piège. Inutile de continuer à détailler la tapisserie, je suis parfaitement décent.

En fait, la vision du corps nu de Hawke ne cessait de s'imposer à son esprit. Aucune femme ne lui aurait résisté…

Décidément, elle se comportait en fieffée idiote, se dit-elle en lui jetant un timide coup d'œil. Après avoir enfilé un jean, il était en train de passer un T-shirt dont le fin jersey faisait ressortir la puissante musculature de son torse et de ses épaules.

— J'espère que cette porte possède un verrou, articula-t-elle avec peine.

— Non, répondit-il sur un ton plein de mépris. Mais je peux t'assurer que de mon côté, elle restera close.

— Tant mieux.

— Naturellement, si toi, tu as envie de l'ouvrir, tu seras toujours la bienvenue.

Ces mots firent courir un frémissement d'excitation le long de son dos, mais Melissa recula vivement dans sa chambre qu'elle referma avec soin. Elle tentait de reprendre péniblement ses esprits quand elle entendit Hawke frapper à la porte donnant sur le corridor.

Elle le rejoignit sans attendre.

— J'aime bien quand tu laisses tes cheveux libres sur tes épaules, déclara-t-il après l'avoir examinée d'un œil froid. Pourquoi les tires-tu toujours en arrière ? Ça te donne un air sévère.

— Pour ne pas les avoir dans les yeux. Mais je ferais peut-être mieux de les faire couper.

— Sûrement pas.

Elle se souvint que sa mère lui avait toujours répété que les femmes trop grandes doivent porter les cheveux longs, pour équilibrer leur silhouette. Et effectivement, c'était son seul atout, encore qu'elle ait souvent pensé à les faire colorer : ce châtain clair était par trop banal.

Mais si elle se mettait à réfléchir à toutes les remarques de cet homme, elle allait vite devenir folle. La seule manière de garder un semblant de dignité tout au long de cette épreuve, c'était de se comporter en visiteuse ordinaire, se dit-elle en engageant une conversation des plus banales tandis qu'ils descendaient l'escalier de marbre.

— Pourquoi avoir acheté cette propriété, alors que tu prétends être si attaché à la Nouvelle-Zélande ?

— J'ai toujours eu envie de posséder un château dominant la mer, dit-il avec un sourire énigmatique, tout en lui jetant un regard qui prouvait qu'il n'était pas dupe. Quand j'ai vu celui-ci pour la première fois, il tombait en ruines et ça m'a bouleversé. Peut-être parce que je viens d'un pays qui n'a pas mille ans d'histoire.

— Maintenant, il est magnifique, dit-elle en examinant la cour à laquelle ils venaient d'accéder par une porte de côté.

Tout en marchant, Hawke lui expliqua qu'il avait trouvé amusant et fascinant de restaurer ce tas de vieilles pierres.

Soudain, Melissa s'arrêta, sidérée, devant un haut mur que tapissaient les innombrables fleurs pourpres d'une immense bougainvillée, contrastant violemment avec la pierre dorée. Un peu plus loin prospérait une large touffe d'énormes feuilles arrondies, couleur de bronze.

— Il me semble avoir vu une plante semblable à celle-ci en Nouvelle-Zélande, mais un peu plus grande, et toute verte.

— Tu as raison. C'est un arbre-chou, répondit-il en adressant à Melissa un sourire qui la fit littéralement fondre.

— Tu l'as planté pour qu'il te rappelle ton pays, n'est-ce pas ? Cela me confirme ce dont je me doutais : tu n'es pas aussi froid et insensible que tu cherches à le paraître.

— Même si un Néo-Zélandais quitte sa terre natale, il emportera toujours un morceau de son pays dans son cœur. J'ai également planté un pohutukawa sur une terrasse dominant la mer. Tu n'as pas oublié comment on prononce ce mot ?

— Bien sûr que non, répondit-elle en sentant, contre toute raison, son cœur bondir dans sa poitrine.

10

Les yeux mi-clos, Melissa s'appliqua à répéter le nom que Hawke lui avait appris, en se concentrant pour imiter la fluidité presque liquide de sa prononciation. Lorsqu'elle les rouvrit, elle s'aperçut qu'il la fixait d'un regard étrange.

— C'est parfait, dit-il avec une nuance de moquerie dans la voix. Tu as dû passer du temps à t'entraîner.

— Pas du tout. Mais si tu peux parler un excellent français, je ne vois pas ce qui m'empêcherait d'apprendre à prononcer le maori.

— Je n'ai pas vraiment appris le français, mais il se trouve que ma nourrice était une Française d'un certain âge qui avait passé sa vie à naviguer dans le Pacifique avec son mari. Quand ils ont été trop vieux pour continuer, ils sont venus s'installer dans la baie des Iles. Elle me gardait pendant que ma mère travaillait, et comme elle parlait français avec son mari, je suis devenu bilingue.

Il s'arrêta un instant avant de reprendre sur un ton plus grave :

— Je leur dois bien plus qu'un bon accent français, d'ailleurs. En fait, le mari de ma nourrice a été le seul vrai père que j'aie jamais eu, confia-t-il à la jeune femme en la prenant par le bras pour lui faire franchir une porte.

Sous une cuirasse d'indépendance et d'autorité se cachait un petit garçon à qui son père avait cruellement manqué durant toute son enfance, songea Melissa avec une certaine compassion.

Le porche conduisait à une autre terrasse pavée de vieilles briques patinées, surplombant une falaise rocheuse qui tombait à pic dans la mer. Contre le mur du château, une pergola couverte de vigne offrait une vaste zone ombragée où était installé un salon d'extérieur.

Le pohutukawa était planté sur le côté. En contemplant ses feuilles argentées, Melissa sentit son cœur se serrer.

— Quelle impression de sérénité, remarqua-t-elle d'une voix qu'elle s'efforçait de rendre paisible. C'est tellement beau, ici.

— Aussi beau que la maison sur la plage ?

— Oui, même si c'est différent. Tout autant que la baie des Iles est différente de Shipwreck, même si ces deux endroits sont aussi charmants l'un que l'autre.

— J'ai l'intention de vendre ce château.

— Pourquoi ?

Il se contenta de hausser les épaules sans rien dire en regardant autour de lui, les sourcils froncés. Grand et hâlé sous le soleil éclatant, il semblait plein d'assurance. « Si j'avais la même confiance en moi, se dit Melissa, je serais capable de faire face à n'importe quelle situation. »

— Comme mon travail se concentre de plus en plus sur l'Asie et l'Amérique du Nord, je ne viens pratiquement plus en Europe. J'ai déjà vendu ma maison de campagne en Angleterre. Je possède par ailleurs un appartement à Londres qui est très pratique.

Ressentait-il le moindre regret concernant son aventure avec Sara ? se demanda-t-elle. La vente de ses propriétés en Europe était sans doute un moyen de rompre définitivement avec le passé. Mais peut-être avait-il des remords ?

— Effectivement, c'est plus raisonnable, approuva-t-elle, la gorge serrée, avant de changer brusquement de sujet et de l'interroger sur la végétation.

Sur ce point, il s'y connaissait beaucoup mieux qu'elle ne l'aurait cru. Etonnée, elle lui en fit la remarque.

— Ma mère était une excellente jardinière, déclara-t-il sans émotion apparente. J'ai énormément appris à son contact.

— Ce jardin ressemble à celui de ta maison de la baie des Iles, remarqua Melissa pour tenter d'en apprendre davantage.

— Ici, bien qu'il fasse plus chaud en été, la végétation et le climat sont presque les mêmes que dans mon pays, à l'exception bien sûr des cyclones qui frappent parfois le nord de la Nouvelle-Zélande.

Comme elle restait silencieuse, il l'entraîna vers un fauteuil bien ombragé.

— Assieds-toi. D'ici, il y a une vue magnifique sur la baie.

Tout près du siège qu'il lui avait avancé poussait un vieux rosier encore couvert de fleurs dont le parfum embaumait l'air marin. Un pétale vint délicatement se poser sur la joue de la jeune femme qui sourit avant de le balayer de la main. Ses doigts rencontrèrent alors ceux de Hawke. Les yeux rivés à ceux de Melissa, il effleura délicatement sa pommette, provoquant en elle un frisson de plaisir.

— Au cours de leur liaison, mon père s'était abstenu de révéler à ma mère qu'il était marié, déclara abruptement Hawke en détournant la tête. Avec une femme suffisamment riche pour lui offrir le train de vie auquel il était habitué. Sans doute aimait-il ma mère, mais il était bien trop paresseux et dépendant de son épouse pour rompre avec elle.

Melissa sentit une colère froide monter en elle. Peut-être était-ce de cet homme que Hawke avait hérité la désinvolture avec laquelle il traitait les femmes ? Mais non. Même s'il avait ressenti une forme d'affection vis-à-vis de lui, il le méprisait trop pour marcher sur ses traces.

— Comme tu ne sembles pas avoir de bons souvenirs de la Nouvelle-Zélande, je ne comprends pas que tu y sois si attaché, dit-elle timidement.

— La femme de mon père n'y a jamais mis les pieds. Quant à ma mère, elle ne vivait que pour les moments où il lui rendait visite. D'ailleurs, d'une certaine façon, c'est à lui que je dois ma réussite. Comme il attendait moins de moi que de ses fils légitimes, son attitude m'a incité à lui prouver ce que je valais.

— Tu es un leader-né, comme Gabe et Marco.

— Merci.

— Les parents ont beau porter une énorme responsabilité, à

mon avis chacun de nous a une personnalité déjà plus ou moins fixée à la naissance. Même si mon père et ma mère s'aimaient, leur mariage n'a pas été facile. J'étais trop jeune pour m'en rendre compte, mais ma mère — c'était une véritable beauté dont tous les hommes étaient fous — a eu une suite de liaisons qui ont brisé la vie de mon père. Et pourtant, quand il est mort, rien n'a pu la consoler.

— Tu m'as dit un jour qu'elle avait laissé toute sa fortune à tes frères, et rien à toi. Pourquoi ?

— En fait, il ne s'agissait pas d'une grosse somme et elle était convaincue que mes frères sauraient s'occuper de moi. Un jour, elle m'a expliqué que mon père l'avait épousée pour son argent, car après son départ précipité d'Illyria, il s'était retrouvé complètement ruiné. Elle ne voulait pas qu'il m'arrive la même chose.

En dépit de la passion sauvage qui continuait à l'habiter, Melissa éprouvait une étrange douceur à discuter ainsi librement avec Hawke de leurs familles respectives. Comme si de nouveaux liens se forgeaient entre eux, d'une autre nature, mais tout aussi étroits que ceux créés par la volupté. Peut-être plus dangereux encore… A aucun prix elle ne devait oublier que, dès qu'il s'agissait de sexe, cet homme était capable des pires trahisons.

— Penses-tu qu'à travers ses liaisons, ta mère cherchait à punir ton père ? demanda-t-il.

— Peut-être, se contenta-t-elle de répondre. Dans ce cas, je la plains.

— Pourtant, vis-à-vis de toi, elle s'est comportée de façon très injuste.

— Elle avait une conception un peu dépassée des relations avec les hommes. D'après elle, ils étaient là pour prendre en charge les femmes dans tous les domaines.

— Effectivement, elle vivait dans un autre monde, répondit-il d'un ton sec.

— D'ailleurs, je n'étais pas la fille dont elle avait rêvé. Elle aurait préféré que je partage ses goûts, comme Marie-Claire.

— Ta cousine qui s'est mariée l'an dernier ? Il est vrai qu'elle est séduisante, mais tellement superficielle…

Melissa se remémora ce mariage aussi somptueux que romantique, avant de se demander soudain si Hawke avait aussi couché avec Marie-Claire.

— Peut-être, mais quand j'étais enfant, j'étais si timide que je passais la plupart de mes loisirs plongée dans mes livres. Pourtant, pour ma mère, le choc le plus terrible s'est produit quand je me suis mise à grandir. A treize ans, j'étais déjà plus grande qu'elle.

— Elle ne s'est pas rendu compte que tu allais devenir une beauté ?

— Je sais que ce n'est pas le cas, dit-elle, gênée par cette flatterie. Il ne faut pas croire qu'elle ait vraiment été injuste envers moi. Au contraire, elle a fait de son mieux. Elle a essayé de me transmettre son goût pour les belles choses, sans grande réussite, je dois l'avouer. J'ai toujours su que je ne lui ressemblerais jamais.

— Tu veux dire qu'elle te critiquait sans cesse ?

— Mais non ! Elle voulait réellement m'aider, me donner la possibilité de devenir comme elle.

— Elle savait qu'elle était malade ?

— Oui. Elle avait averti Gabe et Marco, tout en leur interdisant de m'en parler. Elle m'avait envoyée en pension en Angleterre… Quand Marco est venu m'annoncer sa mort, je ne savais même pas qu'elle était malade.

— Elle a sans doute pensé que ce serait plus facile pour toi que la voir mourir.

— Elle ne m'a pas donné le choix, répondit Melissa d'une voix sans timbre.

Au fil des années, l'horrible impression de rejet qu'elle avait éprouvée s'était transformée en une simple amertume. Pourtant, les paroles de Hawke avaient suffi à raviver cette plaie mal cicatrisée.

— J'ai toujours pensé qu'elle préférait mes frères, reprit-elle. Grands, beaux, intelligents et virils comme ils le sont, ils correspondent parfaitement à l'idée qu'elle se faisait de l'homme idéal. Elle était en adoration devant eux.

— Tu as dit toi-même qu'elle appartenait à la vieille école et qu'elle n'aurait jamais autorisé aucun de ses enfants à critiquer la façon dont elle menait sa vie. Quand elle a compris qu'elle n'en avait plus pour longtemps à vivre, elle a préféré t'envoyer dans une bonne pension pour t'assurer un minimum de stabilité.

Elle lui jeta un regard surpris. Pour la première fois de sa vie, elle voyait sa mère avec des yeux d'adulte : une femme capable de faire face à sa mort prochaine, tout en sachant qu'ensuite, sa fille n'aurait plus que ses frères pour la soutenir. Si elle avait vécu, peut-être seraient-elles enfin parvenues à se comprendre… Elle ferma les yeux pour dissimuler ses larmes et sentit soudain la main de Hawke se poser sur la sienne.

— Tu es si belle.

Elle allait protester, mais il reprit en suivant du doigt la courbe de sa joue :

— Pas au sens conventionnel et banal du terme, peut-être.

Melissa sentit son cœur s'arrêter tandis qu'une onde de douceur mêlée de regret parcourait son corps. Oui, elle aimait cet homme.

Elle l'aimait sans espoir et sans limites, à jamais.

Mais l'amour ne suffisait pas. Il aurait fallu qu'elle puisse aussi avoir confiance en lui.

— Tu portes ton héritage sur ton visage, continua-t-il. C'est un cavalier des steppes qui t'a transmis ces pommettes saillantes. Et tes yeux, à en croire la flamme qui brûle en eux, te viennent d'une princesse du Caucase.

— La légende familiale prétend que je les tiens de la souveraine qui la première a possédé le Sang de la Reine.

— Ah oui, les fameux rubis… Eh bien, personnellement, je te verrais plutôt porter des diamants d'Australie montés sur or gris. La princesse saxonne aux yeux bleus comme ceux de tes frères possédait sans doute aussi la même peau de satin que toi. Quant à ta mâchoire bien dessinée, c'est sûrement celle du premier des Considine, à qui tu dois ton entêtement, d'ailleurs, mais aussi ton courage et ta volonté, déclara-t-il en effleurant le visage de la jeune femme de ses doigts experts.

Combien de fois ce séducteur impénitent avait-il déjà tenu de tels propos à une femme avec qui il venait de faire l'amour ? Et pourtant, il suffisait à Melissa de sentir son regard se poser sur elle pour que tout son être chavire.

— Ta bouche est très sensuelle et si innocente à la fois. Passionnée, gourmande, impétueuse… Mais les mères des adolescentes ne sont jamais pressées de voir leurs filles grandir et trouver le grand amour qui les arrachera au cocon familial…, remarqua-t-il avec une ironie amère avant de changer froidement de sujet. Tu as envie de nager ?

Toujours prévoyante, Marya n'avait pas oublié de placer un maillot dans les bagages de la jeune femme. Un Bikini, songea-t-elle, qui, s'il mettait en valeur ses longues jambes et sa taille mince, dévoilait très largement sa poitrine.

— Non, merci, répondit-elle, malgré tout le désir qu'elle en avait.

— Tu as eu une rude journée. Tu ne veux pas rentrer te reposer un moment à l'abri du soleil ?

— Je me sens parfaitement bien ici, dit-elle en se levant. Je préfère continuer à découvrir le parc du château.

— Comme tu voudras, répondit-il courtoisement avant de l'entraîner vers un terrain de pétanque où il lui proposa de faire une partie.

— Attention, déclara-t-elle en riant. Ne crois pas que je vais te faire de cadeau et te laisser gagner.

— Moi non plus. A nous deux.

Il finit par la battre, mais de justesse.

— Tu te débrouilles bien, reconnut-il en la fixant d'un regard appréciateur. Et maintenant, si nous prenions un verre ? Tu m'as l'air d'avoir pris un petit coup de soleil sur le nez. Viens donc t'asseoir à l'ombre du mûrier.

Ils burent une citronnade glacée. Sans doute préoccupé par sa supposée grossesse, à aucun moment, ce soir-là, Hawke ne lui proposa de vin ou d'alcool. Après le dîner, qu'ils prirent sur la terrasse embaumée d'une profusion de rosiers en fleur, il la raccompagna jusqu'à sa porte avant de s'éclipser discrètement. Elle découvrit alors sur sa commode un petit paquet : il s'agissait du test. Le cœur serré, elle l'ouvrit pour lire le mode d'emploi. Le lendemain, elle saurait si elle portait ou non l'enfant de Hawke.

Incapable de trouver le sommeil, Melissa finit par se relever pour aller jusqu'à la fenêtre. Au loin, sur la mer, on apercevait des lumières. Des barques de pêcheurs sans doute, ou un de ces splendides yachts transportant d'élégants passagers vers quelque destination exotique.

Son attention fut soudain attirée par une silhouette qui se découpait en contrebas et elle se félicita de ne pas avoir allumé sa lampe. Hawke arpentait les remparts de sa démarche souple, la tête baissée, comme plongé dans de profondes pensées.

Que ferait-il si le test se révélait positif ?

Melissa était certaine de garder l'enfant, mais qu'en penserait Hawke ? Compte tenu de ses antécédents familiaux, il exigerait sûrement de participer étroitement à son éducation. Même si elle se sentait soulagée à la perspective de ne pas perdre tout contact avec lui, elle devinait que cela risquait de faire de sa vie un enfer. Brutalement, elle tira le rideau, fouilla dans son sac pour y prendre la photo et s'assit sur le lit. Et si elle était truquée ? Elle l'examina avec soin sans y trouver le moindre indice de manipulation informatique. De toute façon, Gabe l'avait certainement soumise à des experts. Et elle avait lu quelque part qu'un ordinateur était toujours capable de détecter les traces d'une falsification de ce genre.

Si Gabe avait rompu ses fiançailles avec Sara, une semaine à peine après avoir eu connaissance de ce cliché, il devait le considérer comme authentique. Melissa comprenait pourquoi. Avec une jalousie amère et froide, elle examina le visage de Hawke : jamais elle ne lui avait vu refléter tant de tendresse et de douceur. Quant à Sara, elle levait vers lui des yeux pleins d'un incontestable désir.

La jeune femme se sentit secouée par une brusque nausée.

Même si Hawke ne lui avait rien promis, elle éprouvait le sentiment d'avoir été trahie. Chaque fois qu'il tenterait de s'approcher d'elle, elle devait se souvenir de cette photo. A la longue, le mépris finirait bien par l'emporter, se dit-elle en regagnant son lit.

11

En découvrant la mince bande bleue qui bordait le test, Melissa se sentit en proie à un tel chagrin qu'elle ne put retenir un faible sanglot. Rien. Ce mot résonnait douloureusement dans son esprit et dans son cœur meurtri. Elle n'était pas enceinte. Aucun motif valable de rester en contact avec Hawke. Plus de raison d'espérer. Elle allait rentrer au Repaire du Loup, reprendre ses études et se forcer à vivre de nouveau une vie dont le vide écrasant la terrifiait.

En entendant frapper à la porte de la salle de bains, elle se leva de la chaise où elle s'était laissée tomber, en tentant de chasser toute expression de son visage.

— Je ne suis pas enceinte, lança-t-elle au moment même où Hawke franchissait le seuil de la pièce.

En lisant dans ses yeux un évident soulagement, elle dut se retenir pour ne pas crier. Mais au fond, n'avait-il pas raison ?

— Je vais tout de suite rentrer chez moi, reprit-elle.

Comme il ne réagissait pas, elle crut qu'il doutait d'elle et lui tendit la bandelette.

— Vois par toi-même.

— Je ne te dirai pas que je le regrette, lança-t-il sans y jeter un regard.

« Moi, je le regrette, songea-t-elle sans rien trouver à lui répondre. Moi, j'aurais aimé cet enfant et j'aurais été heureuse de m'occuper de lui. Maintenant, cela ne se produira plus. »

— Je suis content parce qu'à mon avis, ce n'est pas la meilleure façon de démarrer un mariage, reprit-il.

Démarrer un mariage ? Le regard affolé de Melissa croisa celui de Hawke. Imperturbable.

— Que veux-tu dire ?

— Tu as parfaitement compris, répondit-il avec une infime crispation de mâchoire. Je te demande de m'épouser.

Une bouffée de joie intense, mêlée d'incrédulité, envahit le cœur de la jeune femme. Mais elle revint bien vite à la raison : s'il lui proposait le mariage, c'est qu'il s'y sentait sans doute obligé par égard pour le nom des Considine.

— Je t'ai déjà dit qu'il n'en est pas question. D'ailleurs, je ne suis pas enceinte, et même si c'était le cas, je ne t'épouserais pas, quand bien même tu serais le dernier homme sur terre.

— J'espère arriver à te faire changer d'avis, lança-t-il, les yeux brillants de colère, avant de la prendre dans ses bras et de l'embrasser en dépit de tous les efforts qu'elle faisait pour lui échapper.

Une étreinte sauvage, mais pleine d'une infinie tendresse, sous laquelle Melissa sentit son corps fondre de plaisir, en dépit des larmes qu'elle ne pouvait réprimer.

— Ma chérie, ne pleure pas, je t'en prie.

Une vague de doute insupportable la submergea. Pouvait-elle consentir à passer sa vie à remâcher ses doutes ? Mieux valait rompre immédiatement et à jamais.

— Lâche-moi. J'ai quelque chose à te montrer, lança-t-elle d'une voix brisée par l'émotion.

Elle traversa la pièce pour ouvrir un tiroir, le cœur serré, avant de lui tendre la photo d'un air impassible. Sachant que sa voix l'aurait trahie, elle s'abstint de tout commentaire.

— De quoi s'agit-il ? s'enquit-il avant même d'avoir examiné le cliché.

— Regarde.

A peine eut-il baissé les yeux que ses traits se figèrent en un masque menaçant.

— Qu'est-ce que c'est que ça ? s'écria-t-il, la voix tremblante de colère.

— Une photo de toi en compagnie de Sara Milton, répondit Melissa, en s'appuyant au dossier d'une chaise de peur de tomber.

Toutefois, elle réussit à garder la tête haute et le fixa droit dans les yeux.

— Je l'avais reconnue, dit Hawke. Voilà donc pourquoi tu as refusé de rester dans cette chambre.

— Exactement. La date figure au dos.

Après avoir retourné la photo sans manifester le moindre trouble, il toisa la jeune femme d'un regard de prédateur qui la fit frémir.

— Elle a été prise le soir du mariage de Marie-Claire, balbutia Melissa. Je n'ai pas pu supporter l'idée de dormir dans le lit où tu avais fait l'amour avec la fiancée de mon frère.

— Avant d'aller plus loin, laisse-moi te dire que cette photo est un faux.

— Tu essaies de me convaincre que tu n'as jamais mis les pieds dans la chambre de Sara ?

— Pas tout à fait. Tu te souviens qu'au bal, cette nuit-là, elle portait le Sang de la Reine. Or, Marya a découvert que les rubis avaient disparu du coffre. Sara était désespérée.

— Tu as beau faire, je ne te crois pas. S'ils avaient disparu, je l'aurais appris. Ils sont toujours au château.

— Hélas non. Et pourtant, Sara et Marya étaient les seules à connaître la combinaison. J'ai cherché à apaiser Sara, rien de plus, dit-il en lui jetant un regard lourd d'hostilité. Comme elle était dévorée d'anxiété, j'ai passé le bras autour de son cou pour la réconforter en l'assurant que le collier serait bientôt retrouvé.

— Et bien sûr, c'est à ce moment-là qu'un paparazzi surgi de nulle part a pris la photo ! Une bien belle histoire. Sauf que votre étreinte est loin de paraître aussi amicale que tu le prétends.

— Le cliché a été trafiqué, comme je te l'ai dit : nous n'étions pas nus. L'expression des visages a été transformée, elle aussi. Je commence d'ailleurs à me demander s'il ne s'agit pas d'une machination. Peut-être ton frère s'est-il rendu compte au bout de quelques semaines de fiançailles qu'il avait commis une erreur ?

Ou bien il s'est lassé de Sara tout en cherchant à la dissuader d'obtenir quoi que ce soit de lui pour prix de sa rupture…

— Marya est insoupçonnable, murmura Melissa.

— J'en suis convaincu. Mais je sais également qu'elle ferait n'importe quoi pour Gabe. Elle a très bien pu cacher les rubis avant de venir me demander de l'aide. Et ton frère a payé un photographe pour prendre la photo à l'aide d'un puissant téléobjectif.

— Impossible. Jamais Gabe n'aurait imaginé un pareil stratagème !

— Moi, je sais qu'il s'agit d'un faux, dit Hawke en laissant glisser le cliché à terre comme s'il lui brûlait les doigts.

Après avoir jeté à Melissa un regard de mépris qui lui perça le cœur, il se dirigea vers la porte.

— Si tu me crois capable de coucher avec la fiancée d'un ami, nous perdons notre temps ensemble. Mieux vaut que je te ramène en Illyria. Je te laisse une heure pour faire tes bagages.

Demeurée seule, Melissa ramassa la photo qu'elle se força à examiner, sans égard pour la nausée qui lui tordait l'estomac. Naturellement, elle n'y trouva aucun signe de falsification.

Et même s'il s'était agi d'un faux, elle devait se souvenir de la brutalité avec laquelle Hawke avait traité la jeune actrice. Sans parler de Jacoba, sa très chère amie, qui tenait une si grande place dans sa vie…

Mieux valait qu'elle retourne à son existence passée et qu'elle l'oublie. Sans doute la désirait-il, mais l'amour exigeait bien davantage : une confiance et une fidélité absolues. Or, elle ne pouvait croire qu'il lui ait été fidèle. Et puis, même s'il prétendait le contraire, elle ne se trouvait pas belle, contrairement à Sara ou à Jacoba. Que pouvait-il donc espérer d'elle ? Elle avait eu beau suspecter tous les hommes qui lui faisaient la cour de chercher par ce biais à se rapprocher de ses frères, Hawke n'était pourtant pas de cette espèce… C'était un être indépendant qui s'était donné les moyens de rivaliser avec eux, en pouvoir comme en influence. Mais hélas, pas en franchise ni en loyauté !

Elle prit congé de lui devant la voiture qui devait la conduire à l'aéroport. Des adieux brefs, très formels, même si les yeux de Hawke restaient rivés aux siens. Après l'avoir froidement remercié de son hospitalité, Melissa monta dans le véhicule. Pas une fois elle ne se retourna pas pour lui jeter un dernier regard.

Dès son retour au Repaire du Loup, elle se hâta de monter dans sa chambre pour s'y retrouver enfin seule, comme elle le serait désormais toute sa vie.

Ignorant la présence affairée de Marya, elle réussit à se contrôler et finit par s'endormir. Mais au milieu de la nuit, elle se réveilla en sanglots, en proie à un cauchemar, le corps tremblant d'angoisse et de désespoir. Durant les heures qui suivirent, malgré son épuisement, elle fixa la lune, les yeux brûlants, le cœur lourd.

Jamais plus elle ne reverrait Hawke.

Et elle n'avait même plus, pour se réconforter, le fol espoir de porter son enfant.

« Cesse de délirer ! Comme si tu étais la première à souffrir d'un chagrin d'amour. Il ne t'a jamais aimée… »

Dans ce cas, pourquoi avait-il mis tant d'acharnement à la poursuivre ? Parce qu'elle était une femme et par là même désirable ? Non. Ses précédentes conquêtes étaient des beautés. Et pourtant, dès le premier regard, tandis qu'ils dansaient au mariage de Marie-Claire, elle avait senti se nouer entre eux un autre lien. Son manque d'expérience l'avait empêchée d'en saisir l'origine. Mais Hawke, lui, avait deviné ce qu'il en était.

Toutefois, il avait décidé de ne pas en tenir compte. Mais en Nouvelle-Zélande, l'occasion était trop tentante pour qu'il ait pu y résister, songea-t-elle en essayant de chasser les souvenirs de la passion et du désir qu'il avait manifestés…

Pendant de longues minutes, elle se laissa dériver, le corps brûlant, croyant sentir de nouveau l'empreinte de ses paumes sur ses seins et l'entendre murmurer : « Comme tu es belle… » Chaque fois qu'ils avaient fait l'amour, il s'était montré si sensible et tendre, empressé de la satisfaire avant de se préoccuper de son propre plaisir…

Oui, grâce à lui, elle avait pour la première fois pris conscience qu'elle pouvait être désirable.

Et si elle n'avait pas découvert cette photo ?

Alors, elle aurait sûrement accepté de l'épouser. Sans hésiter. Elle enfouit son visage dans l'oreiller.

Elle l'aimait.

En frissonnant, elle se leva, enfila sa robe de chambre et se dirigea vers la fenêtre pour contempler la vallée de ses ancêtres, un lieu dont elle se sentait désormais tout aussi responsable que Gabe et Marco.

Tout en observant le ciel illuminé d'étoiles sur lequel se détachait la masse noire des montagnes, elle se souvint d'autres cimes plus sauvages, dominant un lac, et de la fraîcheur de l'air qui piquait ses narines. Le bout du monde, comme avait dit Hawke en parlant de Shipwreck Bay. Elle aurait voulu ne jamais avoir connu Hawke, ne jamais l'avoir revu, ni découvert la passion qui brûlait en elle.

— Il n'en vaut pas la peine, murmura-t-elle.

Dès le lendemain, elle replaça la photo dans le dossier de Gabe. Que serait-il advenu si elle avait accepté d'épouser Hawke ? Gabe lui aurait-il révélé la trahison de Sara ? Son frère était un être si secret… Mais à quoi bon se torturer ainsi au lieu de tenter d'oublier toute cette sordide affaire ?

Pendant les quelques jours qui suivirent, tout en rédigeant son rapport de stage à Shipwreck Bay, elle ne put empêcher son esprit de s'évader. Sans cesse lui revenaient à la mémoire des souvenirs de Hawke : sa tendresse, son humour, son intelligence d'une fascinante acuité. Sans cesse elle se retrouvait en train de forger des excuses à sa conduite.

Peut-être était-ce Sara qui avait tout fait pour le séduire ? songeait-elle en regardant par la fenêtre les montagnes désormais blanchies par la première neige. A l'approche de l'hiver, l'air devenait plus vif. Tout comme à Shipwreck Bay…

Et ses doigts se figeaient sur le clavier.

Même si, pendant la journée, elle réussissait à dompter ses

souvenirs, chaque nuit ils revenaient l'envahir, plus vivants que jamais.

Chaque matin, elle se forçait à se lever et à déjeuner, tentant de s'évader en feuilletant distraitement des magazines. Un jour, son attention fut soudain attirée par un article concernant la jeune actrice qui avait tenté de mettre fin à ses jours après sa rupture avec Hawke. Elle se mit à le lire avec intérêt, convaincue qu'elle y trouverait de quoi le haïr plus encore. Soudain, il lui échappa des mains.

— Non ! C'est impossible ! s'écria-t-elle.

Lucy St-James y évoquait une nouvelle rupture. Mais cette fois, celui qui lui avait brisé le cœur n'était autre que Marco Considine. Melissa reprit le journal pour relire l'article plus attentivement. En fait, il ne reposait que sur de vagues insinuations au sujet de vacances datant de Pâques.

— De purs mensonges ! s'exclama Melissa.

Car en dehors de deux journées que Marco avait passées avec Alex, Ianthe et leur famille au pavillon de chasse, Gabe, Melissa et lui étaient restés au château durant toutes les vacances de Pâques, à élaborer leur projet de développement pour la vallée.

Si cette femme avait menti à ce sujet, peut-être n'avait-elle pas non plus dit la vérité concernant Hawke ? songea Melissa en rejetant le magazine. Après quelques minutes de réflexion, elle se décida à appeler Marco.

— Jamais je n'ai eu de liaison avec cette fille, répondit-il sur un ton catégorique. Au contraire, les rares fois où je l'ai rencontrée, c'est moi qui ai dû esquiver ses avances. Ambitieuse comme elle est, elle a certainement voulu se faire un peu de publicité pour lancer son nouveau film et ce journal n'a été que trop heureux de l'y aider.

— Que vas-tu faire ?

— Rien du tout. Comme tu le sais, cela ne servirait qu'à faire davantage parler d'elle.

Après avoir raccroché, Melissa se dirigea pensivement vers la fenêtre. Cette histoire se produisait à point nommé, juste au moment où l'actrice venait de décrocher un petit rôle dans une superproduction. Partagée entre soulagement et remords, Melissa ne savait que faire.

Mais cela ne changeait rien à la photo…

Quelques jours avant la rentrée universitaire, elle reçut un coup de fil de sa cousine française.

— Mon adorable Melissa, lui dit Marie-Claire, je suis toute seule et je m'ennuie. Qui plus est, figure-toi que je suis enceinte. Tu ne voudrais pas venir passer quelques jours avec moi avant de reprendre tes cours ?

— Où es-tu ?

— Chez moi.

Depuis son mariage, Marie-Claire vivait dans une splendide villa sur les hauteurs de Nice.

— Je t'en prie, viens, ma chérie. Mes parents sont partis en Inde et mon mari est retenu par ses affaires à San Francisco. J'en ai vraiment assez d'être toute seule.

Le cœur de Melissa se mit à battre la chamade. A aucun prix elle ne devait se rapprocher ainsi du lieu où vivait Hawke. Mais en cette saison, il était probablement rentré en Nouvelle-Zélande.

— D'accord, répondit-elle avant de couper court aux flots de remerciements dont l'accablait sa cousine.

A peine arrivée en France, Melissa constata avec stupeur que Marie-Claire n'avait l'air ni solitaire ni enceinte. Radieuse, comme à son habitude, elle s'était jetée dans les bras de Melissa pour l'accueillir et avait accepté ses félicitations avec un sourire énigmatique.

— Voyons un peu, déclara-t-elle en la fixant avec intérêt. Mais tu es absolument ravissante et très élégante, même si tu as l'air terriblement triste. Mon petit doigt me dit que tu es amoureuse…

Gagné, pensa Melissa avec ironie. Sous une apparence frivole, cette femme cachait une perspicacité peu commune.

— Il était temps que je me mette à m'habiller comme une vraie dame, répondit Melissa sur le ton le plus neutre.

Elle regrettait déjà l'impulsion qui l'avait poussée à s'arrêter dans une boutique branchée sur la promenade des Anglais. Là, elle avait craqué pour un pantalon caramel qui mettait en valeur ses longues jambes et ses hanches étroites et pour un haut de voile blanc un peu trop décolleté pour qu'elle s'y sente vraiment à l'aise.

— Tes sandales sont divines, dit Marie-Claire en l'introduisant dans un petit salon. Tellement sexy. Il faut dire que tes chevilles sont d'une finesse… Il faut être vraiment grande pour porter ces spartiates avec élégance.

— Je suis ravie qu'elles te plaisent.

— Pourtant je doute que ce soit en pensant à moi que tu les as achetées. Ni à ton horrible université si ennuyeuse. Mon Dieu ! J'allais oublier… Peux-tu m'attendre dehors quelques minutes ? Je viens juste de me rappeler que j'avais quelque chose d'urgent à faire.

Marie-Claire sortit de la pièce dont elle referma la porte avec soin. Troublée sans trop savoir pourquoi, Melissa se dirigea vers la terrasse.

Soudain une haute silhouette surgit de l'ombre et apparut en pleine lumière.

12

La jeune femme se figea, le cœur battant à se rompre.

— Que fais-tu ici ? s'écria-t-elle.

— J'avais besoin de te rencontrer en terrain neutre, répondit Hawke sur un ton parfaitement détaché.

— Marie-Claire aura de mes nouvelles !

— Inutile de te fâcher, lança-t-il avec une pointe de moquerie dans la voix. De toute façon, où que tu sois allée, je me serais arrangé pour te retrouver. Alors autant écouter ce que j'ai à te dire.

Elle allait protester, mais avant même qu'elle ait pu placer un mot, il reprit :

— Si tu ne me crois toujours pas, jamais plus je ne t'importunerai.

— J'accepte, murmura-t-elle à contrecœur tout en tentant désespérément d'ignorer le trouble qui l'avait envahie.

— N'aie pas peur. Je ne chercherai pas à te toucher.

— Viens-en au fait, dit-elle en rougissant.

Il fit un signe de la tête et un homme surgit de l'épaisse haie de laurier où il se dissimulait. En le voyant s'approcher, Melissa eut l'impression qu'elle l'avait déjà vu quelque part, en dépit de sa silhouette et de ses traits extrêmement banals.

— Je te présente Brent Thomas, dit Hawke. Il est photographe.

Le nouveau venu jeta à Melissa un coup d'œil appréciateur avant de détourner précipitamment la tête en sentant peser sur lui le regard peu amène de Hawke.

— C'est moi qui ai pris ce cliché de M. Kennedy et de

Mlle Milton, expliqua l'homme d'une voix teintée d'un léger accent américain.

Il tendit une photo à Melissa.

Celle-ci la prit machinalement, avant d'y jeter à contrecœur un rapide coup d'œil. Puis elle l'examina plus longuement, le cœur battant. Elle ressemblait beaucoup à celle qui figurait dans les papiers de Gabe. Sara et Hawke se trouvaient dans la même position — il la tenait par l'épaule, elle levait le visage vers lui. A la différence qu'ils étaient tous deux habillés... Hawke d'un T-shirt et d'un pantalon, et Sara d'une robe de chambre.

Leurs visages non plus n'étaient pas exactement les mêmes. Au lieu d'être déformés par le désir, les traits de Hawke exprimaient la sollicitude. Quant à Sara, on voyait clairement qu'elle tentait de ravaler ses larmes.

Un fol espoir, auquel elle n'osait encore s'abandonner, envahit Melissa.

— Ce n'est pas l'original, déclara-t-elle sur un ton catégorique.

— Si, justement, s'empressa de protester Brent Thomas.

— Je ne vous crois pas, dit-elle en le fixant droit dans les yeux.

— Question de confiance. Il est vrai qu'à partir de cette photo, j'ai fait un joli petit travail. Hélas, ça m'a fait perdre bien plus que ça ne m'a rapporté.

— Pourquoi ?

— Votre frère a fait mine de payer pour éviter tout scandale. Mais auparavant, il s'est arrangé pour que je ne puisse plus jamais trouver d'employeur. Il a plutôt la dent dure, Gabe Considine.

— Si c'est vous qui avez trafiqué la photo, vous le méritiez, dit sèchement Melissa.

— Comment vous permettez-vous de me juger, vous qui ne savez même pas ce que c'est que de travailler ?

— Ça suffit, lança Hawke, exaspéré.

— C'est bon, reprit le photographe en reculant d'un pas. M. Kennedy, lui, ne m'a pas donné un sou. Il m'a simplement menacé d'avertir la police.

— Continuez, dit Melissa en comprenant que l'homme était beaucoup plus effrayé qu'il ne voulait le paraître.

— Toute cette histoire m'aura servi de leçon. Les riches n'ont pas envie qu'on leur tourne autour. Vous méprisez les paparazzi ? Vous avez sans doute raison. Mais nous, au moins, nous n'avons jamais fait perdre son boulot à personne.

— Vendre des photos est une chose. Mais les manipuler pour se livrer au chantage en est une autre, intervint Hawke. Vous ne vous rendez même pas compte du mal que vous faites. Pourquoi avez-vous agi ainsi ?

— Je n'avais pas le choix, balbutia l'autre. Ma fille était malade et je n'avais pas d'argent pour la faire soigner.

— C'est ça, dit Hawke d'une voix dure. Vous m'aviez repéré et, voyant que j'avais de l'argent, vous espériez bien me saigner à blanc. Ne vous attendez pas à ce que j'aie la moindre pitié pour vous. Avant de filer d'ici, vous avez quelque chose à ajouter ?

— Si je vous ai causé des soucis, j'en suis désolé.

— Et votre fille, elle va mieux ? s'enquit Melissa.

— Oui, répondit le photographe en lui jetant un regard surpris. C'était une tumeur au cerveau, mais bénigne, à en croire le chirurgien. Pourtant, il faudra peut-être la réopérer.

Melissa allait lui répondre lorsque Hawke intervint sur un ton absolument dénué de sympathie.

— Sortez. Et si jamais vous êtes tenté de recommencer, vous irez tout droit en prison, enfant malade ou pas. J'y veillerai personnellement.

L'homme tourna les talons et se dirigea vers la sortie sous la surveillance d'un vigile.

— Et le Sang de la Reine ? demanda Melissa en les regardant s'éloigner. En définitive, a-t-il été volé ou pas ?

— Il l'a été, mais je crois qu'on l'a retrouvé, répondit calmement Hawke.

— Je comprends… Je suis absolument désolée.

— Tu n'as rien à te reprocher.

— Je me demande si cet homme a conscience du mal qu'il a fait.

— Personne ne l'a obligé à se comporter ainsi. Il nous considère comme des proies, parce que nous possédons tout ce dont il rêve sans avoir le courage de travailler pour l'obtenir : l'argent, le pouvoir, la considération. Il ne mérite pas ta pitié.

— Il faut avertir Gabe que la photo était truquée. Peut-être n'est-il pas trop tard pour qu'il se réconcilie avec Sara !

— Je crois qu'il est déjà au courant, déclara Hawke en tirant de sa poche une coupure de journal qu'il tendit à la jeune femme. Regarde.

Immédiatement, Melissa reconnut son frère et Sara qui marchaient sur une plage tropicale, main dans la main. Au-dessus de la photo, un titre : « DES RETROUVAILLES ? » Et au-dessous, ces quelques lignes :

Le prince Gabriele Considine, grand-duc d'Illyria, en promenade avec son ex-fiancée, Sara Milton. Il semble que leur rupture n'ait été que passagère. Peut-être va-t-on célébrer bientôt un nouveau mariage, à la cour d'Illyria ?

— Comment t'es-tu procuré cet article ? demanda Melissa qui n'en croyait pas ses yeux.

— Mon assistante m'a averti qu'il venait d'être publié ce matin même. Ils ont été photographiés sur l'île de Fala'isi, dans le Pacifique.

— C'est là que Sara a passé son enfance, dit Melissa en souriant. C'est merveilleux.

Soudain, Hawke la prit dans ses bras pour l'embrasser avec passion. En tremblant, elle lui rendit son baiser.

— Pour la dernière fois, lui dit-il lorsqu'ils reprirent enfin reprendre leur souffle, je te demande de bien vouloir m'épouser.

Melissa sentit le bonheur exploser dans son cœur comme un feu d'artifice. L'avenir brillait désormais de tout son éclat, à peine terni par un minuscule nuage…

— Pourquoi m'as-tu demandée en mariage quand je t'ai annoncé que je n'étais pas enceinte ?

— Tout simplement parce que je n'ai pas pu m'en empêcher. Je ne tenais pas à avoir si vite un enfant, et pourtant, sur le moment, j'aurais été ravi. Même si je savais que tu ne m'aurais jamais épousé pour cette raison.

— Et Jacoba Sinclair ?

— Je croyais pourtant t'avoir expliqué…

— Quand elle m'a vue chez toi, ça l'a complètement traumatisée…

— Pas du tout. Mais elle venait de subir un terrible choc. Comme elle me l'a raconté sous le sceau du secret, il m'est impossible de t'en parler. Jamais je n'ai manqué à mes promesses, pas plus que je ne manquerai à celle que je te ferai le jour de notre mariage. Je ne peux pas te prouver que nous n'avons jamais été amants, Jacoba et moi. Il faut que tu me croies sur parole.

— Et Lucy St-James ?

— Nous ne nous sommes vus que deux fois !

Melissa se sentit soudain libérée du poids qui l'oppressait depuis longtemps, la forçant à tenir Hawke à distance.

— Je n'ai cru tout cela que pour me protéger, reconnut-elle. J'avais si peur de tomber amoureuse.

— Moi aussi, je redoutais de t'aimer. Tu es trop jeune, trop… tout. J'ai tenté de contrôler mes sentiments comme je gère mes affaires, sans abolir mes défenses ni mettre mon âme à nu.

— Oui. C'est tellement terrifiant d'aimer.

— Tu m'as fait traverser l'enfer.

— Toi aussi.

— Il y aura des jours où nous serons séparés, des jours où les médias publieront à notre sujet d'affreux ragots. Je tiens à t'épouser, Melissa, mais je veux être certain que tu me fais confiance. Sinon, mieux vaut rompre immédiatement car le soupçon tue l'amour et le désir.

Un simple coup d'œil au visage de Hawke suffit à convaincre la jeune femme de sa sincérité. Elle y lut un désir farouche et une tendresse passionnée.

— Et si tu me demandais encore une fois de t'épouser ?

— J'ai promis qu'il n'y aurait pas de troisième fois et je tiens toujours mes promesses. Mais peut-être sauras-tu trouver un moyen de nous sortir de cette impasse ?

— Peut-être… J'en ai tellement envie, dit-elle en relevant la traîne d'une robe de bal imaginaire avant de s'incliner devant lui. Hawke, veux-tu m'épouser ?

— Oui.

— Sans regret ?

— Cela fait des semaines que je ne peux penser à rien d'autre. En fait, dès le lendemain de notre rencontre, bizarrement, j'ai commencé à me dire qu'il était temps de me marier. Et quand je t'ai aperçue, à Shipwreck Bay, j'ai eu l'impression que le ciel me tombait sur la tête. Je suis certain de t'aimer toute ma vie.

— Moi aussi.

— Cela vaut mieux, car jamais plus je ne te laisserai échapper, dit-il en lui prenant le menton pour mieux plonger son regard dans le sien. Je suis sûrement tombé amoureux en dansant avec toi, au mariage de Marie-Claire, moi qui avais toujours refusé de croire à l'amour, et à plus forte raison, au coup de foudre. Et puis, quand je me suis retrouvé en train de chercher des diamants dont l'éclat puisse rivaliser avec celui de tes yeux, j'ai compris que je m'étais laissé prendre.

— Désolée, répondit-elle avec un étincelant sourire. Moi, quand je t'ai vu pour la première fois, j'ai eu l'impression d'être heurtée par un météore. Malheureusement, on racontait tant d'horreurs dans la presse, sur toi et tes somptueuses maîtresses, sur toi et Jacoba, sur toi et cette malheureuse Lucie St-James…

— Mais aujourd'hui, si je te dis que tout cela n'était que mensonges, tu me crois ?

— Oui, répondit-elle, le cœur étonnamment léger.

— Je ne peux pas te dire pourquoi Jacoba est venue se réfugier chez moi. Elle est la fille d'une vieille amie de ma mère, voilà tout.

— Sans doute t'aurais-je cru plus tôt si je n'avais pas trouvé cette maudite photo.

— Je comprends. Cela s'est produit le jour où je suis venu te rejoindre au Repaire du Loup, n'est-ce pas ?

Melissa acquiesça avant de se blottir entre ses bras. Le contact de sa mâchoire un peu râpeuse contre sa joue fit naître dans son corps mille frissons.

— J'aurais voulu mourir sur-le-champ, conclut-elle d'une voix brisée par le chagrin, après lui avoir expliqué dans quelles circonstances elle avait découvert le cliché.

— Ta loyauté vis-à-vis de Gabe est toute à ton honneur.

— Bien sûr que j'ai été anéantie à la pensée que tu avais couché avec la fiancée de mon frère, et folle de jalousie, qui plus est. Je t'aime tant ! Mais surtout, je ne pouvais pas envisager d'épouser un homme en qui je ne puisse pas avoir pleinement confiance. Cela m'aurait détruite. J'ai donc préféré fuir pour me préserver.

Hawke relâcha un instant son étreinte avant de lui prendre le visage entre les mains et de plonger son regard dans le sien.

— Je t'aime de tout mon cœur, de toute mon âme. Il n'y a pas de place dans ma vie pour quelqu'un d'autre. Jamais je ne te trahirai, mais je veux être certain qu'il en est de même pour toi. Moi aussi, j'ai besoin de te faire confiance.

— Si je te dis : mon bonheur est tout entier entre tes mains, cela signifie-t-il quelque chose pour toi ?

Baissant les bras, Hawke fit un pas en arrière, sans la quitter des yeux un instant.

— Dieu sait que j'ai essayé de me raisonner à ton sujet, mais j'en suis incapable. Je suis fou de toi, complètement fou, et je compte passer le reste de ma vie à te rendre heureuse, déclara-t-il sur un ton à la fois solennel et tranquille.

— Je te promets, moi aussi, de tout faire pour que tu sois heureux.

Il l'embrassa avec une extraordinaire tendresse, comme pour sceller leur engagement.

Lorsque Marie-Claire passa la tête à la porte, ils étaient encore dans les bras l'un de l'autre, silencieux et apaisés, tout au bonheur de s'être enfin retrouvés.

— Si je comprends bien, lança-t-elle avec malice, le mariage est pour bientôt ?

— Exactement, répondirent-ils d'une seule voix.

— Dans ce cas, il faut y mettre les formes et avertir immédiatement Alex, en tant que prince d'Illyria et chef de la maison des Considine. Mais d'abord, il faut demander l'autorisation de Gabe.

— Voyons, Marie-Claire, toutes ces formalités n'ont rien d'indispensable ! s'exclama Melissa, horrifiée.

— Je comprends qu'une telle union comporte certaines contraintes, intervint Hawke.

— Bien sûr. Le prince Alex va sûrement vouloir la célébrer en grande pompe. Voilà cinquante ans qu'aucune fête nationale digne de ce nom n'a pu avoir lieu en Illyria. L'ancien dictateur, quand il n'était pas trop occupé à massacrer ses opposants, s'est employé à dresser les régions les unes contre les autres. Alex ne sera pas le seul à penser que ce mariage peut être l'occasion de fêter l'unité retrouvée du royaume.

— Je crains que tu n'aies raison, dit Melissa, résignée.

— Quand on entre dans une famille royale, reprit sa cousine en souriant à Hawke, il faut accepter quelques contraintes officielles. C'est d'ailleurs pourquoi je me suis souvent réjouie de ne pas être une Considine. Mais Melissa, qui est princesse d'Illyria, ne doit jamais perdre de vue l'intérêt de son peuple.

Pour la première fois, Hawke prit conscience qu'il lui faudrait partager la jeune femme avec les Illyriens.

— Combien de temps cela prendra-t-il d'organiser une cérémonie de ce genre ? demanda-t-il sans le moindre enthousiasme.

— Pas plus que pour n'importe quel grand mariage. Au moins un an, répondit Marie-Claire avec un sourire encourageant.

— Il faudra bien s'y plier, acquiesça-t-il avant de faire taire d'un baiser les protestations de sa fiancée.

— Naturellement, il s'agit du mariage officiel, déclara en souriant Marie-Claire. Quant à moi, je vous laisse la villa à tous les deux car j'ai décidé d'aller rejoindre mon mari pour quelques jours.

— Comment allons-nous pouvoir attendre un an ? dit Melissa cette nuit-là en se lovant contre Hawke. Pas question de vivre ouvertement ensemble : les Illyriens n'ont pas les idées assez larges.

— Je vais tâcher de réduire à six mois la durée des préparatifs. Quand je pense qu'en Nouvelle-Zélande, on peut se marier en trois jours…

Jamais Melissa ne l'avait vu si détendu, en dépit de la flamme qui continuait à briller dans ses prunelles d'émeraude. Et jamais elle ne l'avait trouvé aussi beau, allongé nu dans la pénombre, tel un prédateur enfin rassasié. Désormais, elle ne pouvait plus douter qu'il l'aimât. Tout en remerciant les dieux de lui avoir accordé ce bonheur, elle lui effleura l'épaule des lèvres.

— Nous nous arrangerons pour le célébrer au plus tôt sur la plage et dans la plus stricte intimité, chuchota-t-elle. Mais de toute façon, maintenant que je suis sûre de ton amour, plus rien d'autre ne compte. La seule chose…

— Oui ? dit-il en lui prenant la main pour la poser contre son cœur.

— Nous risquons d'avoir à consulter Alex, en de rares occasions, comme pour notre mariage par exemple. Et puis, je voudrais terminer mes études et faire aboutir ce projet touristique dans la vallée et peut-être même, si j'obtiens des résultats, dans l'Illyria tout entier. J'ai le sentiment que je dois tout à mon pays.

— Ta loyauté est une des qualités que j'apprécie particulièrement chez toi. Notre mariage doit enrichir ta vie, et non la limiter. Tu feras tout ce dont tu as envie. Naturellement, comme nous avons tous deux des responsabilités, des compromis seront nécessaires.

— Je t'aime tant, murmura la jeune femme, le cœur chaviré.

— Moi aussi, et pour toujours.

Melissa posa la tête sur le torse de Hawke pour écouter les battements de son cœur et sentit le sommeil la gagner peu à peu. Unis dans la confiance et la sérénité, ils avaient enfin trouvé la place qu'ils avaient tous deux si désespérément cherchée.

ROBYN DONALD

Amoureuse du prince

INTÉGRALE

LES HÉRITIERS D'ILLYRIA

Traduction française de

LOUISE LAMBERSON

SAGAS

HARLEQUIN

Titre original :
THE PRINCE'S CONVENIENT BRIDE

Ce roman a déjà été publié en 2015

1

Cet endroit était vraiment le cadre idéal pour une soirée romantique, songea Jacoba Sinclair. Tel un grand disque pâle et majestueux, la lune traversait lentement le ciel, embrasant le panorama de montagnes et entourant leurs contours ronds et imposants d'une auréole argentée. A leurs pieds, le lac sombre miroitait de reflets d'obsidienne.

La jeune femme regarda autour d'elle dans la salle immense. En contraste avec la pureté du spectacle de la nature, les invités buvaient du champagne dans des tenues élégantes et sophistiquées. La lumière qui ruisselait d'un impressionnant lustre vénitien faisait luire les épaules nues et les décolletés ornés de bijoux, leur lustre chatoyant mettant en valeur le moiré satiné des toilettes et l'austérité recherchée des smokings des hommes. Sur les tables décorées de guirlandes de fleurs blanches et dorées, les flammes des bougies vacillaient et se reflétaient dans le cristal et l'argenterie.

Jacoba passa une main sur sa hanche et ses longs doigts effleurèrent la soie écarlate qui moulait sa taille fine avant de s'épanouir avec une sensualité subtile en une corolle extravagante autour de ses longues jambes. Les pierres précieuses de son diadème captaient les éclats de lumière et étincelaient de mille feux.

Ces diamants étaient vrais, comme les rubis qui pendaient à ses oreilles et comme ceux du collier : l'ensemble valait une fortune colossale. Mais les montagnes et le lac, ainsi que la Croix du Sud qui se dessinait comme un blason sur le ciel clair de Nouvelle-Zélande, semblaient se moquer des scintillements illusoires qui illuminaient la pièce.

Car à l'intérieur, tout était aussi artificiel que les fourrures qui drapaient le mur derrière elle. De jour, le pavillon exotique luxueux n'était en effet qu'un restaurant qui accueillait les skieurs et les promeneurs à l'arrivée du téléphérique. Quant aux femmes et aux hommes élégamment habillés qui buvaient du champagne d'imitation, ils avaient été engagés pour leur visage aristocratique et leur silhouette élancée.

Comme Jacoba, dont c'était le métier.

Elle touchait des cachets faramineux pour sourire d'un air hautain et séducteur, pour sembler aussi somptueuse et inaccessible que les diamants qui ornaient sa gorge.

— Parfait, dit Zoltan d'une voix rocailleuse. Oui, comme ça, regarde le lac avant de te retourner et de voir ton prince. Je veux une sorte d'émerveillement brusque, suivi par une ébauche de sourire, comme si tu étais enflammée par un irrésistible désir. Tu crois que tu peux me faire ça ?

Jacoba savait qu'on lui avait offert une somme faramineuse pour réaliser ce film publicitaire et que Zoltan avait d'abord voulu engager une vedette d'Hollywood pour jouer son rôle. Fatiguée qu'il s'adresse à elle comme si elle avait cinq ans, elle décida de lui montrer que les mannequins savaient eux aussi jouer avec une caméra.

— Je crois, dit-elle lentement, en tournant la tête pour le fixer avec le regard qu'il voulait.

— Très bien, voyons comment ça marche devant la caméra.

Ignorant le ton sarcastique de Zoltan, Jacoba repoussa un rideau de taffetas factice et reporta son attention sur la vue magnifique.

— Super, dit le réalisateur, sans chercher à cacher sa surprise. Bon, tout à coup tu devines un mouvement de l'autre côté de la pièce, vas-y, regarde… Et là, tu *le* vois. Doucement, maintenant…

Sa voix résonnait et l'empêchait de se concentrer. Peut-être avait-il entendu parler des photographes de mode qui bavardaient sans cesse pour stimuler et inspirer les mannequins. Agacée, Jacoba cessa de l'écouter.

Les figurants jouaient leur rôle, bavardant, flirtant et riant doucement. Elle laissa ses yeux dériver sur la foule, se diriger lentement vers la porte du fond, afin d'y découvrir l'homme qui était censé entrer…

En réalité, personne ne devait entrer. En effet, Sean Abbott, l'acteur qui jouait le rôle, était cloué au *Lodge* avec une grippe intestinale. Ils avaient donc décidé de filmer les scènes où il n'apparaissait pas, et d'utiliser une doublure au moment où il était supposé danser avec elle.

Mais à sa grande surprise, Jacoba vit un homme apparaître dans l'encadrement de la porte. Leurs regards se croisèrent. En proie à une sorte de vertige, elle sentit un frisson fiévreux parcourir son dos tandis que ses doigts se resserraient sur le rideau.

Non, ce n'était certainement pas la doublure !

Grand et élégant dans un smoking noir qui contrastait avec une chemise d'un blanc immaculé, le nouvel arrivant se déplaçait avec une énergie souple et maîtrisée. Jacoba sentit sa gorge se serrer tandis que son regard errait sur ce visage méditerranéen aux contours volontaires et sculpturaux, à la peau mate, où étincelaient des yeux clairs, rivés aux siens.

Soudain, tous les bruits alentour s'amenuisèrent jusqu'à ce qu'elle n'entende plus que les battements rapides de son cœur. Le prince Marco Considine d'Illyria s'avançait maintenant, ses traits arrogants concentrés sur elle comme si elle était la seule occupante de la pièce.

Dans un geste de pur instinct, Jacoba couvrit son cœur d'une main gantée, comme pour le protéger du magnétisme extraordinaire qui se dégageait de cet homme qu'elle avait évité avec soin durant les dix dernières années.

— Génial ! s'exclama le réalisateur. Reste comme ça, ne bouge pas… O.K., coupez !

Il se retourna et son expression se durcit.

— Bon sang, qu'est-ce que vous…, commença-t-il avec colère.

Mais il s'arrêta immédiatement quand il reconnut le nouvel arrivant. Sa voix se teinta alors d'une note mielleuse.

— Ah, prince Marco, je ne m'attendais pas à vous voir…

Sa phrase s'acheva en interrogation car il n'osait pas demander franchement au prince ce qu'il faisait là. Ce ne serait en effet guère prudent d'incommoder l'un des hommes les plus puissants du monde… Surtout, songea Jacoba avec cynisme, quand il contrôlait la puissante société de produits de beauté qui dépensait des millions dans la publicité de leur premier parfum.

Le souffle court, elle restait immobile. Elle aurait voulu passer inaperçue, mais comment faire quand on avait une chevelure flamboyante et qu'on mesurait un mètre quatre-vingts sur ses talons ? Et qu'en plus, on portait une robe spécifiquement dessinée pour attirer l'attention ainsi que des bijoux étincelants… Jacoba refoula un mouvement de panique et se concentra sur la conversation entre les deux hommes.

— Je suis descendu au *Lodge* à Shipwreck Bay, dit le prince Marco, d'une voix calme et profonde aux accents anglais. Aussi ai-je pensé que je pourrais venir voir comment les choses se passaient.

Jacoba sentit son estomac se nouer. Elle aussi logeait au *Lodge*…

Mais elle n'était pas en danger, se rassura-t-elle. Comme le reste du monde, le prince n'avait pas la moindre idée de sa véritable identité. Ses parents, acteurs dans le terrible drame oublié qui s'était déroulé en Illyria, étaient maintenant morts. Et beaucoup d'événements s'étaient passés durant les dernières années dans la petite principauté. La police secrète d'Illyria était maintenant dissoute et ses cadres dispersés, si bien qu'elle et sa sœur Lexie n'avaient plus rien à redouter. D'autre part, il était peu probable qu'en ce début de XXIe siècle, la vendetta que craignait tant sa mère fasse encore des ravages dans la société illyrienne.

De toute façon, le prince, né et élevé en France, le pays de sa mère, ne se souciait probablement pas de telles coutumes barbares.

Tandis qu'elle lui jetait un regard à la dérobée, elle sentit un frisson la parcourir : Marco Considine avait l'air si viril et puissant qu'il devait croire en la vengeance…

« Ne sois pas idiote », s'ordonna-t-elle, contrariée.

Elle tenta de reporter son attention sur la foule, mais il n'y avait pas d'échappatoire à la force magnétique qui émanait du prince. Non seulement il la dépassait d'au moins dix centimètres, mais sa robuste corpulence et la grâce masculine stupéfiante qui émanait de lui faisaient qu'il dominait littéralement la pièce.

De la structure bien dessinée de son visage se dégageait une formidable autorité. C'était bien un Considine, revendiquant un héritage qui remontait à des âges mythiques.

Jeune frère du grand-duc d'Illyria, qui se situait lui-même dans la hiérarchie juste derrière le prince régnant, Marco Considine avait été élevé dans la fierté de leur illustre famille.

Et par conséquent il était dangereux…

Jacoba respira profondément. Le regard du prince se posa alors sur elle une seconde avant de revenir sur le réalisateur. Cela ne dura qu'un très bref instant et pourtant, elle eut l'impression que ses yeux bleu d'acier avaient pénétré ses secrets les plus enfouis.

Pétrifiée, elle dut résister à un assaut de panique. Il ignorait qu'elle était illyrienne de naissance. A part sa sœur, personne ne le savait. Sauf son vieil ami Hawke, bien entendu, mais il ne le dirait jamais à personne. Grâce à son nom, associé à sa peau claire et à ses cheveux flamboyants, elle pouvait facilement faire croire qu'elle avait des origines écossaises.

Elle se força à quitter les ombres sinistres du passé et se demanda pourquoi le prince portait des habits de soirée. Les vêtements parfaitement ajustés indiquaient un tailleur très talentueux. En effet, la veste mettait subtilement en valeur ses épaules larges et ses hanches étroites tandis que la ligne sobre et pure du pantalon accentuait encore la longueur de ses jambes musclées. Autour de lui, tous les autres hommes ressemblaient à une pâle imitation…

Très bien, se dit-elle avec colère, il était magnifique, vraiment impressionnant. Mais elle avait travaillé avec les plus beaux hommes du monde, et rester muette d'admiration devant lui, comme une écolière, était vraiment stupide.

Affichant sur son visage une sérénité qu'elle était loin d'éprouver, elle se força de nouveau à écouter la conversation des deux hommes.

— J'espère que tout va bien, dit le prince.

— Très bien, assura le réalisateur.

Puis il se lança dans un compte rendu du déroulement du tournage.

Jacoba avait l'habitude d'être prise pour un objet décoratif, mais c'était la première fois qu'elle était si totalement ignorée. « Heureusement que j'ai décidé d'abandonner cette vie », se dit-elle avec irritation.

Elle avait toujours eu l'intention de se retirer à trente ans, c'est-à-dire dans trois ans, mais grâce au cachet extraordinaire qu'elle allait toucher pour cette campagne, elle pourrait s'arrêter tout de suite après. Enfin, une fois qu'elle aurait terminé les deux autres contrats qui restaient…

Malgré leur brièveté, elle percevait dans les propos du prince une intelligence formidable et une détermination farouche qui l'intriguaient. Ce descendant des Considine avait l'air très intéressant, songea-t-elle en jetant un coup d'œil rapide à son visage impérieux et séduisant — et dangereux, se dit-elle vivement.

Comme s'il s'était rendu compte de l'intérêt qu'il suscitait, il tourna ses yeux bleus et froids vers elle. Jacoba y distingua comme une lueur de défi primitif. Elle soutint son regard pendant quelques secondes, avant de se détourner. Mais elle continuait de sentir son attention fixée sur elle.

— Nous n'avons pas été présentés, dit-il alors doucement, avec un soupçon de reproche dans sa voix profonde.

— Excusez-moi, s'exclama aussitôt le réalisateur, je vous présente Jacoba Sinclair.

— Enchantée, monsieur, dit-elle froidement en adressant au prince son sourire le plus distant.

— Mademoiselle Sinclair, répliqua-t-il en prenant sa main.

Puis il la leva presque jusqu'à ses lèvres avant de déposer un baiser formel dans l'air, juste au-dessus du gant.

De la part de n'importe qui d'autre, elle aurait trouvé ce geste insupportablement prétentieux, mais d'une certaine façon, le prince réussit à le transformer en une invitation sensuelle. Un tressaillement parcourut tout son être et elle réalisa qu'elle respirait plus rapidement. Soudain elle eut terriblement besoin d'un grand verre de cet ersatz de champagne pour humidifier sa bouche et sa gorge subitement sèches.

« Oui, il est vraiment dangereux ! » songea-t-elle en se forçant à sourire.

— Je m'appelle Marco Considine, dit-il aimablement quand il se redressa.

Mais ses étonnants yeux bleu pâle étaient directs et déterminés. Et admiratifs. Jacoba ne put empêcher les battements de son propre cœur de s'accélérer.

A côté d'elle, Zoltan semblait mal à l'aise. Le prince Marco ne venait-il pas de lui rappeler qu'il avait tout le pouvoir ? Oh, il avait bien un contrat, mais Jacoba ne doutait pas que le prince y mettrait fin sans pitié s'il le désirait.

Marco Considine reporta son attention sur son interlocuteur.

— Quand pensez-vous avoir terminé ? demanda-t-il.

— Nous devons avoir quitté les lieux demain matin à 6 heures, mais nous aurons probablement fini avant cela. Jacoba comprend les instructions remarquablement vite.

— Vous êtes trop aimable, lui dit sèchement Jacoba.

Elle était prête à parier que le prince avait noté l'acidité de leur échange, mais quand il parla, son ton était absolument neutre.

— Et où est son partenaire ? s'enquit-il. Je croyais qu'il devait y avoir une valse passionnée ?

Zoltan leva la main et soupira.

— Sean Abbott est malade.

Marco Considine fronça les sourcils.

— C'est un problème ?

— Non, dit vivement le réalisateur. Il sera dans tous les gros plans, mais ce soir, nous nous servons d'une doublure et nous filmons les scènes où il n'apparaît pas.

— Cela vous dérange si j'assiste à la suite du tournage ? demanda le prince.

Oui, songea Jacoba, cela la dérangeait profondément, mais elle n'allait pourtant pas protester.

— Pas du tout ! s'exclama Zoltan avec enthousiasme.

Marco observait le remplaçant évoluer avec maladresse sur la piste de danse. Comment pouvait-on être aussi empoté quand on avait la chance d'avoir une telle partenaire ? Peut-être ce type était-il justement perturbé par la beauté et la grâce de la fabuleuse Jacoba Sinclair…

Celle-ci faisait de son mieux pour compenser l'incompétence de son compagnon, mais tous ses efforts ne parvenaient pas à lui donner le sens du rythme. Marco jeta un coup d'œil à sa montre.

— Coupez ! cria soudain Zoltan. Bon, ne vous vexez pas, mais ça ne va pas du tout.

— Elle ne se laisse pas conduire, s'exclama la doublure d'un air renfrogné.

— Puis-je essayer ? dit calmement Marco.

Le réalisateur le dévisagea, sans pouvoir cacher son étonnement.

— Je suis à peu près de la même taille, et si je ne danse pas assez bien, vous pourrez me renvoyer, continua Marco avec amusement.

Il n'avait pas besoin de regarder Jacoba Sinclair pour sentir sa consternation. D'habitude, les femmes se montraient plus qu'empressées avec lui… Peut-être, pensa-t-il, était-elle sincèrement amoureuse de l'homme dont elle était la maîtresse depuis des années, ce Hawke Kennedy, même s'il ne lui était pas fidèle.

— Eh bien, dit le réalisateur d'un air dubitatif, si vous êtes sûr…

— Vous n'avez rien à perdre, dit Marco avec une assurance tranquille.

Il obéissait rarement à de telles impulsions, mais il voulait savoir comment se comporterait Jacoba Sinclair dans ses bras.

— D'accord, voyons comment vous vous débrouillez, dit le réalisateur, cachant sa réticence derrière un sourire presque convaincant. Et souviens-toi, Jacoba, tu es déjà à moitié amoureuse. Je veux de l'émotion, de la sensualité. Montre avec ton corps qu'il n'a qu'à faire un geste pour que tu sois à lui.

Marco vit les joues de la jeune femme se colorer légèrement. Il sourit tandis qu'il sentait une sensation sauvage et intense naître en lui.

Se maîtrisant, il écouta attentivement Zoltan donner ses instructions.

Cela prit plus de temps que Marco ne s'y attendait pour filmer leur lente progression l'un vers l'autre, puis leur rencontre au milieu de la piste de danse. Il trouva le processus laborieux, mais c'était très intéressant de voir comment on effectuait un tournage.

Et Jacoba Sinclair était une professionnelle accomplie.

Heureusement, parce que Zoltan était un perfectionniste, et son attitude envers la jeune femme frôlait parfois l'agressivité. En dépit de cela, elle réussit à satisfaire le réalisateur. Elle était si douée que Marco pouvait presque croire qu'elle brûlait d'une passion subite et incontrôlable pour lui.

En d'autres termes, elle était une excellente actrice, pensa-t-il. Car il savait qu'il n'y avait rien de personnel dans ses regards épris et ses sourires charmés. Pourtant, il sentait une tension en elle, et il était sûr qu'elle n'était pas due au seul réalisateur.

Marco se demanda si Zoltan avait essayé de la séduire et avait été repoussé.

Surpris par l'assaut de colère froide que cette pensée provoquait en lui, il se concentra sur ce qu'on lui disait de faire.

— Très bien, ça ira, dit le réalisateur. Maintenant, on passe à la danse elle-même.

Marco tendit son bras, Jacoba y posa la main et avança d'un pas fluide à son côté vers le milieu de la piste. Puis elle vint dans ses bras avec un bruissement soyeux et un parfum léger, divinement féminin, qui vint titiller ses narines. Son corps mince et gracieux s'ajustait parfaitement au sien.

Il dut lutter contre une montée de désir si intense qu'elle le désarçonna presque. A ce moment, les musiciens entamèrent une valse qui rappelait les salles de bal victoriennes.

Figée dans une expression impénétrable, Jacoba regardait obstinément par-dessus son épaule. Il ne bougea pas jusqu'à ce qu'elle tourne vers lui un visage confus, et quand il lui sourit, il vit un éclair illuminer ses magnifiques yeux gris.

— Détendez-vous, murmura-t-il. Nous sommes amoureux, ne l'oubliez pas.

Une teinte vive enflamma sa peau d'ivoire et sa bouche pulpeuse se contracta. Sans lui donner le temps de parler, Marco l'entraîna dans la danse. Il avait appris à valser grâce à sa mère française et Jacoba Sinclair le suivit avec grâce, levant son beau visage vers lui avec une expression qui simulait la sensation éblouie et vertigineuse du premier amour.

Mais ses yeux, inquiets comme ceux d'un animal traqué, restaient sur leurs gardes.

— Pourquoi avez-vous essayé de guider ce type ? lui demanda-t-il.

Elle lui jeta un regard perçant, ses yeux gris le défiant derrière l'écran de ses cils épais et noirs. Marco sentit son corps répondre immédiatement et se tendre vers elle, à tel point qu'il faillit manquer un pas. Sans aucun doute soucieuse de satisfaire le réalisateur, elle lui adressa alors un sourire de séduction pure, si éblouissant et empreint d'un tel désir que pendant un instant, Marco souhaita de tout son cœur qu'il fût sincère.

Jusqu'à ce qu'il se souvienne brutalement qu'elle était la maîtresse de Hawke Kennedy. Il ne partageait pas les femmes, et il n'avait pas non plus l'intention de la voler à Kennedy, un ami de son frère Gabe.

Pourtant, il ne pouvait nier que tout son être, troublé et excité par le contact de ce corps sublime, était dévoré par le désir.

— Il faut bien que quelqu'un mène la danse, dit-elle d'une voix légèrement rauque.

— Et il en était incapable ?

Un autre éclair de feu embrasa ses yeux sublimes.

— Il a besoin d'apprendre à jouer le rôle de l'homme, dit-elle tandis qu'une rougeur envahissait ses pommettes.

Ainsi, elle n'avait pas voulu faire de sous-entendu, constata Marco.

— Vous êtes néo-zélandaise, n'est-ce pas ?

Quelque chose assombrit le regard de la jeune femme, mais disparut avant qu'il puisse le déchiffrer.

— Oui, c'est là que je suis née et que j'ai grandi, répondit-elle avec légèreté.

— Vous êtes de la région ?

Il sentit son épaule frémir sous sa main.

— Non, je suis du Nord.

— D'Auckland ?

Sa bouche s'arrondit comme si elle allait lui confier un secret excitant. Il ne devait pas oublier qu'elle jouait la comédie.

— Encore plus loin, dit-elle joyeusement. Je viens du Nord sans hiver, là où les gelées sont rares et où l'humidité règne sans pitié.

— Je ne suis jamais allé là-bas.

L'amusement brillait dans les yeux de la jeune femme. Ils n'étaient pas d'un gris pur et des pépites d'or scintillaient dans leurs profondeurs. Marco ne pouvait s'empêcher de s'émerveiller devant sa beauté. Il se demanda comment Hawke pouvait être infidèle à une femme aussi attirante, et pourquoi elle s'accommodait d'un tel comportement. Elle avait l'air bien trop sûre d'elle et bien trop consciente de sa propre valeur pour se contenter d'une relation aussi frustrante.

Si elle lui avait appartenu, il lui aurait été fidèle, se dit-il farouchement.

Peut-être ses pensées transparaissaient-elles sur ses traits car elle détourna soudain les yeux.

— C'est une partie extraordinaire de la Nouvelle-Zélande, mais, bien sûr, je suis partiale, dit-elle d'une voix de nouveau distante.

— Peut-être pourriez-vous me montrer un jour *votre* Nouvelle-Zélande, continua-t-il d'une voix douce.

Elle faillit trébucher, mais quand il resserra automatiquement son étreinte, elle reprit immédiatement le rythme, le visage impénétrable.

— Peut-être, dit-elle d'une voix égale en lui souriant. Un jour.

Elle semblait fixer ses yeux, mais son regard était arrêté à la hauteur de ses sourcils, et quand il se pencha vers elle, elle détourna la tête.

Les émotions se bousculaient dans une ronde étourdissante en Jacoba. Au-dessus des larges épaules du prince, elle voyait le réalisateur faire évoluer les autres danseurs sur la piste. Il lui fit une grimace, aussi en déduisit-elle qu'il avait obtenu ce qu'il voulait.

Pourquoi le pauvre Sean avait-il succombé à ce maudit virus ? Lui au moins n'était pas dangereux… En effet, il était si amoureux de sa nouvelle épouse qu'il ne voyait plus les autres femmes. Alors que le prince, lui, était terriblement séduisant… Le corps de Jacoba semblait s'être séparé de sa volonté pour n'en faire qu'à sa guise, vibrant d'un désir violent et exigeant. En fait, réalisa-t-elle avec un petit sursaut, elle ne jouait pas la comédie. Elle désirait le prince Marco Considine et son corps faisait en sorte qu'elle le sache.

Zoltan se mit à gesticuler.

— Je crois qu'il veut que nous pivotions, dit-elle en regardant Marco. Pouvez-vous le faire ?

Sans répondre, il la serra davantage contre son corps mince et musclé et la fit virevolter, la forçant ainsi à s'appuyer contre lui tandis que les danseurs s'écartaient pour leur laisser la place.

Une sensation sauvage et délicieuse la traversa comme un éclair de velours, jaillissant de ses seins et s'épanouissant dans le bas de son ventre. Elle tressaillit violemment.

— Vous avez froid ? murmura le prince.

Il la repoussa un peu pour pouvoir la regarder en face.

Froid ? Il savait pertinemment qu'au contraire, elle était en feu, chaque nerf en éveil, chaque cellule affamée et en alerte. Oui, elle était prête à se soumettre à ce plaisir sensuel qui se répandait en elle comme du miel chaud et doux.

Comment des yeux de la couleur de la glace pouvaient-ils la brûler ainsi ? Un soupir lui échappa quand il pencha la tête pour déposer un baiser sur son front.

Le bref contact de ses lèvres envoya un tumulte d'émotions joyeuses et triomphantes résonner au plus profond d'elle-même. Jacoba eut la soudaine impression que ces émotions repoussaient loin d'elle le souvenir de la voix effrayée de sa mère : « Jamais. N'avoue jamais que tu es illyrienne. C'est la seule façon de rester sauve. Promets-le-moi. »

Inondée par le plaisir, Jacoba ferma les yeux et laissa reposer sa tête une seconde sur l'épaule du prince, trouvant une sorte de refuge dans sa force et sa puissance viriles.

Soudain, le réalisateur rompit le charme.

— Génial ! cria-t-il avec enthousiasme, continuez comme ça.

Beaucoup plus tard, le téléphérique les déposa au bas des pentes recouvertes de neige. A l'est, la promesse de l'aube éclairait de rose pâle le sommet des montagnes. Vêtue d'un pantalon confortable et d'une veste chaude, Jacoba bâilla, épuisée et pourtant tenue en éveil par l'homme qui se tenait à côté d'elle.

Pourtant, elle allait bientôt s'effondrer, elle le savait. En effet, cette excitation fiévreuse s'évanouirait dès qu'elle aurait atteint sa chambre.

2

Bien que le tournage ait dû être ennuyeux pour lui, Marco Considine n'avait pas du tout l'air fatigué.

L'examinant à la dérobée dans la lumière pâle de la lune, Jacoba remarqua que les traits arrogants de son visage semblaient plus prononcés après cette nuit blanche, mais que son énergie et sa sensualité étaient toujours bien présentes.

Tremblante, elle regarda au loin, ses yeux passant sans les voir sur les contours des montagnes de l'autre côté du lac. Elle avait l'impression que son corps gardait l'empreinte de celui de Marco — qu'elle n'oublierait jamais les effluves masculins et légers qui émanaient de lui.

Un peu plus loin, plusieurs bus et une voiture attendaient.

— Par ici, dit Marco en la prenant par le bras.

Jacoba hésita.

— Le réalisateur…

— Une autre voiture va venir chercher Zoltan, dit-il calmement.

Il fit un geste vers la route, où un véhicule approchait.

— D'ailleurs, la voici.

Une note implacable dans sa voix l'avertit que ce n'était pas la peine de protester davantage, aussi avança-t-elle docilement vers la voiture.

Après avoir adressé un salut de tête au prince, le chauffeur du *Lodge* ouvrit la portière à Jacoba.

— Bonsoir, monsieur. Bonsoir, mademoiselle Sinclair. Tout va bien ?

— Je l'espère, répondit le prince tout en se glissant sur le siège arrière à côté de Jacoba.

Elle essaya de calmer le rythme rapide de son pouls tandis que la voiture se dirigeait vers le *Lodge*. Pourtant, elle était sûre que le prince était trop sophistiqué pour tenter quoi que ce soit devant son chauffeur. Et puis, après avoir repoussé les avances de tant d'hommes qui la considéraient comme une proie, elle aurait dû lui être reconnaissante de sa réserve.

Ils roulèrent en silence jusqu'à ce que le *Lodge* se dresse avec élégance devant eux à côté des eaux noires du lac.

Marco insista pour l'accompagner jusqu'à sa chambre, et tint même à insérer sa clé dans la serrure.

— Je ne suis pas si fatiguée que ça, protesta-t-elle, tout en trouvant étrangement agréable de se laisser dorloter.

Il lui décocha un sourire laconique et lui rendit sa clé.

— Si, vous l'êtes. Il y a des ombres en dessous de ces beaux yeux brumeux.

Son ton était amusé, mais elle vit une lueur derrière ses cils qui envoya un frisson d'excitation à travers son corps. Il y avait quelque chose dans son attitude qui lui faisait penser à un prédateur.

— Je sais que Zoltan vous a déjà remercié de votre aide, dit-elle précipitamment, mais je vous suis sincèrement reconnaissante.

Elle ajouta en souriant.

— Mes orteils le sont aussi !

Il haussa les épaules.

— Parmi tous ces figurants, Zoltan aurait bien trouvé quelqu'un qui sache danser convenablement. D'ailleurs, pourquoi ce remplaçant a-t-il été engagé, puisque lui, manifestement, en était incapable ?

Parce qu'il était le petit ami de Zoltan… Mais en dépit de l'attitude du réalisateur, Jacoba ne voulait pas lui causer d'ennuis.

— Il avait la taille adéquate, ce qui n'est pas le cas de beaucoup d'hommes, dit-elle simplement.

Le prince inclina légèrement la tête mais Jacoba ne put déchiffrer l'expression de ses yeux clairs.

— Cela a été une nuit très instructive pour moi, dit-il avec un sourire énigmatique.

Jacoba dut réprimer le désir violent de lui demander s'il serait au *Lodge* quand elle se réveillerait. Elle répondit brièvement à son sourire et pénétra dans sa suite.

— Bonne nuit, dit-elle après s'être retournée.

Elle vit ses yeux s'assombrir et pendant un fol instant, elle pensa qu'il allait l'embrasser. Son cœur s'accéléra dans une anticipation sauvage et délicieuse, jusqu'à ce que l'expression de son regard se durcisse et qu'il recule d'un pas.

— Bonne nuit, Jacoba.

Avant de faire un geste stupide, par exemple tendre la main et l'attirer dans la pièce, elle ferma vivement la porte et s'adossa au vantail, son pouls battant à toute allure comme si elle venait d'échapper à un grand danger.

Dans la voiture, elle s'était demandé s'il éprouvait le même enchantement qu'elle. Maintenant, elle connaissait la réponse et cette découverte était à la fois vertigineuse, grisante et terrifiante. Pour la première fois de sa vie elle souhaitait être moins prudente. Son instinct de femme lui disait qu'il serait un amant superbe... Mais soudain, elle se souvint qu'elle en savait déjà assez sur ses prouesses sexuelles.

Des années auparavant, elle avait participé à un tournage avec une fille qui se remettait difficilement d'une aventure avec le prince Marco Considine. La pauvre, elle avait été rejetée, de la manière la plus inélégante, quand elle avait malencontreusement laissé échapper qu'elle l'aimait. Le prince, semblait-il, avait clairement affirmé dès le début de leur relation qu'il n'était pas question d'amour.

Et en plus d'être allergique aux engagements, n'était-il pas illyrien...

Jacoba se dirigea vers la salle de bains. Et un quart d'heure plus tard, elle s'écroula sur son lit. Mais avant de trouver le sommeil, elle dut se concentrer pour se détendre et chasser les pensées qui se précipitaient dans son esprit. Sa dernière pensée fut une question vague, à peine formulée...

Après toutes ces années et la mort du dictateur qui avait fait trembler l'Illyria, les terreurs et les avertissements de sa mère n'étaient sûrement plus fondés. Cela signifiait-il qu'elle et sa sœur n'avaient plus rien à redouter ?

— Comment fais-tu ?

Jacoba leva les yeux de son bol de muesli. Il était bien plus de midi, mais le *Lodge* lui avait néanmoins servi un petit déjeuner sur la terrasse attenante à sa chambre.

— Que veux-tu dire ?

Mere Tanipo jeta un coup d'œil à son assiette.

— Pour manger autant et rester aussi mince ?

— C'est une question d'hérédité, lui dit Jacoba.

Sa compagne soupira.

— Et comment réussis-tu à avoir une aussi bonne mine sans maquillage, les cheveux noués en queue-de-cheval comme une gamine, et après seulement six heures de sommeil ?

— Ça, c'est une question de chance, répondit Jacoba d'un ton léger. Tu devrais prendre un verre de lait écrémé pour accompagner ton toast, et un fruit.

Mere fronça les sourcils.

— On dirait ma mère.

— Tu devrais l'écouter, dit gaiement Jacoba, c'est stupéfiant, tout ce qu'elles savent. La mienne nous répétait souvent : « Petit déjeuner de roi, déjeuner de prince et dîner de pauvre. » Ça marche, je t'assure.

Mere se redressa et regarda par dessus l'épaule de son amie.

— A propos de prince, dit-elle, les yeux brillants, le tien vient juste d'apparaître. Il traverse la pelouse comme s'il possédait le monde entier.

— Ce n'est pas *mon* prince, répliqua Jacoba avec fermeté, espérant que la chaleur de ses joues n'allait pas trahir son trouble.

Sa compagne éclata de rire.

— Il aimerait bien l'être ! C'était évident, hier soir. Bon, il faut que je fasse mes bagages. A plus tard Jacoba, et merci pour les conseils, dit-elle en bondissant sur ses pieds.

— Ce n'est rien, dit Jacoba, mal à l'aise.

Elle essaya de finir son muesli tandis qu'elle sentait tous ses nerfs vibrer fiévreusement. Quand le prince Marco s'arrêta à côté de sa table, elle leva lentement les yeux vers sa haute silhouette.

La première pensée qu'elle eut en le regardant la choqua. A quoi ressemblerait-il sans le jean bien coupé et la chemise en coton qui était exactement de la couleur de ses yeux ? Seigneur, elle était sûre qu'il était beau comme un dieu, et que la musculature élégante qu'elle remarquait à travers ses vêtements jouait sous la peau souple, mate et satinée…

— Bonjour, dit-elle, soudain reconnaissante envers les petites politesses qui facilitaient la communication insignifiante de tous les jours.

Il la dévisagea avec un sourire ironique.

— Bonjour Jacoba, puis-je me joindre à vous ?

— Bien sûr, répondit-elle.

Nonchalamment, Marco Considine s'assit en face d'elle et la regarda avec ses yeux bleus si troublants.

— J'espère que je n'ai pas chassé votre amie.

— Non, elle a un avion à prendre.

S'ils pouvaient s'en tenir à ce genre de conversation, tout irait bien…

— C'est elle qui portait la robe blanche, l'ingénue, en opposition à votre personnage sophistiqué d'hier soir, n'est-ce pas ?

Avec horreur, Jacoba sentit un affreux accès de jalousie l'assaillir à l'idée que Marco se souvenait de Mere.

— Oui, dit-elle.

— Et vous, quand partez-vous ?

Où voulait-il en venir ?

— Cet après-midi, dit-elle en jetant un coup d'œil à sa montre-bracelet. Dans trois heures exactement.

Il s'appuya au dossier de sa chaise.

— Je vais à Tahiti pour une semaine.

— C'est une charmante destination, répondit-elle prudemment.

— Venez avec moi.

Devant sa proposition franche et brutale, Jacoba se trouva totalement décontenancée. Dans ses yeux, elle ne voyait rien que de la spéculation froide, comme si elle était un bel objet qu'il voulait et pouvait s'offrir. Une *chose* avec laquelle il pourrait jouer jusqu'à ce qu'il en soit lassé et qu'il la rejette avant d'en choisir une autre.

Elle dissimula le bouillonnement de ses émotions derrière un sourire léger.

— Vous êtes très aimable, dit-elle calmement, mais j'ai d'autres projets.

Elle n'était pas dénuée de cervelle et n'avait pas la moindre envie de lui offrir son corps pour une brève aventure.

Mais il ne la lâchait pas des yeux et son regard pénétrant la déstabilisait.

— Etes-vous amoureuse de Hawke Kennedy ?

— Vous êtes très indiscret, dit-elle sèchement.

Ainsi, il croyait les commérages qui couraient sur sa relation avec l'homme qui était son ami le plus proche, la seule personne au monde, à part sa sœur Lexie, qui connaissait son passé.

Les yeux de Marco se rétrécirent encore davantage.

— La nuit dernière, vous avez répondu à mon étreinte. Vous ne le vouliez pas, mais vous n'avez pas pu vous en empêcher. Cela ne ressemble pas à une femme qui est amoureuse d'un autre homme.

— C'est du harcèlement et nous avons des lois contre cela en Nouvelle-Zélande, riposta-t-elle avec véhémence.

— Ou suis-je trop proche de la vérité ? C'est lui le propriétaire du *Lodge*, n'est-ce pas ?

— Et alors ? s'exclama-t-elle.

— Alors… est-ce qu'il paie votre séjour ?

Offusquée, elle le toisa avec mépris.

— Non, dit-elle d'une voix glaciale. Figurez-vous que c'est votre société qui paie tous les frais. De plus je trouve cette conversation déplacée et offensante.

Alors qu'il aurait dû être embarrassé, il semblait simplement amusé.

— Je n'avais pas soupçonné que vous étiez si prude, dit-il d'un ton cynique.

— Le fait de m'insulter, rétorqua-t-elle, ne me fera pas céder à votre proposition.

Il haussa les sourcils tout en soutenant son regard avec un air de défi si froid qu'elle se sentit frémir. Puis, avant qu'elle ait eu le temps de reculer, il se pencha en avant et prit sa main.

Le contact de sa peau chaude et douce la traversa comme une décharge électrique. Eperdue, Jacoba le regarda tandis que son corps vibrait d'une onde violente et voluptueuse qui la terrifiait.

Marco porta sa main à ses lèvres et en embrassa la paume, s'attardant en une caresse sensuelle. De petits frissons sauvages et exquis descendirent le long de son dos et son esprit bascula… La seule chose qui comptait, c'était la bouche de Marco Considine contre sa peau.

Elle essaya de refermer le poing. Un sourire espiègle se dessina sur la bouche du prince et il laissa ses doigts glisser sur la veine de son poignet.

Jacoba se mordit la lèvre et libéra enfin sa main.

Cette fois il la laissa faire, mais pas avant qu'elle ait vu la lueur de satisfaction dans ses yeux.

Les pupilles écarquillées, elle l'observa tandis qu'il se levait en un mouvement gracieux et souple. Mais son répit fut de courte durée, car il vint à côté d'elle et se pencha pour embrasser sa bouche entrouverte. Jacoba voulut résister, mais son corps s'enflamma aussitôt.

Haletante, elle tenta néanmoins de se dégager mais Marco profita de sa tentative désespérée pour approfondir son baiser. Doucement, langoureusement, sa bouche goûtait la sienne.

Un instant plus tard, Jacoba se retrouva debout et dans les bras de Marco, qui se refermèrent sur elle. Quand il quitta ses lèvres et la regarda dans les yeux, Jacoba se sentit entraînée dans un tourbillon vertigineux. Malgré elle, elle leva une main pour la poser sur sa joue. A ce moment, il embrassa le coin de ses lèvres, puis le lobe de son oreille, et enfin l'endroit où son pouls battait violemment sur son cou.

Soudain, l'autre main de Marco entoura son sein. Elle sentit aussitôt une onde de plaisir vriller au plus profond d'elle-même et se répandre dans tout son être en une marée incandescente.

Jacoba ne se reconnaissait plus. Elle avait toujours été si prudente avec les hommes, se confiant seulement à Hawke, qui était presque un frère pour elle. Jamais auparavant elle n'avait ressenti cette excitation brûlante, cette ivresse…

« C'est seulement du sexe, tentait de résonner une petite voix en elle. Rien de sérieux, juste une attraction animale idiote. »

Ses seins étaient tendus et sensibles sous la caresse lente et experte. Dans le creux de son ventre, elle eut l'impression qu'une sorte de barrière cédait et qu'un désir se déployait sans retenue avec une avidité insoupçonnée…

Alors, Marco l'embrassa comme si elle était l'autre moitié de lui-même, comme s'ils allaient se séparer et ne jamais se revoir… Mais soudain, il s'arrêta et la lâcha brusquement.

— Je dois avoir perdu la tête ! s'exclama-t-il d'une voix rauque.

Stupéfaite et choquée, Jacoba inspira profondément et passa une main tremblante dans ses cheveux. Il devait avoir ôté le ruban qui les retenait et elle ne s'en était même pas rendu compte !

— Nous l'avons perdue tous les deux, dit-elle aussitôt.

Il la regarda, les yeux durs et sévères.

— Tout va bien, personne ne nous a vus, reprit-il d'une voix glacée et formelle. Je suis désolé.

Horrifiée, Jacoba se rendit compte qu'elle s'était tellement abandonnée qu'elle avait oublié le monde qui les entourait et la présence d'éventuels témoins.

— J'espère que vous apprécierez Tahiti, dit-elle d'une voix qu'elle essaya de rendre légère et moqueuse.

Il lui adressa un sourire bref et dénué d'humour.

— Et moi, j'espère que vous ferez un agréable voyage, quelle que soit votre destination. Mais n'oubliez pas ceci : maintenant que je sais que vous partagez mon désir, je n'ai pas l'intention de renoncer à vous.

Le cœur bondissant dans sa poitrine, Jacoba resta muette.

— Vous avez peur. Pourquoi ? ajouta-t-il brusquement.

— Je n'ai pas peur ! dit-elle avec colère. Je ne collectionne pas les aventures, c'est tout.

Avec étonnement, elle l'entendit éclater d'un rire sincère.

— Moi non plus, lui dit-il, l'air réellement amusé.

— Et je méprise les hommes qui croient avoir un droit sur toutes les femmes qui leur plaisent, ajouta-t-elle sans réfléchir.

— Dites-moi sans mentir que vous ne me désirez pas.

Jacoba se sentit rougir.

— Je ne vais pas au lit avec chaque homme que je désire. Je les choisis.

— Moi aussi, dit-il calmement. Mais vous venez d'être très claire : vous me désirez. Néanmoins vous n'allez pas mettre fin à une relation malsaine avec Hawke Kennedy pour quelque chose d'authentique, n'est-ce pas ?

— Vous ne savez rien de ma relation avec Hawke, rétorqua-t-elle.

— Je sais qu'il ne vous est pas fidèle, et qu'il n'y a donc aucune confiance entre vous. Et je sais aussi que vous semblez vous contenter d'attendre qu'il vous revienne chaque fois.

Tout en parlant, Marco se demandait pourquoi il se donnait la peine d'insister. Il pouvait posséder toutes les femmes dont il avait envie. Celle-ci, de toute évidence, ne voulait pas de lui, alors, pourquoi ne laissait-il pas tomber ?

Pourtant il lui plaisait, elle ne pouvait le cacher. Il sourit dans son for intérieur. D'autres femmes l'avaient désiré et il les avait ignorées. Diable, certaines avaient même confessé qu'elles l'aimaient, et il avait rompu aussitôt avant de les faire souffrir davantage. Il n'avait jamais demandé autre chose qu'un plaisir partagé.

Et il n'avait jamais chassé sur les terres d'autrui…

A présent, cette créature superbe le regardait avec ses yeux extraordinaires, gris et impénétrables comme de la brume. Pourquoi tenait-elle tant à nier le magnétisme physique qui circulait entre eux ?

— Maintenant, partez, s'il vous plaît, dit-elle froidement.

Tout à coup, une volonté impérieuse bouillonna en lui. Marco savait parfaitement qu'elle avait le droit de repousser ses avances et que la forcer ne rimait à rien, pourtant, il devait faire un effort terrible pour ne pas s'emparer d'elle et lui faire l'amour jusqu'à ce qu'elle reconnaisse qu'elle était dévorée par le même désir, la même fièvre enivrante qui ravageait tout son corps.

— Bien sûr, dit-il d'un ton distant, tandis que son cerveau fonctionnait à toute allure.

Il regarda le beau visage, vit une lueur indéchiffrable dans les profondeurs de ses yeux, et de nouveau dut refouler l'instinct primitif de la posséder malgré son refus.

Après avoir tendu la main pour caresser sa joue, il observa la confusion envahir ses traits. Il y avait d'autres moyens d'obtenir ce qu'il voulait. N'était-il pas un expert en stratégie ? Mais en touchant sa peau douce, toutes les tactiques s'envolèrent et un désir pur le conduisit à l'embrasser encore une fois.

Jacoba ne tenta pas de se dérober, savourant à l'avance la douceur de ses lèvres. De toute façon, ce serait la dernière fois qu'elle l'embrasserait, elle en était certaine.

Aussi lui abandonna-t-elle sa bouche sans réserve et elle lui rendit son baiser avec un plaisir non dissimulé. Mais il finit par lever la tête et plongea des yeux déterminés et remplis de désir dans les siens.

— Si vous avez besoin de moi, dit-il d'une voix calme et posée, appelez-moi.

— Excellente sortie, dit-elle d'un ton moqueur. Vous serez facile à joindre, je n'en doute pas.

Impossible à joindre, voulait-elle dire, et il le savait.

— Appelez n'importe lequel de mes bureaux et on vous mettra aussitôt en contact avec moi.

Puis il se détourna et s'éloigna, le soleil jetant des reflets noir bleuté sur sa tête fière, sa haute silhouette se mouvant avec la souplesse et la grâce d'un félin.

Totalement déconcertée, Jacoba se rassit en tremblant et se

força à détourner le regard. Mais ce fut plus fort qu'elle, elle tourna la tête. Trop tard, le prince avait déjà disparu au coin du bâtiment. La frustration et un sentiment étrange de désolation l'envahirent.

Ainsi, elle avait rencontré l'un des Considine. Les mains tremblantes, elle se versa une tasse de thé et essaya de rassembler ses esprits. Mais elle dut la reposer tant elle tremblait.

« Ce type est arrogant, impitoyable et capricieux », se dit-elle avec fermeté. Et aussi très séduisant. Et très sexy. Jamais un homme ne l'avait troublée à ce point, elle était bien forcée de l'admettre.

Mais elle savait qu'elle ne devait jamais revoir Marco Considine. Oh, ils se rencontreraient de nouveau lors du lancement de la campagne de publicité, probablement, mais elle était sûre qu'il aurait trouvé quelqu'un d'autre d'ici là, et elle n'aurait alors plus rien à craindre.

Laissant la tasse pleine sur la table, elle se leva et rentra dans sa suite.

Jacoba avait accepté de participer à la Semaine de la mode de Nouvelle-Zélande pour un cachet qui fit hurler son agent.

— Je leur dois bien cela, avait plaidé Jacoba, ce sont eux qui m'ont donné ma première chance.

— Il y a onze ans ! Et chaque année tu retournes travailler pour eux à un tarif ridicule ! soupira Bella. Tu es trop loyale, c'est ça, ton problème.

— C'est ce que tu ne cesses de me répéter.

— Et j'ai raison, comme d'habitude. Dis donc, tu pars en vacances après la Semaine de la mode, n'est-ce pas ?

— Oui, je vais passer huit jours fantastiques dans une bach tout au nord de la Nouvelle-Zélande.

— Une *bach* ? Qu'est-ce que c'est que ça ?

— C'est une cabane de bois sur la plus belle plage du monde.

Son agent soupira de nouveau.

— Alors, tu vas vivre comme une sauvage, et on ne pourra

même pas te joindre sur ton mobile, c'est ça ? Vraiment je ne te comprends pas.

Elle avait vraiment bien fait d'acheter cette ferme délabrée, songea Jacoba. Située à des kilomètres de tout, c'était en effet son refuge. Quand elle aurait honoré ses engagements, elle ferait construire une nouvelle maison et s'installerait dans cet endroit qu'elle adorait.

Elle leva les yeux de l'écran de son ordinateur portable et soupira avec ravissement tandis qu'elle contemplait la courbe de la plage de sable rose doré. Elle aurait pu aller chez Hawke, plus au sud dans la Bay of Islands, mais elle désirait un peu de solitude.

Quoi qu'il en soit, elle avait maintenant besoin de nager. En effet, elle écrivait depuis 4 heures du matin et elle en avait assez.

Elle se leva et scruta la baie. La semaine précédente, un orage avait amené des bancs de varech le long de la côte, et comme elle n'aimait pas beaucoup nager dans les écheveaux filandreux et collants, elle n'avait pas mis les pieds dans la mer. Mais aujourd'hui, le soleil brillait au-dessus d'une eau bleue et sereine, sans la moindre trace d'algues à la dérive.

Grâce à son ordinateur portable, elle pouvait travailler n'importe où. Elle avait ainsi passé les dernières heures installée dans un transat en dessous de l'un des immenses pohutukawas qui dispensaient leur ombre généreuse sur la plage.

Après avoir sauvegardé quelques pages du roman qu'elle écrivait, Jacoba remonta l'ordinateur vers la bach constituée d'une seule pièce. C'était seulement le premier jet, aussi ne s'inquiétait-elle pas encore trop de la qualité de ce qu'elle avait rédigé. Tout ce qu'elle savait, c'était qu'elle avait l'histoire en tête depuis si longtemps qu'elle avait l'impression que si elle ne la couchait pas par écrit maintenant, elle pourrait la perdre.

Et, comme ses deux précédents livres, destinés à la jeunesse et publiés sous un autre nom, avaient reçu de bonnes critiques, elle savait au moins qu'elle était douée pour l'écriture.

Tout en bâillant avec volupté, elle enfila un Bikini. Elle nagerait le long de la baie, prendrait une douche, et déjeunerait avant de faire la sieste. Sous le pohutukawa, songea-t-elle avec ravissement, heureuse de ne pas avoir à partager la plage avec quiconque. Chantonnant joyeusement, elle attrapa une grande natte et sa serviette.

Mais une fois qu'elle eut étendu la natte sur le sable, ses paupières devinrent si lourdes qu'elle décida de s'allonger un moment au soleil. Un rêve l'emmena aussitôt rejoindre l'homme qui avait tourmenté son sommeil depuis qu'elle l'avait laissé s'éloigner à l'autre bout du pays…

Il prononçait son prénom avec des accents tendres, et lui souriait. Puis il tendait les mains vers elle, et cette fois, elle n'avait plus peur. Mais quand elle voulait le rejoindre, l'air s'épaississait soudain et elle se retrouvait en train de reculer sans pouvoir s'en empêcher, loin, toujours plus loin…

A la fin, quand elle s'effondrait sur le sol parce qu'elle ne pouvait plus lutter contre l'obstacle invisible, il se détournait et lui disait durement : « Il est trop tard », avant de disparaître.

Des larmes perlant au bord de ses cils, Jacoba se réveilla en sursaut.

— Oh, pour l'amour de Dieu ! lança-t-elle avec colère.

Elle se leva aussitôt d'un bond, furieuse contre elle-même, et descendit la plage en courant pour aller se jeter dans l'eau.

Avec détermination, elle nagea sur toute la longueur de la plage. Mais, bien que ce soit la fin du printemps et que l'eau soit chaude, elle se rendit compte qu'elle frissonnait. Consciente des risques qu'il y avait à nager seule, elle revint vers le rivage.

Tout d'abord, elle crut que le son de l'hélicoptère était celui du moteur d'un bateau et elle se tourna pour scruter la mer. Les pêcheurs étaient rares dans cet endroit isolé de la côte. Mais bientôt, elle réalisa que le bruit s'approchait bien trop vite pour provenir d'un bateau. Et à ce moment, le ronronnement de l'hélice se fit plus précis.

Mal à l'aise, elle observa l'engin descendre et survoler les collines qui abritaient la baie. Il était trop tard pour remonter à la bach. Et elle portait un Bikini bien trop minuscule pour recevoir des étrangers, songea-t-elle avec une appréhension grandissante.

3

Jacoba se redressa dans l'eau, regardant l'hélicoptère faire demi-tour et se diriger vers la plage. Hawke, songea-t-elle avec panique, ce devait être Hawke. Quelque chose était-il arrivé à Lexie ?

Non. Le bon sens lui dit que les angoisses de sa mère, Ilona Sinclair, étaient enracinées dans le passé. Le nouveau chef d'Etat, le prince Alex, avait rendu la liberté à son pays et guidé son peuple sur le chemin de la démocratie et de la modernisation. Lexie et elle n'avaient plus rien à craindre.

Alors, qui était-ce ? Elle repoussa sa chevelure en arrière tandis qu'une excitation folle se déversait dans ses veines. L'hélicoptère descendit au-dessus d'elle pour aller se poser sur le sable. Elle avança pour s'arrêter finalement, l'eau à mi-cuisse. La portière du passager glissa et un homme en sortit, grand et mince. Puis il courba la tête et passa rapidement sous l'hélice.

Le cœur de Jacoba se contracta douloureusement. Combien de fois, depuis qu'elle avait quitté le *Lodge*, avait-elle cru voir une tête sombre fièrement dressée au loin et senti son cœur bondir, avant de se retrouver frustrée et déçue ?

Cette fois, cependant, elle était sûre que c'était le prince. Quelque chose en elle prit feu dans une formidable incandescence. Elle eut soudain l'impression d'être complètement nue, mais elle ne pouvait se cacher nulle part.

A ce moment, le moteur de l'hélicoptère changea de registre et, incrédule, elle le vit s'élever au-dessus de la plage pour retourner vers le monde civilisé.

Hébétée, elle restait immobile. Les vagues caressaient doucement ses cuisses tandis qu'elle regardait fixement Marco Considine, le cœur battant à tout rompre.

Le prince lui sourit et Jacoba se sentit défaillir. Jusqu'à ce que l'hélicoptère ait disparu derrière les collines, les yeux de Marco restèrent rivés aux siens.

Les joues écarlates et le corps en feu, douloureusement consciente que chacun de ses nerfs frémissait dans un mélange stupéfiant d'anticipation et d'appréhension, elle attendit en silence.

— Bonjour, Jacoba, dit-il doucement.

— Qu'est-ce que vous faites ici ?

Quelle était cette voix rauque et lente qui venait de sortir de sa propre gorge ?

— Je suis venu pour vous voir, bien sûr. Nous avons encore besoin de vous pour le film publicitaire.

— Pourquoi ? réussit-elle à demander.

— Les scènes du lac sont inutilisables.

Elle fronça les sourcils.

— Aucune ? On peut sûrement en prendre certaines.

— Quelques plans fixes, probablement, mais le reste n'est pas bon.

— Est-ce le moment de la revanche ? demanda-t-elle avec une froide insolence.

— Je ne travaille pas de cette façon, Jacoba, répondit-il, le visage dur.

— Je sais que le réalisateur voulait engager une actrice pour le rôle…

— Ça ne marche pas, c'est tout, la coupa-t-il. Ce n'est pas votre faute, ni celle du réalisateur. C'est moi qui ne m'intègre pas bien dans l'ensemble. Il faut de nouveau filmer ces scènes. Il y a un entrepôt à Auckland qui fera l'affaire. Nous avons eu beaucoup de mal à vous trouver.

— Comment avez-vous réussi ?

— Grâce à votre agent, bien sûr, dit-il avec une assurance tranquille.

Evidemment. Personne, absolument personne ne refusait quoi

que ce soit à Marco Considine, pensa Jacoba. Non seulement il avait fondé sa propre entreprise avec un succès extraordinaire, mais son cousin Alex, le prince héritier d'Illyria, lui avait cédé son immense affaire quand il avait été rappelé pour prendre le pouvoir, après la mort du dictateur. Marco était maintenant à la tête d'un véritable empire.

— Pourquoi l'hélicoptère est-il reparti ? demanda-t-elle.

Il haussa les sourcils avec ironie.

— Il est allé déposer un autre passager dans un hôtel un peu plus loin sur la côte et il reviendra bientôt. Au cas où vous vous poseriez la question, votre agent a déjà négocié les compensations financières supplémentaires.

Terriblement consciente de sa quasi-nudité, Jacoba raidit les épaules. Lui, bien sûr, était vêtu de vêtements superbes, depuis son pantalon à la coupe impeccable jusqu'à une chemise élégante dont il avait retroussé les manches sur ses avant-bras dorés.

— Bella est une professionnelle, dit-elle brutalement, et moi aussi. Je ferai bien sûr ce qu'il faut pour que la campagne soit un succès. Je serai prête dans quelques instants.

— Je vais vous aider à faire vos bagages.

Jacoba secoua la tête. Quelques minutes plus tôt, elle avait rêvé de lui, et maintenant qu'il était là, elle ne souhaitait qu'une chose, s'éloigner. Il était dangereux, et si elle n'y prenait garde, elle allait se rendre ridicule. La tête si haute qu'elle en avait mal aux épaules, elle avança vers lui.

A ce moment, quelque chose de long et de glissant s'enroula autour de son mollet. Laissant échapper un petit cri de surprise et de dégoût, elle se souvint trop tard des bancs d'algues.

— Que se passe-t-il ? demanda aussitôt Marco.

— Ce n'est rien, assura-t-elle.

Mais, sans se soucier de ses chaussures ni de son pantalon, il la rejoignit en deux longues enjambées. Puis il la prit dans ses bras et la souleva hors de l'eau.

— Qu'est-ce que c'est ? Sur quoi avez-vous marché ?

— Du varech, murmura-t-elle, se sentant absolument idiote. Je peux marcher, c'était juste un…

Mais il la porta sur la plage et la reposa sur le sable. Là, il la tint quelques instants dans ses bras jusqu'à ce qu'il soit convaincu qu'elle pouvait se tenir debout. Alors, à la grande stupéfaction de Jacoba, il tomba à genoux et passa une main autour de son mollet, cherchant des signes éventuels de morsure ou de piqûre.

Des sensations voluptueuses naquirent aussitôt au creux de son ventre.

— Tout va bien, dit-elle d'une voix qu'elle ne reconnut pas.

Une mouette cria soudain, et son appel résonna étrangement à son oreille. Jacoba eut l'impression que la terre s'était subitement arrêtée dans sa course autour du soleil. Son souffle semblait prisonnier dans ses poumons tandis qu'elle regardait les cheveux noirs de Marco et sa main hâlée sur sa peau. Suspendue dans une sorte d'ivresse étourdissante, elle ne pouvait articuler un mot.

Bientôt, il leva la tête, et d'un mouvement rapide et souple, il se remit sur ses pieds. Puis il lui sourit et elle sut ce qu'il allait faire. Son corps se rendit alors dans une cascade de sensations qui balayèrent toute pensée. Seul subsistait le désir qui brûlait en elle comme un feu sauvage.

Prise de panique, elle posa ses deux mains sur les épaules de Marco et tenta de le repousser, mais elle aurait aussi bien pu essayer de soulever une montagne. Il était solide comme un roc et ses muscles étaient fermes et immobiles sous ses doigts.

— Tout va bien, dit-il, d'une voix douce, avec une assurance tranquille.

Il pencha la tête et l'embrassa. Comme la première fois, toute résolution fut noyée dans un torrent de désir. Jacoba répondit à son baiser, sa bouche fondant sous la sienne comme si elle l'attendait avec avidité depuis qu'ils s'étaient quittés.

Les bras de Marco l'attirèrent contre son corps brûlant. Transpercée par un millier de flèches ardentes, elle frissonna, ses lèvres s'ouvrant et s'abandonnant aux caresses fougueuses de sa langue affamée.

Quelque part au fond de son esprit, des bribes d'avertissements confus réclamèrent son attention mais elle les rejeta avec force, se laissant totalement glisser dans une tourmente érotique où elle ne demandait qu'à se perdre.

Car à présent, la passion qui avait couvé durant de longs jours et de longues nuits, nourrie par une série de rêves et de souvenirs troublants, se libérait de toute entrave et la dévastait sans aucune retenue.

Ce tumulte enivrant mina le peu de volonté qui lui restait. Et, quand la main de Marco trouva le doux relief de son sein, que ses longs doigts l'entourèrent avec une précision exquise, un gémissement monta dans sa gorge.

Ce moment semblait si parfait, comme s'il avait été organisé d'avance, comme si quelque chose s'était mis en place dans sa vie et qu'elle ne serait jamais plus la même… Comme si, enfin, elle avait trouvé son vrai foyer…

Son Bikini devenait soudain trop serré et Jacoba sentait la friction intolérable du tissu mouillé contre ses seins tendus à l'extrême. Quand tout à coup Marco glissa la main sous le haut de son maillot, elle tressaillit violemment.

— Vous n'avez pas besoin de cette jolie chose, dit-il d'une voix basse.

Puis il l'ôta en un geste habile et expérimenté, la laissant à moitié nue sous son regard.

Une excitation impitoyable la foudroya. Les yeux de Marco s'aiguisèrent et leur couleur s'intensifia pour prendre l'éclat d'un diamant tandis qu'il examinait ses seins, d'un blanc ivoire sous sa main bronzée. Maintenant, elle n'avait plus qu'un désir : que sa bouche se referme sur les pointes dures et exigeantes de ses seins.

Elle poussa un petit gémissement quand il la souleva pour la porter vers la natte sous le pohutukawa. Les muscles des bras et des épaules de Marco se contractèrent quand il se pencha, et elle se retrouva assise sur ses genoux.

Le visage en feu, elle cacha son visage contre son cou et déboutonna sa chemise. Ses doigts luttaient avec chaque bouton tant elle tremblait.

Enfin, elle caressa les larges épaules de Marco. Elle en avait le souffle coupé — il était absolument magnifique. Une sensualité raffinée se dégageait de son torse sculpté, et son visage anguleux et arrogant s'illumina quand il baissa les yeux sur elle.

Leurs regards se croisèrent en un désir farouche.

— Tu es si belle que ça me fait mal, murmura-t-il.

Le ton de sa voix et le tutoiement annihilèrent le dernier lambeau de résistance. Jacoba tourna la tête et embrassa son épaule, promenant ses lèvres dans un mouvement lent et provocateur. La poitrine de Marco se souleva et elle entendit les battements de son cœur s'accélérer sous son oreille. Transportée par le désir, elle se mit à lécher doucement la peau douce au grain fin et délicat. Son goût subtil l'émerveilla et elle s'abîma dans sa senteur virile.

— Tu es trop belle, continua-t-il comme si c'était un reproche.

— Toi aussi tu es beau, lui dit-elle d'une voix ivre de passion.

Il éclata d'un rire doux et si sensuel qu'elle releva la tête. Alors il se pencha et l'embrassa avant qu'elle puisse dire un mot.

Le baiser fut presque brutal et elle se rendit compte qu'elle le voulait ainsi. Elle y répondit avec fougue, sa langue explorant à son tour sa bouche tandis qu'une excitation folle la traversait.

Quand il posa ses lèvres sur son sein, un tremblement violent agita Jacoba. Puis il poursuivit son chemin vers le téton. Elle sentit des ondulations exquises la parcourir quand, enfin, il prit la pointe dure et dressée dans sa bouche.

Elle entendit alors un son inarticulé passer entre ses propres lèvres. Presque aussitôt, tout en continuant à taquiner de la langue son mamelon, il glissa une main sous la culotte de son Bikini.

— Tu m'ensorcelles, murmura-t-il en français contre la peau soyeuse de ses seins.

Jacoba parlait français, mais de toute façon, elle aurait compris ce qu'il disait. Car, bien que sa voix restât contrôlée, il ne pouvait maîtriser la flamme qui illuminait ses yeux.

— C'est réciproque, chuchota-t-elle dans la même langue.

Il leva la tête, les yeux soudain interrogateurs.

— Comment se fait-il qu'une Néo-Zélandaise parle un si bon français ?

— Ma baby-sitter était française, dit-elle, un peu effrayée.

Marco secoua la tête.

— Plus tard, murmura-t-il contre sa gorge, il faudra que tu m'en dises un peu plus sur ton enfance.

Songeant aux conséquences désastreuses que cela impliquerait, Jacoba baissa la tête. Mais avant qu'elle ait eu le temps de rassembler ses esprits, il l'embrassa de nouveau tandis que ses doigts trouvaient la source de son plaisir.

Avec une habileté délicate, ils s'immiscèrent dans le puits secret de sa féminité en des caresses lentes et délicieuses. Un feu sauvage sembla naître dans chaque cellule de son corps et incendier sa chair.

— Je suis fou de toi depuis que je t'ai vue. Dis-moi maintenant que Hawke Kennedy est ton amant, et je suis capable de m'arrêter, dit-il d'une voix dure.

— Je ne suis pas… il n'est pas…, balbutia Jacoba.

— Pourquoi restes-tu avec lui alors que tu sais parfaitement qu'il ne t'aime pas assez pour t'être fidèle ?

Jacoba sentit ses traits se figer.

— Je n'ai pas à répondre à cette question, dit-elle calmement.

Puis elle s'écarta vivement, se leva et chercha désespérément des yeux le haut de son Bikini.

Aussitôt, Marco se remit debout lui aussi. Et il était en colère, constata-t-elle avec un frisson intérieur.

— C'est parce qu'il est un amant si fantastique que tu lui pardonnes tout ? dit-il brutalement. Parce qu'il t'offre une sorte de stabilité ? Parce qu'il t'y enferme par chantage ?

Quand elle se détourna, il prit son bras et lui fit faire volte-face.

— Est-ce que c'est ça ? demanda-t-il d'une voix rauque.

— Non ! répliqua-t-elle sèchement. Bien sûr qu'il ne me fait pas de chantage ! Et nous ne sommes *pas* amants.

— Juste de bons amis ! dit le prince sur un ton moqueur. Je ne crois pas cette sorte de relation possible entre deux adultes.

— Eh bien cela arrive pourtant, figure-toi, surtout quand on a été pratiquement élevés comme des frères et sœurs. Maintenant lâche-moi ! dit-elle à travers ses dents serrées.

Il s'exécuta, mais seulement pour la prendre dans ses bras. Jacoba respira profondément et ses yeux plongèrent dans les siens, bleus et perçants.

— Frère et sœur ? dit-il.

Puis il lui adressa un lent sourire sensuel qui exacerba son désir. Elle ferma les yeux pour ne plus le voir et réussit à parler d'une voix égale.

— Nous avons grandi ensemble. Comme nos mères étaient seules et devaient travailler, une voisine a pris soin de nous, d'abord toute la journée, puis, plus tard, après l'école et pendant les vacances. Les gens pensaient que nous étions frère et sœur, et nous nous sommes toujours sentis comme cela l'un avec l'autre.

— Regarde-moi, dit-il soudain d'une voix très grave.

Avec réticence, Jacoba leva les paupières pour rencontrer l'intensité de ses yeux cristallins et scrutateurs.

— Pourquoi ne l'avez-vous dit à personne ? demanda-t-il. Vous savez bien que tout le monde pense que vous êtes amants, et qu'on te plaint pour ses infidélités.

— Qui nous croirait ? De toute façon, cela ne regarde que nous, dit-elle brutalement.

— Pourtant tu me l'as dit, à moi.

Jacoba se mordit la lèvre. Oui, elle l'avait fait, et pourquoi ? Elle et Hawke attachaient beaucoup d'importance à leur vie privée et ils avaient toujours trouvé la situation amusante. De plus, leur relation supposée lui avait souvent servi de bouclier contre les prédateurs qu'elle avait rencontrés dans sa carrière. La plupart des hommes qui voulaient l'attirer dans leur lit faisaient en effet attention à ne pas offenser Hawke.

— Pourquoi ? Pourquoi me l'as-tu dit, Jacoba ?

— Parce que tu m'as mise en colère, dit-elle sèchement.

— Ou parce que tu voulais que je sache que tu étais libre ?

— Non ! protesta-t-elle.

Mais il était trop tard et elle comprit qu'elle s'était piégée elle-même.

— N'as-tu pas dit que l'hélicoptère allait revenir d'une minute à l'autre ? demanda-t-elle brusquement.

Bon sang, elle avait raison ! La frustration s'empara de Marco. Comment diable avait-il laissé les choses se passer ainsi ? Il la désirait tellement... Elle avait même réussi à lui faire perdre le contrôle de lui-même qu'il avait toujours possédé, même quand il s'agissait de sexe.

Il s'en voulait d'avoir été assez grossier pour mentionner le nom de Kennedy. Mais au moins, il savait à quoi s'en tenir à présent, se dit-il avec un petit sourire intérieur.

Il regarda Jacoba. Ses lèvres tremblaient, rendues plus pleines et plus passionnées par ses baisers.

— Il faut que j'aille faire mes bagages, dit-elle d'une voix incertaine.

Serrant les dents, Marco refoula un violent assaut de désir. Il vit la couleur affluer sur les joues de la jeune femme, qui se détourna et enfila fébrilement le haut de son maillot.

— Tiens, prends plutôt cela, dit-il en lui tendant la chemise qu'elle lui avait elle-même ôtée des épaules.

Le visage de nouveau écarlate, elle passa la chemise. Il remarqua que ses doigts tremblaient et, afin de s'empêcher d'attirer la jeune femme dans ses bras, il se pencha pour prendre la natte de plage et la serviette.

Quand il eut recouvré son calme, Marco se redressa.

— Tu as raison, nous ferions mieux d'y aller, dit-il d'une voix égale.

Il l'observa tandis qu'ils se dirigeaient vers le petit cabanon de bois. Ses épaules droites et son menton levé lui révélaient qu'elle faisait un terrible effort sur elle-même pour recouvrer sa contenance.

— N'aie pas l'air si effrayée, dit-il d'un ton enjoué. Je ne suis pas une brute, et puisque nous devons travailler ensemble, je voudrais que les choses soient claires. S'il y a une prochaine fois, cela n'arrivera que si tu me montres sans ambiguïté que c'est ce que tu désires.

Les yeux de la jeune femme s'agrandirent, puis ses cils se baissèrent.

— Ne t'en fais pas, tu peux être tout à fait tranquille, dit-elle brusquement.

— Très bien, marché conclu, dit-il.

Il s'arrêta juste au bas des marches qui menaient à la véranda et lui tendit la main en lui souriant d'un air de défi.

Jacoba surmonta sa réticence et lui serra la main. Un frisson parcourut aussitôt son bras, rallumant la flamme qu'elle essayait de refouler. La lueur qui étincela dans les yeux de Marco lui montra qu'il avait senti la même chose et qu'il avait provoqué ce contact dans ce seul but.

Elle serra la mâchoire et s'écarta.

— Si tu veux que je sois prête au moment où l'hélicoptère sera de retour, je dois aller prendre une douche et préparer mes affaires.

— De toute façon, il attendra, répondit-il avec indifférence.

Mais il la lâcha avant de la suivre dans le cabanon.

4

Marco pénétra dans l'unique pièce et regarda autour de lui avec étonnement.

Il n'avait probablement jamais vu un cadre de vie aussi simple, pensa Jacoba, narquoise.

— Tu pourrais m'attendre dehors, pendant que je vais me préparer ? demanda-t-elle en se forçant à prendre un ton aimable.

— Est-ce que tu reviendras ici, après la fin du tournage ?

— Non, dit-elle brutalement.

En effet, cela ne valait pas la peine de refaire le long voyage vers le nord, puisque, dans quelques jours, elle devait aller rejoindre Hawke dans sa maison de Bay of Islands. Il ne verrait sans doute aucun inconvénient à ce qu'elle arrive quelques jours plus tôt que prévu.

— Je pourrais m'installer sous la véranda, dit-il d'une voix suave.

— Je t'en prie, fais comme chez toi, répondit-elle calmement. Moi je vais prendre ma douche.

Pourquoi, oh pourquoi avait-il décidé de venir lui-même ? Les milliardaires qu'elle avait rencontrés auparavant avaient des sous-fifres qui se chargeaient de toutes leurs basses besognes.

— Parce que tu as même une douche ? demanda-t-il sur un ton ironique.

— Bien sûr, répondit-elle sèchement.

Elle attrapa quelques vêtements et disparut dans la « salle de bains », souhaitant ardemment pouvoir rester dans le refuge de la douche jusqu'à ce que l'hélicoptère revienne. Mais la seule source d'eau était un vieux réservoir en tôle ondulée derrière la maison, qui se remplissait de l'eau de pluie venant du toit. Pas question de rester trop longtemps sous la douche…

Et puis, elle devait faire ses bagages. Elle effectua donc son habituel gommage rapide et efficace, puis ferma les robinets.

Une fois sortie et séchée, elle enfila un pantalon en coton et une longue tunique en voile vert foncé. Elle rejeta ses cheveux en arrière avant d'appliquer une simple touche de gloss sur ses lèvres.

Marco l'attendait sous la véranda. Quand il la vit, il lui lança un long regard appréciateur que Jacoba fit mine d'ignorer. Elle commença à mettre ses vêtements dans une valise. Même ainsi, le dos tourné, elle sentait sa présence comme… comme une caresse, pensa-t-elle avec colère, claquant la porte de l'armoire.

D'une main ferme, elle prit ses bagages et les porta à l'extérieur.

L'air totalement détendu, Marco était appuyé contre un montant de bois et contemplait la baie. Le doux clapotis des vagues aurait dû couvrir le léger son des pas de Jacoba sur les planches, et pourtant, il se retourna immédiatement.

— Donne-moi cela, dit-il en tendant la main vers son micro-ordinateur.

— Ce n'est pas lourd, protesta-t-elle.

— Est-ce que cette obstination m'est particulièrement réservée ? lui demanda-t-il.

— C'est seulement un ordinateur portable.

— J'ai été élevé dans l'idée qu'une femme ne devrait jamais porter autre chose que son sac à main, dit-il avec un sourire ironique. Ou que son enfant.

Un désir puissant traversa douloureusement Jacoba. Avec horreur, elle se rendit compte qu'elle imaginait un enfant, *leur* enfant, une petite fille avec les cheveux roux de sa mère et ses yeux gris, et les traits fiers de son père, adoucis par la promesse d'une grande beauté…

Un vrombissement sourd chassa le fantasme. L'hélicoptère revenait rapidement au-dessus des collines.

— Timing parfait, dit Marco avec un sourire irrésistible et calme qui ne parvint pas jusqu'à ses yeux. Allons-y.

Puis il vint vers elle et lui prit le micro-ordinateur des mains.

Ils parvinrent à Auckland en fin d'après-midi et atterrirent sur le toit d'un bâtiment du centre-ville. Jacoba aurait dû apprécier de survoler l'isthme qui s'étalait entre les deux ports jumeaux, l'un s'ouvrant vers l'ouest, sa côte sauvage et ses longues plages de sable noir, et l'autre, à l'opposé, parsemé d'îles. Mais aujourd'hui, elle était totalement incapable de fixer son attention.

— Quand commençons-nous le tournage ? demanda-t-elle quand ils se retrouvèrent dans l'atmosphère confinée de l'hôtel.

— Demain matin. Mais tu as rendez-vous avec Zoltan dans dix minutes, dit-il après avoir jeté un coup d'œil à sa montre.

Il s'était retranché derrière une attitude professionnelle, établissant ainsi une barrière entre eux. Parfait, pensa Jacoba. Et pourtant, elle sentait un regret lui serrer le cœur.

La suite vaste et confortable donnait à l'est, sur le port. Décorée avec goût, il s'en dégageait néanmoins la froideur impersonnelle d'un lieu conçu pour des occupants temporaires.

Elle avait vu trop d'endroits comme celui-ci, songea-t-elle, en regrettant son sanctuaire sur la plage.

Hélas, ce ne serait plus jamais un refuge, se dit-elle soudain : Marco s'était introduit dans son repaire. Et elle ne pourrait jamais plus aller là-bas sans se souvenir de lui, se rendit-elle compte avec un sursaut de désespoir.

— Pourquoi es-tu ici ? demanda-t-elle brusquement.

— Pour faciliter les choses, tout simplement, et…

La sonnerie du téléphone l'interrompit.

— Ce doit être Zoltan, dit Marco, prenant le combiné.

Jacoba lui décocha un regard glacial, qu'il accueillit avec un haussement de sourcils.

Il parla quelques minutes au téléphone avant de raccrocher.

— Dorénavant, je te prierai de ne pas répondre à ma place, dit-elle avec dédain.

— Je suis désolé, c'était une réaction automatique, rétorqua-t-il avec un sourire ironique. Zoltan sera là dans quelques minutes.

Jacoba souhaitait que Marco s'en aille, mais elle ne pouvait pas le jeter dehors. En effet, il avait parfaitement le droit d'assister à cette discussion avec Zoltan.

Aussi prit-elle un air calme et professionnel quand celui-ci entra dans la pièce. Elle essaya de s'adresser à lui avec détachement, tout en essayant de faire abstraction du prince. Hélas, chaque fois qu'elle sentait son regard, son propre corps réagissait aussitôt et elle entendait le rythme rapide de son cœur résonner dans ses propres oreilles.

Une demi-heure plus tard, Zoltan qui, pour une fois, s'était montré très agréable, s'en alla. Jacoba était assise sur le grand sofa et luttait contre un étrange mélange de soulagement et de chagrin.

— Un jour, deux au maximum, avait promis le réalisateur.

— A quelle heure commençons-nous ? avait-elle demandé.

Zoltan avait jeté un coup d'œil au prince, silencieux, avant de s'adresser à Jacoba avec un sourire rusé.

— 6 heures, une voiture viendra te chercher. Alors va au lit de bonne heure, ce soir…

Elle lui avait jeté un regard foudroyant.

— Oui, évidemment.

Et il était parti. De toute évidence, Zoltan pensait qu'elle était la dernière conquête de Marco. Et il avait raison, reconnut-elle en silence, car, bien que le prince ne l'ait pas touchée, elle avait senti une possessivité subtile dans son attitude — qui l'enivrait plutôt qu'elle ne l'ennuyait, elle était bien forcée de l'admettre.

Mais elle avait beau être convaincue ne plus avoir de raisons de redouter les Illyriens, elle n'osait pourtant s'autoriser à se rapprocher de Marco Considine. En effet, elle se sentait toujours liée par la promesse qu'elle avait faite à sa mère sur son lit de mort. Elle ne révélerait jamais qu'elle était illyrienne.

— Merci d'avoir pris la peine et le temps de venir me chercher, dit-elle au prince en se levant.

— Ce n'était rien, dit-il négligemment.

Soudain, Marco souhaita que Jacoba ressemble davantage aux autres mannequins qu'il avait rencontrés par le passé, si absorbés par leur carrière qu'ils avaient peu de temps à accorder à autre chose. Mais Jacoba, elle, était intelligente, et quand elle le regardait avec ces immenses yeux gris, si clairs et pourtant indéchiffrables, non seulement elle envoûtait son corps mais aussi son esprit.

Dangereuse…

Non, il refusait d'accepter cela. Il ne croyait pas aux *femmes fatales*, mais il devait reconnaître qu'elle l'intriguait plus qu'aucune autre femme ne l'avait fait.

A cet instant, son beau visage aux traits nobles était concentré sur lui, et ses cheveux se répandaient comme du feu sur ses épaules. Un désir d'une intensité inouïe l'envahit.

— Une immense somme d'argent est en jeu, finit-il par dire en durcissant sa voix.

— Je sais… Maintenant, si tu veux bien m'excuser, je vais dîner tôt ce soir. Tu as entendu notre cher réalisateur me donner ses instructions…

— Oui, et il est drôlement impertinent, je trouve, dit le prince brutalement.

Jacoba haussa les épaules.

— Il ne te parlait pas, cela m'était destiné. Les réalisateurs sont des petits despotes, mais il ne va pas s'attaquer à l'homme qui le paie.

Elle traversa la pièce et se dirigea vers la porte.

— Bonsoir, dit-elle d'une voix impersonnelle.

— Dors bien, répondit-il avec insolence, avant de quitter la pièce.

Jacoba tourna la clé dans la serrure et s'appuya contre le mur, essayant de se détendre. Mais aucune de ses méthodes habituelles ne fonctionnait : son corps entier était tendu et vibrait de désir frustré.

Au moins, elle savait que Marco était sincère quand il avait dit qu'il la laisserait tranquille. Elle ne pouvait s'imaginer le prince Marco Considine perdant la tête et forçant une femme.

Cette fierté contrôlée était doublée d'une volonté de fer, songea-t-elle, et cette pensée la fit frissonner.

Pour lui, une femme représentait un divertissement, une agréable façon de se détendre. Mais elle devinait qu'il lui ferait l'amour avec la puissance et la grâce qui lui était propres…

Elle ôta ses vêtements et ouvrit les robinets d'eau froide de la douche pour calmer ses nerfs en feu, mais cela s'avéra inefficace pour atténuer le désir qui brûlait en elle.

Comment allait-elle pouvoir oublier ces minutes sauvages et enfiévrées sur la plage ?

Surtout qu'elle allait beaucoup le voir. Une série de réceptions avaient en effet été organisées dans le monde entier pour lancer le parfum, à commencer par un bal de gala à Londres. Elle serait la partenaire du prince à chaque manifestation.

Jacoba se força à manger un peu du repas qu'on lui avait apporté, et prit ensuite son téléphone portable.

— Bonjour, Lexie, comment ça va ?

— Très bien, répondit gaiement la jeune femme. Et ton roman, il avance ?

Jacoba lui expliqua ce qui s'était passé.

— Zut ! dit simplement Lexie. Et ne crois pas un seul instant que ton travail n'était pas bon, c'est le réalisateur qui est nul.

Jacoba sourit.

— Ne t'en fais pas, j'en ai rencontré de pires. Comment ça se passe, en Australie ?

— Génial !

Lexie, qui était vétérinaire et effectuait en ce moment un voyage d'études, bavarda avec enthousiasme pendant un moment.

— Eh bien, je vois que tu es bien occupée ! lui dit Jacoba. Et comment ça va, financièrement ?

— Pas de problème, ne t'inquiète pas. Je suis indépendante maintenant, grâce à toi.

Jacoba avait commencé à travailler comme mannequin à seize ans, quelques années après que leur mère eut manifesté les premiers symptômes de la maladie qui devait finir par l'emporter. Bien que Jacoba ait apprécié le côté glamour de son travail, son but principal avait été de procurer à Ilona Sinclair les meilleurs soins médicaux. D'autre part, elle avait aussi permis à Lexie de suivre sa vocation et de réussir brillamment ses études.

— Tout va bien, Jacoba ? lui demanda alors sa sœur.

— Très bien, répondit-elle.

Mais les mots avaient sonné creux.

— Je vois bien que non… Est-ce que ce prince illyrien est toujours dans le coin ?

— Oui.

Lexie resta silencieuse pendant quelques instants.

— Crois-tu qu'il ait des soupçons ?

— Non. Tu sais, quelquefois, je me demande si nous ne sommes pas un peu trop obsédées par nos peurs. Je peux comprendre les craintes de maman, mais les choses ont tellement changé, à présent… Elle était terrifiée par le dictateur et sa police secrète, bien sûr. Mais maintenant que le prince légitime a repris le pouvoir, je ne crois pas qu'elle serait encore inquiète. Je n'ai pas l'intention de dire à tout le monde que je suis illyrienne, mais je ne crois pas que ce serait si terrible si quelqu'un le découvrait.

— Maman a peut-être été un peu parano, mais elle avait de bonnes raisons pour cela, répliqua Lexie.

— Oui, mais Paulo Considine est mort depuis pas mal d'années. Alors, il me semble qu'il n'est plus si nécessaire d'être prudent.

Soudain, elle se rendit compte avec consternation qu'elle voulait que Lexie l'approuve et lui dise qu'elles n'avaient plus besoin de cacher leur héritage illyrien. Et que, inconsciemment, elle ne souhaitait qu'une chose : trouver une excuse pour ne plus se protéger de Marco.

— De toute façon, ce n'est pas important, je me sens entièrement néo-zélandaise, affirma-t-elle avec fermeté.

— Moi aussi, dit Lexie d'un ton catégorique. Toutes ces histoires illyriennes n'ont rien à voir avec moi. Je veux simplement les oublier.

Un peu surprise par la véhémence de sa sœur, Jacoba jeta

un coup d'œil au réveil posé sur la table de nuit et fronça les sourcils quand elle vit l'heure.

— Tu as raison, chassons-les de nos esprits. Ecoute, il va falloir que j'aille me coucher, je démarre tôt demain.

Après avoir raccroché, elle alla rapidement au lit, sollicitant le sommeil par une série d'exercices de relaxation qui finirent par fonctionner.

Pourtant, quand le réveil sonna le lendemain matin, elle se réveilla exténuée.

— Nuit agitée, chérie ? demanda le réalisateur tandis que la maquilleuse s'occupait d'elle.

Son intonation agaça Jacoba, qui s'abstint de répondre.

C'était le début d'une longue journée. Elle s'attendait à ce que Marco fasse son apparition, mais elle fut à la fois soulagée et frustrée de ne pas le voir. Tourner avec Sean était complètement différent… Avec lui, elle devait jouer un rôle, tandis qu'avec Marco, elle avait seulement réagi à son extraordinaire charme viril.

— C'est bon, les enfants, la fête est terminée. Ou juste sur le point de commencer, ajouta-t-il avec une note ironique en posant les yeux sur Jacoba. Du moins pour ceux d'entre vous qui sont attendus…

Jacoba n'eut pas besoin de se retourner pour savoir que Marco venait d'entrer dans la pièce. Un frisson courut sur sa peau tandis qu'elle le sentait approcher sans bruit.

Toujours vêtue de la robe de bal écarlate, elle ôta les longs gants de satin et les posa sur une table. Sans se retourner.

Marco s'arrêta à quelques pas.

— C'est fini ? demanda-t-il à Zoltan.

— Oui, nous avons terminé et je crois que vous serez satisfait de cette version. Jacoba et Sean se sont dépassés l'un l'autre.

— J'espère bien, dit Marco avec indifférence. Après tout, c'est pour cela qu'ils sont — et que vous êtes — payés.

— Oui, bien sûr, répondit Zoltan en hâte. Bon, si vous voulez bien m'excuser…

Le réalisateur adressa un sourire lourd de sous-entendus à Jacoba avant de lui lancer :

— Amuse-toi bien.

La jeune femme lui décocha un regard glacial.

— De combien de temps avez-vous besoin pour être prête ? demanda alors Marco.

Elle était terriblement consciente des gens autour d'eux qui les écoutaient, et elle lui fut reconnaissante d'avoir utilisé le vouvoiement.

— Une demi-heure, répondit-elle.

— Très bien, j'attendrai, dit-il.

Furieuse et inquiète, Jacoba s'éloigna rapidement. Des bribes de sa conversation de la veille avec Lexie surgirent dans son esprit. Leur mère avait-elle raison d'insister sur le fait qu'elles devaient cacher le secret de leur naissance ? Ou s'agissait-il simplement de l'obsession d'une femme fatiguée, rongée par la douleur et qui, autrefois, avait tant craint pour leurs vies qu'elles avaient dû aller se cacher à l'autre bout du monde ?

De toute façon, Jacoba ne voulait pas s'engager avec Marco Considine, prince d'Illyria. C'était trop dangereux, et pas seulement parce qu'il était illyrien. Il la bouleversait trop, la transformant en une créature qui n'était plus que désir charnel. Cela la choquait et menaçait l'équilibre qu'elle avait chèrement construit.

Pourtant, quand elle sortit du vestiaire, vêtue d'un jean et d'un T-shirt, ses cheveux tirés en arrière et sans autre maquillage qu'une touche de gloss sur les lèvres, elle ne fut pas surprise de voir Marco qui l'attendait. Troublée, elle s'avança vers lui.

Il leva les yeux à l'instant où elle apparut et vint à sa rencontre avec la détermination menaçante d'un conquérant, inflexible et résolu, ses yeux clairs fixés sur son visage comme s'il réclamait son dû.

Jacoba savait qu'on les observait et elle lui adressa un sourire réservé. Elle sentit sa main résolue saisir son coude et le serrer un instant avant de se détendre.

— Comment fais-tu pour être si élégante dans un jean ? demanda-t-il en l'entraînant vers la sortie.

— C'est l'uniforme standard de tous les mannequins, répondit-elle ironiquement. Comme ce grand sac.

— Et qu'est-ce que tu transportes là-dedans ? Le reste de ta garde-robe ?

— A peu près, dit-elle en riant.

Ils sortirent et l'air frais et iodé d'Auckland leur parvint aux narines.

— Que veux-tu ? demanda abruptement Jacoba.

Il haussa ses sourcils noirs.

— Mais, nous allons dîner…

Sous l'intensité de son regard, elle sentit son cœur se serrer douloureusement dans sa poitrine.

— Je ne crois pas que ce soit une bonne idée, dit-elle avec prudence.

Les doigts de Marco se resserrèrent autour de son bras.

— Je voudrais m'excuser pour mon comportement grossier d'hier.

— C'est du passé, dit-elle, mais merci. Et je suis désolée moi aussi, je n'aurais pas dû laisser les choses aller si loin.

— Parlons-en pendant le dîner, suggéra-t-il.

— Non.

— Je crois que tu ne devrais pas te dérober.

Il avait parlé calmement, mais quelque chose dans sa voix fit frémir Jacoba.

— Jusqu'à présent, tu t'es montrée une parfaite professionnelle. Pourquoi commencer à te comporter comme une diva ? Cela pourrait se retourner contre toi.

— Cela ressemble vraiment trop à une menace pour que j'accepte, protesta-t-elle.

— Je vois que tu as oublié, alors je vais te rafraîchir la mémoire. Nous devons dîner sur un yacht, dit-il doucement, pour prendre ensuite part à une réception et à une croisière dans le port, avec une centaine d'invités.

— C'est professionnel ?

— Bien sûr, répondit-il en fronçant les sourcils. C'est une invitation de dernière minute, mais tu devrais être au courant. Ton agent ne t'a pas contactée ?

Jacoba se mordit la lèvre.

— Elle a dû m'envoyer un fax ce matin, reconnut-elle, ou un e-mail. Je n'ai rien vérifié avant de partir.

Sans qu'elle puisse s'en empêcher, elle se sentait excitée. Le morne environnement industriel sembla soudain sortir de la grisaille et reprendre vie tandis que l'air lourd se teintait d'un parfum subtil et joyeux. Et Jacoba aperçut même un rosier grimpant devant eux, probablement très vieux mais pourtant vigoureux, illuminant de touches écarlates une affreuse barrière de tôle ondulée rouillée.

Une voiture était garée le long du trottoir, le chauffeur attendait patiemment.

— Je ne peux pas y aller habillée comme ça, dit-elle.

— Bien sûr que non ! s'exclama-t-il avec une nuance d'ironie dans la voix. Des vêtements t'attendent sur le yacht.

Jacoba s'arrêta et le regarda fixement. Mais elle se rendit compte aussitôt qu'elle n'aurait pas dû, car il l'observait avec un amusement qui mit son calme à dure épreuve.

— Comment cela ? demanda-t-elle.

— Tu t'habilles ici chez une styliste qui connaît parfaitement tes mensurations. Elle a choisi une robe qui te plaira et qui t'ira, j'en suis sûr. D'autre part, son assistante a trouvé les accessoires qu'il te fallait, et je parierais que tu as de quoi te maquiller dans ce grand sac.

— Oui, dit-elle avec réticence avant de se laisser guider vers la voiture.

Le yacht était énorme. Marco remarqua que Jacoba regardait autour d'elle avec intérêt tandis qu'ils montaient sur le pont.

— Il ne m'appartient pas, précisa-t-il, je préfère les voiliers. En fait, le propriétaire de celui-ci a construit ce yacht davantage pour sa femme et ses amis que pour lui.

Une note de mépris dans la voix de Marco surprit Jacoba. Elle regarda son profil qui se découpait nettement dans la lumière du port.

Un homme intéressant, ce prince Marco Considine… Elevé dans le luxe et à la tête d'une immense entreprise, il ne semblait pourtant pas penser grand bien des milliardaires qui étalaient leur fortune.

Marco se tourna vers elle, et elle vit sa bouche se durcir. Elle en fut si troublée qu'elle trébucha. Immédiatement, il tendit la main vers elle. Un frisson violent l'ébranla alors de la tête aux pieds et la main de Marco se serra une fraction de seconde sur sa taille.

5

Jacoba dut faire un terrible effort sur elle-même pour refouler le désir qui dévastait son corps.

— Lâche-moi, s'il te plaît, dit-elle d'un ton calme.

Il la libéra immédiatement et il la conduisit dans un immense salon richement décoré.

Un steward se précipita aussitôt vers eux.

— Veuillez conduire Mlle Sinclair vers la cabine qui lui a été réservée, s'il vous plaît.

— Par ici, madame, acquiesça l'homme en s'inclinant.

Avec un soupir de soulagement, elle le suivit dans une luxueuse cabine.

— Si vous avez besoin de quoi que ce soit, lui dit-il en indiquant une sonnette, appelez.

Une fois qu'il fut parti, Jacoba examina les vêtements sur le lit. Sa styliste avait choisi une robe de soirée sobrement élégante, de la couleur exacte de ses cheveux. Des manches longues lui donnaient un air sage en contradiction avec le profond décolleté en V du bustier. Des escarpins à talons hauts, absolument inconfortables et conçus pour faire paraître les chevilles plus fines, ajoutaient une touche d'or à la lourde soie cramoisie.

Sur la table de la coiffeuse, un flacon aux reflets fauves attira son attention. Elle l'ouvrit : son parfum dégageait une fragrance subtile de rose ambrée sur un fond richement exotique.

Aucun nom, aucune mention de fabricant… C'était donc le nouveau parfum, songea Jacoba avec intérêt.

Elle en vaporisa quelques gouttes sur son poignet, puis attendit un instant avant de le porter à ses narines. Riches et sensuels, les effluves évoquaient un bouquet d'épices, mais l'aura de rose ajoutait une chaleur somptueuse et romantique qui s'imprégna dans sa conscience tandis qu'elle se maquillait.

Une fois qu'elle fut prête, elle s'examina dans le miroir. Le feu que Marco avait éveillé en elle brillait encore dans ses yeux, mais elle allait devoir y résister.

A ce moment, quelqu'un frappa à la porte et elle redressa les épaules. Le cœur frémissant, elle alla ouvrir.

L'air sombre et distingué, et extrêmement séduisant dans son smoking noir, Marco se tenait devant elle. Jacoba vit qu'un agent de sécurité l'accompagnait.

— Bijoux, dit-il simplement.

Puis il sourit avec malice avant d'ajouter avec ironie :

— Et directement de Londres, s'il vous plaît…

Jacoba jeta un coup d'œil au nom prestigieux inscrit en capitales noires sur la boîte couleur argent qu'il tenait dans ses mains.

— Entre, dit-elle.

— Attendez ici, dit Marco à l'agent.

Celui-ci eut l'air de vouloir protester, mais un seul regard du prince suffit à lui ôter l'envie de dire quoi que ce soit et il recula d'un pas dans le couloir.

— Des boucles d'oreilles, je crois, et peut-être un bracelet, dit-il en ouvrant le coffret. Non, c'est une bague.

— Elle a l'air d'avoir été créée pour un couronnement…

Stupéfaite, elle le vit prendre la bague et lui passer l'énorme diamant au doigt.

Sans le regarder, Jacoba saisit délicatement les boucles d'oreilles assorties. Des diamants étincelants assemblés en demi-cercle, d'où pendait une pierre précieuse en forme de cœur, si éblouissante qu'elle cligna des yeux.

— Elles t'iront parfaitement, murmura-t-il d'un ton qui lui fit lever les yeux.

Les paupières de Marco étaient baissées et elle ne pouvait déchiffrer l'expression de ses yeux, et pourtant elle sentit une vague de chaleur monter à ses joues. Elle reporta rapidement son regard sur les bijoux qu'elle tenait dans ses mains.

Puis elle se tourna vers le miroir et passa les boucles dans ses lobes avec des mains qui tremblaient légèrement.

— Est-ce que ce n'est pas un peu trop ? Il me semble que la bague suffit…

Il vint à côté d'elle, si imposant qu'elle se sentit soudain petite et fragile.

— Non, elles sont parfaites, dit-il avec un sourire. Ne bouge pas, je vais les fermer.

La protestation de Jacoba mourut sur ses lèvres. Elle se raidit, incapable de respirer tandis qu'il fixait les boucles. Ses mouvements étaient habiles et sûrs, et l'essence citronnée, mêlée à la senteur musquée et attirante qui n'appartenait qu'à lui, lui parvenait comme un souffle sauvage, excitant, et interdit.

— Voilà, dit-il en reculant d'un pas.

Ses yeux se rétrécirent et il l'examina d'une façon d'autant plus troublante qu'elle était aiguisée par une sensualité qui assombrissait le bleu de ses prunelles.

— Suis-je bien ? demanda-t-elle sans réfléchir.

Comment avait-elle pu poser une telle question ? Quelle idiote ! Décidément, le magnétisme qui émanait de Marco endommageait les circuits de son cerveau…

— Tu es ravissante, répondit-il avec un sourire intimidant, parfaite, même. Cette robe met en valeur tous tes atouts, et ces diamants feront espérer à chaque femme qui te verra que, si elle achète le parfum, un peu de cette beauté rejaillira sur elle. Grâce à toi, nous devrions en vendre des millions de flacons.

— C'est pour cela que tu m'as engagée. J'essaierai donc de te donner satisfaction, dit-elle d'un ton sec, stupidement blessée par le ton froid et détaché de Marco.

De retour dans le salon luxueux, elle le regarda remplir deux coupes de champagne. Pendant quelques instants, elle put apprécier la grâce de ses gestes et elle se sentit soudain renaître. Une marée de désir se déversait en elle en un flot joyeux et balayait toutes ses craintes et ses incertitudes.

— A notre succès, dit-il en levant son verre.

Bien sûr, il parlait de la campagne publicitaire ! Et pourtant, quelque chose dans son ton, au fond de ses yeux, amena une autre vague enivrante et fit vibrer tous ses sens. Elle avala péniblement une gorgée du liquide pétillant.

— Au succès, dit-elle d'un ton neutre. Un nouveau parfum, c'est un sacré pari, n'est-ce pas ?

— Oui, assurément, l'aimes-tu ?

— Si c'est celui que j'ai trouvé dans ma cabine…

— Oui, c'est lui, l'interrompit-il.

— Alors, oui, je l'aime beaucoup. Quel est son nom ?

Il haussa les épaules.

— Les gens du marketing pensent qu'il ne faut pas le révéler maintenant. Si nous allions manger quelque chose ?

Mal à l'aise, Jacoba contemplait son assiette. Son appétit semblait en effet l'avoir abandonnée.

— Est-ce que la nourriture ne te plaît pas ? demanda Marco.

— Si, c'est délicieux, dit-elle avant de planter sa fourchette dans le thon grillé et de se forcer à avaler une bouchée.

Il regarda son verre de vin, auquel elle n'avait quasiment pas touché.

— Tu ne bois pas ?

— Je bois rarement, lui dit-elle franchement. Je ne supporte pas l'alcool. Et toi ? demanda-t-elle sans réfléchir.

Elle vit ses sourcils se hausser brusquement. Mais il reprit contenance immédiatement.

— Je dois reconnaître que je me suis livré à quelques excès quand j'étais jeune et stupide, à l'université, mais cela s'est arrêté là. Je préfère mon cerveau dans son état normal.

Elle hocha la tête.

— Maintenant que nous avons réglé cette question, dit-elle doucement, de quoi allons-nous parler ?

— Choisis. Ton acteur préféré ? Musicien de rock ? Couturier ?

Comme la plupart des gens, il devait penser que, sous son

apparence glamour, elle était idiote ! Furieuse contre lui, et contre elle-même, elle lui parla du livre qu'elle venait de terminer. A sa grande surprise, Marco l'avait lu lui aussi et il avait beaucoup à en dire. Cinq minutes plus tard, elle se rendit compte qu'elle appréciait leur discussion animée.

Petit à petit, elle se détendait, tandis que tous deux prenaient garde à ce que la conversation ne prenne pas un tour plus personnel.

Marco était un homme très intéressant. Non, plus que cela, il était intrigant, et son intelligence vive la séduisait. Elle se surprit bientôt à rire quand il fit un commentaire laconique sur une personne qu'elle avait rencontrée et qu'elle non plus n'appréciait pas beaucoup.

Il n'était pas porté pour autant sur les commérages — il disait simplement ce qu'il pensait. Avec lui, elle se sentait soudain plus vivante qu'elle ne l'avait jamais été.

Pourtant, à chaque instant, elle demeurait consciente, presque douloureusement, de son charisme physique, de la grâce virile et puissante de ses mains longues et agiles, de la façon dont les boutons de manchettes blancs contrastaient avec sa peau hâlée… Elle s'émerveillait des petites rides qui auréolaient ses yeux quand il riait, des longs cils noirs sur les pommettes saillantes…

Oh zut ! se dit-elle, c'était injuste. Non seulement il représentait une menace pour la paix de son esprit, mais il était illyrien. Et pourtant, elle avait tellement envie de lui…

— Nous avons dix minutes avant que les invités n'arrivent. Veux-tu te rafraîchir ? demanda-t-il tout à coup en regardant sa montre.

— Oui, dit-elle en bondissant sur ses pieds.

Toujours courtois, il se leva en même temps, si bien que pendant un instant, ils se firent face comme des adversaires de part et d'autre de la table.

— Non que tu en aies besoin, remarqua-t-il avec malice en scrutant son visage. Tu as réussi à manger sans altérer le contour exquis de tes lèvres parfaites, et sans déranger un seul cheveu de cette somptueuse crinière.

— Je vais quand même vérifier. Je suppose que tu veux que je me parfume ? demanda-t-elle en essayant de rester calme.

— Bien sûr.

Jacoba s'échappa, se demandant ce qui avait bien pu briser l'agréable atmosphère du dîner. Rien, se raisonna-t-elle aussitôt, parce qu'elle avait rêvé… Le prince Marco Considine était un homme intelligent et délicieux, et il savait plaire aux femmes. Il avait réussi à lui faire croire qu'ils avaient partagé une sorte de complicité, un point c'est tout.

Les joues en feu, elle ajouta une couche de rouge à lèvres et fit couler de l'eau froide sur ses poignets avant de remettre un peu de parfum. Enfin, elle passa quelques minutes à faire des exercices de respiration.

Seulement alors, avec un sourire étudié sur les lèvres, elle retourna dans le salon.

Quand elle arriva dans l'entrée, Marco prit son bras et lui sourit. Elle se figea tandis qu'une excitation endiablée parcourait tout son être.

— Tu es… scandaleusement belle, dit-il avec une intonation rauque qui résonna aux oreilles de Jacoba comme une caresse.

— Et que penses-tu du parfum ? demanda-t-elle. Après tout, n'est-il pas la raison de tous ces efforts ?

Il haussa brièvement les sourcils avant de lui répondre.

— Absolument, dit-il d'une voix soyeuse.

Et tandis que des voix se rapprochaient, il lui intima rapidement :

— Souris et prends un air moins boudeur.

Boudeur ? Elle lui jeta un regard hautain. Les doigts de Marco se raidirent un instant sur son coude tandis qu'il la faisait pivoter pour accueillir le premier des invités.

Bien sûr, elle connaissait beaucoup d'entre eux. Toutes les célébrités de Nouvelle-Zélande avaient été conviées.

— Je suis surprise de ne pas voir Zoltan, murmura-t-elle après qu'un acteur l'eut embrassée sur la joue.

— Il aura son heure de gloire lors du lancement officiel à Londres, dit Marco d'une voix calme.

Quatre mannequins entrèrent. Elles octroyèrent à Jacoba l'habituel baiser qui se perdait dans les airs avant de regarder Marco, en jouant des cils.

Il ignora avec grâce leurs provocations ouvertes.

Soudain, Jacoba vit l'agent de sécurité apparaître près de la porte et attendre. Marco lui fit un bref mouvement de tête.

— Nous partons, dit-il à Jacoba.

Le bruit à peine perceptible des moteurs changea de registre, et presque immédiatement, le yacht commença à s'éloigner du quai.

Jacoba espéra qu'elle allait avoir un peu de répit, mais son compagnon ne considérait pas les choses ainsi. Une main posée avec légèreté sur ses reins en un geste irritant de propriétaire, il l'entraînait avec lui tandis qu'il évoluait d'un groupe à l'autre.

Elle se rendait parfaitement compte qu'il était déterminé à donner l'impression qu'ils étaient plus que des associés en affaires. Et elle ne lui faisait pas du tout confiance. N'avait-il pas pris son refus pour un défi ?

Quant à elle, tout ce qui lui restait pour se défendre, c'était le bon sens et la promesse faite à sa mère.

Mais tandis que la soirée s'écoulait et que le disque de la lune s'agrandissait dans le ciel, ses craintes s'apaisèrent peu à peu devant le charme irrésistible de Marco. Tandis qu'elle parlait et riait, elle se retrouvait emportée vers lui tout à fait naturellement, ensorcelée malgré elle et savourant sa compagnie.

Quand le yacht fit demi-tour et commença à revenir vers le port, elle se tenait toujours à son côté.

— Je reviens dans un instant, lui dit-elle.

Il la regarda rapidement, et lui adressa un hochement de tête avant de se retourner vers l'homme à qui il parlait.

Ainsi, il lui indiquait par cette brève inclination de sa tête brune qu'elle avait la permission de le quitter !

Furieuse, elle se dirigea vers les toilettes.

Quand elle en sortit quelques minutes plus tard, elle fut arrêtée au passage par Gregory Border, un journaliste qui rédigeait la rubrique des potins mondains du dernier magazine à la mode de Nouvelle-Zélande. Par conséquent, beaucoup de gens le craignaient…

Quelques années plus tôt, elle avait rencontré le journaliste à plusieurs reprises et avait repoussé ses avances. Son rejet avait dû le vexer particulièrement parce que, depuis lors, elle avait été l'objet de représailles et avait alimenté sa rubrique.

— Vous êtes fantastique, lui dit-il avec un sourire. Est-ce que cette senteur délicieuse est celle du parfum qui est la cause de tout ce vacarme ?

— Je ne sais pas, répondit-elle calmement.

Il se pencha et lui prit la main, l'attirant vers sa bouche en dépit de sa résistance, si bien qu'il réussit à embrasser l'intérieur de son poignet. Jacoba serra le poing de son autre main, mais elle ne pouvait quand même pas le frapper, pas ici. Et il le savait.

— Hum…, murmura-t-il. Juste un peu trop lourd pour l'intimité, à mon goût. Mais, de toute façon c'est exclu pour moi, n'est-ce pas, puisque chacun sait qu'à part votre partenaire habituel, vous êtes plutôt une reine de glace. A propos, que pense le bouillant Hawke de votre relation avec le prince ?

— Je n'ai rien à vous dire, répliqua-t-elle d'un ton méprisant. Laissez-moi passer. Si vous me touchez encore une fois, je vous ferai arrêter pour harcèlement.

— Vous n'oseriez pas…

— Moi je n'hésiterai pas un instant, l'interrompit une voix dure comme de l'acier derrière elle.

Quand elle se retourna, elle vit Marco observer l'autre homme avec l'intensité menaçante d'un prédateur.

Une teinte violacée envahit subitement les joues du journaliste.

— Vous n'avez pas à vous inquiéter, dit-il. Nous sommes de vieux amis, n'est-ce pas, Jacoba ?

— Alors, pourquoi vous demandait-elle de la laisser tranquille ?

— Peut-être s'inquiétait-elle pour le caillou qu'elle porte à son doigt, dit Border avec une sorte de ricanement. Mais je ne suis pas un voleur.

Pas de bijoux, mais de réputations, oui, songea Jacoba avec mépris.

Le regard du journaliste alla du visage intimidant du prince à celui de Jacoba, et il haussa les épaules.

— Puisque je suis là, y a-t-il une chance d'interview ?

— Non, dit Marco avec une voix d'un calme impressionnant. Ni maintenant, ni jamais. Et à l'avenir, gardez vos mains éloignées des siennes.

Border haussa de nouveau les épaules.

— Vous ne pouvez pas en vouloir à un homme de tenter sa chance, dit-il avec une note enjouée.

— Si, je le peux.

Jacoba tressaillit. Marco n'avait pas besoin de proférer de menaces, il parlait avec l'assurance tranquille d'un homme qui savait qu'il pouvait accomplir tout ce qu'il désirait.

6

Sans plus s'occuper du journaliste, Marco sourit à Jacoba et l'entraîna plus loin.

— Allons rejoindre les autres, dit-il.

— La plupart des gens craignent les ragots de ce Border. Il est très populaire et il vaut mieux ne pas le contredire, car il peut être dangereux.

— Moi aussi, je peux l'être.

Il n'allait certainement pas lui dire que le destin de ce Border avait été scellé à la seconde même où Marco avait levé les yeux et l'avait vu en train d'embrasser la main de Jacoba.

L'accès de jalousie qu'il avait alors ressenti l'avait stupéfié.

D'habitude, il n'était pas jaloux… car il n'avait pas eu à le devenir. Eh bien, il y avait une première fois à tout, se dit-il sombrement en contemplant le visage ravissant de Jacoba.

Elle avait l'air inquiet et il dut faire un effort pour ne pas chasser ses soucis par un baiser.

Ce désir de la protéger l'étonna et le rendit furieux. En effet, ce besoin était encore plus dangereux et inattendu que la jalousie. Par le passé, il avait eu l'occasion de voir la jeune femme en différentes circonstances, parfois avec Hawke Kennedy, le plus souvent seule. Il avait alors constaté qu'il pourrait la désirer, mais, comme il aimait bien Kennedy, il n'avait jamais fait la moindre tentative envers elle.

Mais maintenant, tout avait changé, car il l'avait sentie fondre dans ses bras. Il avait savouré sa bouche qui s'adoucissait sous la sienne et il avait été contrarié de voir la somme d'efforts que cela lui coûtait de s'éloigner d'elle.

Ce soir, il avait délibérément donné l'impression à tout le monde qu'ils formaient un couple. Il avait d'abord cherché à se convaincre que c'était pour donner plus d'éclat à ce début de campagne publicitaire. Mais cela n'était pas la vraie raison. S'il avait gardé Jacoba à son côté toute la soirée, c'était simplement parce qu'il ne pouvait s'en empêcher.

Le désir envahit de nouveau Marco et le transperça avec une brutalité qui l'effraya. Cette femme avait le pouvoir de faire jaillir des instincts primaires qu'il avait du mal à dompter.

Elle aussi le désirait, il en était sûr, malgré les efforts qu'elle faisait pour le lui cacher.

Jacoba se détourna, une légère rougeur courant le long de ses magnifiques pommettes.

— Il ne m'aime pas, dit-elle, si bas qu'il put à peine l'entendre.

— Alors pourquoi embrassait-il ta main ?

— Un petit jeu de pouvoir, dit-elle d'une voix distante.

Pendant un court moment, Marco se surprit à regretter de ne pas avoir suivi son premier instinct et de ne pas avoir envoyé un direct à la mâchoire de ce type. Mais il se ressaisit aussitôt car il méprisait de telles réactions primaires.

Jacoba Sinclair, avec sa beauté aristocratique et cette chevelure qui ondulait comme une rivière de feu, le touchait comme aucune autre femme n'avait jamais réussi à le faire. Il pouvait bien essayer de se convaincre que c'était purement physique, il devait maintenant admettre qu'il appréciait également son esprit.

Et elle l'intriguait. En effet, derrière cette façade réservée, il sentait qu'elle gardait précieusement un secret douloureux.

— Et toi, pourquoi ne l'aimes-tu pas ? insista-t-il brutalement.

Jacoba devina qu'elle devait se montrer diplomate.

— Parce que lui ne m'aime pas, dit-elle simplement.

— Je veux la vérité, ordonna Marco d'un ton sévère.

Elle le regarda droit dans les yeux.

— Je n'apprécie pas beaucoup cette insistance, remarqua-t-elle.

— Le succès de cette campagne repose en grande partie

sur toi. S'il est possible que ce type la fasse dérailler, je dois le savoir. Et s'il a quelque information qui te montrerait sous un mauvais jour, dis-le-moi.

— Il n'en a aucune.

— Alors, de quoi s'agit-il ?

— Il m'a fait des avances. Quand j'ai refusé, il a décidé de me donner une leçon.

Marco fronça les sourcils.

— Ne me dis pas qu'il devient l'ennemi juré de chaque femme qui le rejette…

— Je ne sais pas. Peut-être.

— Alors c'est un maître chanteur. Au moins, tu ne lui as pas cédé. Tu ne l'as pas fait, n'est-ce pas ?

Ses paroles étaient empreintes d'une note implacable qui fit frissonner Jacoba.

— Bien sûr que non, répondit-elle.

Même si elle avait trouvé Border séduisant, elle l'aurait repoussé, car il l'avait dégoûtée en l'informant qu'il se fichait de la partager avec Hawke.

— Ce sont les risques du métier, ajouta-t-elle avec une légèreté feinte.

— Est-ce qu'il te harcèle ?

Elle le regarda avec ironie.

— Pas en ce moment, et pas plus que certains hommes.

— S'il essaie quoi que ce soit, dis-le-moi.

Emue, Jacoba se rendit compte que sa possessivité était doublée d'un instinct protecteur.

— Pourquoi Kennedy n'intervient-il pas ? demanda soudain le prince avec arrogance.

Jacoba haussa les sourcils.

— Hawke sait que je peux m'occuper de moi toute seule. Je n'ai pas peur de Border, Mar…

Elle s'arrêta brusquement.

— Tu allais m'appeler par mon prénom, lui dit-il, les yeux brillants.

— Peut-être devrais-je t'appeler de la façon dont on s'adresse à toi dans ton pays, dit-elle, stupidement guindée.

— On m'appelle Votre Altesse, dit-il avec ironie. Mais mes amis utilisent mon nom de baptême. Dis-le.

— Votre Altesse... Marco.

Les deux syllabes avaient coulé avec fluidité de ses lèvres.

— Tu pourrais presque être illyrienne, dit-il, à cause de la façon dont tu prononces les voyelles.

La panique s'empara d'elle et elle se demanda avec frayeur si elle était en train de pâlir.

— C'est probablement parce que j'ai été élevée avec le français comme seconde langue.

De plus, elle se rendit soudain compte qu'ils étaient l'objet de l'attention à peine voilée de plusieurs personnes.

— Nous devrions rejoindre les autres, dit-elle faiblement.

Quand le yacht fut de nouveau amarré à quai et que les derniers invités furent partis, Jacoba se sentit tout à coup exténuée.

— Fatiguée ? demanda Marco tandis qu'il la conduisait vers la cabine où l'attendaient ses vêtements.

Elle avait déjà ôté les bijoux et les avait rendus à l'agent de sécurité.

— Oui, un peu, acquiesça-t-elle.

— Je suis désolé que la soirée ait eu lieu après une journée de tournage, mais les gens de la publicité tenaient absolument à se servir de ta présence quand ils ont découvert que tu serais à Auckland aujourd'hui. Veux-tu rentrer à pied à l'hôtel après t'être changée, ou préfères-tu que j'appelle un taxi ?

— Je préfère marcher, merci.

— Je quitte la Nouvelle-Zélande demain, dit alors Marco.

Une déception aiguë la traversa. N'aurait-elle pas dû être soulagée ? Quand cette folie temporaire l'aurait quittée, elle le serait, se raisonna-t-elle.

Mais en ce moment, elle éprouvait seulement une terrible sensation de perte.

— Tu rentres en Illyria ? demanda-t-elle d'une voix indifférente.

— Oui, en passant par l'Amérique. Viens avec moi.

— Non ! s'écria-t-elle aussitôt.

Et pourtant, elle avait tellement envie d'accepter… Mais elle n'osait pas.

Et Marco le savait.

— Pourquoi ne pas céder et t'épargner ainsi beaucoup d'inquiétude ? suggéra-t-il.

Son ton négligent contrastait avec l'intense intérêt que Jacoba lisait dans ses yeux.

Elle lui lança un regard fier.

— Je n'ai pas l'intention de *céder*, dit-elle.

Il fronça les sourcils. Puis il ouvrit la porte de la cabine et recula d'un pas pour la laisser entrer dans la pièce.

— Ta fierté n'y perdrait rien, dit-il.

Puis, avant qu'elle ait pu répondre, il ferma la porte et la laissa seule.

Après avoir glissé son corps tendu hors de la robe de soie et l'avoir suspendue, elle enfila son jean et son T-shirt, remplaça les escarpins par ses sandales plates et confortables. Mais Jacoba ne pouvait empêcher la passion accumulée toute la soirée de l'envahir.

Pourquoi n'aurait-elle pas une aventure avec lui ? La plupart de ses amies n'auraient pas hésité une seconde.

Mais aucune d'entre elles n'avait un passé aussi auréolé de mystère que le sien. Non, même si elle était prête à prendre le risque, il fallait penser à Lexie. Raffermissant sa volonté, elle quitta la cabine, les épaules et le dos très droits.

Marco s'était changé lui aussi et portait maintenant une chemise anthracite et un pantalon noir moulant.

Cette fois, au lieu de saisir son bras, il lui offrit le sien. Elle hésita, puis le prit. Elle trembla quand elle sentit la chaleur de son corps.

— Tu as froid ?

Il savait très bien que non.

— Pas du tout, répondit-elle.

— Quels sont tes projets pour la saison prochaine ?

— Oh, quelques contrats, dit-elle d'un ton vague. Et il y a toutes ces soirées pour le lancement.

La reconnaissant, un groupe de jeunes hommes assis à une terrasse de café l'appelèrent par son prénom. Ce n'était pas une menace, ils étaient simplement insolents. Elle sourit, mais continua à marcher, consciente que Marco l'escortait et la protégeait.

— J'aimerais te revoir avant, dit-il tranquillement.

Jacoba tressaillit.

— Et pas dans un contexte professionnel.

Une joie étrange se déversa en elle, chaude et douce comme une nuit d'été. Mais elle se raidit.

— Je crains que cela ne soit pas une bonne idée.

— Pourquoi ? dit Marco sans se démonter. À cause de Hawke Kennedy ?

Jacoba hésita. « Mens », lui souffla son bon sens. Sans compter le danger d'avoir une relation avec Marco, celle-ci ne durerait pas. Quand viendrait le moment, il choisirait une femme digne de son rang.

Elle regarda de nouveau subrepticement Marco. Tout à coup, elle souhaita qu'il l'entraîne brutalement dans une aventure passionnée sans qu'elle puisse lui résister.

Leurs yeux se croisèrent. La chaleur illuminait les pâles profondeurs des siens, la transperçant. Sans qu'elle puisse l'empêcher, son cœur se mit à battre plus vite tandis que le désir l'inondait d'un flot étourdissant, brûlant et doux à la fois.

Oui, pensa-t-elle avec un assaut soudain et rapide de joie triomphante, c'est ce que je veux. *Il* est ce que je veux.

Et elle ne pourrait jamais l'avoir.

Pourtant, elle était incapable de lui mentir.

— Hawke est mon meilleur ami, dit-elle. Quand j'ai commencé à travailler comme mannequin, je n'avais que seize ans et j'étais totalement ignorante du comportement de certains hommes. Mon agence me protégeait, mais Hawke a veillé sur moi. Et je me servais de son nom et de son influence pour faire reculer ceux qui insistaient trop.

Marco hocha la tête.

— Et je suppose que votre prétendue relation amoureuse t'a servi à garder tes distances durant tes liaisons.

Il y en avait eu seulement deux, et aucune n'avait été sérieuse, songea Jacoba. Son passé l'avait rendue trop réservée, trop prudente.

— Oui, répondit-elle d'un ton neutre.

— Et actuellement, as-tu une liaison avec quelqu'un ? demanda-t-il.

— Non.

— Moi non plus.

— Cela ne change rien, dit-elle.

Mais sa voix, teintée de désir, la trahit.

Le regard de Marco s'attarda sur sa bouche.

— Alors, nous avons ce soir, dit-il d'une voix douce.

Jacoba rassembla toute sa volonté pour résister à la tentation.

— Non, dit-elle avec un tremblement. Et je ne t'invite pas dans ma chambre.

Ils étaient maintenant arrivés devant l'hôtel.

— Je loge ici également.

— Comme c'est pratique…, réussit-elle à articuler.

— Il m'appartient, rétorqua-t-il d'un ton sec.

Elle avait l'air irréelle, songea Marco, cette femme à la sensualité de feu. Et elle était bien trop belle pour qu'on la considère autrement que comme une amante. Pourtant, elle était loin d'être idiote. Il savait à présent qu'elle lisait beaucoup et qu'elle s'y connaissait en politique et en finance. Et en plus, elle s'intéressait à la Bourse…

Il la poussa doucement sur le côté pour éviter un groupe de passants dont le rire lourd et les gestes maladroits montraient qu'ils avaient trop bu.

Puis ils entrèrent dans le hall de l'hôtel et elle lâcha son bras. Tous deux pénétrèrent dans l'ascenseur privé qui menait à leurs suites.

— Merci. Tu as été formidable. Et pourtant, tu n'avais pas l'air d'apprécier cette soirée…

— Ce n'est pas cela..., dit-elle en fronçant les sourcils.

— Alors, qu'est-ce qui n'allait pas ?

Comme elle ne répondait pas, il prit son menton dans sa main et la força à le regarder. Puis il caressa le contour de ses lèvres du bout des doigts.

— Je sais ce qui n'allait pas, dit-il d'une voix profonde et sensuelle.

Qu'était-elle en train de faire ? Elle le connaissait à peine..., songea-t-elle en sentant un frisson la parcourir.

Ses doigts quittèrent soudain sa bouche. Il la souleva dans ses bras et la porta à l'intérieur de sa suite.

Il s'assit avec elle sur le sofa, la serrant contre lui, sa joue contre le front de Jaçoba. Comme si, pour le moment, ce simple contact comblait son attente. Elle sut alors que les derniers lambeaux de résistance s'évanouissaient en elle. Dans ses bras, elle se sentait totalement, merveilleusement en sécurité...

— Regarde-moi, dit-il d'une voix rauque.

Les yeux de Jacoba se perdirent dans les siens.

— Comment diable réussis-tu à faire cela ?

— Que veux-tu dire ? demanda-t-elle, surprise.

Il éclata d'un rire bref et moqueur.

— Tu parviens à m'enflammer d'un simple regard, lui dit-il. Habituellement les yeux gris sont froids et transparents, mais les tiens sont brumeux et attirants. Ils me rendent fou.

Ne lui laissant pas le temps de dire un mot, il prit sa bouche.

Des sensations inouïes se bousculèrent en Jacoba. Son baiser profond souleva une explosion de volupté tandis que les doigts qui caressaient son sein avec une ardeur délicieuse affolaient ses sens.

Doucement, elle repoussa le visage de Marco et le tint entre ses mains. Elle soutint alors ses yeux fiévreux et elle se rendit compte qu'elle était en train de perdre la lutte qu'elle menait contre le désir qui menaçait de la submerger.

Il était en proie au même combat, elle le sentait. Il embrassa la ligne de sa mâchoire avec une douceur merveilleuse, et descendit ensuite le long de sa gorge, sa bouche s'attardant avec une précision délicieuse sur certains endroits, comme s'il savait d'instinct ce qui exacerberait son plaisir.

Un petit gémissement jaillit des lèvres de Jacoba et elle passa une main dans la soie noire des cheveux de Marco. Son cœur battait si fort qu'elle était incapable de penser.

— Est-ce que je vais abîmer cette jolie chose si je l'arrache ? demanda-t-il avec malice.

— Oui, et tu seras obligé de me laisser déchirer ta chemise, dit-elle d'une voix si sensuelle qu'elle la reconnut à peine.

Il éclata de rire. Puis il écarta les bras.

— Fais comme tu veux, lui dit-il en souriant.

Sans plus attendre, elle souleva fébrilement sa chemise.

— Bon sang, tu es si belle…, dit-il d'une voix rauque.

Une joie pure la traversa. Un sourire arrondit ses lèvres et elle fit passer la chemise au-dessus de la tête de Marco. Enfin elle put se délecter des contours magnifiques de son torse.

Les yeux de Marco brillaient intensément, et tout à coup, il dit quelque chose dans une langue qu'elle reconnut à peine comme de l'illyrien.

Brusquement, Jacoba pensa à sa mère et à sa promesse.

Fermant les yeux, elle murmura d'une voix à peine audible :

— Je ne peux pas, je ne veux pas…

— Tu mens, tu me désires autant que je te désire, s'exclama-t-il brutalement.

— Ce n'est pas la question, réussit-elle à dire.

La montée furieuse du désir s'était retirée, la laissant glacée et tremblante. Sans dire un mot de plus, elle se leva. Ses jambes tremblaient…

Il allait être furieux et elle ne pouvait lui en vouloir, mais au moins elle avait retrouvé son bon sens, songea-t-elle, presque soulagée.

Alors, rassemblant son courage, elle se retourna et lui fit face.

Il était déjà debout et le cœur de Jacoba se serra avec appréhension. Sombre et dominateur, il la regardait avec un visage dénué de toute expression. Pourtant, elle sentait la force des émotions qu'il retenait derrière ces traits durs et indéchiffrables.

— Je suis désolée. C'est impardonnable de ma part, mais je ne... je ne veux pas, Marco.

— Tu devrais réfléchir un peu aux messages contradictoires que tu envoies, dit-il.

Il avait raison, et elle prit ses paroles comme une gifle en pleine figure.

— Je suis désolée, dit-elle, d'une voix plus assurée cette fois, tout en serrant les poings. Mais je ne veux pas d'aventure avec toi.

— Pourquoi ?

Oh, Dieu, pourquoi ne pouvait-il simplement accepter son refus et partir ?

— Pourtant, tu avais l'air sincère dans mes bras. Ou es-tu une très bonne actrice ?

— Je préférerais que nous en restions à une relation purement professionnelle, lui jeta-t-elle tout en refoulant son désespoir.

— Peut-être ai-je mal interprété la situation ? demanda-t-il calmement. Eh bien, dis-le-moi à présent : combien cela me coûtera-t-il ?

7

Jacoba cligna des yeux, refusant de comprendre ce qu'il venait de dire. La colère se transforma bientôt en une humiliation amère.

— Si tu sous-entends que je suis une prostituée, tu te trompes, dit-elle d'un ton brusque.

— Bien sûr que tu n'en es pas une, dit-il avec un sourire tranchant, mais c'est tout à fait raisonnable de ta part de poser tes conditions avant de t'engager davantage. J'ai beaucoup apprécié l'échantillon des talents que tu as bien voulu me montrer et je suis tout à fait disposé à mettre le prix pour voir le reste.

Elle lui fit face, les joues en feu.

— J'ai été insultée, dit-elle d'une voix tremblante, mais jamais comme ce soir. S'il te plaît, va-t'en.

— Certainement.

Il jeta sur son épaule la chemise qu'elle lui avait ôtée tout à l'heure avant de se diriger vers la porte.

Malgré elle, elle le regarda. Il se déplaçait d'un pas tranquille, parfaitement à l'aise.

Avant de sortir, il se retourna pour la dévisager.

— Je te reverrai très vite. J'espère que tu n'as pas oublié la date de lancement du parfum.

— Non, dit-elle, livide. C'est noté dans mon agenda.

— Tu as intérêt à être là, conseilla-t-il avant de disparaître.

Elle verrouilla la porte derrière lui, puis s'effondra sur une chaise, se frottant les bras pour essayer de ramener un peu de chaleur dans son corps.

Comment avait-il pu l'humilier ainsi ? Son comportement était tout à fait dégoûtant.

Mais ce n'était pourtant pas le dégoût qui amena des larmes douloureuses dans ses yeux et la maintint éveillée une grande partie de la nuit…

Le matin suivant, Jacoba achevait de se maquiller pour camoufler ses yeux bouffis quand on frappa discrètement à la porte. Un fol espoir fit battre violemment son cœur quand elle alla ouvrir.

Mais ce n'était pas Marco. Le responsable de l'étage se tenait devant elle et lui présentait une somptueuse corbeille de fleurs.

Elle les prit, remarquant les lis péruviens, d'un rouge si sombre et si profond qu'ils s'harmonisaient avec ses cheveux. Son cœur se serra aussitôt : la couleur signifiait sûrement que Marco les avait choisis lui-même…

L'homme lui tendit alors une enveloppe et le journal.

Une fois la porte refermée, elle posa les fleurs sur la table et regarda stupidement l'enveloppe. Puis, se mordant la lèvre, elle l'ouvrit.

« Je te contacterai à Londres quand tu reviendras.

M. »

Tremblante, elle chiffonna la feuille de papier et la jeta dans une poubelle, mais presque aussitôt elle la reprit, lissant les plis avec un sourire moqueur envers elle-même.

Puis, décidée à reprendre ses esprits, elle se fit monter des fruits, du muesli et du thé avant de s'installer pour lire le journal.

Sur la dernière page, ses yeux tombèrent sur son nom au milieu des caractères imprimés. Son cœur s'arrêta et elle se sentit mal, mais elle se força à lire, le dégoût s'emparant d'elle comme une vague. Mais ce fut la dernière phrase qui la glaça.

« On murmure que le prince et son mannequin favori ne sont pas liés seulement par un contrat, et bien que je sache à quoi vous pensez… Non, ce n'est pas cela que je voulais dire… En dépit de son nom aux consonances celtiques, il semblerait que notre superbe top model ait de solides liens familiaux avec l'Illyria. »

— Oh, mon Dieu, chuchota-t-elle, bondissant sur ses pieds.

Elle regarda autour d'elle, puis se força à calmer sa respiration et à ralentir son esprit qui fonctionnait à toute allure. Il fallait raisonner avec logique. De toute façon, les menaces que sa mère avait tant redoutées avaient disparu avec la mort du dictateur.

Il fallait absolument qu'elle parle de tout cela avec quelqu'un de confiance. Hawke…

Reprenant son calme, elle saisit son téléphone et appela une entreprise de location de voitures.

Quand elle atteignit Bay of Islands, elle avait horriblement chaud et elle avait réussi à renverser un verre de jus d'orange sur son T-shirt. Bien que Hawke ne fût pas à la maison, sa voiture était dans le garage, aussi entra-t-elle avec sa clé et décida de se changer avant de partir à sa recherche.

Elle achevait de nettoyer les traces de jus collant quand elle entendit du bruit devant la maison. Un sourire malicieux se dessina sur ses lèvres. Bon sang, pourquoi ne tombait-elle donc pas amoureuse de lui au lieu de l'aimer comme une sœur ? Cela rendrait la vie bien plus facile…

Elle serra la ceinture de son peignoir et, un sourire aux lèvres, se dirigea vers la porte d'entrée.

Malheureusement, Hawke n'était pas seul. Et d'après l'expression qu'elle lut sur son visage, elle se rendit compte qu'elle n'était pas tout à fait la bienvenue. Il avait même poussé la femme qui l'accompagnait derrière lui, comme pour la protéger.

« Il est amoureux ! » songea-t-elle, réalisant que cette découverte la déprimait.

— Jacoba, dit-il d'une voix posée, que diable fais-tu ici ?

Sa question la blessa malgré elle.

— Oh, Hawke, je suis désolée… Je suis un peu en avance, en effet, dit-elle d'une voix enjouée, mais je ne savais pas que tu avais des visiteurs.

— Seulement *une*, dit Hawke avec légèreté, ayant recouvré tout le contrôle de lui-même.

D'une voix calme et ironique, il les présenta. Jacoba baissa les paupières pour dissimuler sa surprise et son embarras. La jeune femme n'était autre que la princesse Melissa Considine, la plus jeune sœur de Marco…

Après un instant, elle secoua légèrement la tête et laissa son expression se détendre en un sourire, espérant ardemment que ni Hawke ni sa compagne n'avaient rien remarqué. Il méritait tant d'être heureux…

Les cheveux emmêlés, la peau délicieusement rose, ainsi que les contours sensuels de la bouche de Melissa firent comprendre à Jacoba qu'ils venaient de faire l'amour en bas sur la plage.

Quelques minutes plus tard, quand Hawke la conduisit dans sa chambre, elle lui adressa un air contrit.

— Je suis désolée ! J'aurais dû te prévenir que j'arrivais plus tôt. Je dînerai dans ma chambre ce soir.

— Ne sois pas ridicule, dit-il.

Mais son ton révélait que Melissa Considine devait beaucoup compter pour lui.

— Que se passe-t-il, Jacoba ? Je vois bien que tu as des ennuis.

— Pas exactement, dit-elle avec hésitation.

Mais bientôt, elle lui raconta ce qui s'était passé.

Hawke scrutait son visage avec intensité.

— Tu es amoureuse de ce prince, dit-il doucement.

Jacoba secoua énergiquement la tête.

— Je ne crois pas au coup de foudre.

— Je n'y croyais pas non plus…

Elle lui sourit et le prit dans ses bras avec affection.

— Il était temps ! Je suis si heureuse pour toi. Alors maintenant, va rejoindre Melissa et fais-lui bien comprendre qu'elle n'a pas de quoi s'inquiéter à mon sujet.

— Si elle ne me croit pas, alors elle ne vaut pas la peine que je m'intéresse à elle, dit-il avec détermination.

— Tu ne penses pas ce que tu dis !

Il tira gentiment une mèche de ses cheveux mouillés.

— Tu me connais trop bien. Veux-tu que je force Border à faire paraître un démenti ?

— Pourrais-tu faire ça ?

— Je peux essayer, dit-il en haussant les épaules.

— Non, dit-elle en fronçant les sourcils, cela ne ferait que l'encourager à creuser encore plus. Je venais seulement pour te demander si tu pensais que Lexie et moi avions des raisons de nous inquiéter. Mais, hélas, je n'ai fait que compliquer la situation pour toi.

— Ça n'a pas facilité les choses, admit-il, mais je sais ce que je veux et je finirai par l'obtenir. Quant à vous inquiéter à propos de vos origines illyriennes, Dieu seul sait ce que votre mère a dû traverser avant d'arriver en Nouvelle-Zélande. Ce qui est sûr, c'est qu'elle craignait tant pour votre sécurité qu'elle a réussi à vous effrayer toutes les deux et vous a fait jurer de garder le silence. Je sais que cela n'est pas facile à oublier, mais je suis certain que si elle avait encore été en vie quand Paulo Considine est mort, elle aurait réalisé qu'elle n'avait plus rien à craindre.

Jacoba avait espéré que son absence aurait donné à Hawke la possibilité d'arranger les choses avec sa compagne, mais le matin suivant, il était évident que cela n'allait pas mieux. En effet, la jeune femme se montra froide et distante, et la tension de Hawke était évidente. Melissa repartait le matin même pour l'Illyria.

Jacoba rencontra Hawke devant la porte quand il revint de l'aéroport. Il avait toujours été là pour elle, tel un repère infaillible, mais il avait d'autres préoccupations à présent.

Il regarda sa voiture et les bagages posés sur le siège arrière.

— Qu'est-ce que tu fais ?

— Je n'ai pas le droit de m'imposer à toi, dit-elle avec un petit sourire. Je t'ai utilisé pendant des années, et il est temps que cela s'arrête. De toute façon, tu vas aller la rejoindre, non ?

— Je vais lui laisser quelques jours. Quant à m'avoir *utilisé*, ne sois pas ridicule. Mais il est probablement temps que nous avancions, tu as raison.

Jacoba sentit ses yeux se remplir de larmes.

— Oui, dit-elle simplement. Merci, Hawke.

— Que vas-tu faire maintenant ?

Elle avait eu l'intention d'aller voir Lexie, mais sa sœur partait pour une excursion dans le bush.

— Je vais rentrer à Londres et penser à mon avenir.

— As-tu toujours l'intention d'écrire ce roman ?

— Oui, répondit-elle sans hésiter.

Et pourtant, d'une certaine façon, Marco avait réussi à chambouler ses projets.

Hawke la prit dans ses bras et l'embrassa sur la joue.

— Très bien, dit-il. Mais, juste un mot à propos de Marco Considine. Tu auras peut-être du mal à le décourager, car il sait ce qu'il veut et il finit toujours par l'obtenir…

Jacoba haussa les épaules.

— Ça ira, ne t'en fais pas, et une fois que j'en aurai fini avec les obligations liées au lancement de ce parfum, je retournerai chez moi et je ne le reverrai jamais.

Jacoba referma son téléphone portable d'un coup sec, espérant que, cette fois, son agent comprendrait que cela ne servait à rien de lui proposer d'autres contrats plus lucratifs les uns que les autres.

A Londres depuis quatre jours, elle ne voyait personne et commençait à organiser son avenir.

Les dernières années n'avaient pas été vaines, songea-t-elle. En effet, elle avait rencontré des gens merveilleux et créatifs. Mais sa passion à elle, sa créativité, n'avaient jamais été vraiment utilisées. Et petit à petit, elle prenait conscience de son insatisfaction.

Son téléphone sonna de nouveau.

— Jacoba.

La voix de Marco… Son cœur bondit dans sa poitrine.

— Votre Altesse… quelle surprise ! dit-elle d'un ton faussement enjoué.

— La dernière fois que nous nous sommes rencontrés, tu m'appelais par mon prénom, dit-il d'une voix grave et sensuelle.

— Où es-tu ? réussit-elle à demander posément.

— Devant ta porte.

Eperdue, Jacoba jeta un regard incrédule par la fenêtre. Mais bien sûr, elle ne pouvait pas voir l'entrée de l'immeuble de chez elle.

Combien de fois avait-elle répété cette scène, ces derniers jours ? Pourtant elle était soudain terrifiée.

— Tu aurais pu utiliser l'Interphone, dit-elle bêtement.

— Laisse-moi entrer, Jacoba.

Elle appuya sur le bouton et attendit, pétrifiée, que la sonnette retentisse, regrettant de ne rien porter de plus chic qu'un jean et un vieux pull en laine. Non que cela ait une importance. Rien n'avait d'importance en fait, parce qu'elle allait le renvoyer rapidement.

Quand il arriva enfin, elle alla ouvrir la porte en se forçant à sourire.

La vitalité splendide de Marco semblait éteinte, comme si lui aussi avait enduré des nuits sans sommeil.

— Tu ne méritais pas que je t'insulte ainsi. Pardonne-moi, mais soudain, j'ai pensé que j'avais peut-être mal compris et que tu étais comme tant d'autres femmes que j'ai rencontrées.

— Et maintenant, tu ne le penses plus ?

— Même à ce moment-là, je n'y croyais pas, reconnut-il d'une voix amère.

Confusément, Jacoba se rendit compte qu'il n'avait pas fait allusion à ses liens avec l'Illyria, ce qui voulait dire qu'il n'avait pas lu l'article de Border.

— C'est bon, dit-elle d'une voix faible. Je n'aurais pas dû laisser les choses aller si loin.

— Tu as parfaitement le droit de refuser quand bon te semble, dit-il brutalement.

Il lui tendit la main. « Ne le touche pas ! » s'écria une petite voix en elle, mais il était trop tard. Automatiquement, elle avait déjà posé sa main dans la sienne.

Les doigts de Marco se refermèrent doucement autour des siens. Jacoba sentit sa peau frissonner et, sans le vouloir, elle leva les yeux. Ce qu'elle vit alors dans son regard fit bondir son cœur.

— Tu m'as manqué, dit-il.

— Toi aussi, murmura-t-elle.

Elle aurait été bien incapable de dire qui avait bougé le premier, mais en un instant, elle se retrouva dans ses bras.

Avide de ses baisers, elle leva son visage vers le sien. Et quand la bouche de Marco prit la sienne, elle soupira de ravissement et s'abandonna au désir qui enflammait chaque cellule de son corps.

Sans quitter ses lèvres, il la porta dans le salon. Epanouie dans la sécurité et la chaleur de son corps souple et puissant, s'enivrant de sa senteur musquée à peine perceptible, elle céda alors sans plus de résistance.

8

Toutes les raisons que Jacoba pouvait avoir de ne pas s'abandonner à son désir se perdirent dans un tourment délicieux. Tout devenait si simple tout à coup…

Vaguement, elle se rendit compte que ses bras étaient enroulés autour du cou de Marco et qu'elle était serrée contre son corps. Eperdus et avides, ils s'embrassèrent jusqu'à ce qu'ils aient besoin de reprendre leur souffle. Il leva alors la tête et la contempla avec des yeux de feu.

— Tu m'as manqué et je te désire comme un fou, dit-il.

Cette déclaration embrasa Jacoba. Avec fièvre, elle laissa ses doigts glisser dans le duvet fin et doux sur le torse de Marco.

Chaque muscle de son corps puissant se raidit. Il la regarda comme s'il refusait de céder aux sensations qui le submergeaient. Sa bouche se serra et elle crut pendant un instant qu'il allait repousser sa main. Pourtant, bien qu'elle sente la tension irradier de son corps magnifique, il la laissa continuer ses caresses, immobile comme un prédateur observant une proie.

— J'ai envie de toi, murmura-t-elle.

Le regard de Marco s'aiguisa et la transperça. Et, comme si l'aveu de Jacoba avait chassé la terrible discipline qu'il s'imposait, il l'embrassa de nouveau, cette fois sans retenue.

— Tu en es sûre ? demanda-t-il soudain contre ses lèvres.

— Oui, dit-elle avec fièvre.

Les yeux de Marco étincelèrent.

— J'aime qu'une femme sache ce qu'elle veut, dit-il d'une voix grave en la reprenant dans ses bras. Guide-moi.

Jacoba le conduisit dans sa chambre. Là, elle frissonna violemment.

— Dis-moi comment monter le chauffage, dit-il aussitôt.

— Je n'ai pas froid.

— Si tu as froid, je te réchaufferai, promit-il avec un sourire triomphant. Lève les bras.

Elle obéit tandis qu'une ivresse incroyable chantait dans tout son corps, s'accordant au rythme joyeux de son pouls. Marco glissa le pull au-dessus de sa tête dans une lente caresse.

— Tu es si belle, murmura-t-il, caressant la courbe d'un sein.

Une jouissance, pure et fulgurante comme une flèche d'or, jaillit alors du plus profond de son intimité. Et sous les mains douces, les pointes de ses deux seins se dressèrent avec impatience.

Soudain, le sourire de Marco se figea et sa poitrine se souleva tandis qu'il respirait profondément. Le fond de ses yeux s'éclaira d'une flamme bleu vif et un gémissement rauque s'échappa de sa gorge, tandis qu'un frisson sauvage traversait le corps de Jacoba.

Il dégrafa fébrilement son soutien-gorge, et elle déboutonna sa chemise, l'écartant de façon à pouvoir admirer son torse musclé. Puis elle suivit du bout des doigts les boucles de sa toison brune avant de descendre sur les muscles fermes de sa taille.

Les muscles de ses épaules et de ses bras se tendirent et il la souleva de façon que ses seins se trouvent au niveau de son visage. Puis il prit une pointe dure dans sa bouche et la goûta. Doucement d'abord, puis plus vigoureusement, quand des gémissements extasiés s'échappèrent des lèvres de Jacoba.

Elle se pressa contre lui, et il l'étendit sur le lit, restant debout à côté d'elle comme un sombre conquérant.

Enfin il ôta son pantalon et vint s'allonger à côté d'elle.

— Tu ressembles à une déesse, dit-il. Et quand je t'ai vue sur la plage, j'ai pensé à Vénus sortant des flots…

Jacoba eut un mouvement de surprise quand il enferma ses deux mains dans l'une des siennes et les tendit au-dessus de sa tête, les ancrant dans les oreillers.

— Je voudrais d'abord me déshabiller, protesta-t-elle, luttant pour se libérer.

— Si tu le fais, tout sera fini, dit-il brutalement. Le simple fait de te regarder m'excite tellement que je peux à peine me contrôler.

Puis il appuya son front contre le sien et après avoir glissé sa main libre vers le jean de Jacoba, il en ouvrit la fermeture Eclair.

— Marco, j'ai envie de toi…, dit-elle, haletante.

— J'aime que tu m'appelles par mon prénom. Je veux l'entendre souvent sortir de ta bouche…

Tandis qu'il disait ces derniers mots, il se mit à caresser le cœur de sa féminité. Submergée par un flot de sensations divines, Jacoba s'arqua contre sa main. Elle sentit tout son être trembler jusqu'à ce que la dernière vague étincelante se retire, la laissant rêveuse et comblée.

Alors il fit glisser le jean de Jacoba le long de ses jambes. Quelques instants plus tard, il entra en elle en une poussée vigoureuse. Envahie par une nouvelle montée de désir, Jacoba l'accueillit en gémissant.

Elle s'attendait à ce qu'il s'enfonce plus loin, mais pendant de longues secondes il resta immobile, chaque muscle tendu, comme s'il s'habituait à elle. Ouvrant les yeux, elle rencontra les siens, farouches et fiévreux.

Aussitôt, elle murmura son prénom sur une note longue, languissante, et des muscles dont elle ne soupçonnait pas l'existence se serrèrent étroitement pour le garder en elle.

Il fronça les sourcils, comme s'il lisait dans son esprit, puis, délibérément, il se retira. Avant qu'elle ait eu le temps de protester, il s'enfonça de nouveau en elle, les muscles de ses puissantes épaules se contractant sous sa peau de bronze lisse.

Cette fois, un petit cri sortit de la bouche de Jacoba. Il lui sourit et recommença, établissant un rythme qui était à la fois un supplice et un ravissement.

Le désir dévorait Jacoba, aiguisait ses sens. Elle s'abandonna à la tension vertigineuse et enivrante qui, inexorablement, prenait possession de tout son être et l'emmenait de plus en plus loin.

Cela vint violemment, comme un éclair, comme le tonnerre. Vague après vague, un tumulte inouï la transporta très haut, dans un univers inconnu. Leurs corps étaient si accordés l'un à l'autre que, quand elle atteignit le sommet du ravissement, il la rejoignit tandis qu'une longue plainte s'exhalait de ses lèvres et résonnait dans la pièce silencieuse.

Chaque muscle de son corps puissant se contracta et ses bras se resserrèrent autour d'elle tandis qu'ensemble, ils grimpaient jusqu'au point culminant de leur extase et restaient suspendus dans un accomplissement qui anéantissait toute pensée.

Et ils en redescendirent paresseusement, doucement, enfermés dans les bras l'un de l'autre. Le seul bruit qui résonnait alors dans la chambre était celui de leurs respirations hachées et celui du battement mêlé de leurs deux cœurs.

Finalement Marco desserra son étreinte. Comme elle s'accrochait à lui, il embrassa sa tempe.

— Je vais me pousser, je suis trop lourd, lui dit-il avec tendresse.

— Non, chuchota-t-elle.

Mais il se tourna néanmoins sur le côté et l'attira contre lui. Epuisée et en paix, Jacoba sentit son propre corps se lover contre le sien. D'une certaine manière, songea-t-elle confusément tandis que le sommeil assombrissait les bords de sa conscience, c'était encore plus doux que de faire l'amour.

Pendant quelques instants, elle put même se leurrer et penser que Marco ressentait pour elle plus qu'un simple désir charnel...

Quand elle se réveilla, de grand matin, Jacoba était seule dans son lit. Elle resta immobile et tendit l'oreille, mais l'appartement était bien vide.

Marco était parti. Il lui avait dit qu'on l'attendait pour une réunion à Dubai, se souvint-elle... Mais son absence lui faisait mal. Une douleur vive vrillait dans une partie secrète d'elle-même qui n'avait jamais été touchée auparavant.

Refoulant des larmes brûlantes et stupides, elle se força à se détendre. Après tout, il ne lui avait rien promis, et elle non plus. Tout ce qu'il désirait était probablement une brève aventure.

Elle aurait dû se forcer à se lever, mais les souvenirs flottaient dans son esprit, l'envoûtant par leur douceur, leur passion…

Elle l'entendait encore murmurer son prénom, elle pouvait encore entendre les mots prononcés par sa voix profonde.

Brusquement, elle se raidit et ouvrit grands les yeux. Il avait parlé en illyrien — et elle avait répondu. Fiévreusement, elle chercha dans sa mémoire, repassant encore et encore les mots dans son esprit.

Oui, il avait bien parlé en illyrien, et elle frissonna. « Je vais me pousser, je suis trop lourd… »

Avait-elle répondu dans la même langue ? Elle avait beau essayer de se concentrer, elle ne pouvait s'en souvenir.

Et de toute façon, même si elle avait répondu en anglais, elle s'était trahie, car cela montrait qu'elle avait compris sa phrase en illyrien.

« Oh, quelle idiote je fais ! » se fustigea-t-elle, la panique la frappant comme un coup dans l'estomac.

Bientôt, il réaliserait qu'elle comprenait l'illyrien. Ensuite, il se demanderait pourquoi elle le lui avait caché. Et il verrait alors sous un éclairage nouveau les commentaires de Gregory Border, dont il aurait forcément connaissance à un moment ou à un autre.

Terrifiée, elle essaya une fois de plus de se convaincre que, avec le démantèlement de la police secrète, quelques années plus tôt, ni elle ni Lexie n'avaient rien à redouter.

Mais elle devait néanmoins prévenir sa sœur. Jacoba regarda sa montre. C'était le soir en Australie. Si Lexie avait connecté son portable, et si la connexion avec le bush était possible, ce dont elle doutait fortement, elle pourrait peut-être la joindre.

Elle composa le numéro et attendit avec impatience. Non, Lexie ne répondait pas. Elle se précipita sur son ordinateur portable et rédigea rapidement un e-mail, espérant que dans les déserts rouges du centre de l'Australie, sa sœur aurait accès à un ordinateur.

C'était à la une du pire journal à scandale le soir suivant : « La nouvelle conquête du prince Marco. » L'article était accompagné de photos de mauvaise qualité.

« Oh non ! » s'exclama-t-elle, passant une main tremblante dans ses cheveux.

Jacoba avait soudain l'impression que tous les yeux étaient braqués sur elle. Elle se hâta d'acheter un exemplaire et courut chez elle pour lire l'article avec une rage qui tourna rapidement à l'angoisse.

Le journaliste d'Auckland avait vendu ses informations à Londres, et ses liens avec l'Illyria étaient de nouveau mentionnés. A son grand soulagement, Lexie n'était pas citée.

Evidemment, quelqu'un avait été dénicher une photo d'elle où elle était vêtue de la toilette la plus provocante qu'elle ait jamais présentée. Elle avait été prise lors d'un défilé d'avant-garde qui avait eu lieu à Paris, des années auparavant. La robe du soir exhibait largement ses longues jambes et ses seins, et Jacoba n'avait pas aimé la porter. A présent, elle frémissait de dégoût.

« Le prince et la putain », murmura-t-elle, regardant celle de Marco, mince et puissant en vêtements de ski, prise au bas d'une piste en Suisse.

Heureusement, elle allait travailler trois jours dans les Cayman Islands pour un magazine de mode spécialisé, se dit-elle pour tenter de se rassurer.

Quand elle partit, elle fut la proie des photographes, mais elle sourit et les ignora. Et posant sous le soleil tropical, elle fut enfin libérée des assauts de la presse, mais la tranquillité d'esprit dont elle rêvait était loin d'être atteinte.

Le dernier soir avant de rentrer à Londres, elle reçut enfin un e-mail de Lexie.

Maman était terrifiée par la police secrète parce qu'elle était l'épouse du dictateur. C'était mon père.

Abasourdie, le cœur battant sauvagement dans sa poitrine, Jacoba contemplait le message.

— Non…, murmura-t-elle.

Les yeux incrédules, elle lut le reste de la lettre.

Les vendettas font partie de la vie quotidienne en Illyria, surtout dans les montagnes, d'où viennent maman et les Considine. Le prince Alex essaie de les éradiquer, mais il y en a toujours. Si quiconque peut prouver qui tu es, tu seras en réel danger. Pour moi, ça ira, car très peu de gens savent que je suis ta sœur.

En dessous de sa signature, elle avait ajouté :

Je comprendrais que tu ne veuilles plus rien avoir à faire avec moi. Maman disait que mon père avait fait tuer le tien pour pouvoir l'épouser, et qu'elle avait été forcée de le faire parce qu'il menaçait de te tuer.

— Oh, mon Dieu ! soupira Jacoba, saisie d'une nausée horrible.

Ce n'était pas *elle* qui était en danger. Car, si les vendettas sanglantes faisaient toujours des ravages en Illyria, Lexie serait la cible une fois que tout le monde saurait qu'elle était la fille de Paulo Considine.

Jacoba n'osait pas sous-estimer cette pratique moyenâgeuse des vengeances. Lexie était méthodique et pratique, elle avait donc vérifié ses dires. Si elle disait qu'elles existaient encore en Illyria, c'est que c'était vrai.

Elle passa les quelques heures suivantes à faire des recherches sur internet. Hélas, c'était bien la triste vérité. Elle essaya de réfléchir au moyen de protéger sa sœur. A la fin, la seule chose qui lui parut raisonnable était d'en parler à Marco.

Et si lui aussi était partisan des vengeances sanglantes ? Non, pensa-t-elle, c'était impossible. Elle bondit sur ses pieds et alla regarder à la fenêtre sans rien voir.

Il était impitoyable, d'accord, mais elle ne pouvait imaginer cet homme sophistiqué se livrer à des pratiques aussi primitives et violentes. Non, si quiconque savait comment réagir dans cette situation, c'était Marco et, pour le salut de Lexie, elle lui demanderait conseil.

Son cœur se serra. Pourquoi, de tous les hommes de la planète, devait-elle désirer celui-ci, qui lui était interdit ?

Elle était de retour à Londres depuis un jour seulement quand son téléphone sonna.

— C'est Marco Considine, laisse-moi monter.

Le cœur battant à toute allure, elle alla déverrouiller la porte et attendit qu'il surgisse. Dès qu'elle le vit, elle comprit qu'il était en colère. Même s'il gardait farouchement le contrôle de lui-même, cela émanait de lui comme une aura glacée.

Il sait, se dit-elle avec appréhension.

— Que se passe-t-il, pourquoi es-tu ici ? demanda-t-elle en tremblant.

— Tu n'as rien à me dire ?

Elle recula d'un pas.

— Je ne vois pas de quoi tu veux parler.

— Je suis sûr que si, dit-il dédaigneusement en lui tendant une enveloppe. Lis ceci.

Nerveusement, elle en sortit le document qui s'y trouvait et le lut. Elle se sentit alors blêmir et dut se cramponner au dossier d'une chaise.

Oh, comme Gregory Border avait dû rire intérieurement quand Marco l'avait menacé… Il l'avait, sa revanche… Depuis quand savait-il qui elles étaient, elle et Lexie ?

Quand elle eut fini, elle leva la tête et le regarda.

— Ceci… ceci est un tissu de mensonges ! Comment *ose-t-il* ? s'exclama-t-elle avec rage.

— C'est la vérité, tu le sais parfaitement, dit-il d'une voix tout à fait calme et dénuée de chaleur.

— Mon père n'était pas illyrien, dit-elle farouchement. Il était écossais et il est mort en combattant les forces de Paulo Considine dans les montagnes.

— Il a certainement péri dans l'embuscade qui a tué mes

grands-parents, mais c'était un médecin illyrien, affirma-t-il avec une précision glaciale. Et ta sœur est la fille de Paulo Considine.

Une immense peine serra la poitrine de Jacoba et elle détourna le visage rapidement pour qu'il ne voie pas la tristesse dans ses yeux.

— Je sais tout cela, mais le reste est faux.

— Qu'est-ce qui est faux ? Que ta mère était la maîtresse de Paulo Considine avant de devenir sa femme ? Qu'est-ce qu'elle t'a dit ? demanda-t-il.

— Rien, rien ! Mais je sais qu'elle n'était pas sa maîtresse…, s'écria Jacoba.

— J'en ai la preuve.

— Quelle preuve ? demanda-t-elle avec colère.

— Des photographies d'eux ensemble, pas beaucoup, mais il y en a. Des photos de toi et de ta sœur, des grands titres de journaux. Ce n'était un secret pour personne, il était fier de sa belle épouse et de son enfant.

Elle secoua la tête si violemment qu'elle vit la pièce tournoyer devant ses yeux.

— Non, répéta-t-elle d'une voix plus douce.

Ses yeux cherchèrent les siens, et elle lut la dure vérité dans leurs profondeurs glacées.

— Je pense que ta mère ne voulait peut-être pas que ses enfants connaissent la situation, dit-il. Ce qui serait parfaitement compréhensible de sa part.

— Tu te trompes…, commença-t-elle.

Mais sa voix s'éteignit et elle passa une main tremblante sur ses lèvres.

Il la regarda intensément, son beau visage distant et dur comme du granit.

— Ce n'est pas la faute de ta sœur. Ni la tienne, ajouta-t-il avec froideur. J'ai déjà pris les dispositions nécessaires pour freiner l'intérêt des médias.

— Je ne crois pas un instant que ma mère ait été sa maîtresse, insista-t-elle. Ou, si elle l'était, c'était sous la menace. Elle haïssait Paulo Considine, il la terrifiait…

— Peut-être, mais pour lui, elle a trahi son premier mari, ton père, dit-il d'un ton implacable.

— Elle n'aurait jamais trahi quiconque ! Elle était la personne la plus loyale, la plus honnête, la plus droite que j'aie jamais connue…

— Même les gens honnêtes, droits et loyaux peuvent être manipulés, dit-il, sans se départir de son ton d'acier. Ne t'a-t-elle jamais parlé de sa vie en Illyria ?

— Elle en parlait rarement, reconnut-elle. Elle était terrifiée à l'idée que la police secrète puisse la retrouver.

— Que tu me croies ou non, ta sœur est une Considine, et vous êtes les filles d'une femme qui a trahi à peu près quinze personnes au profit du dictateur. Elles sont toutes mortes : certaines ont été fusillées, d'autres exécutées de ses propres mains, d'autres encore par celles de ses bourreaux.

— Dès qu'elle en a eu la possibilité, ma mère a fui. D'après toi, cela ne signifie rien ?

— Cela signifie seulement que même les femmes les plus assoiffées de pouvoir peuvent être parfois de bonnes mères.

Il leva la main pour la faire taire.

— Et qu'elle était assez intelligente pour comprendre que, puisqu'elle n'était plus capable de lui donner un fils…

— Que veux-tu dire ?

Il haussa les sourcils.

— Il y a eu des problèmes à la naissance de ta sœur et ta mère n'aurait pas pu avoir d'autres enfants. Le dictateur voulait un fils. Elle a probablement compris quel avenir l'attendait, elle et ses enfants. Et elle a fui.

— Je ne te crois pas, répéta-t-elle mécaniquement, incapable d'associer sa mère à ce drame sanglant.

— Ta loyauté est tout à ton honneur, répondit Marco, mais rien de tout cela n'est important. Je veux que tu appelles ta sœur et que tu lui dises de se préparer à partir pour l'Illyria.

— Pourquoi ? demanda Jacoba, soudain effrayée.

— Parce qu'il est possible qu'il y ait des réfugiés illyriens en Nouvelle-Zélande ou en Australie qui entretiennent encore des projets de vengeance, reconnut-il. Ta mère ne vous a jamais parlé des vendettas, spécialement parmi les gens de la montagne ?

Une peur glacée s'empara d'elle.

— Je… oui, murmura-t-elle. Mais pas beaucoup.

— Elle redoutait la police secrète, oui, mais aussi que les parents des gens qu'elle avait trahis retrouvent sa trace et la tuent.

— Et nous aussi ? dit Jacoba d'une voix blanche.

Il haussa les épaules.

— Peut-être, c'est possible.

Terrifiée pour Lexie, Jacoba secoua de nouveau la tête.

— Les Illyriens croient-ils vraiment que ma mère ait trahi tous ces gens ? demanda-t-elle en scrutant son beau visage impitoyable.

— Oui, répondit-il froidement. Mais si l'Illyria veut devenir un pays moderne, la soif de vengeance personnelle doit être balayée de la conscience nationale. Et nous devons tous apprendre à pardonner. Et puis, ta sœur est une Considine, et nous protégeons les nôtres.

Impersonnel et sans chaleur, son regard scrutateur lui faisait si mal… Elle pressa le dos de sa main sur ses lèvres sèches avant de la laisser retomber mollement à son côté.

— Je ne sais pas si je peux te faire confiance, dit-elle d'une voix atone. Si ce que tu affirmes est vrai, alors toi et ton frère, et le prince Alex, êtes ceux qui devraient vouloir le plus éliminer Lexie.

— Jacoba, dit-il aussitôt, tu n'es pas en sécurité non plus. Tu as hérité du fardeau de la trahison de ta mère. Les vendettas sont une réponse dans une société où la justice n'est pas respectée. Il n'y a pas de place pour elles dans le monde moderne. Une partie de la tâche d'Alex, et de ceux qui ont échappé à la cruauté du dictateur, est de convaincre les gens des montagnes qu'aujourd'hui, ils peuvent laisser la justice aux mains de l'Etat.

Il souleva le menton de Jacoba pour la forcer à le regarder dans les yeux.

— A présent, crois-tu que toi et ta sœur ne subirez pas de vengeance de notre part ?

Cet homme l'avait emmenée au paradis, mais elle le connaissait si peu, pensa Jacoba, désemparée. Elle pensa à sa réputation dans le monde des affaires, « impitoyable mais juste », à sa douceur et sa tendresse après qu'ils avaient fait l'amour…

— Oui, je le crois, murmura-t-elle.

— Une fois que les Illyriens verront que les Considine vous ont acceptées, toute cette histoire s'évanouira. Toi et ta sœur serez en sécurité, dit-il en hochant la tête.

Elle scruta son visage, cherchant en vain quelque signe de chaleur. Mais il la regardait avec un froid détachement qui lui déchirait le cœur.

— Est-ce la seule façon de traiter la question ? demanda-t-elle d'une petite voix, en détournant les yeux.

— Oui. Quant à notre relation, puisqu'elle a été rendue publique… La seule solution, c'est d'annoncer nos fiançailles.

— *Quoi ?*

Abasourdie, elle le dévisageait avec intensité. Ses yeux transparents étaient impérieux et glacés. Non, il ne plaisantait pas. Il avait l'air parfaitement maître de la situation, comme d'habitude.

— Non, dit-elle, le cœur bondissant violemment dans sa poitrine, c'est une idée complètement folle.

— Cela peut sauver ta sœur, dit-il d'une voix ferme.

— Je… En es-tu sûr ? demanda-t-elle en se sentant rougir.

— Cet acte signifiera que les Considine renoncent à toute vengeance.

— Et si quelqu'un d'autre décide de se venger ?

Marco haussa les épaules avec négligence.

— Notre famille est supposée avoir souffert le plus, notre droit de prendre notre revanche l'emporte donc. Une fois que nous aurons montré clairement que nous ne voulons plus d'autres morts, ce sera fini.

— Peux-tu être sûr de cela ?

Il acquiesça d'un signe de tête.

— La coutume était barbare, mais elle avait ses règles. Je ne mens pas, Jacoba, c'est trop important, dit-il avec un sourire sardonique. Et il y avait un moyen de mettre fin aux vendettas.

— Lequel ?

— Marier une fille du clan à l'un des ennemis scellait souvent la paix.

Son sourire était totalement dénué d'humour et sa réponse frappa Jacoba comme un coup de fouet.

9

— Mais nous n'aurons pas besoin d'aller aussi loin, l'entendit-elle continuer. Des fiançailles suffiront. Et quand les émotions seront suffisamment apaisées pour que toi et ta sœur soyez en sécurité, nous y mettrons un terme à l'amiable.

— Mais…, murmura Jacoba, tout en sentant son cœur se déchirer dans sa poitrine. Comment le prince Alex va-t-il réagir ?

— J'ai discuté de tout cela avec lui ainsi qu'avec mon frère, dit-il brutalement, et ils sont d'accord. C'est la meilleure façon de gérer cette situation difficile.

Marco scruta le visage baissé de Jacoba et une sensation étrange l'envahit. Sa loyauté envers sa mère disparue et sa sœur était admirable. Il se surprit alors à se demander si elle était aussi loyale envers ses amants.

— Il y a seulement un an, un homme a été tué dans une vendetta. Le prince Alex a décidé que le meurtrier serait pourchassé et traduit en justice pour son acte, expliqua-t-il durement.

Il vit la couleur quitter le visage de la jeune femme.

— A-t-il été pris ?

— Oui, et jugé. Il a reconnu les faits, mais le jury l'a acquitté.

— *Acquitté ?* Ainsi, c'est profondément enraciné dans la conscience nationale…

Elle le dévisageait avec des yeux agrandis par l'angoisse, les mains nouées devant elle.

— Exactement. Comme Alex essaie d'imposer la loi, il a été obligé de le relâcher, mais après en avoir délibéré avec le Conseil et le Parlement, il a décidé qu'à l'avenir, ce serait lui-même, avec l'aide de deux juges, qui jugerait quiconque serait accusé d'un meurtre de vengeance. Mais jusqu'à présent, personne ne sait si cela suffira à les arrêter.

Ses paroles anéantirent Jacoba. Elle baissa les yeux et fixa ses mains. Pour la première fois de sa vie elle avait envie de se rouler par terre et de hurler.

— Réponds-moi franchement : si je refuse, est-ce que tu crois que Lexie sera en danger ?

— Je crois qu'il est possible que *toutes les deux* vous soyez en danger. C'est aussi ce que pensent mon frère et les hommes de confiance consultés par le prince Alex, répondit-il aussitôt.

Elle ferma brièvement les yeux tandis qu'il poursuivait calmement :

— Et si tu refuses, je vous ferai transférer dans le château de Gabe, en Illyria, où vous resterez jusqu'à ce que je décide que la situation est assez sûre pour que vous puissiez reprendre vos vies ordinaires.

— Tu n'es qu'un salaud arrogant ! lui jeta-t-elle avec mépris.

— En tout cas, je sais ce que j'ai à faire. Nos fiançailles seront annoncées demain, trancha-t-il. Où est ta sœur ?

— Pourquoi veux-tu le savoir ?

— Je veux qu'elle aille en Illyria, où nous pourrons la protéger. Décide-toi, Jacoba. Ou tu me fais confiance, ou tu restes sur tes positions. Maintenant que ce journaliste a révélé ta véritable identité, nous n'avons pas de temps à perdre. Il y a des réfugiés illyriens en Nouvelle-Zélande.

Il savait ce qu'il fallait faire…, songea Jacoba, éperdue. Et au fond d'elle, elle lui faisait confiance. Pourtant, elle devait rassembler tout son courage pour lui révéler où se trouvait Lexie. Si jamais elle se trompait…

— J'enverrai immédiatement quelqu'un la chercher, continua-t-il. Peux-tu la prévenir de ce qui va se passer ?

— Il n'y a pas beaucoup de cafés internet dans le bush.

— Il doit bien y avoir un moyen de les joindre, dit-il sèchement en regardant sa montre. Un joaillier devrait arriver d'une minute à l'autre pour que tu choisisses une bague, je suggère un rubis.

Non seulement c'est la pierre traditionnelle de notre maison, mais cette couleur te va bien.

Il la toisa quelques secondes avant d'ajouter :

— Et avant que tu me poses la question, je te rassure tout de suite. Tu n'as aucune crainte à avoir, tu ne seras pas ma maîtresse pendant nos fiançailles.

Ses paroles frappèrent son cœur comme autant de coups de couteau.

— Je ne m'attendais pas à autre chose, dit-elle avec fierté.

— Alors nous sommes d'accord.

Puis il se détourna au moment où la sonnette retentissait à la porte.

— Essaye celle-ci, dit Marco.

Il désignait à Jacoba un rubis qui étincelait de feux sombres. Serties autour de la pierre, des perles d'or clair en rehaussaient l'éclat vermeil. L'ensemble aurait pu être clinquant, mais l'art de son créateur et la juxtaposition des teintes lui donnaient une splendeur à la fois dramatique et exotique.

— Elle est originale, dit le joaillier devant l'hésitation de la jeune femme. Peut-être madame préférerait-elle un solitaire.

Jacoba laissa glisser son regard sur la première bague. Elle ne ressemblait pas à une bague de fiançailles…

— Non, dit-elle avec indifférence. Celle-ci.

Elle lui allait parfaitement.

— Parfait, approuva sévèrement Marco.

— Et maintenant ? demanda-t-elle quand ils furent de nouveau seuls.

— Nous partons pour l'Illyria dans une heure.

— Quoi ? s'exclama-t-elle, abasourdie.

Il prit son coude et la força à le regarder dans les yeux.

— Je sais que tu n'as pas d'engagements avant ce bal, la semaine prochaine pour le lancement du parfum, dit-il d'un ton neutre. Habitue-toi à cette comédie que nous jouons, Jacoba. Et n'oublie pas que cela peut aider l'Illyria.

— Comment ? demanda-t-elle d'un air de défi en se dégageant.

Il répliqua en illyrien.

— Cela pourrait apporter un changement chez notre peuple. Bien que cela soit moins concret que l'argent que tu as envoyé régulièrement aux institutions caritatives depuis qu'Alex est sur le trône, c'est peut-être plus important à long terme.

— Comment le sais-tu ? J'ai envoyé l'argent anonymement, répliqua-t-elle d'un ton sec.

— Ce n'était pas très difficile de découvrir qui envoyait de telles sommes, dit-il avec un sourire cynique.

Effectivement, quand on avait les moyens de faire appel à une entreprise de détectives privés, songea-t-elle avec amertume.

— Tu es très pâle, ajouta-t-il en anglais. Toute cette histoire a été un choc pour toi. Tu verras, la gouvernante du château est toujours ravie de dorloter les invités.

Le soleil auréolait d'or le sommet blanc des montagnes quand l'hélicoptère descendit et atterrit près du château qui semblait sortir d'un conte de fées. Oui, un conte de fées sinistre, songea Jacoba avec un serrement de cœur.

Elle entendit la voix de Marco.

— Voici le Repaire du Loup. Malheureusement, Gabe n'est pas là. Il te prie de l'excuser, mais il se trouve dans la capitale pour le moment.

Ici, dans cette vallée chargée du poids du passé, une appréhension confuse la rendait tendue et nerveuse. C'était comme si quelqu'un, ou quelque chose, attendait son arrivée depuis longtemps.

Après le dîner, Marco l'examina un long moment en silence.

— Tu es fatiguée, dit-il enfin.

Oui, fatiguée et terriblement triste…, songea-t-elle avec amertume.

— La journée a été longue.

— Tu devrais aller te coucher.

Il l'accompagna jusqu'à sa chambre et lui ouvrit la porte. Elle allait passer devant lui quand il la prit soudain dans ses bras et l'embrassa avec une ardeur contenue qui l'enflamma.

Brusquement il la relâcha, et elle se rendit compte que quelqu'un se déplaçait en silence dans la pièce.

Ecœurée, elle comprit pourquoi il l'avait embrassée. Pour donner le change…

— Tu as aperçu Marya cet après-midi, expliqua Marco, elle a travaillé pour nous toute sa vie. Et maintenant elle est la gouvernante du château.

Jacoba sourit à la vieille dame et lui adressa les salutations illyriennes traditionnelles.

— Que Dieu vous bénisse, vous et vos enfants.

La gouvernante lui rendit son sourire, tout en l'observant de ses yeux sombres et intenses.

— Qu'il vous bénisse également. Et que votre sommeil ne soit pas encombré de mauvais rêves.

Elle s'inclina et s'éloigna dans le couloir pavé, sous le regard des ancêtres Considine qui semblaient surveiller le passage.

— C'est une très forte personnalité, dit-elle simplement.

— Oui, répondit Marco, notre famille lui doit beaucoup.

Jacoba le regarda d'un air interrogateur.

— Elle a caché le Sang de la Reine et l'a gardé hors de portée du dictateur, et elle a souffert à cause de sa loyauté, continua-t-il.

Jacoba hocha la tête. Elle avait entendu parler du « Sang de la Reine », le trésor de la famille, un ensemble de joyaux de rubis et d'or qui avait une valeur inestimable et qui était si ancien que personne ne savait plus qui l'avait conçu.

— Demain matin, nous irons faire une promenade à cheval. Dors bien.

Malheureusement, Jacoba eut beaucoup de mal à s'endormir et elle fut obligée de prendre un somnifère, ce qu'elle faisait d'habitude quand elle changeait de fuseau horaire. Son sommeil fut néanmoins peuplé de cauchemars et elle se réveilla tôt, des larmes brûlant ses paupières.

Pleurer n'arrangerait rien, se dit-elle avec fermeté. Aussi se força-t-elle à se lever, à prendre une douche et à enfiler un jean et un pull de laine.

On frappa doucement à la porte. La gouvernante lui apportait du thé, des fruits et du fromage, et quelques tranches du pain rustique et dense que sa mère confectionnait parfois pour elles.

La vieille femme posa le plateau sur la table près de l'une des fenêtres à carreaux en forme de losanges.

— Pour vous faire patienter jusqu'au petit déjeuner, dit-elle. Le prince a été appelé au téléphone... Et il vous envoie ce journal, d'Angleterre. Et un d'ici.

Les journaux parlaient de la famille perdue du dictateur. Et soit par crainte de la puissance des Considine, soit grâce à l'habileté des spécialistes en communication de la famille royale, la plupart des journalistes avaient décidé de traiter l'affaire sous un jour romantique, mettant l'accent sur la réconciliation de la famille.

Il n'y avait aucune allusion au fait qu'Ilona Sinclair avait été la maîtresse du dictateur. Soulagée, Jacoba se força à avaler quelques fruits et à boire du thé tandis que la gouvernante s'affairait ici et là dans la chambre.

Ensuite, elle escorta Jacoba en bas, dans le hall où Marco parlait avec son frère Gabriel, grand-duc d'Illyria, qui était rentré dans la nuit.

Jacoba regarda les deux hommes. Les rayons du soleil qui pénétraient par une haute fenêtre jetaient des flammes bleues sur leurs deux têtes sombres, et caressaient leurs traits fiers et méditerranéens.

Les deux hommes levèrent la tête quand elles vinrent vers eux, mais Jacoba n'avait d'yeux que pour le prince.

Ses yeux pâles étincelèrent et il lui tendit la main.

Elle eut assez d'élégance pour adresser un sourire rapide au grand-duc tandis qu'elle lui était présentée. Ensuite, Marco l'attira contre lui et elle eut immédiatement l'impression de revivre.

— Et où avez-vous l'intention d'aller ? demanda le prince Gabe à son frère.

— Vous devriez l'emmener à la Pierre, intervint la gouvernante avant que Marco ait eu le temps de répondre.

Le prince regarda Jacoba.

— Veux-tu voir la Pierre ? demanda-t-il. C'est un monolithe qui se trouve près du défilé et qui occupe une place particulière dans l'histoire de notre famille.

Il était aussi bon acteur qu'elle, meilleur même, songea-t-elle douloureusement, en notant la tendresse dans sa voix et la chaude lueur au fond de ses yeux.

— Dans l'histoire du *pays*, précisa Gabe.

— Oui, cela me plairait beaucoup, dit Jacoba en souriant.

Tout en gravissant la pente raide qui traversait la forêt, elle gardait le regard fixé entre les oreilles de son cheval noir et racé.

— Votre gouvernante ne semble pas m'en vouloir, remarqua-t-elle.

— Elle a eu une vie très dure. Paulo Considine était particulièrement cruel avec ceux qui avaient un lien avec la famille royale. Marya travaillait comme gouvernante au château, et elle a beaucoup souffert : elle a tout perdu. Elle connaissait ta mère, acheva-t-il d'un ton neutre.

— Vraiment ? demanda Jacoba en tressaillant.

— Oui. Et comme toi, elle ne croit pas qu'elle ait été la maîtresse de Paulo. Ni qu'elle ait trahi les partisans.

Jacoba ne dit rien. Une sensation étrange tendait son dos, comme si quelqu'un l'observait, tapi dans les fourrés.

Juste à ce moment, Marco approcha sa monture plus près de la sienne.

— Aie confiance en moi, dit-il d'un ton sévère. Ou si tu n'y arrives pas, fais confiance aux hommes de sécurité de Gabe et à l'honneur d'Alex.

La nuit dernière, allongé dans son lit et ravagé de désir pour Jacoba, Marco avait pensé encore une fois qu'aucun d'eux n'avait été élevé en Illyria. Bien qu'ils aient grandi immergés dans sa culture et ses traditions, seul Alex avait vraiment vécu ici — et encore, seulement pendant les dix premières années de sa vie.

Quand ils avaient parlé de ses fiançailles avec la jeune femme, lui et Gabe avaient demandé son avis à Marya.

— Mais oui, il faut l'épouser, avait-elle dit calmement.

— Croyez-vous que cela servira à quelque chose ?

Elle avait haussé les épaules.

— C'est la *seule* chose à faire, avait-elle répondu.

Bon sang, comme il espérait qu'elle ait raison… Et pas seulement pour le salut de l'Illyria… Si quelque chose arrivait à Lexie, il savait que Jacoba ne s'en remettrait pas.

Elle le regardait à présent, de ses splendides yeux innocents.

— J'ai confiance en vous tous. De toute façon, que pouvons-nous faire d'autre ?

Marco lui fit un signe de tête.

— Nous sommes arrivés. Nous allons attacher les chevaux là-bas.

Jacoba descendit de sa selle et étira ses jambes. Un peu plus tard, elle laissa échapper une exclamation de surprise quand ils débouchèrent dans un petit vallon verdoyant.

— Elle est énorme, souffla-t-elle, en regardant la pierre massive dressée vers le ciel. Combien d'hommes a-t-il dû falloir pour la soulever ?

— Des centaines, répondit-il brièvement.

Venu de la forêt, un ruisseau minuscule courait autour de la pierre, puis s'en allait disparaître dans un bosquet de conifères sombres. Le silence n'était troublé que par le doux ruissellement de l'eau, qui se déversait probablement au loin sur une falaise, derrière les arbres.

Fascinée, Jacoba frissonna.

— Dis-moi que je suis folle, j'ai l'impression qu'elle est consciente de notre présence, murmura-t-elle.

— On dit qu'elle est hantée par l'esprit de l'un de mes ancêtres, répondit-il calmement. Une femme qui fut assassinée ici à cause du trésor qu'elle portait : le Sang de la Reine.

— Est-ce que c'est ainsi que le trésor est venu dans votre famille ? demanda-t-elle, impressionnée.

— Non, pas exactement. C'est une vieille histoire. Quand les bandits la tuèrent, cette reine se changea en esprit, en fantôme, et garda son trésor jusqu'à ce que le premier Considine arrive ici, probablement de Grèce. Alors elle se manifesta à lui sous une forme humaine, et finalement, il l'épousa. D'après les paysans, tous les Considine sont ses descendants.

10

Pendant un moment interminable, Marco la contempla de derrière ses cils épais, les lèvres serrées. Jacoba ressentit alors une telle douleur qu'elle dut redresser la tête dans un geste de défi.

— Ne me regarde pas comme ça, dit-il brutalement.

— Je ne vois pas ce que tu veux dire, lança-t-elle, le cœur battant à un rythme fou.

— Avec cet air de défi irrésistible, dit-il en s'approchant.

En proie à un vertige délicieux, elle sentit soudain les bras de Marco se refermer autour d'elle.

Et il l'embrassa.

Elle s'accrocha à lui et enfonça ses doigts dans ses cheveux épais. Et sans pudeur aucune, elle se livra entièrement, laissant son baiser lui révéler tout ce qu'elle avait enfoui au fond de son cœur.

Pendant de longs moments, leurs bouches se dévorèrent, s'arrêtant seulement pour échanger des paroles qui attisaient encore le brasier qui les consumait.

Tout à coup il la lâcha.

— Je suis désolé, dit-il. Je t'ai fait une promesse.

Jacoba dut se détourner pour qu'il ne puisse pas voir la tristesse envahir ses yeux.

Puis elle leva la main et ôta la pince qui retenait ses cheveux noués sur la nuque, laissant ainsi les mèches ruisseler sur ses épaules.

— Tout va bien, dit-elle d'une voix ferme.

A cet instant, elle le vit tourner la tête. Mais quand elle se tourna pour suivre son regard, il la saisit violemment et la poussa derrière lui, contre la pierre.

— Qu'y a-t-il ? bredouilla-t-elle.

Une terreur primitive la terrassa soudain et des visions d'ours et de loups traversèrent son esprit en un éclair.

— Tais-toi, gronda-t-il.

Elle se figea, les sens si aiguisés qu'elle entendait le doux appel d'un oiseau au cœur de la forêt, l'infime gazouillis d'un insecte tout près et le doux chuchotement du minuscule ruisseau à ses pieds. Le parfum de l'herbe écrasée et des pins parvenait à ses narines, et par-dessus tout, les émanations de la senteur virile et musquée de Marco l'enivraient.

Pendant de longues minutes, il resta immobile et silencieux.

Toujours sans bouger, il parla d'une voix si basse qu'elle parvint à peine aux oreilles de Jacoba.

— J'avais cru voir quelque chose bouger derrière ces arbres.

Il s'éloigna, et elle prit une inspiration profonde qui résonna comme un sanglot.

— Qu'est-ce que tu crois que cela pouvait être ? demanda-t-elle.

Il haussa les épaules.

— Un oiseau, probablement, dit-il, mais je n'en suis pas sûr. Viens, reste près de moi.

Il regarda autour de lui et prit sa main.

Le calme inquiétant de la clairière semblait animé d'une vie mystérieuse, comme si des yeux les observaient.

— C'était sûrement un oiseau, mais promets-moi que tu ne sortiras pas du château seule, lui dit-il tandis qu'ils rejoignaient leurs chevaux.

— Je te le promets, dit-elle en frissonnant.

Il lui jeta un regard pénétrant, et à sa grande surprise, il la prit dans ses bras et la serra contre lui.

Ainsi appuyée contre sa force et sa chaleur, Jacoba se sentait instinctivement en sécurité. Et quand il l'éloigna de lui pour la hisser sur la selle de sa monture, une sensation d'abandon s'abattit sur elle.

La semaine suivante, elle fut présentée aux gens de la vallée comme la fiancée de Marco. Bien qu'elle comprenne parfaitement les motifs d'une telle comédie, elle ne pouvait s'empêcher d'être profondément blessée par le rôle d'amant attentionné que jouait Marco.

Au grand étonnement de Jacoba, Hawke arriva au château le second jour, accompagné de la princesse Melissa qui irradiait de bonheur.

— Je vois que tout s'est arrangé, lui dit Jacoba après le dîner. Je suis heureuse pour toi.

— Oui, tout va bien à présent, dit-il. Et pour toi ?

— Comme tu le vois, dit-elle avec un sourire éclatant. Quand annoncez-vous vos fiançailles ?

— Dans un mois à peu près. Nous avons décidé que les vôtres étaient plus importantes.

Elle le regarda et vit que Hawke avait compris ce qu'il en était réellement de la situation. Elle lui sourit tristement. Comme si elle lui avait lancé un signal, Marco traversa la pièce élégante lambrissée de bois pour venir passer un bras autour de ses épaules.

Oui, c'était vraiment un excellent acteur, pensa-t-elle avec tristesse…

La famille se rassemblait petit à petit et la fiancée de Gabe ne tarda pas à arriver. Sara Milton, une femme sereine et raffinée, était une excellente décoratrice. Le jour suivant, ils s'envolèrent tous pour la capitale, où les attendait une réception dans le château où vivait Alex.

Jacoba fut immédiatement charmée par le couple royal, le prince et sa charmante épouse, Ianthe, une Néo-Zélandaise réputée pour ses études sur le comportement des dauphins dans les baies abritées de l'Adriatique. Elle fut également séduite par leurs trois enfants, deux petites princesses bavardes et un jeune prince héritier casse-cou.

Tout lui plaisait en Illyria, songeait-elle amèrement.

Ils séjournèrent dans la capitale jusqu'à ce que Marco et elle se rendent à l'aéroport pour s'envoler vers Londres, où devait avoir lieu le lancement du parfum. Jacoba regarda la ville dans la lumière du petit matin, ses maisons blanches et leurs toits rouges et éclatants sous le soleil.

— Tu as remporté un succès fou auprès de ma famille, tous ont été conquis, lui dit soudain Marco.

Son ton était si indifférent…

— Tu es sûr que Lexie sera en sécurité quand elle arrivera ? demanda-t-elle avec anxiété.

Sa sœur achevait son voyage dans le bush et, après la soirée à Londres, Marco raccompagnerait Jacoba au Repaire du Loup pour ensuite aller chercher Lexie.

— *Rien* n'est sûr, dit-il en scrutant son visage, mais maintenant que tout le monde sait qui était son père, elle sera plus en sécurité là-bas, avec nous, que n'importe où ailleurs. Mais…

Il s'interrompit un instant et Jacoba sentit confusément qu'elle n'allait pas apprécier ce qui allait suivre.

— Mais je soupçonne que des fiançailles ne suffiront pas.

Une sensation glacée descendit alors le long de sa colonne vertébrale.

— Je ne comprends pas…, commença-t-elle.

— Nous allons devoir nous marier.

Jacoba avait constaté combien les Illyriens étaient pauvres et courageux. Elle avait vu leur bonne humeur et leur volonté farouche d'effacer toute trace du règne du dictateur. Elle les admirait profondément et elle comprenait pourquoi Marco et sa famille étaient si déterminés à les aider.

Mais supporter la tendresse artificielle de Marco, ses sourires fabriqués de toutes pièces, voilà qui avait été un enfer. L'amour qu'elle sentait brûler en elle lui semblait vain désormais.

Se marier avec lui serait une frustration perpétuelle, un espoir qui ne serait jamais assouvi. Et elle ne pourrait le supporter, songea-t-elle avec désespoir.

— Est-ce aussi la décision du prince Alex et du Conseil ? demanda-t-elle d'une voix faible.

Elle gardait le visage tourné vers la vitre, aussi Marco pouvait-il étudier son profil. Très élégante dans un chemisier de soie gris perle, elle avait rassemblé ses superbes cheveux en un chignon souple sur la nuque. Coiffée ainsi, ses traits finement sculptés étaient encore plus beaux.

Son estomac se noua comme s'il avait reçu un coup de poing et, aussitôt après, le désir déferla en lui avec une force incroyable qui le désarçonna un instant.

Comment diable avait-elle réussi à lui ôter tout intérêt pour les autres femmes ? se demanda-t-il. Avant d'avoir découvert qui elle était réellement, il avait en effet essayé de la chasser de son esprit, et il avait invité une femme qu'il appréciait depuis longtemps à un dîner intime. Ils avaient passé une soirée tout à fait charmante, parlant avec animation, riant beaucoup, et il avait pu se leurrer et croire qu'il la désirait.

Et pourtant, quand il l'avait raccompagnée chez elle, il l'avait laissée surprise et déçue sur le pas de sa porte.

Maintenant il ne désirait qu'une chose, emmener Jacoba au lit et y passer des heures, non, bon sang, des jours entiers avec elle.

Et elle aussi le désirait, il en était certain, mais elle n'était pas plus heureuse que lui à la pensée de ce mariage. Ses lèvres douces et pleines restaient serrées, et une ride légère était apparue entre ses sourcils.

Marco se raidit.

— Non, dit-il, c'est ma propre interprétation de la situation. J'étais trop prompt à croire que des fiançailles suffiraient à donner le change. Quand nous avons voyagé à travers le pays, j'ai senti que la seule façon de convaincre les gens de notre sincérité était de nous marier.

— Et de *rester* mariés ? demanda-t-elle, le visage blême.

— Oui, dit-il en lui prenant la main. Serait-ce si difficile ?

A ce moment, la voiture ralentit pour éviter un vieil homme voûté qui conduisait un âne. Il leva les yeux et reconnut la voiture. Un sourire fendit aussitôt son visage ridé et il leur adressa un geste de la main. Jacoba eut envie de crier. Pourquoi se trouvait-il là, comme pour la pousser à accepter, alors qu'elle était convaincue qu'elle aurait dû repousser cette perspective de toutes ses forces…

— Tu es lié par le devoir, n'est-ce pas ? dit-elle amèrement, tandis que la voiture reprenait de la vitesse.

— Oui, et comme moi, tu te dois à ces gens.

Elle lui lança un regard furieux.

— Je sais, dit-elle, sentant des larmes brûlantes emplir ses yeux. Alors, très bien, je t'épouserai, pour leur salut, et pour celui de Lexie.

La main de Marco se resserra un bref instant sur la sienne avant de la relâcher.

— J'essaierai d'être un bon mari pour toi. En tout cas, je ne te serai pas infidèle.

— Moi non plus, dit-elle avec tout le calme dont elle était capable.

Après tout, elle ne serait pas la première femme à épouser un Considine pour des raisons d'Etat.

Au lieu de l'appartement moderne avec terrasse qu'elle s'attendait à trouver, Jacoba découvrit avec surprise que Marco avait choisi de vivre dans une superbe demeure géorgienne.

— Tes vêtements ont déjà été transportés ici, dit-il en la conduisant à sa chambre. Je crois que cela te prendra une bonne partie de la journée pour te préparer pour le bal. Moi, je resterai au bureau.

La soirée serait une occasion spectaculaire d'aider une institution caritative renommée. Celle-ci procurait un soutien psychologique à des femmes qui souffraient de maladies incurables. Des invitations avaient été envoyées à toutes les célébrités.

Et tout le monde y avait répondu. On parlait déjà de cette soirée comme de l'événement de l'année.

En fait, elle eut besoin de peu de temps pour se préparer et elle attendit ensuite le retour de Marco avec appréhension. Elle portait la robe de bal écarlate utilisée lors du tournage et avait relevé ses cheveux en un chignon sophistiqué sur le haut de sa tête.

Maintenant, une anxiété diffuse la rongeait, ainsi qu'une sensation de vide désagréable.

Comment se débarrasser de son désir pour cet homme ? songea-t-elle avec désespoir. Dès qu'ils étaient ensemble, une chaleur jaillissait en elle et, dès que ses yeux croisaient ceux de Marco, elle se sentait aussitôt dévorée par une faim insatiable.

Mais il y avait plus que ce désir, elle était bien forcée de l'admettre. En effet, elle trouvait sa présence vraiment stimulante et appréciait beaucoup leurs échanges. Elle avait constaté qu'elle aimait même la façon dont son ton s'adoucissait quand il parlait de sa sœur Melissa…

Soudain, elle entendit sa voix. Elle respira profondément et alla ouvrir la porte. Marco se tenait devant elle avec un homme qui portait un coffret.

Il soutint son regard pendant un instant avec une intensité formidable.

— Cette robe est vraiment faite pour toi, dit-il tranquillement.

— Merci, dit Jacoba, le cœur battant.

Marco prit le coffret des mains de l'homme et le remercia. Puis il l'ouvrit et tendit le collier qu'il contenait à Jacoba.

— Veux-tu que je t'aide ?

— Non, je vais le glisser par-dessus ma tête.

Elle saisit le bijou et se dirigea vers le miroir. Marco lui apporta les boucles d'oreilles, la contemplant en silence tandis qu'elle mettait le collier en place. Puis elle passa les boucles.

— Et pour terminer…, dit-il d'une voix calme.

Il posa alors le diadème sur sa tête, les traits concentrés.

Leurs yeux se rencontrèrent dans le miroir. Jacoba sentit son souffle se bloquer dans sa gorge, et, pendant quelques secondes interminables, elle n'entendit que son pouls à travers ses veines, ne perçut rien d'autre qua la joie douce-amère de savourer sa présence tout près d'elle.

Jacoba dut rassembler toute sa volonté pour détourner son regard. Sans trembler, elle prit ses gants et les enfila lentement.

Marco se força à respirer doucement, pour étouffer les émotions tumultueuses qui se précipitaient dans son esprit.

Elle était splendide, comme si elle sortait d'un conte de fées : dangereuse, provocante et d'une beauté irréelle. La soie cramoisie moulait sa taille fine et ses seins adorables, laissant nue la peau satinée de ses épaules d'ivoire.

Le désir le traversa comme une douleur insurmontable.

— Prête ? demanda-t-il d'une voix sourde.

— Oui, répondit-elle en lissant les gants sur ses doigts.

Il saisit la cape de soie posée sur le dos d'une chaise et la déposa sur ses épaules.

— Alors, allons-y.

Dans la limousine, il tourna la tête et contempla son profil élégant et ses douces lèvres pleines et provocantes.

— Je me sens plutôt heureux en ce moment, laissa-t-il tomber négligemment.

Puis il saisit sa main et la serra dans la sienne.

Le cœur de Jacoba bondit dans sa poitrine. Elle lui jeta un regard surpris avant de retourner rapidement le visage vers la route, tandis que ses pensées tournoyaient dans son esprit.

Qu'avait-il voulu dire ? Il avait l'air aussi arrogant et déterminé que jamais, et pourtant…

Elle risqua un autre regard de côté. Peut-être était-ce un effet des lumières qui jouaient sur son visage… Se trompait-elle ou y avait-il sur ses lèvres de la tendresse ? Un espoir insensé germa en elle tandis que, les mains enlacées, silencieux comme des amants scellant un pacte, ils roulaient à travers les rues de Londres.

Quand ils arrivèrent devant la salle de réception, ils furent accueillis par un barrage de flashes et un assaut de questions. Jacoba se força à une attitude professionnelle et ignora les plus indiscrètes. Elle écouta en souriant Marco répondre avec adresse à celles qui lui étaient destinées.

— Est-ce vrai que vos fiançailles sont un coup publicitaire pour lancer le nouveau parfum ? demanda soudain un journaliste à Jacoba.

— Que voulez-vous dire exactement ? s'enquit-elle en haussant les sourcils.

Marco intervint alors d'une voix douce mais ferme.

— Si vous ne savez pas faire la différence entre la publicité et la vraie vie, vous vous êtes trompé de métier.

Puis il prit la main de Jacoba et l'entraîna vers la vaste salle brillamment éclairée.

Une fois à l'intérieur, elle regarda autour d'elle. Eclairée par des bougies, chaque table ressemblait à une petite oasis dorée, sous un plafond décoré de lampes féeriques qui scintillaient comme des étoiles.

— J'ai remarqué que tu portais le parfum, dit soudain Marco tout contre son oreille.

Elle lui sourit. Elle avait en effet gardé précieusement le flacon offert sur le yacht.

La soirée se déroula sans incident, la nourriture était exquise, bien sûr, et le vin délicieux. Comment aurait-il pu en être autrement puisque Marco s'était chargé de l'organisation ?

Son discours fut bref et subtil. A la fin, il se tourna vers Jacoba et lui prit la main.

— A présent, mesdames et messieurs, laissez-moi vous révéler le nom de notre nouveau parfum. Il s'appelle *Princessa*, et j'ai l'immense plaisir de vous présenter celle qui l'a inspiré, Jacoba Sinclair…

Le mot « princesse » en illyrien ! Tandis que les applaudissements retentissaient dans la salle, Jacoba se leva et salua l'audience, un pâle sourire aux lèvres.

Un délégué de l'institution caritative prit ensuite la parole avec enthousiasme et passion, puis les lumières s'éteignirent et le film commença à dérouler ses images sur un écran immense.

C'était la première fois que Jacoba le voyait dans son intégralité. Elle se détendit seulement quand il fut évident que les scènes du restaurant avaient toutes été remplacées par les reprises tournées à Auckland. Ainsi, personne ne verrait son visage ébloui quand elle dansait dans les bras de Marco, songea-t-elle avec soulagement.

Quand la projection fut terminée, l'orchestre attaqua une valse.

— Notre danse, dit Marco, en se levant.

Ignorant les flashes, Jacoba le suivit sur la piste de danse.

Tandis qu'elle virevoltait dans ses bras elle se surprit à lui demander :

— Ne penses-tu jamais que les sommes dépensées pour toute cette campagne pourraient être mieux utilisées ?

— Naturellement, répondit aussitôt Marco. Tout ceci n'a qu'un seul but : gagner suffisamment d'argent pour donner au peuple d'Illyria une chance d'entrer dans le monde moderne. Mais bien sûr, il y a aussi le plaisir que donnera le parfum à des millions de femmes… et à leurs hommes.

Jacoba frissonna.

— Qu'as-tu l'intention de faire de ta vie une fois que tu auras abandonné ce métier ? reprit-il d'un ton sérieux.

— J'avais l'intention de rentrer en Nouvelle-Zélande pour écrire, dit-elle avec le plus grand calme.

— Ecrire ?

— Oui, pour les enfants. Et pour les adultes aussi, si j'en suis capable. J'ai déjà fait paraître deux livres pour les enfants.

Elle vit avec plaisir qu'elle l'avait surpris et elle se concentra sur les autres danseurs. Autour d'eux, les robes ravissantes des femmes, rehaussées par le noir et blanc des habits de soirée de leurs partenaires, évoluaient en un tourbillon multicolore.

— Tu as de multiples talents, dit-il d'une voix neutre. Pourquoi n'en ai-je pas entendu parler ?

— Probablement parce que tu n'es pas un enfant, mais aussi parce que je publie sous un pseudonyme. Et non, ajouta-t-elle avant qu'il lui pose la question, je n'ai pas honte de ce que j'écris. Je voulais que mes livres soient reconnus pour leurs vraies qualités, pas à cause de ma notoriété.

— C'est une très bonne raison. Ont-ils eu du succès ?

— Ils se vendent bien, dit-elle posément, et ont obtenu de très bonnes critiques.

Chaque fois qu'elle était en sa compagnie, elle devait résister au besoin de se confier à lui, même si elle savait le peu d'intérêt qu'il éprouvait pour la vraie personne qui se cachait derrière la femme glamour. Oh, il la désirait, et il appréciait sa compagnie. Mais en Illyria, elle avait compris que son dévouement était d'abord réservé à son pays.

Alors qu'elle, elle était fascinée et intriguée par lui, totalement. Bien sûr, le désir était toujours présent en elle, vibrant et impitoyable, mais chaque jour, elle sentait son amour pour lui devenir plus fort. Et elle savait que cet amour ne serait jamais réciproque.

De plus, son mariage signifierait qu'elle devrait renoncer à toute la vie qu'elle avait envisagée…

Pas un instant, Marco ne relâcha son étreinte. Et ils restèrent silencieux jusqu'à ce que la musique s'arrête et qu'il la reconduise à leur table, s'arrêtant au passage pour recueillir quelques félicitations.

Une fatigue immense s'empara bientôt de Jacoba. Elle raidit ses épaules et se força à se concentrer, à sourire encore et encore, à danser avec chaque homme de la table des VIP…

Un peu après minuit, la soirée s'acheva enfin. Une fois qu'ils eurent regagné la maison, Jacoba sentit le désir interdit renaître en elle, des petites flammes délicieuses parcourir sa peau…

Les bijoux furent remis dans leur coffret et confiés à l'agent qui en était responsable.

— La soirée a été merveilleuse, et je suis sûre que le parfum va très bien se vendre. Le nom est une très bonne idée, dit-elle.

— Merci, dit Marco d'un ton absent et las.

Non, songea-t-elle en proie à un trouble vertigineux, il n'était pas fatigué : son attention était entièrement concentrée sur sa bouche…

Une vague d'excitation naquit dans l'endroit le plus secret de son être et se propagea dans son ventre, comme une coulée de miel doux et chaud. Les lèvres de Jacoba s'adoucissaient déjà, prête à accueillir ses baisers tandis que son corps hurlait son désir avec une telle force qu'elle se sentit basculer vers Marco.

11

— Marco, ce n'est pas une bonne idée, s'entendit-elle dire d'une voix faible.

— Je sais, mais je suis absolument incapable de penser à autre chose.

Sa voix était hachée et rauque, chaque mot avouant un désir si intense qu'elle frissonna violemment.

Quand elle fit l'erreur de le regarder, elle cria presque devant la passion qui durcissait ses traits, semblables à ceux d'un masque antique. Quelque chose se brisa alors en elle, faisant voler en éclats ses dernières réticences.

Pourtant, il ne la touchait pas. Ses yeux, brûlants et intenses, ne quittaient pas ceux de Jacoba.

— Tu me rends fou… Je t'ai observée quand tu dansais, et chaque fois qu'un homme posait les yeux sur toi, j'avais envie de le frapper.

Il l'attira contre lui et la serra dans ses bras.

Après quelques instants où ils restèrent absolument immobiles, il s'écarta un peu et pencha la tête. Il embrassa d'abord le creux sensible au bas de son cou, puis mordit doucement sa chair avant de laisser ses lèvres se promener sur son cou. Elle tressaillit longuement sous cette caresse érotique.

Immédiatement, il se figea.

— Est-ce que je t'ai fait mal ? demanda-t-il.

— Non, embrasse-moi encore, murmura-t-elle.

Quand sa bouche reprit la sienne avec passion, Jacoba dut faire un effort pour s'empêcher de dénouer sa cravate et de déboutonner sa chemise. Elle réalisa subitement qu'elle avait attendu ce moment toute la soirée…

Son soupir de ravissement se transforma en halètement quand il fit glisser la fermeture de sa robe, libérant le bustier baleiné et sans bretelles qui retomba sur sa taille dans un bruissement de soie.

Jacoba vit son regard s'assombrir quand il baissa les yeux sur ses seins hauts et fiers, leurs boutons roses offerts à ses caresses.

Il ferma les yeux, comme s'il se livrait à un terrible combat intérieur.

— Viens avec moi, dit-il d'une voix méconnaissable.

— Oui, dit-elle dans un souffle.

« N'importe où », songea-t-elle.

Une fois dans sa chambre, il s'arrêta un instant pour la regarder avec des yeux qui étincelaient comme du cristal chauffé par une flamme bleue.

Puis il l'embrassa, tout en dégageant la robe de ses hanches. Celle-ci tomba à ses pieds dans un froissement écarlate, la laissant exposée dans sa dernière parure de satin et ses bas aussi fins qu'un murmure.

— Tu es une brassée odorante et soyeuse, murmura-t-il, ses mots passant sur ses lèvres comme un baiser.

Jacoba se sentit rougir tandis qu'il l'aidait à enjamber sa robe.

— Qu'y a-t-il donc de si érotique dans ce porte-jarretelles ? dit-il d'une voix sourde.

Son regard erra sur son corps et s'arrêta finalement sur les escarpins dorés à talons hauts.

— Dis-le-moi, dit-elle doucement.

Il sourit.

— Dieu seul le sait, dit-il. Peut-être simplement parce qu'il t'appartient, comme ces cheveux couleur de feu, cette peau d'ivoire, et ces yeux de la couleur d'une trace de fumée dans un ciel bleu…

Tout en parlant, il l'attira contre lui. Mais quand elle résista, il s'arrêta aussitôt.

— Qu'y a-t-il ? demanda-t-il d'une voix rauque.

— Tu es toujours habillé…

Avec un rire sensuel, il la laissa ôter sa veste et sa chemise. La cravate tomba bientôt sur le sol, et elle contempla ses muscles qui ondulaient avec grâce sous sa peau satinée. Ensuite, il baissa son pantalon et son caleçon d'un seul geste. Puis il se redressa enfin, semblable à un bronze magnifique des temps anciens, grand, puissant et terriblement excité.

Quand elle s'avança vers lui sur ses hauts talons, Marco pensa qu'il n'avait jamais rien vu de plus époustouflant. Elle s'arrêta à un pas de lui et attendit, son regard passionné embrumé par un désir inexorable, sans plus aucune pudeur ni retenue.

Il serra involontairement les poings quand elle tendit soudain la main vers lui et la posa sur son cœur.

— Quand tu me touches, je perds la tête, murmura-t-il, regardant les longs doigts fins sur sa peau. J'ai envie de te prendre, de me perdre en toi. Tout mon corps te veut, il désire quelque chose que toi seule peux lui donner.

Elle lui adressa un lent sourire enchanteur. Marco y vit la puissance des déesses qui avaient un jour vécu dans l'ancien monde méditerranéen, ces femmes qui avaient jeté des charmes et provoqué des guerres, Hélène de Troie, Calypso, Vénus…

— Oui, dit-elle simplement en venant dans ses bras.

Jacoba envoya valser ses escarpins quand Marco la souleva de nouveau pour la porter sur le lit. Après l'y avoir déposée, il pencha la tête sur ses seins et sa bouche se referma avec avidité sur une pointe dure.

Une sensation de plaisir pure et aiguë la transperça. Et quand il reporta son attention gourmande sur l'autre sein, elle s'arqua contre lui en gémissant.

C'est le paradis, songea-t-elle tandis que le plaisir ruisselait dans ses veines et que ses ongles s'enfonçaient dans le dos de Marco.

Tout à coup, un souffle de rébellion l'enflamma. Cette fois, il allait voir ce que c'était que de perdre totalement le contrôle…

Elle laissa ses mains errer sur sa peau. Elles suivirent chaque ligne de son corps lisse, jusqu'à ce qu'elle entende la respiration de Marco s'altérer et devenir aussi hachée que la sienne.

Soudain, il laissa échapper une plainte. Mais, quand elle regarda son visage, elle vit qu'il bridait sa passion, utilisant toute la force de sa volonté pour retenir la marée sauvage qui menaçait de le submerger.

— Maintenant, je comprends pourquoi le loup est l'emblème de votre maison, chuchota-t-elle.

Tout en souriant, elle prit son sexe dressé dans sa main. Sa peau était brûlante et douce sous ses doigts. D'abord, elle le caressa si légèrement qu'il pouvait à peine le sentir.

Il se figea et inspira profondément.

— Jacoba, non…

— Ne bouge pas, dit-elle dans un murmure provocant, laisse-moi prendre l'initiative, cette fois.

— Si tu es prête à en assumer les conséquences…, dit-il dans un souffle.

— J'en serai ravie.

Elle se pencha et l'embrassa, tout en continuant à le caresser, suivant l'instinct qui guidait le mouvement de ses doigts.

Quand elle se redressa, elle vit le corps tendu de Marco. Il avait même noué ses mains dans les draps dans un effort terrible pour ne pas s'abandonner.

Sans le quitter des yeux, elle glissa sa culotte sur ses jambes et s'étendit sur lui. Dans un long gémissement, elle lui rendit alors le pouvoir qu'il lui avait donné.

Un gémissement sourd sortit de la gorge de Marco et il la pénétra aussitôt en une série de poussées puissantes et rapides. Le désir refréné de Jacoba se déchaîna alors et elle eut l'impression que la jouissance explosait en elle et que tout son être se dissolvait dans le plaisir.

A ce moment, Marco la rejoignit, les bras agrippés autour de ses reins et tremblant violemment. Etroitement enlacés, ils traversèrent l'orage qui les noyait dans des éclairs éblouissants.

— Je ne savais pas que les humains pouvaient voler, dit-elle de longues minutes plus tard.

— Moi non plus, dit-il. Maintenant, dors, ma chérie.

Jacoba eut à peine le temps de voir qu'il lui souriait avant de sombrer dans le sommeil.

Quand elle se réveilla au petit matin, Marco était toujours à côté d'elle, la chaleur de son corps se diffusant à travers les quelques centimètres qui les séparaient.

Jacoba aurait voulu le toucher, mais, bien qu'ils soient fiancés et qu'elle ait accepté de l'épouser, elle n'osait pas.

De tous les hommes du monde, songea-t-elle sombrement, il avait fallu qu'elle tombe amoureuse du prince Marco Considine... Bien sûr, elle adorait faire l'amour avec lui, mais comment allait-elle faire pour se contenter de leurs étreintes charnelles ?

Elle resta ainsi durant de longues minutes, écoutant les bruits de la ville, ce bourdonnement sourd qui ne cessait jamais. Etendue à côté de l'homme qu'elle aimait, sa carrière à son apogée et son avenir financier assuré, elle ne s'était jamais sentie aussi seule, aussi perdue et craintive.

Sa bouche se contracta en une grimace douloureuse. De quoi se plaignait-elle donc... Un jour ils auraient des enfants. Elle avait du respect pour lui et elle avait l'impression qu'il était en train d'apprendre à la respecter. Ils finiraient par construire un foyer solide, et elle cesserait de désirer l'impossible...

Des larmes emplirent ses yeux.

— Qu'y a-t-il ? demanda-t-il, la faisant sursauter.

— Rien.

Comme elle ne voulait pas qu'il voie ses yeux humides, elle se tourna vers lui et enfouit son visage contre son torse. « Rien », répéta-t-elle en son for intérieur, parce que rien ne pourrait jamais la blesser quand elle était dans ses bras.

Ceux-ci se refermèrent autour d'elle et il commença à l'embrasser avec une faim qui égalait la sienne.

Cette fois, ils s'aimèrent avec une tendresse et une douceur infinies.

Ils dormirent de nouveau et se réveillèrent quand le soleil d'automne passait paresseusement ses rayons par la fenêtre.

Jacoba s'assit avant de se lever. Elle se sentit rougir et enroula le drap autour d'elle.

— Il faut que je prenne une douche.

Apparemment, Marco était beaucoup plus habitué qu'elle à se réveiller dans un lit étranger. Absolument détendu, il l'examinait à travers ses cils baissés, et elle était sûre d'y lire de l'amusement.

— C'est juste derrière la porte, dit-il en faisant un geste de la tête vers l'autre côté de la pièce. Ton peignoir est dans la penderie. Je vais aller me préparer de mon côté et je viendrai te chercher pour le petit déjeuner. Nous devons prendre l'avion à 10 heures.

De retour dans sa chambre, Marco se surprit à sourire de la timidité de Jacoba. Avait-elle été vierge la première fois qu'ils avaient fait l'amour ? Il n'en avait pas eu l'impression, et de toute façon cela n'avait aucune importance.

Jacoba était vraiment différente de toutes les autres femmes qu'il avait connues, songea-t-il. S'ils s'étaient rencontrés sans ce lourd héritage du passé… Brutalement, il chassa cette pensée de son esprit. Le destin en avait décidé autrement et ils devaient jouer leur rôle jusqu'au bout, un point c'est tout.

Douché et habillé, il se dit que le fait d'être séparés quelques jours l'aiderait à clarifier ses pensées. Il avait bien fait de décider d'aller chercher Lexie. Quelque chose avait changé dans sa relation avec Jacoba, et il ne comprenait pas ce que c'était.

De l'amour ? Il grimaça. Il avait toujours fait attention à aimer sans excès. Le mariage de ses parents n'avait pas été heureux, aussi, jusqu'à présent, avait-il toujours évité de trop s'engager dans ses liaisons amoureuses.

Mais bon sang, rien dans sa relation avec Jacoba n'était raisonnable. Elle l'étonnait et l'irritait à cause de cette perte totale de contrôle qu'il subissait chaque fois qu'il la regardait ou la touchait.

— Je crois que je devrais t'accompagner, Lexie est ma sœur, dit Jacoba en fronçant les sourcils.

— C'est justement pour cela que tu ne peux pas venir, répliqua Marco avec impatience. Tu es célèbre, et moins il y aura de bruit autour de tout ça, mieux ce sera.

Il lui sourit. Forcée d'accepter, Jacoba se mordit la lèvre.

— Ne t'inquiète pas, continua-t-il, nous voyagerons dans un jet privé, et avec un peu de chance nous serons de retour avant que personne ne réalise que je suis parti. J'ai engagé un garde du corps pour t'accompagner quand tu sortiras du château, mais je préférerais que tu restes à l'intérieur.

Elle lui décocha un regard étincelant de colère mais approuva de la tête.

— J'espère que nous n'allons pas passer le reste de notre vie enfermés ici.

— Tu sais bien que non, dit-il.

Il tendit alors la main. Elle la prit avec réticence et se laissa attirer dans ses bras. Il ne tenta pas de l'embrasser mais se contenta de poser sa joue sur sa tête.

— Pense à moi, dit-il d'une voix profonde qui la fit frissonner.

Elle ne put s'empêcher de lui sourire. Mais lui, penserait-il à elle ? se demanda-t-elle tristement.

— Fais attention à toi, lui dit-elle simplement.

Alors enfin, il l'embrassa, avant de se détacher d'elle avec un regret si évident que cela aida Jacoba à tenir les jours suivants au Repaire du Loup.

La gouvernante, Marya, comprit son désarroi et la prit sous son aile, lui apportant de la lecture ou lui faisant faire la visite des différentes pièces du château. La plupart portaient encore la trace de la présence du dictateur.

— Elles seront bientôt redécorées. La maîtresse des lieux, Sara, a des projets formidables, dit la vieille femme avec enthousiasme.

Heureusement, songea Jacoba en frémissant malgré elle.

— Le prince Marco et votre sœur n'arriveront pas avant

deux heures, pourquoi n'iriez-vous pas nager en attendant ? Cela vous aiderait à passer le temps.

— C'est une bonne idée, dit Jacoba avec entrain.

La piscine occupait la cour du château où, autrefois, les joutes avaient lieu. Marya lui avait expliqué qu'une petite tour solitaire et un ancien colombier surplombaient l'endroit.

— Le prince Gabriel a l'intention de la transformer en maison d'été, lui avait-elle dit, mais elle est vide pour l'instant. C'est là que nous rangeons les chaises longues et les transats, l'hiver.

Jacoba nagea jusqu'à l'épuisement, puis se sécha et regarda le château. Marco lui avait dit qu'il n'avait jamais été pris par ses assaillants, et elle comprenait pourquoi. Ses hauts murs de pierre dominaient la vallée. Lexie y serait en sécurité, mais elle ne pourrait pas rester ici jusqu'à la fin de sa vie…

Elle frissonna. C'était stupide d'avoir l'impression que quelqu'un l'observait. De toute façon, une femme de chambre pouvait se trouver en ce moment à l'une des étroites fenêtres, ou même Marya. Mal à l'aise, elle ramassa sa serviette et se dirigea vers l'ancien colombier.

Une petite pelouse s'étalait au pied de la tour, agrémentée de parterres de fleurs.

Au moment où elle se penchait pour respirer le parfum d'une rose, quelqu'un appuya brutalement un objet dur contre ses reins.

— Si vous criez, je vous tue, dit une voix masculine en illyrien. Avancez vers la porte de la tour, vite.

Comme elle ne bougeait pas, une seconde poussée la força à se mouvoir. Il lui fallut quelques instants pour pouvoir parler.

— Qui êtes-vous ? Que voulez-vous de moi ? demanda-t-elle d'une voix tremblante.

— Rentrez à l'intérieur, marmonna-t-il, enfonçant le canon du pistolet dans son dos.

Après avoir rassemblé tout son courage, Jacoba s'arrêta.

— Je ne vais pas entrer là-dedans, dit-elle. Il fait noir.

— Vous avez peur du noir, vous, la sorcière aux cheveux rouges ? dit l'homme en ricanant et en la poussant sans ménagement.

L'esprit de Jacoba fonctionnait à toute vitesse. Une fois à l'intérieur, elle aurait peu de chance de s'en sortir. Si elle criait... Mais non, même le cri le plus perçant serait étouffé par les pierres épaisses, songea-t-elle.

— Je veux savoir où vous me conduisez.

— En enfer, dit-il aussitôt. Rejoindre votre traîtresse de mère et l'homme qui a tué votre père et le mien.

— Pourquoi ne pas le faire ici au grand jour ?

Elle n'allait pas marcher gentiment vers sa propre mort...

Soudain, Jacoba se retourna brusquement, tendit les bras et frappa l'homme de ses poings serrés. Le pistolet tomba sur le sol et elle s'en empara, mais il lui allongea aussitôt un coup de poing juste en dessous du cœur. Haletant, elle tomba à genoux, se rendant à peine compte qu'il saisissait de nouveau le pistolet. Sa poitrine se contracta tandis qu'elle luttait pour respirer, incapable de réfléchir.

— Avance, traînée ! ordonna-t-il. Avance.

Mais elle était incapable de lui obéir. Pliée en deux, elle pouvait à peine l'entendre à travers le grondement qui emplissait ses oreilles et le sifflement de sa respiration difficile. Confusément, elle se rendit compte qu'il lui attachait les mains derrière le dos, puis liait ses chevilles ensemble, avec une efficacité brutale. Puis il la souleva et la jeta sur son épaule. Elle essaya de lui donner un coup de genou entre les jambes, mais elle ne put rassembler assez de force.

Il était fort, comprit-elle lorsqu'il commença à descendre sans effort l'escalier faiblement éclairé qui descendait dans l'obscurité.

Jacoba se força à rester immobile, pour reprendre son souffle et ses esprits. A la seconde où il l'avait frappée, elle avait vu son visage : il ne ressemblait pas à un meurtrier.

Un peu plus grand qu'elle, il était sombre et beau malgré son air hagard, et son visage tanné par le grand air avait une cicatrice qui courait de sa tempe gauche à son menton. Il n'avait guère plus de dix ans de plus qu'elle, songea Jacoba. Mais il allait néanmoins la tuer et, une fois qu'il l'aurait fait, il attendrait l'arrivée de Lexie et...

Elle étouffa un sanglot terrifié. Non, Marco s'assurerait que sa sœur soit gardée en sécurité.

Une fois, elle avait lu quelque part que le meilleur moyen de se défendre était de faire comprendre au ravisseur que vous étiez un être humain.

Quand sa nausée s'atténua, et que son souffle et son cœur furent calmés, elle s'adressa à lui d'une voix égale.

— Est-ce que vous m'avez frappée dans le plexus solaire ?

Il grommela quelque chose.

— Cela ne m'était jamais arrivé auparavant, continua-t-elle. J'ai cru que j'allais vomir.

— Il n'y aura pas de séquelles.

Jacoba dut réprimer un rire nerveux. Bien sûr qu'il n'y en aurait pas, puisque, dans quelques minutes, elle serait morte.

— Etes-vous médecin ? demanda-t-elle.

Il se raidit, puis la déposa sur un sol de pierre froide. Le mouvement soudain la surprit tellement qu'elle cria.

De sa torche, l'homme balaya les murs et le sol.

— Non, gronda-t-il. Ceci est une cellule du donjon, expliqua-t-il sommairement, c'est ici que votre père a terminé sa vie. Peut-être son fantôme viendra-t-il vous rendre visite pendant que vous attendrez la mort.

— Qu'est-ce que vous entendez par « attendre » ? demanda-t-elle en proie à une peur affreuse. Je croyais que vous alliez m'abattre…

— J'ai déjà perdu trop de temps ici, dit-il.

Après s'être détourné, il s'éloigna, puis il ferma la porte derrière lui et la laissa ainsi dans l'obscurité la plus totale.

Désespérée, Jacoba cria, mais elle entendit les pas de son agresseur décroître sur les marches de pierre.

D'abord, elle crut qu'elle allait devenir folle, mais elle décida qu'il ne fallait absolument pas qu'elle cède à la panique. « Je dois repasser mes bras devant moi. Il n'a pas verrouillé la porte, aussi, si j'y arrive, je pourrai peut-être parvenir à détacher mes chevilles, et ensuite sortir d'ici. »

Se félicitant de ne pas avoir abandonné les cours de gym,

et remerciant le fait d'être naturellement souple, elle réussit à passer ses jambes dans ses bras, même si les cordes blessaient douloureusement sa chair. Pliant les doigts, elle commença à s'attaquer aux nœuds qui enserraient ses chevilles. Si seulement elle avait un briquet…

« Tu n'en as pas, alors continue », se dit-elle avec fermeté.

Mais bien qu'il l'ait ligotée rapidement, ses liens tenaient bien. Finalement, après un temps qui lui parut interminable, elle pencha la tête sur ses genoux et versa des larmes de pure frustration jusqu'à ce qu'elle ne puisse plus pleurer.

Un bruit léger lui fit redresser la tête. Des rats, songea-t-elle avec un frisson d'horreur. Ou des chauves-souris ? Ecarquillant les yeux, elle scruta l'obscurité et se mordit la lèvre pour s'empêcher de crier.

Finalement, comme aucun autre bruit ne se faisait entendre, elle se détendit et s'attaqua de nouveau aux nœuds. Il fallait absolument qu'elle sorte de là.

Son père était-il réellement mort ici, ou ce type avait-il simplement voulu l'effrayer davantage ? Sa mère lui avait dit qu'il avait péri dans une embuscade… Paulo Considine avait-il menti à la femme qu'il avait épousée ?

Probablement, se dit-elle avec lassitude, tirant désespérément sur le premier nœud. Stupéfaite, elle se rendit compte qu'il semblait un peu plus lâche, et aussitôt, l'espoir lui redonna du courage. Elle ralentit alors ses mouvements, terrifiée à l'idée que si elle tirait trop fort, elle risquait de resserrer la corde. Doucement, délicatement, elle dégagea une extrémité.

Le nœud suivant fut plus difficile. Ses doigts étaient fatigués et elle commençait à avoir froid, mais elle se força à continuer jusqu'à ce que lui aussi se dénoue. Elle put enfin remuer ses pieds.

Cela lui prit de longues minutes pour se lever, car ses muscles étaient raides et ankylosés, et elle resta un moment à genoux avant d'oser se lever. Le sang circulait douloureusement dans son corps endolori. Elle laissa soudain échapper un petit sanglot et réalisa qu'elle mourait de faim et de soif.

Elle avança, les mains devant elle. Le mur était froid et

rugueux, et elle gémit quand elle arriva trop brusquement dans un coin et se cogna la tête. Pourtant, il fallait qu'elle trouve cette maudite porte.

Mais quand sa main rencontra le bois lourd, elle eut beau explorer toute la surface qu'elle pouvait atteindre, elle ne put trouver de poignée. Désespérée, elle poussa autant qu'elle put, mais rien ne bougea.

Finalement, elle fut bien forcée d'accepter qu'il n'y avait pas d'issue.

Elle s'effondra sur le sol, s'accroupit et mit ses bras autour de ses genoux. Des larmes d'impuissance coulaient sur ses joues. Et sans savoir comment, en dépit de tout, elle s'endormit.

Tout à coup, une voix lui parvint dans son sommeil, une voix qu'elle avait bien cru ne plus jamais entendre…

Marco l'appelait.

— Jacoba, Jacoba, est-ce que tu m'entends ?

— Ici ! cria-t-elle d'une voix éraillée. Ici !

Quelques instants plus tard, elle éclata en sanglots quand Marco la souleva dans ses bras et la tint serrée contre son cœur.

— Ma bien-aimée, dit-il avec une ardeur sauvage. Mon adorée, est-ce que tu vas bien ?

Puis tout à coup, il se figea.

— Pas un mot. Et quoi qu'il arrive, ne bouge pas, murmura-t-il à son oreille.

12

En silence, il la reposa sur ses pieds et se plaça devant elle. Le nouvel arrivant s'arrêta à la porte de la cellule.

— Ce n'est pas à vous que j'en veux, Votre Altesse, c'est à la sorcière aux cheveux rouges, dit-il d'une voix dure.

— Il vous faudra d'abord me tuer, dit calmement Marco.

Son attitude étonna et effraya Jacoba tout à la fois. Elle ne pouvait s'arrêter de trembler et avait du mal à réfléchir.

— Je ne vous veux aucun mal, mais si je dois le faire, je le ferai. Car je dois exécuter cette femme. Sa mère a trahi le frère de mon père, et l'a fait mourir afin de pouvoir épouser Paulo Considine, continua l'homme.

— Ainsi, vous allez tuer votre cousine ?

— Oui, elle doit payer sa dette. Son père est mort dans cette cellule. Sa mère a épousé le monstre qui a tué vos grands-parents… Que son âme roule en enfer pour l'éternité.

— Mais *elle*, que vous a-t-elle fait ?

Silence. Jacoba retint son souffle.

— Vous devriez savoir que, pour nous, le sang se paie dans le sang. J'ai juré à mon père sur son lit de mort que je tuerais cette femme si elle était en vie, affirma-t-il sauvagement.

— Alors pourquoi ne l'avez-vous pas tuée tout de suite au lieu de l'amener ici ? demanda Marco.

Il avait l'air intrigué, pas accusateur. L'homme hésita.

— J'allais l'abattre, mais… je n'ai pas pu. J'ai trahi la confiance de mon père.

— Et pourquoi êtes-vous revenu ?

Cette fois l'homme attendit longtemps avant de répondre.

— Pour la tuer, dit-il avec colère. Je ne pouvais pas... je ne pouvais pas la laisser mourir dans le noir, seule. Je ne ferais pas cela à un chien, ni à un rat, alors j'ai décidé de lui offrir une mort rapide et propre.

— Je crois que vous n'aviez pas l'intention de la tuer, dit Marco d'un ton réfléchi et calme. Je sais qui vous êtes, et j'ai entendu dire que vous étiez un bon guérisseur. Les guérisseurs ne tuent pas. Vous alliez la laisser partir.

— J'ai promis à mon père ! cria l'homme, très agité. Il a tout perdu à cause de la mère de cette femme.

Jacoba se raidit et s'agrippa à la chemise de Marco. Comment faisait-il pour rester aussi calme quand cet homme était en train de perdre son sang-froid ? Les gens énervés faisaient des erreurs, tuaient parfois la mauvaise personne...

L'idée qu'il puisse mourir remplit Jacoba d'horreur. Plutôt mourir elle-même.

Sans réfléchir davantage, elle se dégagea et se rua de toutes ses forces en direction de l'agresseur. Mais Marco l'empoigna et la rejeta derrière lui de façon à la protéger de son propre corps.

Dans le silence soudain, la voix de Marya se fit entendre.

— Il a raison, Piero, et tu le sais. Tu es revenu pour la laisser partir.

— Et votre père se trompait, dit Marco. Sa mère n'a jamais trahi les partisans.

— Je ne vous crois pas ! cria Piero avec fureur. Très bien, j'allais la laisser partir, et ensuite je me serais tué moi-même.

Il fit un geste vers sa poche, mais Marco fut sur lui avant qu'il puisse sortir son pistolet. Ils luttèrent dans la quasi-obscurité. Jacoba chercha vainement autour d'elle quelque chose avec lequel elle pourrait frapper Piero, mais il n'y avait rien.

Et cela n'était pas nécessaire. Piero était costaud, mais Marco était plus grand et plus fort. Après un bref combat, il put ravir l'arme à son adversaire.

— A quoi cela servira-t-il de vous supprimer ? demanda-t-il, le souffle court. On a besoin de vous ici. Vous êtes réputé pour votre habileté à soigner les animaux. Que feront les fermiers si vous mourez ?

L'homme ne dit rien.

— Ecoute-moi, Piero, dit Marya. Tu me connais bien. Je ne mens pas, et je t'affirme que la mère de cette femme n'a pas trahi son mari ou le mien, ni les grands-parents du prince. Je le sais, parce que j'ai tué la personne qui l'a fait.

— Qui était-ce ? demanda Piero d'une voix rauque.

Elle fit un geste rapide et résolu de la main.

— Cela n'a plus d'importance maintenant. C'est fini.

Abasourdie, Jacoba se redressa, mais la cellule étroite tournoya brusquement autour d'elle et elle entendit un gémissement sortir de ses lèvres. Juste avant de sombrer dans l'inconscience, elle sentit les bras de Marco l'entourer et sut qu'elle était en sécurité.

Elle se réveilla dans sa chambre et cligna fortement des yeux jusqu'à ce qu'elle comprenne où elle se trouvait. Ses poignets lui faisaient horriblement mal.

— Tout va bien, le médecin a dit que tu étais déshydratée, fatiguée et affamée, mais à part cela, tu es en parfaite santé.

La voix de Marco... Debout à côté du lit, il la regardait d'un air sévère.

— Ainsi je n'ai pas rêvé, murmura-t-elle. Je suis désolée de m'être évanouie.

— Si jamais tu recommences une chose pareille, je t'assure que je veillerai à ce que tu t'en souviennes longtemps, dit-il d'une voix qu'elle ne lui avait encore jamais entendue.

Une joie immense l'envahit soudain.

— Tu aurais fait exactement la même chose pour moi. Il devenait vraiment nerveux et j'aurais préféré mourir plutôt que te voir mourir...

— Pourquoi ?

Leurs yeux s'arrimèrent.

— Parce que je t'aime, dit-elle calmement.

Il tomba à genoux près d'elle et prit son visage entre ses mains.

— Quand Lexie et moi sommes revenus pour découvrir que tu avais été enlevée, je… Jacoba, j'ai cru devenir fou, dit-il avec des yeux hagards. J'ai cru que tu étais morte. Je t'avais promis que tu serais en sécurité au château et…

— Tout va bien, le rassura-t-elle, ne t'en fais pas.

— J'ai essayé de ne pas tomber amoureux de toi, continua-t-il, mais quand je suis allé chercher Lexie, j'ai compris que c'était impossible. Tu me manquais tant… Comme si j'avais laissé la moitié de moi-même ici. Quand je suis revenu et que j'ai appris que tu avais été enlevée, que tu étais peut-être même morte, j'ai enfin compris que, sans le savoir, je t'aimais comme un fou.

Jacoba ferma les yeux, parce que tout tournait de nouveau autour d'elle. Un bonheur éclatant étincelait si fort en elle qu'elle ne put s'empêcher de sourire.

Il rit et embrassa ses lèvres, doucement, et ensuite avec fougue.

— Tu tiens mon cœur et mon avenir entre tes mains, ma chérie, chuchota-t-il dans un baiser. Sans toi, je ne suis rien.

Des larmes remplirent les yeux de Jacoba.

— Mais la prochaine fois que je te dis de ne pas bouger, ne fais pas un geste, dit-il.

Elle fit une petite grimace quand elle voulut lever les mains vers lui. Il les prit et les embrassa avant de se relever.

Jacoba l'attira pour qu'il s'assoie sur le bord du lit.

— Est-ce que nous pouvons oublier tout cela ? demanda-t-elle. J'en ai assez du passé.

Les doigts de Marco se serrèrent autour des siens.

— Ma chérie, seras-tu heureuse avec moi ? Nous pouvons vivre où tu voudras, et j'ai déjà commencé à m'organiser afin de pouvoir passer plus de temps avec toi.

— Je serai heureuse n'importe où, du moment que tu es avec moi, lui dit-elle simplement. Je t'aime tant… Moi aussi j'ai lutté contre cet amour, mais pas bien longtemps… Je crois que j'ai su très vite que cela ne servirait à rien.

Il éclata de rire et embrassa son poignet.

— Moi aussi ! Nous avons dansé dans cette fausse salle de bal, et avant que la nuit soit achevée, je n'étais plus maître de mon cœur. A propos, allons-nous nous marier en même temps que Melissa et Gabe dans une triple cérémonie ?

Sans attendre sa réponse, il rit doucement et referma ses bras autour d'elle.

Ils étaient toujours enlacés quand Marya frappa à la porte.

— Tout va bien ? demanda-t-elle.

— Oui, dirent-ils ensemble.

— Votre cousin Piero veut vous voir, Jacoba. Il est désespéré et a besoin de savoir qu'on lui a pardonné, ou au moins que vous comprenez pourquoi il a agi ainsi.

Une peur soudaine envahit Jacoba. Mais elle savait qu'elle devait tendre la main à celui qui avait voulu la tuer.

— D'accord, dit-elle.

Marco la serra dans ses bras.

— Je serai là, ne t'en fais pas.

— C'est un homme bon, ajouta Marya, et s'il n'en avait pas été empêché par le dictateur, il serait devenu médecin.

Toute crainte s'évanouit quand Jacoba vit Piero. Sa détresse était tellement évidente…

— A part ma sœur, vous êtes mon seul parent, lui dit-elle doucement.

— Je jure sur tous les saints, dit-il en clignant des yeux, que je ne ferai rien contre elle. Je n'ai pas pu réaliser la promesse faite à mon père, même quand je vous avais à ma merci…

— Parce que vous saviez que vous aviez tort, dit Marco d'un ton résolu.

Jacoba s'interposa.

— Vous aurez quelque chose en commun avec ma sœur, elle aussi aime beaucoup les animaux.

— Je suis heureux d'avoir échoué, dit Piero en baissant la tête. Votre Altesse, si vous voulez me tuer…

Marco interrompit la protestation spontanée de Jacoba.

— Jacoba n'a rien, et je vous crois quand vous dites que vous regrettez votre geste. Même si vous l'aviez tuée, je ne me serais pas vengé. Je vous aurais fait traduire en justice. Ce qui sera plus efficace pour nous, et pour tous les Illyriens, c'est de vous dresser contre les vendettas chaque fois que vous en aurez l'occasion.

— Je le ferai, promit-il.

Il s'inclina devant Marco et se tourna pour partir.

Spontanément, Jacoba lui tendit la main. Piero cligna des yeux et s'arrêta quand il vit le bandage sur son poignet, mais lorsqu'elle accentua son geste, il s'approcha du lit. Elle se souleva et se pencha en avant pour l'embrasser sur la joue.

— Merci, cousin, dit-elle.

Piero se figea, puis, avec une grande douceur, passa son bras autour de ses épaules et embrassa son front. Il laissa alors échapper un lourd sanglot et sortit précipitamment de la pièce.

Marya sortit derrière lui pour l'accompagner.

— Es-tu rassurée à propos de Lexie, maintenant ? demanda Marco.

— Pas tout à fait, dit-elle.

Il traversa la pièce et se posta devant la fenêtre.

— Je crois que pour mettre un terme à ceci une fois pour toutes, dit-il sans se retourner, nous avons besoin d'un geste spectaculaire de réconciliation. Les Illyriens sont très religieux. Accepteriez-vous, Lexie et toi, de participer à une veille à la cathédrale où sont gardées les reliques de saint Yvan, le saint patron du pays ?

Comme elle ne répondait rien, il ajouta :

— Vous seriez protégées par des tireurs d'élite, bien sûr.

Jacoba avait cru que si Marco pouvait l'aimer, elle serait totalement heureuse. Mais elle découvrait que, pour lui, le sort de l'Illyria passerait toujours en premier, même si cela devait les exposer au danger, elle et Lexie.

Mais cela ne lui faisait plus mal. Marco n'aurait pas été l'homme qu'elle aimait s'il avait pu ignorer ses obligations. Peut-être était-il temps qu'elle prenne sa part d'héritage, elle aussi…

— Je le ferai, dit-elle calmement, mais sans militaires, sans armes. Si nous voulons vraiment que ce geste signifie quelque chose, nous devons faire confiance au peuple. Quant à ma sœur, pourquoi ne lui poses-tu pas la question ?

Lexie resta silencieuse un long moment quand Marco lui exposa son projet dans le bureau de Gabe. Le prince Alex avait été consulté et il en avait discuté avec ses conseillers, qui avaient tous trouvé l'idée excellente.

— Vous n'êtes pas forcée d'accepter, Lexie, dit Gabe.

— Paulo Considine était mon père, dit-elle en redressant ses épaules, et si ce geste est nécessaire pour rétablir la confiance dans le pays qu'il a saccagé, je le ferai. Mais pas toi, Jacoba.

— Ne sois pas stupide, dit sévèrement sa sœur.

Lexie resta néanmoins sur ses positions durant quelques jours, tandis que le prince Alex et ses conseillers préparaient l'événement.

Finalement, Lexie accepta que sa sœur l'accompagne.

— Je préférerais que tu ne sois pas avec moi, dit-elle sur le trajet qui les menait à la cathédrale.

— Tu as peur ? demanda Jacoba.

Il y avait si peu de gens dans les rues que la ville semblait déserte.

— Oui, dit Lexie, mais c'est la seule chose à faire, j'en ai l'impression. J'espère seulement que ça va marcher.

Jacoba aussi. Le vaste édifice était sombre, la seule lumière venant des bougies posées sur l'autel.

L'archevêque les accueillit en silence et elles le suivirent dans l'allée centrale. Jacoba sentit un frisson glacé d'appréhension parcourir son dos. Elle ne pouvait s'empêcher de penser que leurs silhouettes se découpant dans la lumière formaient des cibles idéales. Et bien qu'il ait fallu l'intervention d'Alex, elles avaient réussi à empêcher Marco de faire venir des tireurs d'élite. Aussi étaient-elles seules.

Elles s'agenouillèrent toutes les deux. Jacoba entendit le doux froissement de la robe du prêtre quand il s'éloigna. Elle pria pour l'Illyria, pour son peuple et sa culture, pour les enfants qui grandiraient dans la liberté…

Presque immédiatement, des bruits légers la firent se redresser. Son cœur battit plus vite. Des gens entraient calmement dans la cathédrale. Elle sentit son dos se raidir et elle était prête à saisir la main de Lexie pour qu'elles se retournent ensemble. Qu'au moins, elles meurent en faisant face à leurs meurtriers… Subitement, elle comprit qu'il ne s'agissait pas que d'un petit groupe.

Ils étaient des centaines, peut-être des milliers, qui remplissaient maintenant la vaste cathédrale. Jacoba entendait leurs toux et leurs soupirs et le léger bruissement des vêtements tandis qu'ils s'agenouillaient. Le peuple d'Illyria était venu se joindre à elles pour la veillée.

Stupéfaite et heureuse, Jacoba comprit alors que tout allait bien se passer.

Mais ce ne fut qu'à leur sortie de la cathédrale qu'elle réalisa combien de gens les avaient soutenues. Tandis que Marco, le visage tendu, la portait à moitié hors de l'édifice, elle découvrit avec stupeur que la place était remplie de gens silencieux, vêtus de noir. D'autres étaient agenouillés dans les rues adjacentes.

Gabe passa un bras autour des épaules de Lexie.

— Ça a été la même chose dans tout le pays, dit-il. Les églises et les chapelles étaient pleines.

— La relation de Lexie avec le dictateur, qui semblait un problème insurmontable, s'est transformée en un élément supplémentaire pour rassembler le pays, ajouta Marco.

Il regarda le visage pâle de Jacoba et ses yeux cristallins s'enflammèrent.

— Et toi, ma chérie, tu vas au lit dès que nous arrivons au château.

— D'accord, dit-elle en réprimant un bâillement. Où étais-tu ? Je suis sûre que tu étais dans la cathédrale.

— Il était dans la galerie, avec son équipe de tireurs d'élite triés sur le volet, dit Gabe en se retenant de rire.

— Je croyais qu'on s'était mis d'accord ! protesta Lexie.

— J'avais dit à Jacoba que vous seriez en sécurité, l'interrompit Marco. Aussi était-il de ma responsabilité de faire le nécessaire pour que vous le soyez.

Lexie lui lança un regard réprobateur puis se tourna vers sa sœur.

— Nous aurions dû nous en douter, je suppose, dit-elle en lui faisant une grimace.

De retour au château qui surplombait la ville, ils prirent un souper léger avant d'aller se coucher. Jacoba venait juste de se glisser dans un vieux T-shirt quand quelqu'un frappa à sa porte.

Attrapant sa robe de chambre, elle alla ouvrir.

— Comment te sens-tu ? demanda Marco.

— Fatiguée, mais soulagée. Cela a vraiment signifié quelque chose, n'est-ce pas ?

— Oui, dit-il en l'embrassant. Et je t'ai vraiment admirée, ma belle héroïne, mon amour, ma chérie… je t'adore.

Elle s'accrocha à lui et lui rendit son baiser, soulagée.

— Je sais que c'est la tradition royale, dit-elle tout à coup, mais devons-nous vraiment attendre un an avant de nous marier ? Serait-ce tricher si nous organisions un tout petit mariage sur une plage de Nouvelle-Zélande, ma plage, avec seulement Melissa et Hawke, Lexie, Gabe et Sara comme témoins ? Disons, dans un mois ?

Il resserra son étreinte autour d'elle.

— Ce serait fantastique, dit-il. Mais nous devrons quand même nous marier ici. Cela fait partie de la constitution illyrienne.

Elle appuya son visage sur son torse puissant, s'enivrant du léger parfum sensuel qui n'appartenait qu'à lui.

— Oui, bien sûr, dit-elle joyeusement. Quelle femme refuserait d'avoir deux mariages ?

— A condition que je sois le seul marié de ta vie, dit-il, d'une voix grave.

— Tu seras le seul homme de ma vie, promit-elle tranquillement. Pour toujours.

Marco se pencha vers elle pour l'embrasser.

— A moins que nous ayons des fils, bien sûr…, ajouta-t-elle avec malice.

Les cloches sonnaient à toute volée dans la capitale, envoyant les oiseaux tournoyer au-dessus de la foule. En dessous du soleil rayonnant, la ville bourdonnait joyeusement. Les cafés et les bars étaient bondés, chaque fenêtre et chaque balcon rempli de spectateurs qui chantaient ou jouaient d'un instrument.

Tout l'Illyria était en fête pour célébrer le mariage des trois Considine. Ceux qui avaient pu rejoindre la capitale s'alignaient le long des rues, prêts à acclamer les nouveaux époux.

La foule acclama Jacoba dans son carrosse blanc et doré avec autant d'enthousiasme que les deux autres mariées.

Après la veillée dans la cathédrale, le changement d'atmosphère avait été extraordinaire, si évident que Jacoba n'était plus du tout inquiète. Souriante, elle salua la foule en liesse. Elle porta ses doigts à ses boucles d'oreilles. Quand les deux frères avaient décidé que chaque mariée porterait une partie du trésor familial, elle et Melissa avaient décidé que, comme Sara épousait le chef de famille pour devenir grande-duchesse, elle porterait le Sang de la Reine, le superbe collier.

— La tiare appartient à ta famille, avait ensuite dit Jacoba à Melissa, alors c'est toi qui la portes.

— Tu en es sûre ?

Jacoba avait fait la grimace.

— J'en ai porté une pour le tournage de la publicité. Cela pèse une tonne ! Je prendrai les boucles d'oreilles.

A présent, elle était remplie de bonheur. Les gens qui se pressaient sur leur passage pouvaient-ils le voir irradier d'elle ? se demanda-t-elle. Les mois passés avec Marco lui avaient donné une entière confiance en son amour. Les préparatifs du mariage s'étaient déroulés comme dans un rêve, et les trois mariées avaient même réussi à choisir des robes qui allaient ensemble, grâce au talent de Sara.

A l'intérieur de la cathédrale, les grandes orgues retentirent quand elle descendit l'allée, ses quatre demoiselles d'honneur — Lexie et trois amies — derrière elle. Le parfum des roses qui décoraient l'édifice se mêlait aux effluves de *Princessa* qu'elle avait vaporisé sur ses poignets juste avant de quitter le château.

Toute son attention était concentrée sur la haute silhouette de Marco qui l'attendait.

Les larmes lui brûlèrent les yeux. Elle battit des paupières et vit les lumières des bougies danser sur l'autel.

Son bouquet nerveusement serré dans les mains, les demoiselles d'honneur rassemblées derrière elle, elle attendit immobile tandis que l'assemblée s'asseyait et que l'archevêque se dirigeait majestueusement vers Sara et Gabe.

Malgré le faste déployé, la présence des invités royaux et de l'élite mondiale, la cérémonie fut simple et profondément émouvante. Jacoba refoula de nouveau ses larmes quand Gabe et Sara prononcèrent leurs vœux éternels.

Lorsqu'elle croisa le regard de Marco, elle dut détourner les yeux pour ne pas laisser ses émotions la submerger. Elle n'allait pas pleurer comme un bébé le jour de son propre mariage…

Enfin leur tour arriva, et Jacoba tendit son bouquet à Lexie. Debout à côté de Marco, elle entendit les mots solennels résonner à ses oreilles. La main de son futur époux se referma alors sur la sienne, chaude et réconfortante.

Sa voix était profonde et totalement confiante quand il prononça ses vœux ; la sienne résonna en écho, douce et basse. Puis Marco glissa le simple anneau d'or à son doigt. Se forçant à se détendre, Jacoba prit sa main et lui passa le sien. Elle entendit ensuite l'archevêque les déclarer mari et femme. La musique s'enfla soudain et le chœur des voix s'éleva en un triomphe éclatant.

Beaucoup plus tard, Marco posa ses lèvres sur le cou de sa femme et descendit lentement le long de sa gorge en une tendre caresse.

Ils avaient choisi de passer leur lune de miel sur la côte, et la vieille villa romantique était remplie du doux bruit de la mer et du parfum des fleurs. Les sons lointains des festivités leur parvenaient du village niché au bas des falaises. Soudain, le sifflement des fusées vibra dans la nuit chaude. Les gens faisaient encore la fête.

— Heureuse ? demanda-t-il.

Vêtue de sa seule alliance, Jacoba frissonna, encore en proie aux délices de l'étreinte qu'ils venaient de partager.

— Je suis *toujours* heureuse, tu le sais, murmura-t-elle.

— Moi aussi, dit-il calmement. Quand je me réveille chaque matin et que je te vois près de moi, si belle avec ces cheveux resplendissants étalés autour de ton visage, je sais que tu es la chose la plus précieuse dans ma vie.

Il s'interrompit quelques secondes avant de reprendre.

— Ai-je maintenant réussi à te convaincre que, même si j'éprouve une immense loyauté envers l'Illyria, je donnerais ma vie pour toi ? C'est toi qui passeras toujours en premier, tu le sais, n'est-ce pas ?

Emue, Jacoba l'embrassa sur la joue.

— Oui. Et je t'aime chaque jour davantage, avoua-t-elle. Je ne savais pas que c'était possible.

La lune, énorme, déversait un flot de lumière argentée par les fenêtres grandes ouvertes. Comblé, Marco pencha la tête et promena ses lèvres avec tendresse sur le ventre de Jacoba.

— Si notre premier enfant est déjà là, alors j'aurai plus que je n'ai jamais désiré, dit-il.

— Je l'espère, murmura-t-elle en souriant. Mais, de toute façon, nous avons tout le temps de recommencer s'il le faut, n'est-ce pas ?

Il éclata de rire et ses yeux clairs étincelèrent.

— Je suis à ton entière disposition, mon amour.

Retrouvez en janvier dans votre collection

SAGAS

Un chef bien trop sexy d'Amy Ruttan

D'ordinaire, les rencontres d'un soir ne sont vraiment pas le genre de Samuel ; mais il faut avouer que la nuit dernière en valait la peine. Si seulement sa conquête d'une nuit n'avait pas été Mindy Walker, dont il vient de découvrir qu'elle est sa nouvelle chef de service !

Trilogie intégrale : LE DESTIN DES FRÈRES HUNTER de Robyn Grady - N°144

Une incontrôlable passion

Jamais Taryn n'aurait dû accepter que Cole Hunter, son patron, l'accompagne pour un repérage à l'autre bout du monde. Car maintenant qu'elle se retrouve en tête à tête avec lui sur une île aussi paradisiaque que déserte, elle a bien du mal à se concentrer sur son travail. Au point qu'elle ne songe bientôt plus qu'à une chose : qu'il pose ses lèvres sur les siennes…

Le goût de la tentation

Choquée, Shelby ne peut détacher ses yeux du spectacle indécent qu'offrent Dex Hunter, son futur employeur, et la femme avec laquelle il est en train d'échanger un baiser torride. Pourtant, devant son insistance, elle finit par accepter le poste de gouvernante qu'il lui propose. Tout en se jurant bien de ne jamais se laisser séduire par son sourire irrésistible…

Passion pour une inconnue

Wynn Hunter n'en revient toujours pas. La sublime inconnue avec qui il a passé la plus belle nuit de son existence n'est autre que Grace Munroe, la petite peste qui ne cessait de l'agacer lorsqu'ils étaient enfants. Pourtant, maintenant qu'il a découvert la femme que Grace est devenue, il ne songe plus qu'à conquérir celle qu'il détestait autrefois…

Trilogie intégrale : UN AMOUR À PROTÉGER de HelenKay Dimon - N°145

À l'épreuve du risque

Alors qu'elle se trouve dans son jardin, Julia est agressée par un homme qui plaque une main sur sa bouche et jure qu'il ne lui fera aucun mal. Il s'appelle Cameron Roth, il est agent secret, et ses jours sont comptés. Rassurée par le regard calme de Cameron, Julia le comprend aussitôt : elle ne peut refuser son aide à cet homme si séduisant…

Protecteur malgré lui

À peine arrivé à New Foundations, une communauté d'apparence paisible, Holt fait la connaissance de Lindsay. Et bientôt, il s'interroge sur son acharnement à démanteler le groupe au sein duquel elle a grandi et auquel elle voue désormais une haine tenace. Une haine qui la pousse à mettre sa vie en danger et qui contraint Holt à la protéger…

Mission clandestine

Blottie dans les bras de Shane, Makena laisse peu à peu sa terreur s'apaiser. Dire qu'il a fallu qu'elle se fasse agresser chez elle pour que le meilleur ami de son frère vienne à son secours et semble enfin la remarquer ! Pourtant, si elle souhaite plus que tout être aimée de Shane, en aucun cas elle n'est prête à lui parler de l'enquête qu'elle mène en secret…

HARLEQUIN SAGAS

Composé et édité par HarperCollins France.

Achevé d'imprimer en octobre 2020.

CPI
BLACK PRINT

Barcelone

Dépôt légal : novembre 2020.

FSC
www.fsc.org
MIXTE
Papier issu de sources responsables
FSC® C108412

Pour limiter l'empreinte environnementale de ses livres, HarperCollins France s'engage à n'utiliser que du papier fabriqué à partir de bois provenant de forêts gérées durablement et de manière responsable.

Imprimé en Espagne.

OFFRE DÉCOUVERTE !

Vous souhaitez découvrir nos collections ? Recevez **votre 1er colis gratuit* avec 2 cadeaux surprises !** Une fois votre colis de bienvenue reçu, si vous souhaitez continuer à recevoir nos livres, cela se fera automatiquement. Vous recevrez alors vos livres inédits** en avant-première.

Vous n'avez aucune obligation d'achat et cette offre est sans engagement de durée !

*1 livre offert + 2 cadeaux / 2 livres offerts pour la collection Azur + 2 cadeaux. Les collections Gentlemen et Aliénor démarrent avec le 1er colis payant.

**Les livres Ispahan, Sagas, Best-Sellers Féminins, Gentlemen et Hors-Série sont des réédités.

☛ COCHEZ la collection choisie et renvoyez cette page au
Service Lectrices Harlequin – CS 20008 – 59718 Lille Cedex 9 – France

Collections	Références	Prix colis*
❑ **AZUR**	Z0ZFA6	6 livres par mois 28,79€
❑ **BLANCHE**	B0ZFA3	3 livres par mois 23,65€
❑ **LES HISTORIQUES**	H0ZFA2	2 livres par mois 16,59€
❑ **ISPAHAN**	Y0ZFA3	3 livres tous les 2 mois 23,35€
❑ **PASSIONS**	R0ZFA3	3 livres par mois 25,09€
❑ **SAGAS**	N0ZFA3	3 livres tous les 2 mois 27,66€
❑ **BLACK ROSE**	I0ZFA3	3 livres par mois 25,09€
❑ **VICTORIA**	V0ZFA3	3 livres tous les 2 mois 25,69€
❑ **GENTLEMEN**	G0ZFA2	2 livres tous les 2 mois 17,35€
❑ **BEST-SELLERS FÉMININS**	E0ZFA2	2 livres tous les 2 mois 18,75€
❑ **ALIÉNOR**	A0ZFA2	2 livres tous les 2 mois 17,35€
❑ **HORS-SÉRIE**	C0ZFA2	2 livres tous les 2 mois 17,35€

N° d'abonnée Harlequin (si vous en avez un) |_|_|_|_|_|_|_|_|

Mme ❑ Mlle ❑ Nom : ____________________

Prénom : ____________________ Adresse : ____________________

____

Code Postal : |_|_|_|_|_| Ville : ____________________

Pays : ____________________ Tél. : |_|_|_|_|_|_|_|_|_|_|

E-mail : ____________________

Date de naissance : ____________________

❑ Oui, je souhaite recevoir par e-mail les offres promotionnelles des éditions Harlequin.
❑ Oui, je souhaite recevoir par e-mail les offres promotionnelles des partenaires des éditions Harlequin.

Date limite : 31 décembre 2020. Vous recevrez votre colis environ 20 jours après réception de ce bon. Offre soumise à acceptation et réservée aux personnes majeures, résidant en France métropolitaine, dans la limite des stocks disponibles. Prix susceptibles de modification en cours d'année. Vous pouvez demander à accéder à vos données personnelles, à les rectifier ou à les effacer. Il vous suffit de nous écrire en nous indiquant vos nom, prénom et adresse à : Service Lectrices Harlequin CS 20008 59718 LILLE Cedex 9. Service Lectrices disponible du lundi au vendredi de 8h à 18h : 01 45 82 47 47.